Szele György

EGY
SZÉCHÉNYI
VARÁZSA

Szele György

EGY
SZÉCHÉNYI
VARÁZSA

Olchai Press
Vienna, Virginia,
USA

Szent Gellért   PÜSKI
Kiadó és Nyomda   KIADÓ

Budapest
2016

Lektorálta
MARSALL ÁGNES

*Széchényi Kornélia portréját
Károlyi Széchényi Ilona festette 1957-ben.
A szerző hajdani otthonát ábrázoló festmény
Meggyes László munkája.*

Tipográfia és kötésterv,
nyomdai előkészítés
BENKE ATTILA

KÖSZÖNETNYILVÁNÍTÁS

Egy Széchényi varázsa című történelmi regényem angol nyelvű változata az Amerikai Egyesült Államokban jelent meg, 2015 áprilisában, *From Hungary With Love* címmel. A könyvet nagy sikerrel mutatták be a New York-i Book Expón, és több elismerést kapott magyar és amerikai szervezetektől, érdeklődéssel fogadta a magyar származású és amerikai olvasóközönség.

Magam végeztem el regényem magyar nyelvű újraírását, családom és barátaim meleg biztatásával és támogatásával.

„Ezt a könyvet nemcsak érdemes volt, de meg is kellett írni" – mondta Zentai Zoltán barátom, aki nagy segítségemre volt gondolataim magyarításában. Számos tanácsadóm közül meg kell említenem Nádasdy-Nikolits Andreát, Széchényi Kingát és Ludányi Andrást, akik személyes tapasztalataik alapján mutattak utat a könyv magyar kiadásának tető alá hozásához. T. Nagy Károly, ismerve a helyi viszonyokat mindig kéznél volt, hogy kivezessen a zsákutcából.

Az első szeretetteljes biztatást Nagyné Matolcsi Évától, alma materem, a szolnoki Verseghy Ferenc Gimnázium tanárnőjétől kaptam. Kovács Berta, a szolnoki Új Néplap munkatársa és Torda Ferenc, a Szolnok Televízió szerkesztője adták hírül a világnak, hogy mi is készül itt, a Tisza partján. Pusztai Attila, Bozsó Csaba és Orosz Tibor, számítógépem „csodadoktorai" pedig megmentettek a veszélyes vírusoktól és megszabadítottak egyéb technikai problémáktól.

Mindenekfelett megköszönöm lektorom, Marsall Ágnes hozzáértő, odaadó munkáját, aki nemcsak megértette amit mondani akartam, hanem magáévá is tette és híven tolmácsolta.

Köszönet érte!

SZELE GYÖRGY

LIÁNAK,
GYERMEKEINKNEK
ÉS UNOKÁINKNAK

„Ha embereknek vagy angyaloknak nyelvén szólok is,
szeretet pedig nincsen én bennem,
olyanná lettem, mint a zengő ércz vagy pengő czimbalom.
És ha jövendőt tudok is mondani,
és minden titkot és minden tudományt ismerek is,
és ha egész hitem van is, úgyannyira,
hogy hegyeket mozdíthatok ki helyökről,
szeretet pedig nincsen én bennem, semmi vagyok.
És ha vagyonomat mind felétetem is, és ha testemet tűzre adom is,
szeretet pedig nincsen én bennem, semmi hasznom abból."

(1 Kor.13,1-3)

„A kitartást semmi sem tudja felülmúlni e világon.
A tehetség nagyon fontos, de nem minden…
Valamennyien ismerünk tehetséges, ám sikertelen embereket…
Az elismerésben nem részesült zsenikről szóló történetek
ma már közhelynek számítanak.
A világ tele van hanyag tudósokkal.
A kitartás és állhatatosság mindennek felette áll, mindig megoldotta
és a jövőben is meg fogja oldani az emberiség problémáit."

(Calvin Coolidge)

A Jóisten úgy szereti az emberiséget,
hogy saját fiát küldte el érte élni és meghalni.
Soha nem vonta meg a bizalmát azoktól,
akiket önnön képmására teremtett.
Mi sem adhatjuk fel!

ELŐSZÓ

Ez a történet egy fiatal magyar diákról szól, aki átélte a második világháború borzalmait, a légitámadásokat, szülővárosának bombázását és Budapest ostromát. Szovjet katonák hurcolták el 1945 februárjában mint hadifoglyot. A náci megszállás idején családjával együtt aktívan segítette zsidó embertársait. A háború után évekig élt a szovjet kommunista terror elnyomása alatt. Hamis vádak alapján börtönbüntetés fenyegette, s hogy ezt elkerülje, áldiagnózis segítségével egy tüdőszanatóriumban talált menedéket.

Az 1956-os forradalom alatt sebészként dolgozott Budapest egyik központi kórházában, ahová a harcok kitörése után az első áldozatokat szállították. A szabadságharc vérbe fojtása után, menekülni kényszerült.

A szovjet hatalom kíméletlenül eltiporta a történelem egyik legtisztább forradalmát, amelynek a nyugati világ segítsége nélkül esélye sem volt a győzelemre. Ám a Nyugat hallgatott.

Azokban a nehéz időkben hite, istenszeretete, a családja, a barátai és embertársai iránt érzett szeretete éltették. És még valaki, akinek varázsa magával ragadta és betöltötte a szívét, lelkét örökre.

Soha nem adta fel a reményt, mindvégig kitartással küzdött azért, hogy szabadságban élhessen.

A szerző reméli, hogy akik elolvassák a történetét, talán jobban fogják érteni és érezni azt a szeretetet, ami a magyar nép lelkében él, és hogy a jövő nemzedéke egy olyan képet kaphat erről a korszakról, amely tanulságul szolgálhat neki.

Bár ez a történelmi regény valós élettapasztalatokon alapul, bárminemű hasonlóság élő vagy elhunyt személyekhez csupán a véletlen műve.

PROLÓGUS
1945. FEBRUÁR

Budapest ostroma teljes hevével dúlt. Csak az ágyú- és rakétalövések villanásai törték meg az iszonyatos sötétséget. Nehéz füst ülte meg a levegőt. A lassan égő, üszkös, összeomlott házakból az elmúlás dermesztő, keserű érzete kúszott kormos ingem alá. Időnként egy-egy géppuskasorozatot, egy-két puskalövést lehetett hallani, ami arra figyelmeztetett, hogy az utolsó felvonás még hátravan.

Én tizenhat évesen, önkéntes vöröskeresztesként már több hete a ház kora esti biztonsági ügyeletét látom el, egy nyugdíjas tábornok vezetése alatt. De e pillanatban ő már élete utolsó perceit éli. Egy emelettel feljebb, a lépcsőházban haldoklik napok óta. Azóta hallom halálhörgését, amióta a házunk összeomlott.

A lépcsőfeljárat soktonnás vasbeton födémje szakadt rá, félig maga alá temetve. Törött koponyáján át véres, szétzúzott agyát is látni vélem.

Óriási detonáció rázta meg a mi négyemeletes épületünket, elülső része úgy omlott össze, mint a kártyavár. Akik azon az oldalon tartózkodtak, azok vagy azonnal meghaltak, vagy súlyos sérüléseket szenvedtek. Iszonyatos volt a pusztítás.

A mi felrobbantott, beomlott bejáratunkon át lehet látni az utca túlsó oldalára, egy másik, földig rombolt, hatalmas bérház romjaira. Ki tudja, mennyi áldozatot követelt ez az esztelen támadás?

Egyedül voltam, éheztem és fáztam. Halálosan fáradtnak éreztem magam, ám az éjjeli figyelőszolgálatnak még nem volt vége. Egyszer csak sietős lépteket hallottam a lépcsőn. Lili volt az, anyja puha szőrmekabátjában. Gyorsan karjaimba bújt és elhalmozott meleg csókjaival. Átöleltem didergő testét, és hirtelen elfelejtettem minden nyomorúságomat.

– Ó, Gyuri, úgy reméltem, hogy itt talállak! Csak kiszöktem

egy percre. Már mindenki alszik. Anyám altatót szed, amióta Géza meghalt. Nem tudja túltenni magát a tragédián.

– Senki sem tudná. Kiváló ember volt, de legalább nem szenvedett sokáig. Sőt, azt hiszem, nem is tudta, mi történt vele. Hallod a tábornok hörgését? Már két napja vívja élete utolsó csatáját.

– Szegény ember! Nem lehetne valamit tenni érte?

– Lábát és altestét teljesen összezúzták a rászakadt romok. Már többen is próbálták kiszabadítani a lépcsőház vasgerendái alól, de nem sikerült. Amellett alighanem súlyos agysérülése is van. Nem hiszem, hogy ebből valaha is felgyógyulhat, még a legjobb orvosi kezelés mellett sem.

Lili sápadt kis arca mintha még jobban megnyúlt volna.

– Csak azt remélem, hogy nem szenved, és nem is tudja, milyen reménytelen állapotban van. Az orvosnak elfogyott a morfinja, s azon töpreng, hogy mit lehetne még tenni érte.

– Hogy mondhatjuk mi azt, hogy nem szenved? Miből gondoljuk, hogy ő nem tudja, milyen közel van a halálhoz?

– Semmiben sem lehetünk biztosak, de azt hiszem, ha az agyunk nem működik, ha nem kap üzenetet, akkor nem éhezünk, nem szomjazunk, nincs fájdalmunk, és nem is szenvedünk többé. Szívünk ugyan tovább doboghat, talán lélegezni is tudunk az agyhalál után, de már nem érzünk semmit. A hozzátartozókat talán jobban megviseli a fájdalom és a szenvedés.

– Volt egy barátunk, akit egy végzetes autóbaleset után agyhalottnak nyilvánítottak, ám amikor az anyja szólt hozzá és imádkozott az ágyánál, ő rámosolygott az anyja kezében lévő keresztre.

– Ez is rávilágít, hogy sok-sok kérdésre nincs feleletünk. Csak a Jóisten tudhat mindent.

– Gyuri, tudod egyáltalán, hogy te vagy a ház hőse? Olyan sok ember életét mentetted meg azzal, hogy riasztottad a lakókat, amikor megláttad az égő német lőszeres autót a házunk előtt.

– A Jóisten óvta meg őket. Legfeljebb a miteszereim játszottak benne némi szerepet. Azokat nyomkodtam éppen, amikor az ablakon át megláttam a lángokat.

Közben kicsit felmelegedtünk Lilivel s én azt ajánlottam a makacskodó lánynak, hogy menjen haza, mielőtt felfedezik az éjszakai látogatást. Egy jóéjt puszi után el is osont a sötét lépcsőházban. Másnap dr. Krámer jött megnézni a sérült tábornokot, aki már régebben is a páciense volt.

– Terminális állapotban van. A fájdalomcsillapítók nem érnek semmit. Különben sincs már sok kábítószerem. A betegeim sorra halnak meg a kórházban, mert kifogytunk a gyógyszerekből, nincs vizünk, nincs villanyáram, nem tudunk operálni, fertőzést kezelni. Talán meg tudjuk állítani a vérzést, de vérátömlesztést adni már nem tudunk, legfeljebb intravénás konyhasóoldatot. Megszűnt a hatékony orvosi ellátás lehetősége. Sajnos, Gyuri, ez a szomorú helyzet.

Mélyet sóhajtva folytatta:

– Tudom, orvos akarsz lenni, és remélem, soha nem leszel ilyen kilátástalan helyzetben! A tudomány itt megáll a diagnózisnál, gyógyításra már nincs esély.

– Mit tanácsolsz? A szívünk szakad meg a haldokló harcosért. Nem tehetünk érte semmit?

– Azt hiszem, tudom, hogy mit kell tennem, és meg is fogom tenni. Ha tudna hozzám szólni, ő kérne rá. Nem ez az első eset, hogy ilyen nehéz döntést kell hoznom. Remélem, hogy te soha nem leszel ilyen szörnyű helyzetben! Most megyek. Ne kérdezz semmit! Nem kérem, hogy segíts, hiszen én is kétségbe vagyok esve.

Felment az emeletre haldokló barátjához. Iszony szállott a lelkemre, kivert a hideg verejték. Egy idő múlva a halálhörgés lecsendesedett, majd hirtelen mintha meg is szűnt volna. Vagy talán csak nekem tűnt úgy? Meg kell hogy nézzem őket! Amikor odaértem hozzájuk, láttam, ahogy a doktor betakargatja öreg barátját, és sietve pakolja el a fecskendőit. Valamikor hallottam, hogy német elmegyógyintézetek alkalmaznak mesterséges légembóliát a reménytelen esetekben, és én most valami hasonlót láttam. Borzadály fogott el. De tulajdonképpen mikor is halt meg a tábornok? És mikor szállt el a lelke? Amikor megszűnt az agya működni, amikor már nem tudott uralkodni az akaratán?

Amikor már nem tudott gondolkodni, tervezni, remélni? Amikor megszűnt az Isten teremtésének élő központja lenni? Vagy talán még vele volt a lélek, amikor mi, emberek határoztunk úgy, hogy most már mennie kell? Átvettük Isten szerepét? Vagy a Jóisten sugallta nekünk, hogy mit tegyünk? Használjuk szabad akaratunkat, és ő majd eldönti, hogyan ítélkezzen a tettünk felett? Mindez és még sok más hasonló gondolat kavargott a fejemben, miközben remegve fedtem be a vén hős arcát, és úgy láttam – vagy csak látni reméltem –, mintha szelíden mosolygott volna.

1944. NYÁR
A TISZA-PARTON

Csodaszép kora nyári nap volt. A mélykék ég ragyogó napsugárral ölelte át a tájat, szülőföldem szép határát. A Tisza békésen folyt az Alföld végtelen síkján, nem sejtve, mi vár rá. Időnként partifecskék cikáztak a bársonyos víz felett, itt-ott remegve kereste menedékét egy-egy szitakötő a part menti bokrok árnyékában.

Szomorú és vidám fűzfák, tölgyek és néhány tiszafa görcsös válla a víz fölé hajolva festői környezetet varázsolt amerre csak a szem ellátott. Egy-egy halász gubbasztott öreg ladikjában, várva egy ponty vagy harcsa utolsó óráját. Korhadt gerendák a vízparton. Vajon honnan valók, honnan sodorta őket ide a víz?

Felfelé eveztem egy versenyszkiffben, ahogy naponta tettem a nyári vakáció idején. Lapátom kisebb örvényeket varázsolt a vízre, vízcseppek hullottak utána. Micsoda élvezet is siklani a tükörsima vízen, érezni az erőmet a békés környezetben. Közben álmodozni egy szebb, békésebb világról és persze lányokról, főleg lányokról. Hisz a tizenhatodik születésnapom közeledett, és melyik fiatal, forróvérű fiúnak nem a lányokon jár az esze, legalábbis néha-néha.

Az elmúlt években nagy élvezettel néztük az amerikai filmeket, a harmincas évek végén készült Andy Hardy-féléket. Mickey Rooneyt, körülvéve sok fiatal, gyönyörű lánnyal, ahogyan táncolt Judy Garlanddal, flörtölt June Allysonnal vagy Ann Rutherforddal, hogy csak néhányat említsek közülük. Szerencsés fickó ez a Mickey, abban a gondtalan, vidám környezetben, ragyogó jövővel és mindig boldog befejezéssel. Legalábbis nekem úgy tűnt, úgy láttam az álmaimban.

Egy nap, egy szép nap majd nekem is lesz egy Judym vagy egy Annom, vagy June-om, talán még sokkal szebb is. Valaki, aki vár rám, csak rám. Talán ő is álmodozik most, és egy szép napon találkoznak majd az álmaink.

Közben elértem a kitűzött célt. A vasúti híd közelében, néhány kilométerre a várostól, kikötöttem a homokos parton. Ezen a fontos vasúti hídon át szállították a német hadi utánpótlást az orosz frontra. A hídon túl seregnyi ló vágtatott le a rétről szomját oltani. Micsoda pompás látvány!

Kinyújtózva a vízparton, behunyt szemmel, félálomban elmerültem a természet varázsában. Akkor mintha a távolból a légiveszélyt jelző szirénák hangját hallottam volna. Nem ért váratlanul. Ezt a hangot már ismertem. Hetek óta riogat bennünket. Ám valami most mégis nyugtalanított.

Kinyitottam a szemem, és a vér is megfagyott az ereimben. Messze, fent, a kék égen mintha közel száz ragyogó jégmadár repült volna lassú kötelékben észak felé. Néha egy-egy kis pufók, fehér felhő perdült melléjük, gondoltam, a légvédelmi ágyútűz nyomán, ami nem sok kárt tett bennük.

– Édes Istenem, ne engedd őket idejönni, mi nem vagyunk ellenségek! Ne engedd, hogy ártatlan embereket, gyerekeket öljenek meg, hogy felgyújtsák az otthonunkat, iskolánkat! Mi nem bombáztunk benneteket, nem öltünk meg egy amerikait sem.

„Igen, de mi hadat üzentünk nekik – mondaná apám –, mi a németek szövetségesei lettünk. Ahogy már oly sokszor a múltban, megint a rossz oldalra álltunk. Tudom, nem volt választásunk, kis nemzetnek a hatalmas szomszédot kell követnie. Mégis felemelhettük volna a szavunkat, semlegesség is van a világon!"

Apám mindig náciellenes volt és Amerika-barát. Abban az évben, amikor születtem, a Kossuth-szobor leleplezésére az Amerikai Egyesült Államokba, New Yorkba utazott. De nem csak ezért ment oda. Sokat olvasott az országról, az alkotmányáról, a lehetőségekről, a demokráciáról, amiről már a görögök is álmodoztak több ezer évvel ezelőtt, de élni nem tudtak vele. Hitte, hogy Isten az embert szabadnak, egyenlőnek teremtette, és semmiféle hatalom, királyság vagy diktatúra, bíróság vagy zsarnoki kormány nem veheti el az ember méltóságát, nem korlátozhatja a szabadságát.

Hitt az amerikai nép jóakaratában és segítőkészségében. Úgy vélte, az Amerikai Egyesült Államok egy világítótorony ebben a kaotikus világban, amely tele van féltékenységgel, haraggal, gyűlölettel. Az Újvilág alapjai a négyezer éves zsidó–keresztény hagyományra és kultúrára épültek.

– Remélem, egy szép nap majd Magyarországnak is lesz egy hasonló alapokra épült alkotmánya – mondta.

Ezen s még sok egyéb dolgon gondolkodva merengtem az ég felé, míg a nap fényében szikrázó sok-sok ezüstös kis égi vándort bámultam a magasban. Mintha furcsa zümmögés kísérte volna a látványt, de ez nem a természet hangja volt, hanem valami más, valami rémisztő. Hirtelen a lovak is nyugtalankodni kezdtek, és vad nyerítéssel vágtattak ki a vízből.

– Jobb lesz, ha gyorsan elevezek – mondtam magamnak visszaülve a szkiffbe –, el innét, ez veszélyes hely, el a vasúti híd közeléből!

Reménykedve sóhajtottam az ég felé. „June vagy Judy! Ha az apád, vagy testvéred ül ott fenn egy gépen, kérd meg őket, ne bántsanak minket! Ti mind olyan jónak, kedvesnek tűntetek a filmeken, talán ők is azok lesznek. Tudom, ők katonák, az a feladatuk, hogy elpusztítsák a hadi célpontokat, hidakat, vasútvonalakat, de ne az ártatlanokat!

A tükörsima víz is fodrozódni kezdett, és mintha friss szél hajlítaná a parti fűzfaágat. „Ó, mi történt a békés, szelíd környezettel? Mi változott így meg? Miért kell ennek így lenni?" – kérdeztem az eget.

Gondtalan halászok integettek a part felől, ahogy eveztem hazafelé, büszkén mutatva legjobb fogásukat, nem is fogast, hanem a díjnyertes, hosszú orrú kecsegét, ami errefelé a legjobb falat. Lejjebb még egy sereg visító kölyök csúszott le a meredek, iszapos parton, nagyokat huppanva a lejtőn. Mi gondjuk is lehetne? Irigyeltem őket.

Én lennék az egyetlen, aki érzi a változást, a közelgő veszélyt? Én és a lovak?

Vidám és gondtalan kellene hogy legyek. Egy egész világ vár rád – hallottam sokszor. Ám az optimizmusom mintha múlóban volna. Talán mégsem történnek a dolgok olyan simán, mint eddig?

„Mégis bízom benned, Istenem. Viseled majd gondomat, ugye?"

„*Igen, tudod úgyis te kis hasznavehetetlen teremtés, de nem úgy, ahogy te képzeled, hanem ahogyan én.*"

„Köszi, Istenkém, ez a biztatás nagyon kellett nekem!"

Közben megérkeztem az evezősegylet kikötőjéhez, és Samu bácsi segített felvinni a csónakot. Megkérdeztem tőle, hogy mit mondott a rádió a bombázásról, a légitámadásról?

– Ja, hallottam a szirénázást, a kutyák is ugattak, de nem kapcsoltam be a rádiót. Jó lesz, ha sietsz haza, a mamád már biztosan aggódik.

– Jól van, Samukám, öltözöm, és már rohanok is.

Nem tartott sokáig biciklin: át a gyaloghídon, le a parkba, és máris otthon voltam a vasrácsos kapunál. Anyám – aranyos, szép édesanyám – kedvenc rózsabokrait nyeste. Mosolyogva integetett felém.

– Aggódtam érted – mondta. – A rádió bombázást jelentett sok helyen. Tudtam, hogy a vízen vagy, s csak reméltem, hogy nem túl közel a hídhoz. Kérlek, nagyon vigyázz, ha a szirénázást hallod!

– Ne aggódj, mamikám! A folyó a legbiztosabb hely. Legfeljebb megyek a víz alá.

– Ma reggel mise után beszéltem Polikárp atyával. Említette, hogy alakítottak egy polgári légoltalmi szövetséget a mentőszolgálat megszervezésére, ha támadás érné a várost. Téged érdekelne egy ilyen feladat? Az atya azt mondta, nagyon nagy szükségük van fiatal jelentkezőkre.

– De miről van szó, mit kellene tennem?

– Nem ismerem a részleteket. A központ, úgy tudom, a líceumban van, tudod, a lányiskolában.

– Igen, igen. Tudom, mi a líceum.

Édesanyám arcán apró, mondhatni huncut mosoly játszott.

– Miért nem mész el akkor érdeklődni? De most egyél előbb valamit. Maris hozott friss kenyeret, készített sült csirkét, uborkasalátát.

A pékség illatát őrző kenyér még meleg volt, a jérce húsa omlós, mintha ma reggel még szaladgált volna kint a kertben.

Maris, a mi kis Mariskánk egy erősen hívő, fiatal, szőke falusi lány volt, égszínkék szemű, rózsás orcájú, anyámnak segített a háztartásban és mindenben, ami dolog a ház körül adódott. Néhány éve van a családunkkal, többé-kevésbé velünk, a fiúkkal nőtt fel. Ő egy kis élő szent, úgy éreztem, Jézus hasonlókra gondolt, amikor a hegyi beszédet mondta.

A testvéremmel elég buta tréfákat űztünk vele. Egyszer azt mondtuk neki: „Úgy hallottuk, a pápa fia nősülni fog."

Kicsit meglepődve nézett a semmibe, arca, ha lehet, még jobban kipirosodott, aztán hirtelen kifakadt magából: „Nem hiszem, hogy az ő fia valaha is ilyet tenne!"

Ahogy szedte le az asztalt, elkezdett prédikálni.

– Jobb lesz, ha máskor azonnal jössz haza, ha megszólal a sziréna! A mama nagyon aggódott, és ha ő aggódik, akkor nem boldog. És ha ő nem boldog, akkor én sem vagyok az, és az meg neked nem jó, mert nem kapsz jó ebédet.

Folytatta volna a morgást, de nem tudtam tovább hallgatni. Egyre csak a légoltalmi szolgálaton járt az eszem. Mit tudnék én ott csinálni? Mire tudnának használni engem? Sebtében faltam be az ebédet, hogy hamar odaérjek. Hisz nem bírnék aludni, amíg nem tudok meg többet.

Anyám is bejött a kertből egy gyönyörű csokor illatos rózsával.

– Megyek a lányiskolába – mondtam –, ne aggódj, megtalálom! Tudni akarom, miről van szó.

Felültem a bringára, s el a közeli iskolához. A végén még bezárnak, mielőtt odaérek.

Nem zártak be. Mint megtudtam, sosem zárnak be. Ez huszonnégy órás szolgálat.

Bementem a főbejáraton. Néhány lépéssel feljebb előtűnt a bizalomgerjesztő belső udvar, háromemeletes terasz karéjában. Hiszen ez egy nagyon szívmelengető hely! Mennyire mulatságos volt, amikor zord télidőben jégpályát varázsoltak rá. Esténként, lámpafénynél, zene mellett iskolás lányok és fiúk siklottak a jégen, bukdácsoltak, estek-keltek, néha egymásra, mindaddig, amíg a bógnizó tanárnők nem intették őket illendő viselkedésre.

Egyszer, egy szép havas estén, egy nagyon helyes, barna szemű lány jelent meg az alkalmi korcsolyapályán. Hosszú, göndör haja, sálja repült vele, ahogy kecsesen korizott körbe, óvatosan kerülve a tömeget. Megtudtam, hogy Anna a neve. Láttam már azelőtt is valahol, de soha nem beszéltünk egymással. Úgy éreztem, épp itt az ideje, hogy közelebb kerüljek hozzá. Kerülgetni kezdtem nagy mosollyal és még nagyobb svunggal. Szerettem volna felhívni magamra a figyelmét, amíg nagy igyekezetemben el nem hasaltam előtte. Nem tudom, hogy kavics vagy egy tündér, vagy egy varázsló volt-e az oka, de tény, hogy kinyúltam a jégen. Sajnos a remélt elismerés helyett csak egy kis gúnyos kacagást kaptam tőle és vihogó barátnőitől.

Másnap erősen havazott. Sűrű pelyhek szálltak alá az égből, táncoltak a lámpafényben. Ilyen időben korcsolyázni talán még szebb is, mint máskor. Vad jókedvünk támadt a barátaimmal „húzd ki bunkót" játszani.

Közben Anna is megérkezett a barátnőivel. Eleinte csak kerülgettem, de tudomást se vett rólam. Legalábbis nekem úgy tűnt. Türelmetlen lettem. Itt az idő, most vagy soha – kezdjük fiúk azt a bunkót! Láncot formálva én kerültem a sor végére, akinek majd repülnie kell. Gyorsan, majd egyre gyorsabban korcsolyáztam körbe, szálltam – egyenesen Anna felé. Itt már nincs megállás, csak ölelő karom védelmében bízhat, ha bizalomról szó eshet egyáltalán.

Ahogy történt, jól történt. Beleestünk a jég szélén egy hóbuckába, szemünk-szánk tele lett hóval. Anna arca piros volt, mintha dúlna-fúlna a méregtől és vérig lenne sértve. Néztük egymást meglepődve és mielőtt még szólni tudtam volna, elnevettük magunkat. A kirobbanó nevetés megoldott mindent.

Megtört a jég…

„Az akkor volt, valamikor régen, hagyd most az álmodozást! – mondtam magamnak. – Neked itt most dolgod van, téged nagyon komoly feladat vár. Segítened kell másokon!"

LÉGOLTALOM... HIÁBA?

A jelek az alagsorhoz vezettek. Nem hittem a szememnek, amikor beléptem az ajtón. A nagyterem tele volt rövidhullámú rádiókkal, telefonnal, fogasokon lógó tűzoltósisakokkal és gázálarcokkal. A falon a város és az egész környék óriási térképe, sok kis színes zászlóval. Beléptem a háború kellős közepébe? Akkor, abban a pillanatban nekem úgy tűnt.

Néhányan a rádiókkal foglalatoskodtak, de egy idősebb férfi odajött hozzám.

– Üdvözöllek, ugye te vagy György? Már hallottam rólad, vártam, mikor jössz el. Én Szabó Zoltán vagyok, ennek a szervezetnek a frissen kinevezett vezetője. Remélem, csatlakozni fogsz hozzánk ebben az ismeretlen, váratlan és talán nem veszélytelen világban. Nekünk is új mindez, naponta tanuljuk az új szabályokat, az új tennivalókat. A Nemzeti Légoltalmi Központ határozza meg a feladatunkat, természetesen a helyi viszonyokra szabott módosításokkal.

Azt hiszem, észrevette meghökkent arcomon az ijedséget attól, hogy mi is vár rám, mert mosolyogva tette hozzá:

– No, ne aggódj, nem lesz olyan borzalmas!

– Tulajdonképpen két fontos feladatunk van – folytatta. – Az egyik, hogy itt, a központban értesíteni tudjanak bennünket rádión vagy telefonon a nap minden órájában, ha ellenséges berepülés fenyegeti a várost. A másik, hogy a várható bombázás esetén megfigyelőket küldjünk magas pontokra, mint amilyen a templom és a víztorony. Onnan az őrszemek telefonon értesítik a központot, ha a bombatámadás következtében pusztítást, füstöt, tüzet észlelnek. Akkor mi oda tudjuk irányítani a tűzoltóságot, mentőket, önkénteseket.

Szinte vágni lehetett a csendet. Ez egy kicsit több volt, mint amit meg tudtam emészteni. Szabó érezte, időre van szükségem, hogy átgondoljam az egészet. Így hát csak üldögéltem ott egy darabig, figyeltem a buzgólkodásukat, hallgattam a rádiók recsegő hangját. A főnök azt javasolta, aludjak rá egyet, és másnap döntsem el, hogy szeretnék-e csatlakozni vagy sem.

Ezzel én nagyon egyetértettem, mert zavaromban úgysem tudtam volna, mitévő legyek?

A biciklimre pattantam, de még nem akartam hazamenni. Időre volt szükségem, hogy mindezt átgondoljam. Kedvenc helyemre, a Tisza-parkba karikáztam, ami szerintem a város legszebb része. Egy miniatűr Versailles, tele virágokkal, szépen nyesett bokrokkal, fákkal és mindenféle szökőkúttal. Víz fakadt a szoborbékák és halak szájából a díszes medencékben, a szívderítő csobogást még éjjel is hallottam. A sárga kavicsos sétányok mellett végig faragott padok várták a szerelmes párokat. Na és a promenád a Tisza mentén, a felejthetetlen látvánnyal, mögötte a folyó életet, örömöt sugárzó szőke-ezüst csíkja. Ott mintha a levegő is frissebb lett volna. Aztán a kerek pavilon a park közepén, ahol vasárnap délutánonként csodaszép Strauss- és Lehár-operett-dallamokat játszott a zenekar. Kiöltözött hölgyek, urak sétáltak ott limonádét, fagylaltot szopogatva.

Legalábbis én így emlékszem, mert így volt, mielőtt a háború elmosta volna ezt az idilli képet.

A mi csodaszép otthonunk a park szélén állt, ablakai oda nyíltak. Én ott nőttem fel, ott ismertem meg a világot.

Most viszont le kellett ülnöm egy folyó menti padra. Ördög vigye a békákat a szökőkúttal, hisz már rég kiszáradtak, spórolunk a vízzel. Nagyobb most a gondom.

„Mit csináljak, hogyan döntsek? Ha azt mondom, igen, jövök, nagy hülye vagyok. Ha nemet mondok, akkor meg puhány. Hogy is keveredtem én ebbe? Mindez anyám hibája: ha nem ment volna templomba ma reggel, nem is tudnánk az egészről. De tulajdonképpen te vagy az oka, Istenem, temiattad ment oda. A te hibád az egész!"

Hirtelen elszégyelltem magam. *Tényleg olyan fontos, hogy éljem a saját kis, privát életemet?*

Ez a kis önző, csónakázó, védett álomvilág úgysem tarthatott volna már sokáig.

Ilyesforma gondolatok gyötörtek. Aztán így szóltam magamhoz: „Ezt úgyis meg kell beszélnem anyámmal. Ő majd azt mondja: »Nem, ezt nem akarom, ne csináld, túl veszélyes!« Én pedig engedelmeskedni fogok. Ezzel az ügy le van zárva, vége, nincs disputa."

Ettől kissé megkönnyebbülve a magammal folytatott vitát lezártam – de valahogy mégis kényelmetlenül éreztem magam.

Amikor kinyitottam a kovácsoltvas kaput, kis, barnásfehér, drótszőrű foxim rohant felém teljes gőzzel, izgatottan ugrált, hogy majdcsak odafigyelek rá, vele törődöm. Várta, hadd játszhassuk kedvenc játékát: eldobok egy labdát, gallyat, fadarabot, pusztán azért, hogy visszahozhassa. Néha becsaptam, és a semmit dobtam. Azért éppúgy szaladt, mint máskor, aztán visszakullogott hozzám szemrehányó ábrázattal: hát ez meg mi?

Most nem sok kedvem volt a játékhoz. Különben is későre járt. Amióta a bombázások elkezdődtek, egészen megváltozott az élet. Teljes elsötétítést rendeltek el. Nem gyújtották meg a park és az utcák lámpáit, és az összes ajtót, ablakot be kellett borítani sötét papírral. Naplemente után nem is csak a város, az egész ország sötétségbe borult.

Esténként, vacsora után a szüleimmel gyakran mentünk sétálni a parkba, baráti társaságban beszélgetni, vicceket mondani, politizálni, ahogy ez már szokás. Amikor a holdvilág előbújt fénye visszatükröződve a víz felszínéről beragyogta a parkot, úgy gondoltam, nincs is itt szükség lámpákra, szebb ez minden lámpafénynél.

Ma egyedül anyámmal mentem ki. Apám és a bátyám Pesten voltak, csak a hétvégén jönnek haza. Apám kis gyógyszervállalatát vezette, a bátyám egyetemre járt. Jólesett, hogy anyámmal kettesben lehetünk, hiszen olyan sok eldöntendő kérdés járt a fejemben.

Nem sokat teketóriázott, kifaggatott:

– Nos, hogy zajlott a látogatásod a légoltalmi központban?

Elmondtam, mit láttam, a tennivalókat, próbáltam elég sötétre hangolni a benyomásaimat. Ő csak hallgatta, nem szólt közbe, de sajnos nem láttam rajta azt, amiben reménykedtem, nemtetszése jeleit.

– Egyáltalán hogy jutott ilyesmi az eszedbe? – kérdeztem. – Úgy gondoltad, úgy gondolod, hogy ez jó lesz nekem?

– Igen, azt gondoltam kitölti majd a sok szabad idődet. Reméltem, hogy nagyon tanulságos lesz neked. Azt is gondoltam, hogy ezzel talán segíteni tudsz majd másokon, a felebarátaidon, és hozzájárulsz ahhoz, hogy népünk túlélje a viszontagságokat.

Egy pillanatra megállt, majd azt mondta:

– Tégy, ahogy a legjobbnak tartod! Ez legyen a te döntésed!

Erre hirtelenjében nem tudtam mit mondani. Titkos reményem, hogy ellenezni fogja az egészet, nem vált valóra.

„Hát nem aggódik miattam? Nem gondolja, hogy ez veszélyes lehet?"

Egy darabig csendben sétáltunk egymás mellett a sötétben hazafelé. Aztán megöleltem, szelíden csókot adtam édes, kedves jó anyámnak s jó éjszakát kívántam neki.

Akkor úgy éreztem erre még aludnom kell egyet.

Nagyon nyugtalan éjszaka után reggel fáradtan ébredtem. Csak halványan emlékeztem az álmomra, mintha törökökkel harcoltunk volna. Lovas hírvivőként nyargaltam erdőkön át, égő, kormos házak között. Az egész nagyon zavaros és ijesztő hatást keltett. Megkönnyebbülést hozott az ébredés, a napsütés és kutyám hízelgése.

– Most nem játszom veled – mondtam, és gyorsan bekaptam egy falatot, mert alig vártam az indulást, hogy megmondhassam a légósoknak, egye fene, kipróbálom! Anyám biztatására és az álmomra gondolva akkor úgy éreztem, nem lehet más választásom.

Zoltán köszöntött, komoly arccal.

– Remélem, csatlakozol hozzánk. Két másik új emberem nem jelent meg, és ettől fogva kezd nagyon zűrös lenni. Több helyről jelentettek károkat az országban. A budapesti központ figyelmeztetett, hogy az angol–amerikai légierő fokozottan bombázza a fontos hadianyag-szállítási gócpontokat, és Szolnok veszélyes ponton fekszik. Mi a német északkeleti front utánpótlási útjának fő szakaszán vagyunk.

„Na, jól nézünk ki" – gondoltam. Most sokkal élénkebb volt az élet a teremben, mint tegnap. A telefonok állandóan csengtek, a rövidhullámú rádiók most is recsegtek ugyan, mindenesetre megszakítás nélkül sugározták a híreket. Kicsit tanácstalan voltam a sok izgalmas újdonságtól, de kezdtem élvezni is.

Amikor egy kissé nyugalmasabbá vált a helyzet, Zoltán leült velem átnézni a szabályokat, a beosztást. Úgy látszott, készpénznek vette, hogy csatlakozom a csoporthoz. Talán ráhibázott.

– Itt, a központban három nyolcórás váltás van. Beosztalak téged a 7–15 óráig szolgáló csoporthoz. Legalább tíz perccel korábban legyél itt, mint a szolgálatod kezdete! Ha percre pontosan érkezel, már késésben vagy. Vésd ezt az eszedbe, és az egész életed könnyebb lesz általa! Ne az utolsó percben érkezz!

Szavait megőriztem, és jól szolgáltak, hogy soha ne késsek le vonatról, megbeszélésről, netán egy randevúról.

– Mindig lesz legalább egyvalaki melletted, de legtöbbször ketten. Fel kell hívnod az összes mentőszolgálatot, tűzoltóságot, rendőrséget, hogy biztosak legyünk benne, a telefonok működnek. Tudnunk kell, hogy a megfigyelőtornyok telefonja rendben van, és hogy az oda beosztottak rendelkezésre állnak. A Nemzeti Központ folyamatosan ismerteti velünk a legújabb híreket, és ez így zajlik majd egész nap. Az unalmas órákat bármikor felválthatja egy pánikkal teli perc, amikor az életmentés sürgőssége diktálja, mit tegyünk. És tudd, lesz olyan is, amikor mirajtunk múlhat egy vagy akár több ember élete!

Ezzel otthagyott, hogy legyen időm gondolkodni. Hát volt is

min. Később adott egy köteg használati utasítást, előírást a szabályokról, általános tudnivalókról. Úgy éreztem, ez már komolyra fordult. Mire három óra lett, átolvastam mindet.

– Jövök holnap reggel. Itt leszek tíz perccel hét óra előtt.

Ezen már csak nevettek.

Jólesett újra kint lenni a ragyogó napfényben, jó levegőt szívni, mélyet lélegezni. Ahogy visszanéztem a gimnáziumra, szinte láttam, ahogy a lányok nevetgélve rajzanak ki a kapun; mert persze meglátták, hogy a sarok mögé bújva várakozunk rájuk. Én legfőképp Annára vártam. Meg is jelent nevetgélő barátnői gyűrűjében, úgy téve, mintha nem is tudná, hogy itt vagyok és várom. Én persze követtem az utca másik oldalán, kirakatot nézegetve, ne is gondolja, hogy minden álmom odamenni hozzá, vele lenni néhány percre.

A jégpályán bekövetkezett „drámai" megismerkedésünk óta többször láttuk egymást baráti társaságban, de sohasem voltunk kettesben. Aztán később, amint lehetett leráztuk a kíséretet, és találkoztunk a parkban, néha elmentünk moziba, és végül az iskola majálisestjén át tudtam karolni tánc közben. Jaj, azok a táncestek! Micsoda mulatság volt az!

A mi osztályunk szervezte az egészet. Egy színdarabot is előadtunk, és saját zenekarunk szolgáltatta a dzsesszzenét a tánchoz, kirobbanó sikerrel. A felső gimnáziumi osztályokból szinte az összes fiú és lány ott volt. Természetesen néhány tanár és szülő éber tekintetének kereszttüzében teltek az órák. De hát ki törődött akkor ezzel? A mi bandánk csak amerikai dzsesszt játszott, csupa Glenn Millert, Artie Shaw-t, Jimmie Dorseyt és a többi szvingdallamot. Az In the mood volt a kedvencünk.

A program színdarabbal kezdődött, mi írtuk, rendeztük és adtuk elő. Rendszerint komédia, vígjáték volt, utánoztuk, parodizáltuk benne a tanárokat, kifiguráztunk minden komoly egyéniséget a mi kis diákvilágunk környezetéből. Én is felléptem, bár nem igazán volt ínyemre. Minden tiltakozásom ellenére részt kellett vennem benne. Utáltam. Gyűlöltem minden percét.

A próbákat, a szereptanulást, az egész színpadi szereplést. Azt, hogy ki kell állnom a közönség elé, lámpalázban. Nem is volt tehetségem hozzá. A nagy izgalomban elfelejtettem a szövegemet, alig vártam, hogy vége legyen. Soha nem tudtam jól beszélni sok ember előtt. (Ez később meg is látszott, amikor szóbeli vizsgát kellett tennem az orvosegyetemen. De ez már egy másik történet.)

A műsor után a zenekarunk elfoglalta a színpadot, és kezdődött a tánc. Mickey Rooney, Hollywood, idenézz! Az egész terem lázban égett, velem együtt. Hisz erre vártam régen, itt az idő táncba vinni Annát. A terem szélén körben ültek a szülők, meg néhány savanyú tanár, középen volt a majomsziget egy csoport fiúval, ugrásra, vagyis táncra készen. Bárki felkérhetett bárkit, ha a lány hajlandó volt párt cserélni, zene közben is fel-, illetve le lehetett kérni. Nem jött senki úgy oda, hogy csak egyvalakivel táncoljon egész este. Változtak a párok és ez néha jó volt, néha bizony nem. Annát sokan felkérték, s ennek én nem örültem, viszont én is táncolhattam mással, és úgy éreztem, ennek meg ő nem örült.

De hát ez volt a szokás. Nem ittunk bort, likőrt, nem volt divat a drog, táncoltunk a táncért és mulattunk a mulatságért. De szép is volt! (Természetesen csak a jóra emlékezem.)

Apám és a bátyám hazajött pár napra, ami akkor ünnepi ebédet és vacsorát jelentett, miközben pontosságot is, hogy időben ott legyek én is az asztalnál. Nagyon egyetértettek önkéntes légoltalmi vállalkozásommal, de kétségbe vonták – főleg gúnyos testvérkém –, hogy fel tudok majd kelni olyan kora reggel.

– Úgy hallottam, hogy az amerikai repülőgépek rengeteg röpcédulát dobtak le Budapest körül – mondta apám –, figyelmeztetve a lakosságot, hogy költözzön el a német hadifontosságú központok, vasúti csomópontok, hidak közeléből, mert azok légitámadások célpontjai lehetnek.

– Milyen szép tőlük – bosszankodott a bátyám –, még figyelmeztetnek is, hogy meg fognak ölni.

– Na, nem! Épp ellenkezőleg. Felhívják a figyelmünket, hogy elkerülhessük a veszélyt – mondta apám. Tulajdonképpen ezzel azt akarják mondani, hogy nem a magyar nép az ellenségük, de ez háború, és el kell pusztítaniuk a német utánpótlási központokat.

Aztán kinyitotta a táskáját és megmutatott egy újsághirdetést, amelyben nagy betűkkel ez állt:

„A hazafiság és humanitás legfontosabb módja, jelentkezni önkéntes légoltalmi szolgálatra."

– Ezt akartam mutatni neked. Remélem, most már jobban érzed magad!

Anyám szelíden mosolygott, és én valami nagyon kellemes melegséget éreztem legbelül, valahol a szívem táján.

Elmondtam, hogy másnap reggel 7-kor kezdem a szolgálatot, és tudatni fogom a bátyámmal, amikor elindulok.

Vacsora után kimentünk a parkba egy kis esti sétára, szívni a jó levegőt és beszélgetni a barátainkkal. A bátyám otthon maradt klasszikus zenét hallgatni. Ígéretes zenei tehetség volt amellett, hogy kémiai doktorátusát készült elnyerni. Azonkívül mindig buta tréfákkal ugratta Marist. Most este például azt mondta neki: „Ne feledd a fehérneműmet kimosni, Mariskám, a gatyámat is beleértve, tudod, holnap vissza kell mennem Pestre!"

Maris bosszankodott kicsit, mondván: „Csak hagyd a konyhasarokban, jól összehajtva!"

A bátyám csak nevetett, ő nem.

Tulajdonképpen nagyon kedvelték egymást, kivéve, amikor a bátyám viccből elkezdett flörtölni Maris igencsak csinos kishúgával. Akkor nagyon haragos lett. Bécó mondta neki, hogy ez az egész csak mókázás, ám én úgy láttam, hogy Maris ebben egyáltalán nem volt biztos.

Olyan kísérteties volt kint, a folyóparton, a sötétben! Most még a hold se jött elő, hogy fényével enyhítse. Alig lehetett megismerni az ismerős arcokat. Mégis jó volt találkozni velük. Ki tudja, meddig láthatjuk még egymást?

– Hallottátok, mit mondott a rádió ma este? – kérdezte Ottó bácsi. – Több helyen jelentettek bombázást az országban. Bár nem sok kárt okoztak, mégis aggasztó. Lehet, hogy ez csak bevezetése a sokkal komolyabb pusztításnak. Lehet, hogy csak ki akarják próbálni, mennyi védelmi erőnk van, vagy talán így térképezik fel a terepet. Ki tudja? Mindenesetre a gyűrű alighanem egyre szorosabbá válik Magyarország körül. Itt az ideje, hogy eltervezzük a jövőnket.

Ezzel mindenki egyetértett. Apámból kitört a keserűség.

– Régóta tudom – mondta –, hogy Hitler tönkreteszi a világot, és belerántott minket ebbe a szörnyű háborúba.

Anyám próbálta csitítani, mert mások is sétáltak a parkban, nem mind hasonló gondolkodásúak. Többen is figyelmeztették, hogy vigyázzon, miket mond, mert már úgyis náciellenes híre van a városban. Sok zsidó barátja volt, és nem palástolta a véleményét, ami nem egyezett az új zsidóellenes törvényekkel, azokkal, amelyeket az új, nácibarát kormány hozott. 1944 márciusában, amikor Horthy kormányzó megtagadta a zsidók tömeges deportálását, és kitudódott, hogy titkos tárgyalásokat kezdeményezett angol és amerikai megbízottakkal, a németek megszállták az országot és németbarát kormány vette át a hatalmat.

Magyarország 1944-ben elveszítette függetlenségét, és csak 45 évvel később nyerte vissza.

Azt a történetet majd a következő generáció írja meg. Ezt a harcot nekünk kell megvívnunk, küzdeni erkölcsi értékeinkért, hinni abban, amit jónak tartunk, amit keresztény vallásunk és örökségünk tanít, úgy bánni felebarátainkkal, ahogy mi szeretnénk, hogy ők bánjanak velünk.

Szüleim nyilvánították ki ezen véleményüket, miközben lassan hazaértünk. Otthon a hátsó szobába húzódva gondosan besötétített ablakok mögött bekapcsoltuk kiváló, német gyártmányú rádiónkat, hogy rövidhullámon meghallgassuk az angol BBC híreit, az egyetlen magyar nyelvű nyugati információt, amihez a német érdekszférán belül hozzájuthattunk. A BBC szenvedélyesen elítélte a nácik terrorbombázásait, London és környéke kíméletlen pusztítását, a vaktában kilőtt rakétákat, amelyek válogatatlanul okoztak károkat, öltek embereket.

– Ah, azok a csodafegyverek! – jegyezte meg apám. – Ezek az új, fantasztikus találmányok, ezeknek kellene megmenteni a náci illúziót, de ezekkel akár rabszolgaságba is tudnák hajtani a világot.

Anyám javasolta, hogy mondjunk egy imát azokért, akik szenvednek. Lefekvés után még sokáig nem jött álom a szememre.

Mi is vár még ránk? Istenkém, segíts meg!

A SZOLNOKI PEARL HARBOR

Másnap reggel, mielőtt elmentem otthonról, jól megrugdaltam a bátyám ajtaját.

– Jó reggelt, good bye, ciao, auf Wiedersehen! Felkeltem idejében, remélem, te sem késed le a vonatot vissza Budapestre!

A reakciója – hogy is mondjam – nyomdafestéket nem tűrő volt, de nem is vártam meg, csak rohantam az iskolához, és oda is értem tíz perccel hét előtt. Huh! Hírközlés, rövid összefoglalása az eseményeknek és a tennivalóinknak. Ezzel kezdődött a nap. Kiderült, hogy az angol–amerikai légierő számos berepülést hajtott végre az országban, valószínűleg felderítő szándékkal. De ki tudja?

Ez az egész olyan furcsának tűnt nekem. Mit keresek én itt, ezekben a fölöttünk álló eseményekben? Minden olyan gyorsan történik. Fel vagyok én készülve ilyesmire?

Később, amikor Zoltán bejött, elmondta, hogy járt a gettóban, ahol több száz zsidó családot zsúfoltak össze. Az a hír járja, hogy rövidesen Ausztriába szállítják őket, hadiüzemekben fognak dolgozni. Velük töltik be azon munkások helyét, akik most katonák a fronton. Néhány hete deportálták őket az otthonukból öreg iskolák és gyártelepek körülzárt területére, amit most gettónak hívnak.

– De a gyerekeket és az öregeket miért? – kérdeztem Zoltánt.
– Azok nem tudnak nehéz fizikai munkát végezni.
– Azt mondták nekik, hogy a családokat együtt akarják tartani. Különben is, nekem csak az volt a feladatom, hogy tájékoztassam őket egy esetleges légitámadásról, az óvóhelyekről, valamint arról, hogy milyen mentési szolgálatra számíthatnak.
– Gondolod, hogy biztonságban vannak ott? – kérdeztem.

– Legalább annyira, mint mi itt, és sokkal biztonságosabb a helyzetük, mint a német kórházvonaté az állomáson.

Hirtelen nagyon rossz érzés és szégyenkezés vett erőt rajtam. Elvégre nem éppen olyan magyarok ők is, mint mi? Mi a bűnük, hogy ezt mérték rájuk? Mit tehetnénk értük?

A következő napokban egyre nőtt a feszültség, sokkal több ellenséges berepülést jelentettek a Kárpát-medencében. A szirénák szinte mindennap riasztottak. Ha otthon voltunk, nem nagyon törődtünk vele, de a városban le kellett menni a légoltalmi óvóhelyekre.

Június másodika. A nap, amit soha nem tudok elfelejteni.

Nem sokat aludtunk az előtte való éjszaka, mert többször is megszólaltak a szirénák, sőt, mintha a távolból egy-egy bomba robbanását is hallottuk volna. A légoltalmi központban nagy nyugtalanság fogadott. A telefonok állandóan csörögtek, a rádió közölte, hogy légi csaták folytak több helyen az országban, és Szolnok környékéről elszórt bombázást is jelentettek. Ez mind arra utalt, hogy akár komolyabb légitámadás is várható.

Aztán még egy másik rossz hírünk is volt: a víztoronynál senki sem vette fel a telefont, megszakadt az összeköttetés.

Mi történhetett, tanakodtunk. Hol lehetnek? Miért nem veszik fel a telefont?

Felhívtuk őket otthon. Az egyik ügyeletes fel sem vette a kagylót, a másik kimentette magát, hogy beteg, magas láza van.

Kis idő múlva egy rádiójelentést kaptunk: délről nagyszámú Liberator lépett be a magyar légtérbe. Több mint száz óriásbombázó vadászrepülőgépek kíséretében.

Te jó isten! Ez már nagyon komolyan hangzik.

– Mit tesz ilyenkor a mi légvédelmünk? – kérdeztem. – Hol vannak a mi vadászpilótáink?

– Magyarországnak alig van 200 öreg Messerschmitt vadászrepülőgépe, nem versenyképesek a modern amerikai gépekkel. Ráadásul 20-30 gépnél több nem mehet légi csatába egy-egy alkalommal.

– Mi van a légvédelmi ágyúinkkal?

– Csak néhány van a város körül. Nem várható tőlük semmi.

A csöndet vágni lehetett volna. Csak a rádió hangja recsegett tovább.

– Mit fogunk csinálni a víztoronnyal? Az az egyik legfontosabb megfigyelőpont a városban.

– Én megyek oda – mondtam.

– Nem, te nem! – förmedt rám a vezetőnk.

– Miért nem? Jól ismerem a tornyot. Cserkészként sokat jártunk oda térképet rajzolni, tájolni.

– Nem! Túl veszélyes! És semmi tapasztalatod nincs ilyesmiben.

– Kinek van? És különben is, én nem vagyok házasember, nincsenek gyerekeim, kötelezettségeim. A tájékoztató szerint ezek a feltételek fontosak ahhoz, hogy egy ilyen megfigyelőállomáson szolgálhass. Különben sem találhatunk másvalakit az utolsó pillanatban. Itt meg úgy sincs rám olyan nagy szükség.

Nem vártam meg a következő elutasító választ, felkaptam a szolgálati sapkámat, kirohantam az irodából, fel a biciklire, és már pedáloztam is a célom felé, amilyen gyorsan csak tudtam. Mindössze tízpercnyire volt.

Akkor, abban a pillanatban a szirénák légitámadást jelző szaggatott, visító hangja süvöltött végig a városon. Nyolc óra harminc percet mutatott az órám. Emberek rohantak mindenütt a pincék felé. Mire kiértem a víztoronyhoz, az utcák üresek voltak.

Ledobtam a bicajt a nyitott vasajtó mellé, felnéztem a hatalmas betontoronyra. Te jó isten, nem is emlékeztem, hogy ez ilyen magas!

Rohantam fel a meredek lépcsőkön, azt hittem, sosem lesz vége. Hideg és sötét volt, a levegő nyirkos, csak néhány kis ablakon szűrődött be kevéske fény. Lihegve értem fel, aztán egy másik vasajtón át kiléptem a tetőre. Hihetetlenül szép látvány fogadott. Látni lehetett a síkságot, a folyót és a köztük elterülő várost. Ám most nem volt idő gyönyörködni a kilátásban. Hol lehetnek a telefonok? Bent, az ajtó mögött találtam meg őket. Mindkettő működött. Amikor felhívtam a központot, valaki ordítani kezdett velem.

– Mit képzelsz, mit csinálsz? Elment az eszed? Ki vagy rúgva, hadbíróság elé állítunk...

A szirénák elfojtották a többit, úgysem tudtam volna mit felelni, most már mindegy. Kiléptem a tetőre, és hallottam egy repülőgép búgását északkeleti irányból. Hirtelen előtűnt egy nagyon gyors vadászgép, hosszú fehér kondenzcsíkot húzva maga után. Ugyanabból az irányból fokozottan erősödő mély, dübörgő zúgás hallatszott.

Akkor életem legfélelmetesebb látványa tárult elém.

Talán száznál is több vadászrepülőgép szállt nagy sebességgel a vasútvonal felé, a pályaudvar irányába. De nemcsak ezek. Rögtön utánuk óriásgépek repültek zárt kötelékben. Úgy láttam, mintha a kisgépek körülvennék a nagy bombázókat, mintegy védve őket.

Pár pillanat, és hullani kezdtek a bombák. A nagy Liberatorok – gondoltam, azok követték a gyors előfutárokat – szórták végzetes terhüket. Fülsiketítő robbanások sorozata, magasba csapó lángok, a pusztulás szőnyege terjedt rohamosan a vasút mentén. Fekete füst takarta be a messzi tájat. Vasdarabok, acél- és fatörmelék repültek felém az állomás irányából. Olyan volt, mintha a pokol kapui nyíltak volna meg.

Megrendülve másztam hátra, hogy elérjem a telefonokat, de nem tudom, hogy az irtózatos detonációk közepette hallották-e, amit mondtam.

A víztorony rázkódott, mintha össze akarna omlani, falai repedezni kezdtek. Óriási robbanással tüzes golyók szálltak az ég felé. Benzin- és olajtartályok lehettek. És a pokoli táncnak még nem volt vége, mert az elsőt egy második hullám követte; aztán még egy.

Ennek sosem lesz vége – gondoltam. Füst takarta el a napot, a lelkem félelemmel telt meg. *Ez tehát az egész élet?*

„Uram, Istenem, miért teszed ezt velünk? Miért engeded ezt? Mi volt a vétkünk?"

Letérdeltem a betonfal tövében és kerestem Őt, az én Istenemet, valahol a füstön át. Akkor egy belső hang így szólt hozzám: *Ne fogd ezt rám! Nem én okoztam. Tudom, hogy most szenvedsz, de adok neked erőt, hogy kibírd. Ne add fel!*

Aztán egyszer csak eltűntek a repülők. Késői robbanások még hallatszottak, sok égő épület teteje adta fel a harcot s szakadt le nagy robajjal. Sötét füst ülte meg a tájat. A távolból segítséget kérő, jajveszékelő emberi hangokat hozott a szél. A szirénák újból megszólaltak, de már nem a hullámzó, ijesztő hangon, hanem folyamatos, mondhatni megnyugtató módon jelezve, hogy a veszély elmúlt.

Az emberek félelemmel telve jöttek ki az óvóhelyekről. A pályaudvar felől sok vérző ember vonszolta magát a város felé. Német katonák cipelték lepedőbe burkolt sebesült társaikat, roskadtak össze az út szélén.

Kétségbeesve hívtam a légoltalmi központot jelenteni, amit láttam. Elmondtam, hogy rengeteg áldozat lehet a vasútállomás közelében. Úgy véltem, a támadás epicentruma a pályaudvar volt. Másfelé nem láttam tüzet, füstöt. Kértem, hogy küldjenek oda minden tűzoltó-, elsősegély- és mentőosztagot. A központ próbálta riasztani az elérhető polgári erőket és egyeztetett a katonai mentőkkel, hogy melyek a legfontosabb teendők. Mozgósították a környék összes mentőállomását, tűzoltóságát és minden épkézláb, segíteni képes önkéntes jelentkezőt.

Városunkat még soha nem érte hasonló katasztrófa. De csak átmenetileg bénult meg a város. A zűrzavar után megindult az életmentő munka. Tűzoltók, mentők, a város összes orvosa, nővére rohant segíteni. Sok súlyosan sérült embert, asszonyt, gyereket sikerült kihúzni a romok alól, némelyiket vérző sebbel, törött csonttal, másokat szinte félholtan, de reményt adva nekik a felépülésre. Uramisten, segítsd őket! Azokat is üdvözítsd, akik már nem élnek!

A német és magyar katonai erők lezárták az állomás környékét. Történetesen egy német katonai kórházvonat tartózkodott a közelben, több száz sebesülttel. Sokan éppen zuhanyoztak, amikor a légitámadás kezdődött. Ők, úgy ahogy voltak, meztelenül vagy lepedőbe burkolózva próbálták menteni az életüket. Sokan meghaltak, még többen megsérültek, mások menekülni próbáltak a város felé. Őket láttam a toronyból. A vasúti szerelvények, az épületek, az olaj- és benzintartályok mind megsemmisültek. Óriási bombakráterek éktelenkedtek az egész környéken. Mire mi, civilek odamehettünk, hogy részt vegyünk a romeltakarításban, már az összes halottat elszállították. Becslések szerint több mint ezer német katona halt meg – a hazájáért? Száznál jóval több polgári halottunk is volt.

Az állomás körüli kép az amerikai polgárháború véres Atlantájára emlékeztetett, amit az Elfújta a szél című filmben láttunk.

Többször is próbáltam hívni anyámat napközben, hogy elmondjam, jól vagyok, de csak délután tudtam hazarohanni, hogy megöleljem. Gyönyörű szép, galambszürke szeme könnyel telt meg, az enyém se volt száraz. Épp akkor szólaltak meg a harangok a templomtornyokban, sokáig zúgott, zengett a harangszó, hogy hirdesse a szolnokiak hitét.

– Menjünk át a templomba hálaadásra és imádkozni az áldozatokért, a hozzátartozókért – mondta anyám.

A város mély gyászba borult a támadást követő napokban. Misék és imaestek, temetések és a tömegsírok szentelése jellemezte ezt a szomorú időszakot. A magyar és német hadsereg halottait a katonai temetőkben helyezték örök nyugalomra.

Aztán megindult a tömeges elvándorlás. Attól félve, hogy további bombatámadásoknak leszünk kitéve, ezrek hagyták el a várost, menedéket keresve a környékbeli falvakban. Minthogy apám és a bátyám Pesten éltek, anyám úgy döntött, hogy mi – ő, Maris és én – maradunk. Csak a legértékesebb bútorokat vittük ki Maris családjához, remélve, hogy ott talán jobban megmaradnak. Hogy miért a bútorok és miért nem mi, azt nem értettem.

Bagó is velünk maradt.

A Holt-Tisza partján

Néhány nappal később a BBC-n hallottuk a biztató hírt. A szövetséges haderők partra szálltak a normandiai tengerparton. Itt kezdődött Hitler ördögi tervének utolsó fejezete. Mindeközben a nácik és magyar vazallusaik fokozott erővel folytatták a zsidók deportálását, és mindent elkövettek, hogy megakadályozzák a magyar békeszerződési kísérleteket az angol–amerikai titkosszolgálaton keresztül.

1944 márciusáig, amikor a németek átvették a hatalmat, Magyarország volt az egyetlen állam a németek által uralt Európában ahol a zsidóságot kevés atrocitás érte. Sőt, sokan menekültek ide a környező országokból is. Aztán minden megváltozott, és a magyar zsidók deportálása is megkezdődött. Szüleim és náciellenes barátaik mélyen elítélték ezt a szörnyűséges erőszakot, de sokat nem tudtak tenni ellene. A vidéki városokban majdnem lehetetlen volt egy zsidó családot elbújtatni. Aki tudott, Pestre menekült.

Én még mindig aktívan vettem részt a légoltalmi szolgálatban, mivel a légitámadások folytatódtak. Városunkra több mint tíz alkalommal dobtak még le bombát, ezek közül egyik sem okozott akkora pusztítást, mint a júniusi – kivéve egyet, amikor kis híján életünket vesztettük.

A nyár közepén jött a kánikula, a forró napok. Néha még kimentem evezni imádott folyómra, békét, nyugalmat keresni – és aztán volt még valami.

Anna.

Sokat voltunk együtt a tavaszi napokban, nagy sétákat téve a folyóparton, egymás kezét fogva. Nem mindig, ám elég gyakran úgy éreztem, valami átforrósult bennem, s ehhez a napsütésnek semmi köze nem volt. Anna többnyire vidáman nevetgélt, vicce-

lődött, amikor a barátnőivel volt, ám csendesebb és talán roman-
tikusabb is lett, amikor kettesben voltunk.

Hosszú, hullámos haj keretezte csinos arcát, mókusbarna sze-
me kacéran villogott, néha rám is, amit mindig nagyon vártam
és szerettem. Nem tudnék egy drámát írni arról, ami közöttünk
történt, de egy biztos, remekül mulattunk egymással. Ha csak a
kezét foghattam, már boldog voltam. Annának volt két idősebb
lánytestvére, így sok – mondhatnám – túl sok – lovag vette körül
a házuk táját. Az idősebbiket már eljegyezte egy fiatal magyar
tiszt, aki hozta a barátait is. Mindez aggasztóan hatott rám, de
mit tehettem? Majd én megmutatom nekik, hogy nemcsak kato-
natiszt van a világon.

Ideje volt, hogy meglássam, mi folyik ott. Amikor a házuk
közelébe értem, a kis kápolna mögött olyan elhagyatottnak tűnt
minden. Zsaluk fedték az ablakot, a nagykapu zárva, csak a kis-
ajtó volt nyitva. Az öreg szakácsnő lépett ki rajta.

– Ó, hát elmentek pár napja, a bombázások miatt, kiköltöztek
a szőlősbe.

– Mindenki? Anna is?

– Ő is bizony! Magukkal vitték a bútorokat, sőt még a nagy
zongorát is, hogy tudjon játszani, ha túl magányosnak érezné
magát. – És rám kacsintott pajkos huncutsággal.

Na, majd én megoldom ezt a problémát! Rápattantam a ke-
rékpárra és vadul hajtani kezdtem, hogy minél előbb odaérjek.
Hisz jártam én már arra, a Holt-Tisza partján, abban a kis vízi
paradicsomban. A folyó levágott kacskaringós szakasza, most
állóvízként, csak halászokra várva, gyakran hívott oda minket
is városunk porából. Ott van most hát az én álmom, vadvilággal
körülvéve, oda vágyom! Vadkacsák és kócsag, békára vadászó
gólya, gémek, egy-egy lusta réce mozog otthonosan a vízen. A
nádas, a szomorúfűzek szerényen háttérbe húzódva bólogatnak
az enyhe szélben. Mindez akár impresszionista festők délibábos
látomása is lehetne. Ám mindenféle nyári mulatság várt ott ránk,
napozás a stégen, úszás és evezés, majd flörtölés is néha. Néha?

Főleg a flörtölés volt az, amit a legjobban szerettünk. Időnként elég volt csak csendben elveszni a természetben, átadni magad egy békés világnak, beszívni a sok istenadta szépséget, hogy nyugalom töltse be a lelket.

Valahol ennek az édenkertnek a közepén volt egy kis fehér ház. Oda igyekeztem. Bagó foxit hazaküldtem – mert jött volna szívesen ő is velem. Miután átmentem a gyaloghídon, elhagyva a nyári házikókat, nemsokára keskeny földutakhoz értem, aztán ezek is megszűntek. Csak lovas kocsik jártak erre, biciklisták, meg néhány traktor. Búzatáblák hullámoztak végestelen-végig, piros pipaccsal a szélükön. A margaréták mellett csodaszép, kék búzavirág lengedezett az enyhe szélben. Ebből szednem kellett. Csinos kis bokrétába kötöttem a legszebbeket, hogy majd átadhassam Annának.

Aztán feltűnt a kis fehér ház. Ahogy közeledtem, zongoraszót hozott felém a szél. Egy Chopin-etűd volt. Rögtön tudtam, Anna játssza, ez volt az egyik kedvence, nem csoda, ha én is rabja lettem. Nem akartam megszakítani, ezért csendesen odaosontam az ablakhoz. Amikor befejezte, ráköszöntem és nagy ovációval nyújtottam felé a virágot. Felugrott, repült az ablakhoz, kihajolt, ahogy csak tudott, én meg hosszú, göndör hajába temettem az arcomat, puszit nyomva szája szögletére. Ezt eddig még soha nem engedte meg nekem.

– Gyuri, tényleg te vagy? El sem hiszem! Úgy hiányoztál! Olyan egyedül voltam itt! Nincs telefonunk, csak egy öreg rádió, nem tudtalak hívni. Úgy aggódtam érted a bombázások miatt! De most boldog vagyok, hogy látlak. Szinte el sem tudom hinni, hogy itt vagy.

Aztán folytatta az ő határtalan lelkesedésével, s ez nagy boldogsággal töltött el. Talán ez volt az első eset, amikor úgy éreztem, jelentek valamit neki. Most, ebben a pillanatban mintha nem akarta volna visszatartani az érzéseit, egyszerre szerető, melegszívű lány lett belőle.

Mintha egy új Anna lenne.

Mindez csak a háború miatt? A bombázás? A veszély hozta volna közel hozzám? Vagy egyébként is megtörtént volna? De mit számít ez? Az számít, hogy nagyon szeretek a közelében lenni, és ha hihetek a szememnek, annak, ahogyan megölelt, ő is hasonlóan érez.

„Ó, de boldog vagyok, és szeretném ezt az érzést szétkürtölni az egész világnak!"

– Gyere velem! – mondtam. Mutatok valamit neked a virágos búzamezőn.

– Egy kicsit később, Gyuri, most olyan meleg van. Le akarlak vinni a vízhez. Szeretni fogod. Kimehetünk csónakázni, esetleg úszni, majd ha hűvösebb lesz, megmutathatod a mező virágait. Avval elment, hogy felvegye a fürdőruháját. Nekem fogalmam sem volt róla, mit vegyek fel, mert nem hoztam semmit magammal. De mit számít mindez! Levetem az ingemet, a szandálomat, és úszom a rövidnadrágban. Ekkor előjött és megragadta a karomat.

– Gyere, menjünk! Kövess!

Először láttam fürdőruhában, és nagyon kedvemre való volt, amit láttam. Igencsak csinos volt. Ann Rutherford és a többi hollywoodi sztár, már nem ti vagytok az emelvényen, Anna lett a nyertes!… Azt hiszem, várta és látta is a hatást, mert az a bizonyos huncut mosoly megint ott volt a szeme sarkában, mintha azt mondaná: „Ezt jól kigondoltam ugye? Tanultam megint valamit a lányoktól."

Lefelé mentünk egy keskeny, füves ösvényen, és hamarosan megláttam a fűzfabokrok és a nádas mögött csillogó víztükröt. Elég hosszú deszkahíd vezetett át a sűrű nádason, a víz szélén rögzített imbolygó stéghez. Egy öreg, lapos fenekű halászcsónak volt a végéhez kötve, lapátokkal és az alján némi vízzel. Vajon lyukas, vagy ez csak a tegnapi eső maradéka? De mit számít mindez, hisz itt vagyunk kettesben a természet lágy ölén, mint eddig még sosem.

Azaz, majdnem kettesben. Mert hirtelen egy sárga csőrű kacsacsalád vitorlázott el a vízen, aztán madarak röpte bolygatta meg a nádast, végül néhány békát kellett jobb belátásra bírni, hogy hagyják el a ladikot. Miután sikerült megszabadulni az összes zavaró körülménytől, próbáltunk beszállni a csónak két végén lévő ülésre, anélkül, hogy beborulnánk. Ez nem is volt olyan egyszerű, mivel elég labilis volt az öreg lélekvesztő. Én hajszál híján bele is estem a vízbe. Mire Annából kitört a nevetés.

„Na, csak várjál! – gondoltam bosszankodva. – Te csak várjál! Meglátjuk, ki nevet utoljára!"

Aztán kieveztünk a tükörsima folyóra. A hűvös víz csalogatóan hívott a forróságban. Élveztem a gyönyörű nyári panorámát, amit Anna tett még szebbé.

– Menjünk úszni! – mondta.

Ingemet levetve elkezdtem himbálni a ladikot, mire Anna egyensúlyát vesztve ugrani kényszerült. Ahogy feljött a víz alól, gyönyörű szép hullámos haja kiegyenesedve lógott az arcába. Most rajtam volt a sor a nevetésben.

– Olyan viccesen nézel ki. Mi történt a szép loknikkal? – De jobban tettem volna, ha hallgatok.

Rettentő dühös lett.

– Te csúnya, te lehetetlen te, te, te!...

Akkor belekapaszkodott a csónak szélébe és vadul elkezdte hintáztatni – gondoltam itt az ideje, hogy utána menjek, és beugrottam a folyóba. Aztán már nem hallottam, miket mondott, de talán jobb is. Amikor feljöttem a ladik másik oldalán és odasandítottam rá, már nevetett és vízzel fröcskölt, hínárt hajigálva felém.

– Még most is gyönyörű vagy! – kiáltottam felé.

Később már csak kacagva játszottunk a vízben, úsztunk a víz alatt, élveztük a természetet és egymást. Aztán két oldalról egyszerre másztunk vissza a ladikba, hogy fel ne boruljunk, és boldogan nyújtóztunk el az aljában. Arcunk egészen közel volt, szinte összeért. Néztem, ahogyan lassan lehunyja a szemét, és ezt tettem én is.

Mindez olyan hihetetlenül szép volt. Tündérvilág, maradj velem!

LETARTÓZTATJÁK APÁMAT

A pádat letartóztatták ma reggel Budapesten. A Gestapo vallatja – mondta reszketve anyám, amikor hazajöttem a légoltalmi központból.

– Úristen, mi történt? Amikor reggel elment minden rendben volt vele? Nem tűnt idegesnek, aggódónak?

Kérdések özöne tódult az agyamba. Letartóztatták? De miért? A Gestapo? Hát mivel vádolják?

– Mami, kérlek, mondd el, mi történt!

– Én sem tudok sokat. Amikor visszament ma reggel Budapestre, minden a megszokott módon történt. Néhány órával később Iván nagybátyád hívott telefonon. Elmondta, hogy sürgős hívást kapott a Keleti pályaudvar rendőrségétől, azonnal menjen oda. Apádat ott tartották, ő üzent Ivánért, mert ügyvédre van szüksége.

– Rendőrség? Ügyvéd? Mi folyik itt?

– Iván említett valamit egy bombáról.

– Bombáról? Miről beszélsz? Mi ez? Egy vicc?

– Attól félek, nem. Iván hangja nagyon komolynak, aggódónak tűnt. Amint megtud valamit, hívni fog.

Anyámnak ez már sok volt kicsit, s itt sírva fakadt.

– Mamikám, ne sírjál! Meglátod, minden rendbe jön! Apám nem egy bűnöző, soha nem ártana senkinek, itt valami félreértésnek kell lennie. Csak várjuk ki, hogy mi történik. Vagy azt akarod, hogy felmenjek Pestre az első vonattal?

– Nem, én azt szeretném, hogy ittmaradj velem! Már hívtam a bátyádat, hogy azonnal menjen oda, tudja meg, mi történt. Mi most imádkozzunk inkább egy kicsit, az talán többet segít, mint bármi más!

Magunkban fohászkodtunk. Csend kell ahhoz, hogy az Úristenhez tudjak közeledni. A szavak nem mindig tudják kifejezni, amit a lelkünkben érzünk. Órák teltek el. Egy örökkévalóságnak tűnt, míg a telefon végre megszólalt. Mindketten odaugrottunk, de anyám azt mondta:

– Te vedd fel, csak tartsd úgy, hogy én is halljam!

Iván volt.

– Rosszabb, mint gondoltam – mondta Iván. – A férjedet elfogták, amikor egy dinamittal teli táskát vitt. Hallgass! Kérlek, ne vágj közbe! Hadd mondjam el, hol állunk ezzel a bizarr esettel! Béla és a barátja, akivel együtt utazott fel Pestre, miután leszálltak a vonatról elindultak a kijárat felé, amikor két rendőrkutya el kezdett szaglászni, majd ugatni a Béla kezében lévő táska után. Amikor megpróbálta elkergetni őket, még dühösebben támadtak neki, és ez felkeltette a rendőrök figyelmét. Ma, amikor szabotázs és kémkedés miatt örökösen felforgató elemek után kutatnak, mindenki gyanús lehet nekik. Több se kellett, bekísérték őt a barátjával együtt a pályaudvari őrsre.

– Ezt nem lehet elhinni – sírt fel anyám –, ez csak egy rémes álom lehet!

– Várjál, hadd folytassam!

– Ez a maga táskája? – kérdezte a rendőrkapitány.

– Igen, természetesen.

– Mi van a táskájában?

– Ma reggel, amikor eljöttem hazulról a feleségem pakolta be, azt hiszem, a pizsamámat, fehérneműt, borotvakészletet, fogkefét, miegymást. De miért hoztak ide, és miért acsarkodnak rám a kutyák?

– Azt most rögtön meglátjuk. Kérem, nyissa ki a táskáját!

Mikor Béla kinyitotta a nagy aktatáskát, megdöbbenve látták, hogy tele van dinamittal. Béla elképedve nézte a hihetetlen látványt, barátja felkiáltott: „Mi az ördögöt viszel te itt?"

– Nézzük csak meg – mondta a rendőrtiszt, de aztán visszahőkölt. – Mielőtt hozzányúlunk, értesítem a főkapitányságot, hogy küldjenek egy tűzszerészt.

– Uram, mit tud erről mondani nekünk?

– Meg vagyok döbbenve. Fogalmam sincs, hogy került ez hozzám, kérem, higgyen nekem! Én törvénytisztelő polgár vagyok, nem tudok semmiféle robbanószerekről. Ez talán nem is az én táskám, csak hasonló hozzá, valakivel elcserélhettem, vagy még inkább valaki akarattal cserélte ki az enyémmel, hogy én hozzam fel Pestre. Igen, valószínű, így történhetett, és az a valaki – ellenálló, vagy kém – most itt vár rám valahol, hogy visszacserélje a táskáját, valami ravasz magyarázattal, és…

– Csak lassuljunk le! – vágott közbe a rendőrtiszt. – Azt hiszi, minden marhaságot elhiszek?

Aztán odafordult a Gestapo tisztjéhez, aki éppen megérkezett, hogy elmondja neki mi történt. Tüzetes nyomozás indult, hogy ki is az apám, mi a háttere, kihallgatták a barátját, mit tud ő erről, és végül megérkezett a tűzszerész is, aki megállapította, hogy ezek valóban hatásos dinamittöltetek, amivel akár egy hidat is fel lehetne robbantani.

– Ekkor érkeztem oda én és tudtam meg ezeket a részleteket – mondta Iván.

Anyámmal csak hallgattuk ezt a hihetetlen történetet, és elhatároztuk, hogy azonnal megyünk fel Pestre tanúskodni, mindent elkövetni apám érdekében. Pár szóval elmondtuk Marisnak, hogy mi történt, elköszöntem Bagótól, gyorsan összepakoltuk a legfontosabbakat, ami egy éjszakára kell, és rohantunk ki az állomásra.

– Ne aggódj, mamikám, előbb-utóbb minden jóra fordul! Bízzál a Jóistenben! Nem hagy el minket.

Közben Iván próbálta összeszedni minden ügyvédi tudását, átgondolva minden apró részletet. A rendőrség kapcsolatba lépett szülővárosom rendőrkapitányával és a polgármesterrel is. Mindkét hivatal a legjobb referenciát adta apámról, az volt a véleményük, hogy valami félreértés lehet a dologban, s előbb-utóbb az igazság is ki fog derülni. Ez nagyon kedvező fordulatot hozott, ami a rendőrség viselkedésén is meglátszott.

Kihallgatták apám barátját is, hogy nem látott-e valami gyanúsat a táskával vagy apám viselkedésével kapcsolatban. De nem tudott semmi újat mondani.

Akkor Iván rövid megbeszélést tartott a katonai rendőrség vezetőjével, összeszedve minden jogi ismeretét, hogy logikus magyarázatot és elfogadható mentséget találjon az esetre.

– Itt van egy jó hírű polgár, egy becsületes, őszinte ember, egy tartalékos tiszt, akinél önök találnak egy táskát egy csomó dinamittal. Ez nagyon is valószínűtlennek tűnik. Ez a táska valaki másé. A kérdés az, hogy kié? És hol van akkor az én ügyfelem táskája? Ha az az ember egy alvilági figura, akkor azt ajánlom, a rendőrség rendeljen el országos nyomozást, hogy választ kapjunk ezekre a kérdésekre. Abban az esetben viszont, hogyha ez az illető egy becsületes ember, akkor nincs mit takargatnia, kivéve, hogy nem vigyázott elég gondosan veszélyes szállítmányára, s akkor előbb-utóbb előkerül és így a probléma megoldottnak tekinthető.

– Tudja, ebben van valami. Maguknak ügyvédeknek kicsavart, de éles eszük van – mondta a főnök. De közölhetem önnel, hogy az országos nyomozás már folyamatban van. Remélem, a kliense érdekében hamarosan lesz is valami eredménye.

Közben anyámmal megérkeztünk a Keleti pályaudvarra és sietve megkerestük a rendőrségi hivatalt. Ott bekísértek minket egy szobába, ahol a bátyám várakozott. Nagy ölelkezés után elmondta, hogy még nem látta apánkat, de Ivánnal már beszélt, aki elmondta, hogy apánk nagyon a szívére vette a dolgot. Kértük az egyik rendőrt, mondja meg az ügyvédnek, hogy mi is itt vagyunk és szeretnénk beszélni vele.

Pár perc múlva ki is jött Iván, s anyámat megölelve biztatott bennünnket, hogy csak maradjunk nyugodtak, reméli, az ügy hamarosan tisztázódik. Azt is hozzátette, hogy ha éjfélig nem tisztázódik az eset, kérni fogja, apámat engedjék el az ő személyes felelősségvállalása mellett. Ez mindenesetre biztató volt, s mi hálásan megköszöntük neki addigi ügyvédi és erkölcsi segítségét.

Aztán csak vártunk és csendben imádkoztunk. Iván hazament vacsorázni a családjához. Hívott minket is, de nem voltunk éhesek, és nem is akartunk elmenni onnét. Majdnem éjfél volt, amikor nagy sietve visszaért, és odasúgta, hogy valami új fejlemény van az ügyben, és minden nagyon jól alakul. Hála a Jóistennek! – sóhajtottunk megkönnyebbülve.

Egy kis idő múlva kinyílt az ajtó, s apám jött ki rajta könnyes, de mosolygó szemmel, s hozta a táskáját is. Anyám a karjaiba esett, aztán nagy örömmel mind összeölelkeztünk. Szem nem maradt szárazon. Legalábbis ahogy én láttam.

Aztán Iván is előjött a rendőrfőnökkel, és elmondták, hogy megtalálták a dinamitos táska tulajdonosát.

Major mérnök, aki egy alagút- és hídépítő vállalatnak dolgozott katonai beruházások kivitelezésén, beszállt hivatali autójába a Keleti pályaudvaron. Az irattáskáját gondosan maga mellé helyezve kihajtott a külvárosba, a kutatóintézetéhez. Fontos megbeszéléseknek nézett elébe, köztük jelentést is kellett adnia a szolnoki tárgyalások eredményéről. Miután megérkezett a hivatalához, gondosan bezárta a táskáját és sietett a gyűlésekre. Estefelé, miután visszatért az irodájába, felvette az irattáskát, hogy az éjjeliőr által felügyelt biztonsági raktárba helyezze.

– Kérem, vegye át ezt éjjeli megőrzésre – mondta –, de vigyázzon, mert dinamit van benne, robbanásveszélyes!

– Jó lesz, ha kinyitom és átnézem. Tudja, a szabályokat be kell tartanom.

A mérnök feltette az asztalra a táskát, de kicsit nehezen bírta kinyitni. Nem akart hinni a szemének. Fehérnemű, pizsama, mindenféle személyes holmi, de sehol a dinamit. Elsápadt, kiment a vér a fejéből, az ájulás környékezte.

– Úristen! Ez borzalmas! Ez nem az én táskám! Éppen úgy néz ki, mint az enyém, de hát ez valaki másé! Hogy történhetett ez meg? Betörhetett valaki az épületbe és kicserélte a táskát? Nem, az lehetetlen!

Az őr egyre nyugtalanabb lett.

– Hívjuk a biztonsági szolgálatot, hogy zárják le az épületet? Azok a dinamitrudak valaki másnál vannak. Meg kell győződnünk róla, hogy nem kerültek-e bűnözők kezébe.

– Igen! Igaza van! De mielőtt megnyomjuk a pánikgombot, hadd gondoljam át a napot! Mindig velem volt a táska? Igen. Nem hagytam ott a fürdőszobában? Nem. Akkor mi történhetett? Hisz mindig a szemem előtt volt. Ez tébolyító! Igen! Azonnal értesíteni kell a biztonsági szerveket!

Riasztották az egész épületet, értesítették a felügyelőbizottságot és az igazgatókat. Még soha nem fordult elő ehhez hasonló eset a vállalatnál. A tanácskozás után azonnal értesítették a rendőrséget, hogy kezdje meg az országos nyomozást. Mindent el kell követni, hogy a különösen veszélyes robbanóanyag ne kerüljön avatatlan kezekbe, netán rossz szándékú személyhez! A helyzet súlyosságát fokozta, hogy ez órákkal korábban történhetett, ki tudja, hol jár már vele a tolvaj.

Major mérnök úr meggyőződött róla, hogy a táska a rendőrségen az ő hivatalos tulajdona, és a dinamit hiánytalanul benne van. Szakasztott olyan volt, mint az apám táskája. Nyilvánvalóan egy óvatlan pillanatban, talán amikor a jegyet vették a szolnoki állomáson, összecserélték. A rémületes helyzet megoldódott.

Legalábbis azt hittük.

Amíg csak apám meg nem kapta Iván számláját.

AMIKOR NAGYON
KÖZEL JÖTT A HALÁL

Szent István napja, 1944. augusztus 20. A nyár gyorsan eltelt. Folytattam a légoltalmi szolgálatot, hisz Szolnokot még többször bombázták, de ezek a támadások potomságnak számítottak a júniusihoz képest. Ennek ellenére nyugtalanság uralkodott a városon. Az angol–amerikai légierő főleg a katonai célpontokat, a repülőtereket, vasútállomásokat és a vasúti hidakat támadta, de időnként jutott egy-egy a városra és környékére is. Igaz, nem sok kárt okozhattak. Szolnok kiürült, a lakosság fele elmenekült, a piacok üresek voltak, mert a falusiak nem merték behozni a termékeiket. A legtöbb üzlet bezárt.

Apám és a testvérem továbbra is Pesten élt, csak hétvégére jöttek haza. Nem is mindegyikre. Maris, ez a kedves, szelíd, istenfélő ártatlan teremtés nem ment volna sehová anyám nélkül. Bagó, a szirénától idegesen rohangáló kis foxim minden alkalmat kihasznált, hogy az ölembe ugorjon, biztonságot keresve.

A német katonaság kórházat rendezett be a gimnáziumban, így az új iskolaév nem kezdődhetett el. (Hahaha...)

Megünnepeltük a tizenhatodik születésnapomat, rántott csirkével és kedvenc diós tortámmal. Anna különleges Chopin-koncerttel lepett meg, és meghívta néhány barátunkat, ismerősünket táncolni, énekelni. Gyakran láttuk egymást, de nem eleget, ahogyan szerettem volna, kettesben, amikor úgy érezhettem, hogy közel vagyunk egymáshoz. Nagyon hiányzott, ha néhány napig nem láttam, és minden vele töltött óra boldoggá tett.

Visszatérve Szent Istvánhoz, meg vagyok győződve arról, hogy nélküle ma már nem lenne Magyarország, sem magyar nép, sem nyelv, sem hagyomány. Apja, Géza fejedelem tanítása nyomán felismerte, hogy a magyar nép csak úgy tud fennmaradni a Kárpát-medencében, ha leteszi harcos, nomád, életmódját, s a keresztény hit jegyében iskolázott, civilizált kultúrát épít. Ezek nélkül a magyar népnév ma már csak a történelemkönyvekben élne – csakúgy, mint a hun vagy az avar.

De most, Szent István napján, augusztus 20-án, amikor az ő emlékét ünnepeljük, közel jött hozzánk a halál.

Apám és testvérem Pesten maradtak azon a napon. Mi anyámmal elmentünk a reggeli misére. Reggel kilenc óra lehetett. Reggeliztünk, amikor megszólaltak a szirénák. A váltakozó hangok, kisebb megszakításokkal, közvetlen légi támadást jeleztek. Hasonló esetben legtöbbször átmentünk a közeli park melletti szálloda óvóhelyére. Ma azonban otthon maradtunk, nem akartunk a sokasággal tartani. A mi pincénk is elég erős volt, betonfalú, padokkal, könyvekkel és rádióval felszerelve, Bagó is ott lehetett velünk. Lesiettünk, becsuktuk a nehéz vasajtót, aztán otthonosan beültem egy sarokba olvasni.

Egyszer csak megrázkódott a föld, a könyv kiesett a kezemből, a fülsiketítő robbanások borzalmas légnyomás kíséretében szinte szétrepesztették a dobhártyámat. A betonfalak inogtak, repedeztek, a föld mozgott a lábam alatt, a lámpák kialudtak, még a rádió is elhallgatott. Egyik detonáció a másik után, pillanatok alatt por és törmelék zúdult a fejünkre, sűrű, fanyar füst szivárgott be minden résen.

– Mami, ránk omlanak a falak, mozog a föld alattam! – kiáltottam.

De nem hiszem, hogy hallotta. Maris felzokogott, Bagó vonított – aztán, éppoly hirtelen, mint ahogy kezdődött, megszűntek a robbanások, és csend lett. Félelemtől reszketve roskadtam a földre anyám mellé, aki halkan imádkozott, átkarolt, éreztem, ő is remeg.

„Uramisten, vége van már? Vagy visszajönnek? Vigyázol ránk még egy kicsit?"

Aztán megszólalt a sziréna, jelezve, hogy elmúlt a légiveszély. Mégis, mintha minden erőnk elszállt volna. Ott maradtunk térdepelve, hálát adni a Jóistennek, hogy még élünk.

„Mi lehet a célja velem, hogy már másodszor ment meg?"

Alig bírtuk kinyitni az ajtót, mert a rengeteg törmelék eltorlaszolta. A levegő telítve volt nehéz, füstös porral, de kint a nap még mindig sütött. Sőt úgy tűnt, szebben, mint valaha. Elszörnyedve láttuk a pusztítást a házunk körül – de a ház állt! Igaz ittott megrepedt a robbanások erejétől. Lehangoló volt a látvány, betört ablakok, cserepek, tégladarabok körös-körül – ám ledönteni nem tudták.

Óriási krátereket láttunk a házunk előtt, az utcán és a parkban. Mintha vad vihar vonult volna át a környéken, törve-zúzva mindent, ami az útjában volt, feldúlva a tájat, kitépve a fákat, virágokat. És a rózsák? Szirmok nélkül feküdtek a porban. Már láttunk ilyet háborús filmekben. Most rajtunk a sor, tántoroghatunk a romok között. De hát csoda történt, élünk, ez a fontos – és a hitünk erősebb, mint valaha!

A híd lehetett a célpontjuk, de – hál' istennek – az is áll, gyönyörű szép, íves csúcsa büszkén néz fel a magasba. Ijedt szomszédok jöttek fel a környező pincékből, kábultan integetve, jó volt épségben látnunk egymást. Hamarosan megérkeztek a tűzoltók és a mentők, de nem tudtak közel jutni a kráterek miatt. A villany- és telefonpóznák széjjeltépve hevertek a földön. Úgy tűnt, mintha a gödrök fenekéről szennyvíz szivárogna.

Te jó ég, mihez kezdjünk?

Az első bénultságot felváltotta a megújulás vágya. S ez erősebb volt minden másnál. Éreztük, tudtuk, nem adjuk fel, nőnek itt még rózsák. A légoltalmi központ derekas munkát végzett, rövid időn belül minden szükséges emberi és műszaki segítség megérkezett. A légitámadás híre gyorsan terjedt a városban. Több barátom sietett segítségünkre, teherautók érkeztek, hogy elszállítsák a törmeléket, sőt végül a kilyukadt csatornák javításához is hozzáláttak. A közeli szállodából vizet, limonádét hoztak a pincérek. „Segítsd felebarátodat"-hangulat vett erőt rajtunk. Soha nem éreztem olyan erősen, hogy igen, vannak felebarátaink, szeretnünk is lehet őket.

Megkezdődött a nagytakarítás. Egész nap lapátoltunk, söprögettünk. A törött téglákat, cserepeket, ablaküvegdarabokat felraktuk a teherautókra az önkéntesek segítségével. Tudtuk, ez akár napokig is eltarthat, de nem akartunk várni holnapig. Amit ma megtehetsz... Bagó nyugtalanul rohangált fel-alá, izgatottan szaglászott döglött madár, egér után. Anyám elment telefonálni apámnak, hogy ne aggódjanak, élünk, velünk volt az Isten, áll a házunk, tető is van fölötte. Gondolom, még a templomba is bement hálaadásra. Késő délután lepihentünk kis időre a járda szélén, amikor messziről vad biciklicsengetésre lettem figyelmes. Aztán láttam a félhomályban, mintha szél kergetné, Anna repült felém virágos ruhájában. Nyakamba ugrott, megcsókolt, úgy szorított, mint még soha.

– Olyan boldog vagyok, hogy nem lett semmi bajod! Hírek jártak, hogy többen meghaltak a park és a szálloda körül, sok épület összeomlott. Nem bírtam tovább, jönnöm kellett, hogy lássalak, hogy élsz és jól vagy! Mamid is jól van? Hát Mariska? Látom, a kutyád jól van, hiszen vidáman ugrál rám.

Bár én lehetnék az a kutya, gondoltam, persze mondani nem mertem, csak öleltem nagy boldogan.

„Hogy lehet az, hogy most így ki tudja mutatni a szeretetét? El kell veszítenünk valakit ahhoz, hogy lássuk, az élet semmit sem ér nélküle?"

Egy pillanatra ez futott át az agyamon, aztán csak öleltem a romok szélén – mit bánom én, az a fő, hogy szeret!

Másnap már újra volt vizünk, áramunk, ám a traktorok még napokig dolgoztak: betemették a krátereket, elhordták a sok törmeléket. A fák és a bokrok évek múlva talán újra fognak nőni, de a környezetünk nem lesz már a régi. A háború kérlelhetetlenül átalakította ifjúságom színhelyét. A Vörös Hadsereg átlépte a Kárpátokat, csapatai már magyar földön törnek előre.

Szeptember hamar eljött, a rózsák elhullatták szirmaikat, a virágok a parkban hervadoztak. Legtöbb barátunk elindult nyugatnak, Ausztria iránt, hogy meneküljenek a szovjet katonák kegyetlenkedései elől, akik öltek, raboltak, megerőszakolták az asszonyokat, terrorizálták a lakosságot. Legalábbis ez a hír járta.

Egy nap Anna kis szomszédja csöngetett az ajtón, és átnyújtott egy levelet.

– Nem tudott felhívni, a telefonotok nem működik – mondta.

„Gyuri édes! Találkoznom kell veled ma délután, a szokott helyen, a parkban. Kérlek, gyere el! Nagyon fontos! 7 órakor. Üzend meg Jóskával, hogy tudsz-e jönni!"

– Mondd meg neki, hogy ott leszek!

Barackot nyomtam a küldönc fejére, sőt még egy tízest is kapott. De akkor a gyomrom mintha süllyedni kezdett volna, valami nagy ürességet éreztem. Itt valami nincs rendben. Csaknem mindennap láttuk egymást, a következő randit holnapra terveztük. Mi változott most meg ilyen hirtelen?

Ott voltam már hét előtt. A nap épp nyugovóra tért a vízparti fák fölött. A Tisza menti promenád úgyszólván üres volt, leszámítva a seregélyeket, csapataik szeldesték az alkonyati égboltot. Minden olyan csendes volt, olyan elhagyatottnak tűnt. Egy kis virágcsokrot szorongattam a kezemben, hogy azzal üdvözöljem.

Akkor megláttam Annát. Furcsa, szokatlan volt vidám mosolya nélkül. Inkább szomorúnak tűnt, amikor körülfonta karját a nyakamon. Sose fogom elfelejteni könnyes, gesztenyebarna szemét, ahogy azt mondta:

– Holnap elmegyünk.

– Mit mondasz? Mi lesz holnap? Ki megy el?

Odahúztam magamhoz.

– Anna, Annuska, kérlek, mondd el, mi folyik itt? Kérlek, mondjad!

– A nővérem férjét riadóztatta ma reggel a katonai parancsnokság, holnap az egész ezredük elhagyja a várost, indulnak Ausztria felé. Természetesen velük mehet a családjuk és még egy közvetlen családtag. A szüleim úgy határoztak, hogy én menjek, mert úgy gondolják, veszélyes lenne, ha itt maradnék. Azt remélik, hogy eljutunk Ausztriába vagy Németországba, amerikaiak által ellenőrzött területre, és így elkerüljük az orosz hordákat.

Döbbenten hallgattam, szavakat nem találva.

„Holnap el fog menni. Akkor ez egy isten veled? Látni fogom-e még? Ő a front egyik oldalán lesz, én a másikon? Hogy láthatnám akkor, hisz még írni sem tudunk egymásnak. Egy csomó fiatal, éhes tiszt veszi majd körül, aztán vigadni fog a Mickey Rooney-félékkel én meg itt maradok, egy erőszakos kommunista diktatúrában. De miért is maradna itt? Nagy hiba volna elszalasztani ezt a lehetőséget. Mindez olyan hirtelen történt. Tegnap még kézen fogva, boldogan sétáltunk ezen a gyönyörű helyen, és most láthatom utoljára? Ki tudja, mikor fogunk találkozni? Ez így nem igazságos! Az egész élet nem igazságos! A háború meg végképp igazságtalan!"

Ilyen gondolatok száguldoztak az agyamban.

– Olyan csendes vagy. Nem szólsz egy szót sem? Mondj már valamit! Hiányozni fogok neked? Gondolsz majd rám? Ne menjek velük? Nem, azt mégse tehetem.

– Persze hogy nem teheted. Nem számít, hogy mit érzek, és hogy mennyire fogsz hiányozni, menned kell. Nem volnál biztonságban itt. Remélem, mindez hamar elmúlik, megint béke lesz, és akkor hazajössz. Én itt fogok várni rád, a folyónk még mindig itt lesz, és a virágok ismét kinyílnak tavasszal.

Megosztottam vele a gondolataimat, érzéseimet és aggodalmamat is. Kedves, meleg hangján válaszolt mindenre, miközben csendben, egymás kezét fogva sétáltunk a lemenő nap felé.

– Mindennap írok majd neked, amíg csak lehet. Bárhol leszek, találok egy postát, bekopogok az ablakon, hogy vegyék át a levelemet. Bármi mód, de tudatni fogom veled, hogy gondolok rád, hogy ott vagy a szívemben.

Lassan ránk borult az éjszaka, csak a csillagok szikráztak fenn az égen. Az elsötétített város feketesége csak fokozta a csillagragyogást.

– Nézz oda, Anna, hát nem gyönyörű? Amikor ilyen csillagos eget látok, mindig rád fogok gondolni. Nézd, ott a Göncölszekér! Az északi féltekén mindig ott van, azon a helyen. Esténként, kilenc órakor, amikor tiszta az ég, a szekér legmagasabb pontján lévő csillagot fogom nézni, és közben rád gondolok. Ha te is ezt teszed, talán a szívünk, lelkünk is találkozik valahol. Fogsz erre emlékezni? Megteszed?

– Persze hogy fogok. Milyen édes gondolat! Csak te tudsz előállni ilyen romantikus ideákkal. Így, még ha ezer kilométerre lennék is tőled, olyan közel leszek hozzád, mint most.

Valahogy abban a percben ez a terv, hogy a csillagok útján össze leszünk kötve, enyhítette a szomorúságunkat.

Későre járt. Ideje volt, hogy hazakísérjem. Nagyon lassan mentünk, nehéz volt a szívünk. Amikor az ajtajához értünk, gyorsan megcsókolta az arcomat, és szót sem szólva beszaladt a házba.

Akkor láttam életemben utoljára.

A MENEKÜLÉS

Október elején egy nap, kora reggel, nagy teherautó állt meg a házunk előtt. Egyik szomszédunk, egy távoli rokon jött be, meglehetősen idegesen, anyámat keresve.

– Hol van Sári? Azonnal beszélnem kell vele!

– Jövök már, itt vagyok! Mi újság, Ottó, és mit keres a nagy teherautód a ház előtt?

– Az oroszok az éjszaka áttörték a frontot, és gyors iramban törnek előre. Már csak pár száz kilométerre vannak innen. Ha a németeknek nem sikerül az ellentámadás, egy-két napon belül itt lehetnek Szolnoknál. Én még ma felviszem a családomat Budapestre. Nem teszem kockára az életüket ezen a veszélyes helyen. A németek majd felrobbantják a hidat, de az oroszok a folyó túloldaláról könnyedén ágyúzhatják a várost. Mi leszünk az első célpontjuk.

Anyám elsápadt.

– Mit csináljak, Ottó? Azonnal felhívom Bélát és elmondom neki, mi a helyzet. Mit javasolsz, mit tegyek?

– Próbáld elérni, ha tudod, de én azt tanácsolom, gyertek velünk! Nem biztonságos itt maradni. Ülhetsz velünk elöl, Gyuri és aki még jön, elfér hátul. Hozhattok néhány koffert, a legfontosabb dolgokat. Amíg van hely, segítek mindenben. Próbálj hamar dönteni, mert néhány órán belül szeretnék elindulni.

– Nagyon köszönöm, Ottó, kedves tőled, hogy gondolsz ránk. Most hirtelen nem is tudom, mit mondjak, olyan váratlan ez az egész. Beszéltünk már erről többször is, mégsem voltam felkészülve rá. Hadd próbáljam elérni a férjemet, és a döntést rögtön tudatom veled.

Anyám sietett telefonálni, de még odaszólt nekem:

– Kezdd pakolni a legfontosabb dolgokat!

– Mi lesz Marissal és a kutyával?

– Természetesen ők is jönnek velünk. Csak nem képzeled, hogy elmennénk nélkülük?! Mondd meg Marisnak, hogy szedje össze a legfontosabb holmiját, és ami eleséget talál a kamrában, azt is csomagolja be!

Miközben hívta Budapestet, próbáltam Marisnak elmagyarázni:

– Kezdj el pakolni, te kis kedves világutazó, egy óra múlva indulunk!

– Hová megyünk?

– Oroszországba, szeretettel.

– Nem megyek Oroszországba! Azoknak a kommunistáknak nincs istenük. Még templomba se járnak. Dehogy megyek oda!

– Pedig megyünk. Bagó is jön.

– Bagó mehet. Az úgyis bárhova elmenne veled. De én nem megyek!

– Maris, elég a bolondozásból! Az oroszok itt vannak a közelben, és nekünk menekülnünk kell, azonnal! Megyünk Budapestre, hogy együtt legyünk apámmal és a bátyámmal. Nem biztonságos itt maradni. Szedd össze a cókmókodat, meg ami jót találsz az éléskamrában! Kapd össze magad, ez most nem tréfa! Kérdezd meg anyámat, ha nem hiszel nekem.

Anyám épp akkor lépett be.

– Igen, Maris, megyünk Budapestre. A telefonok mind foglaltak, nem tudom elérni a férjemet, de biztos vagyok benne, hogy ő is úgy gondolná, mennünk kell.

– Remélem…

– Gyuri, szedd össze a legfontosabb ruhaneműt, szvettert, kabátot, sapkát, sálat, kesztyűt, mindenféle téli holmit! Lehet, hogy, sokáig nem jövünk vissza.

Könnycseppek hullottak szép szeméből. Láttam, éreztem, min megy át. Most neki kell döntenie egy ilyen élet-halál kérdésben. Maris csak némán figyelt. Vajon mi lehet az ő szívében, mi járhat az eszében?

– Mamikám, édes, ne aggódj, minden jóra fordul. Apám biztos nem akarná, hogy itt maradjunk. Úgyis csak kis időre megyünk oda, hamar vége lesz a háborúnak, hazajövünk nemsokára, béke lesz a nagyvilágban.

Gyorsan megöleltem, aztán mentem a kofferokért, miegymásért.

– Megyek át Ottóékhoz megmondani, hogy megyünk velük, és hogy Maris és Bagó is jönnek. Remélem, nem bánják! Maris, gondolom, érted, mi történik? Nem fogunk itthagyni, és most úgysem tudnál hazamenni. Biztos vagyok benne, hogy anyád is így akarná. Siess, pakold össze a ruhádat és a téli holmit is! Ne felejtsd a csizmát, bundát!

Bagó érezte, hogy valami nagy változás jön az életében, rohangált fel s alá a folyosón, hátha valaki odafigyel rá.

Anyám visszajött, és azt mondta:

– Pár óra alatt el kell készülnünk. Gyuri, ha megvagy a saját holmiddal, segíts Marisnak becsukni az ablakokat, bezárni az ajtókat, elzárni a vizet és lehúzni a WC-t!

– Igen, mamikám, meglesz minden, ne félj!

Az egész dolog kezdett izgalmassá válni. Nagy változásnak néztünk elébe. Örültem persze, hogy megyünk Pestre, látni fogom apámat, bosszanthatom a kistestvéremet. Az elsötétített kisváros nyomasztó hangulata és az örökös légiriadók, bombázások megtették a hatásukat. A barátaim mind elmentek már, és most, hogy Anna sincs velem, nem sok minden tartott vissza.

Gyorsan múlt az idő, a teherautó beállt a házunk elé. Majdnem tele volt, de hagytak egy kis helyet az egyik sarokban. Felraktunk mindent, Maris és én ráültünk a takarókra, Bagó beszorult közénk, pórázzal a nyakán, nehogy kiugorjon, ha meglát valami izgalmasat. Anyám könnyes szemmel zárta be a kaput, és beült előre. Miután elindultunk, többé nem nézett vissza.

Az úton Pest felé sok lovas kocsit, szekeret, öreg teherautót láttunk, tele menekülőkkel, batyukkal. Szomorú látvány. Ilyen képeket sokszor láttunk már filmeken, újságokban, de mindez most valóság volt.

Már közel jártunk a külvárosokhoz, amikor Ottó hirtelen letért az országútról egy mellékútra. Egy idő múlva beállt a nagy fák alá. Vajon mi történhetett?

– Gyertek le, egy darabig itt kell maradnunk. Persze nem tudhatjátok, de a rádió légiveszélyt jelentett Budapesten, sőt már a szirénák is szólnak. Ide nem hallatszik el, de gondoltam, jobb lesz itt kivárni a támadás végét.

Alig fejezte be, már hallottuk is a különös zúgást, az első, Tisza-parti kalandom óta már ismerős volt. Azonnal felismertem a Liberatorok ijesztő hangját. Hamarosan hallottuk a távoli robbanásokat is, és látni lehetett a kis, pufók felhőket fent, a magasban. A légelhárító tüzérség sokkal aktívabb volt itt, mint ahogyan szülővárosom közelében tapasztaltam. De persze ez sem állította meg a bombázást, sűrű füst szállt fel sokfelől.

– Úristen! Apám és a bátyám ott vannak valahol. Istenem, kérlek vigyázz rájuk, ne essen bántódásuk!

– Gyuri, ez egy nagyváros, gondolom, lementek valamelyik többemeletes ház légoltalmi pincéjébe. Ne aggódj, nem lesz semmi bajuk – mondta Ottó.

Anyám sápadt arccal meredt az égre, láttam rajta, imádkozik, tudom, mi ment végbe benne. Maris csendben gubbasztott a teherautó végében, rózsafüzérrel a kezében. Bagó most csak ült a lábam mellett, kérdőn nézve rám. Úgy látszik, kezd hozzászokni az új körülményekhez. A robbanások lassan elmaradtak, csak a sűrű füst terjengett, aztán csend lett. Nem sokkal később hallottuk a szirénákat, és a rádió is bemondta, hogy vége a légiveszélynek.

Megkönnyebbülve másztunk be a járműbe, s folytattuk az utat. Ahogy közeledtünk a városhoz egyre több helyről láttunk sötét füstfelhőket, amelyek vastagon takarták az eget, különösen a csepeli gyárak környékén. Az utak több helyen lezárva, kerülő irányba terelték a forgalmat. Tűzoltókocsik és mentőautók rohantak el mellettünk. Hál' istennek nem arrafelé, ahol apámék laktak. Ahogy a Nagykörúthoz értünk, a forgalom egyre nehézkesebbé vált. Nagy volt a tülekedés a katonai teherautók és a civil járművek között.

Ottó végül mégis odaért a célhoz, a nagy bérház kapujához. Jó volt leszállni a plató tetejéről. Bagó villámgyorsan rohant az első fához, hogy megjelölje új területét. Rémülten néztem fel az ötödik emeletre, ahol apámék laktak. Te jó isten, remélem, van lift a házban! Gyorsan lepakoltuk minden holminkat a bejárat mellé, hogy Ottó folytathassa az útját.

– Nagyon köszönjük, amit értünk tettél, Ottó – mondta anyám.

– Isten áldjon érte! Remélem, hamarosan megint otthon leszünk mindannyian, együtt.

Azzal elmentek és mi ott álltunk a kapunál. Megérkeztünk Budapestre.

Nem is sejtettük, hogy ez csak az első lépés volt egy hosszú, küzdelmes úton, amely átvezet majd sok nyomorúságon, éhezésen, a szörnyű háború minden borzalmán.

ÚJRA SZOLNOKON

A magas bérház tetejéről különös volt az elsötétített város, ahogy átölelte a ragyogó, csillagos ég. A félhold felkúszott a budai hegyek fölé, enyhén megvilágítva a várat. Lent a városban minden sötét volt, nem égtek az utcalámpák, nem villogtak a hirdetések neonfényei. Feketén meredtek az ég felé a tornyok, a Szent István-bazilika magas kupoláját körbefonta az ég sejtelmes fénye. Hol vannak a hidak? Alig lehet látni őket, pedig micsoda fényárban úsztak még nem is olyan régen, hirdetve a világnak, hogy ez a város a Duna legszebb gyöngyszeme.

Mintha a Teremtő meg akarna vigasztalni, és hogy kárpótoljon a szomorú látványért, elővarázsolt egy sziporkázó képet, az éjszaka csodáit, a végtelenséget. Igen, láttam a Nagy-Medvét is, a legfényesebb csillagával. Majdnem kilenc óra volt.

„Vajon Anna hol van? Felnéz-e most az égre? Látja-e, amit én látok? Emlékszik-e rám? Hiányzom-e neki? Ó, bár itt lehetne velem, nem idegen földön, tőlem olyan messze!"

R övid időn belül kiderült, hogy nincs elég élelmiszerünk a hosszabb tartózkodásra, és hogy apámnak és a bátyámnak sincs elég meleg holmija arra az esetre, ha itt kell maradnunk egész télen. Ráadásul a tulajdonosok közölték velünk, hogy vissza kívánnak költözni a lakásukba, ezért sürgősen keresnünk kellett egy másik lakást. Úgy határoztunk, hogy anyám meg én visszamegyünk egy napra Szolnokra, összeszedünk néhány téli ruhát a férfiaknak, és annyi ennivalót, amennyit csak tudunk. Apám és a bátyám pedig keresnek egy lakást, ahol ott maradhatunk, amíg a háború tart. Maris ittmarad Bagóval.

A közlekedés nagyon bizonytalan volt Szolnok felé, néha indult egy-egy vonat, de minden menetrend nélkül. Kora reggel, hosszas várakozás után végre felülhettünk egyre, reméltük, előbb-utóbb majdcsak elindul. El is indult – órákkal később. Az öreg gőzmozdony éleset sípolt, és végre úton voltunk. De csak egy darabig. Aztán mintha elvágták volna. Nagy zökkenéssel megálltunk, hogy utat engedjünk egy katonai szerelvénynek, amely egy nyilaskeresztes gárdát szállított a frontra, hogy tagjai feláldozzák az életüket – nem az én hazámért, hanem az ő elferdített, álhazafias céljaikért. Csak imádkozni lehet a lelkükért. Aztán lassan megindultunk, akadozva, meg-megállva. A mi vonatunk majdnem üres volt. Ki menne ilyenkor kelet felé, ahol a front van? Az ellenkező irányból érkező vonatok ellenben olyan zsúfoltak voltak, hogy még a lépcsőkön is lógtak rajtuk. Na, jól fog ez kinézni visszafelé – gondoltam.

Végül feltűnt a szolnoki állomás romos, füstös maradványa, és a hangszórón bejelentették, hogy ez itt az út vége, a vonat nem megy tovább.

– Látod, milyen jó, hogy nem fordultunk vissza, ha kitartasz, mindig eléred a célod.

– Igen, mamikám, igazad van. De most siessünk, alig várom, hogy újra láthassam az otthonunkat.

A poros utcák üresek voltak, kivéve néhány katonai teherautót. Az ablakredőnyök leeresztve, csak az elszáradt, őszi faleveleket kavarta a szél. Vajon hol vannak az emberek, a barátaim? Nagyon furcsa, szorongó érzés fogott el hirtelen, ahogy a házunk közelébe értünk. Úgy éreztem, valami szörnyű dolog történt. A házunk? Nem, az ott volt, állt a helyén – hanem...

A híd! Gyönyörű íve, karcsú dereka darabokra törve hevert a szürke víz sodrában. Mintha egy vad tornádó törte volna össze. De nem a természet okozta ezt a pusztítást, hanem egy beteg elme, az ördög keze.

Miért?! Miért?!

A szomszéd hotel kapusa jött ki, lemondóan legyintett a kezével. A németek robbantották fel előző nap. A magyar tisztek hiába kérték őket, hogy ne tegyék, hisz semmi értelme nincs. Ezzel nem állítják meg az oroszokat, röpke pár óra alatt építenek helyette pontonhidat.

– A parancs az parancs! Néhány óriási detonáció és összeomlott az egész.

„Milyen könnyen, milyen gyorsan lehet rombolni, pusztítani? Milyen nehéz és milyen sokáig tart valamit újjáépíteni?"

Anyám kinyitotta a kaput, de nekem még látnom kellett a hidat közelről. A promenádról még elszomorítóbb volt a kép. A leszakadt acélívek és összetört betondarabok gátat emeltek a piszkos víz sodrának. A híd lába, ahonnét nyaranta a vízbe ugráltunk, egymagában árválkodott, körös-körül kitépett fák hevertek a földön. Igen, a háború ideért, a kapunkhoz.

Aztán követtem anyámat a házba. Hál' istennek, nem esett nagyobb kár, néhány törött ablak és falról leesett képek. Sietve kellett összeszednünk minden ételt, amit csak találtunk, valamint a téli holmikat, mert el akartuk érni az utolsó vonatot Budapestre. Fölpakoltunk mindent a biciklimre, a többit a hátamon vittem. Anyám hozta a távollétünk alatt bedobott postát. Könnyes szemmel zártuk be a kaput. Tudtam, éreztem, hogy az életem egy szakasza lezárult.

Valahogy feljutottunk a zsúfolt vonatra. Mikor végre elindultunk, nehéz szívvel néztünk vissza az állomás szomorú romjaira. Amint anyám átnézte az elmúlt hetek postáját, megláttam egy kis zöld borítékot a kezében.

– Azt hiszem, ez neked szól. Balatonfenyvesről küldik.

Istenem, ez Annától van! A szívem hirtelen vadul kezdett verni. Valószínűleg el is pirultam, mert anyám elmosolyodott – ma először –, miközben átnyújtotta a levelet. Kimentem a folyosóra elolvasni. Persze hogy tőle van, megismerem törékeny kis betűit.

„Édes Gyuri!
Itt ülök egy kövön, a Balaton partján, ábrándozva, a lemenő

nap aranyhídján, és Rád gondolok. Miránk, ami történt velünk az elmúlt időkben. El szeretném küldeni Neked szívem egyik csücskét, hogy Veled legyen mindig!

Két hétig tartó, szörnyen körülményes utazás után végre itt vagyunk, ezen a Balaton melletti fürdőhelyen, alig néhány napos pihenőre. Ki tudja, meddig? Bármikor indulnunk kell tovább, Ausztria felé. Esténként, amikor csak lehetett és tiszta volt az ég, merengve néztem közös csillagunkra. Emlékszel-e még rá? Ott voltál velem? Gondoltál rám? Szeretnéd újra megfogni a kezem?

Lehet, hogy ez az egyetlen, talán utolsó alkalom, hogy írni tudok Neked, így most meg kell mondjam, szeretlek, és bármi is történik, mindig ott leszel a szívemben. Nagy ajándékot kaptam Tőled. Az édes-kedves, önzetlen szeretet emlékét, és ezért örökké hálás leszek.

A Te Annád."

Levelét olvasván sírni szerettem volna. S ki tudja, hányszor olvastam el újra. Lángoló melegség öntötte el a szívemet. Kinyitottam a vonat ablakát, hogy friss levegőt szívjak. A gőzmozdony kéményéből még némi korom is szállt a szemembe, legalább arra foghattam a könnyeimet.

ÚJ OTTHONUNK VAN

A következő napok nagy változást hoztak az életünkben. Találtunk egy új lakhelyet Budán, nem messze a Déli pályaudvartól, a Királyhágó utcában. Remek, négyszobás lakás volt, egy nagy, liftes bérház ötödik emeletén. Ablakai, tele napsugárral, délnyugatra néztek, a hegyek felé. Volt hideg-meleg víz a fürdőszobában, a konyhában, és még egy jó kis sarok is az előszoba mellett, amit Bagó rögtön birtokba is vett. A lakástulajdonos, apám unokatestvére, az orosz fronton volt katona. Felesége, Edit élt ott, nagyon örült, hogy hozzá költözünk, mert félt egyedül. Sokkal fiatalabb volt a szüleimnél, élettel teli, vidám asszonyka, de a jövőt illetően fogalma sem volt róla, hogy mi vár ránk.

Az utca képe jócskán megváltozott amióta az a hír járta, hogy Horthy kormányzó állítólag aláírt egy békeszerződést a Szovjetunióval, majd 1944. október 15-én kijelentette, hogy a magyar kormány megszüntet minden ellenségeskedést vele és a szövetséges hatalmakkal szemben. A nácik letartóztatták Horthyt és Bajorországba deportálták. A németek a nyilaskeresztes vezérnek, Szálasinak adták át a hatalmat. Az ő emberei járőröztek az utcákon, nyilvános helyeken, katonaszökevényeket és zsidókat keresve.

Mindenszentek napján a Szent István-bazilikába mentünk misére. Sokáig térdeltem az egyik kedvenc oltárképem előtt, amelyen Szent István felajánlja a koronát Szűz Máriának. Gyönyörű ábrázolása a magyar keresztény hagyománynak. Sok meghitt sarka van ennek a hatalmas szentélynek, ahol az ember magába tud szállni, csendben imádkozni szeretetért, békéért és azokért a lelkekért, akik már nincsenek velünk.

Másnap, halottak napján a bátyámat letartóztatták. Ahogy kijött az egyetemről, katonai járőr állította meg, hogy igazoltassa.

Mivel nem volt semmi más papírja, csak az egyetemi diákkártyája, bevitték a legközelebbi rendőrállomásra. Miután ellenőrizték, s kiderült, hogy tényleg egyetemista, elengedték, azzal a feltétellel, hogy másnap jelentkeznie kell a sorozási bizottságnál.

Ez nem volt valami jó hír. Mi úgy tudtuk, hogy az egyetemi hallgatókat nem sorozzák be katonának. Lehet, hogy ez megváltozott? Azt is hallottuk, hogy minden tizenhat éven felüli férfit nyilvántartásba vesznek. Ezek szerint engem is, hiszen elmúltam tizenhat.

Apámnak jó ötlete támadt.

– Emlékeztek, néhány évvel ezelőtt, amikor Ausztriában nyaraltunk, Gyuri útlevelét rossz születési dátummal állították ki. Egy évvel megfiatalították. Hogy bosszankodott akkor miatta. De az útlevele szerint 1929-ben született, nem 1928-ban. Ezek szerint Gyuri csak tizenöt éves, tehát nem kell jelentkeznie.

– Hű, de örülök! Alig várom már, hogy tizennyolc legyek, most meg vissza kell menjek gyereknek?

– Igen, ha ez megmentheti az életedet.

– Mi lesz Bécóval? Ő már tizenkilenc is elmúlt, őt nem tudjuk tizenötre varázsolni?

– Persze hogy nem. Neki valami mást kell kitalálnunk.

– Van egy ötletem: csináljunk lányt belőle!

– Ebből elég volt! Nekem van egy javaslatom – mondta anyám.

– Emlékeztek Bessie nénire, aki Svájcban él és a Nemzetközi Vöröskeresztnek dolgozik Genfben? Hallottam, hogy a svájci és a svéd követség ideiglenes útlevelet és speciális védőpapírokat ad ki zsidóknak és nem zsidóknak, azoknak, akiknek bujkálniuk kell a náci terror elől. Elmegyek a svájci követségre, és megkérem őket, hogy lépjenek kapcsolatba Bessie-vel Genfben. Ő biztos segít egy ilyen útlevelet szerezni Bécinek.

Mindannyian úgy gondoltuk, ez nagyszerű ötlet. Hívja fel a követséget, és tudja meg, mikor mehet oda Bécó magyar útlevelével, vigyen fényképet, igazolványt, hogy egyetemi hallgató, és kérje a segítségüket. Időközben Bécó maradjon otthon, ne menjen ki az utcára. Ezt ő nem is bánta, jól mulat majd otthon Edittel, Marissal és Bagóval. Fene a jó dolgát!

A svájci és svéd követség a vatikáni küldöttséggel együtt mindent elkövetett ezekben a hónapokban, hogy ideiglenes útlevelekkel és védlevelekkel segítsék az üldözötteket. Így reménykedhettünk, hogy a svájci kapcsolat révén mi is kapunk valamilyen segítséget.

Apám közben tovább vezette a gyógyszervállalatát, amely több európai gyógyszergyár készítményeit képviselte és gyártotta. Úgy akarta, hogy én is járjak be rendszeresen dolgozni, hogy lefoglaljam magam, ne csak lógjak az utcán. Boldogan mentem, részint persze mert sok csinos, fiatal lányt láttam ott a laboratóriumban, de az is érdekes folyamat, ahogy a gyógyszer készül kölönféle alapanyagokból.

November 4-én hallottuk a szomorú hírt, hogy Szolnokot elfoglalták az oroszok. Voltak harcok a Tisza mentén, de persze a híd felrobbantása nem állította meg a szovjet hadsereget.

Az élelmiszer-ellátás egyre rosszabb lett Budapesten. Nehezen lehetett hozzájutni kenyérhez, tojáshoz, tejhez. Az üzletekben szinte lehetetlen volt húsfélét vagy friss zöldséget, gyümölcsöt venni. Mi mindannyian – kivéve Bécót, aki „házi őrizetben" volt, kajavadászattal töltöttük a szabad időnket. Nagy büszkén vittük haza a szárított babot, lencsét, doboz szardíniát, a heringet ecetben, aszalt szilvát és barackot, konzervsonkát, miegymást. Jaj, az a hering, csak azt ne kellett volna enni! Féltünk, hogy ha a város egy hosszú ostrom színhelye lesz, nemcsak a véres harcokkal kell szembenéznünk, hanem az éhezéssel is.

Az állandó bombázások egyre veszélyesebbek lettek, rettenetes károkat okoztak. Félelem ülte meg a várost. A zsidók deportálását némely jóérzésű, náciellenes katonai vezető sikeresen megállította, azonban tömegével zárták be őket a belvárosi gettóba. Sokan kaptak menedéket a katolikus rendházakban és keresztény kollégiumokban. A Vatikán, a svájci és svéd követség sok ezer védlevelet osztott ki, mások az úgynevezett védett házakban kaptak menedéket. Sajnos, nem elegen.

A szovjet hadsereg, a szövetségesek fegyveres és légi támogatásával, sikeresen nyomult előre, hamarosan el is foglalta az ország jelentős részét. Természetesen ha „felszabadítja" az egész országot, az a náci uralom, a háború végét jelentené nekünk, és egyúttal történelmünknek egy teljesen új fejezetét nyitná meg. A hírek, amit a már elfoglalt területekről kaptunk, ijesztőek voltak. A szovjet katonák kegyetlenül terrorizálták a lakosságot. Raboltak, loptak, ezrével erőszakolták meg a nőket. Sok férfit, beleértve a fiatalokat is, hadifogolyként hurcoltak el. Úgy látszott, katonai vezetőik nemcsak hogy eltűrték, de szinte biztatták is őket erre a brutális fellépésre.

A sors iróniája Magyarországot megint beszorította két diktatórikus nagyhatalom ördögi küzdelmének zsákutcájába, ahonnét csak vesztesként tudunk kijönni. De adódott volna lehetőségünk elkerülni?

Ha nincs kiút, legalább essünk át gyorsan a tisztítótűzön. De mi jön majd utána? Demokrácia? Szabadság? Vagy be leszünk kényszerítve egy totalitárius diktatúrába? Most, amikor a szövetséges hatalmak és a Szovjetunió vezetői újrarajzolják Európa térképét, remélhetjük-e, hogy tekintetbe veszik a népek akaratát, hogy megválaszthassák politikai rendszerüket, hogy szabadon gyakorolhassák vallásukat?

Néhány nappal azután, hogy anyám a svájci követségen járt, hírt kaptunk, menjen be a követségre. Ott szívélyesen fogadták, és közölték vele, hogy Bessie néni nagyon előzékenyen reagált a megkeresésükre, kérte, hogy segítsenek nekünk mindenben. Átadtak anyámnak egy ideiglenes svájci útlevelet Béci nevére. Jelezték azt is, hogy alkalomadtán megkérik majd, vegyen részt a Nemzetközi Vöröskereszt hírvivő munkájában.

– Erre nagy szükségünk van, hogy segíteni tudjuk az üldözötteket. Természetesen ez veszéllyel jár. Ha a nácik megtudják, hogy a Nemzetközi Vöröskereszt tevékenysége főleg az, hogy zsidóknak, katonaszökevényeknek és egyéb nemkívánatos elemeknek menedéket nyújtson, akkor az embereink bajba kerülhetnek – tudatták.

– Értem – mondta anyám. – Elmondom a fiamnak. Ha úgy dönt, hogy részt akar venni ebben a munkában, akkor holnap felkeresi önöket. Ha viszont inkább csak bujkálni akar, akkor én visszahozom az útlevelet. Remélem, megérti, hogy neki kell döntenie ebben az élet-halál fontosságú ügyben.

– Természetesen, asszonyom. Én is ezt tenném az ön helyében.

Miután anyám elmesélte, hogy mit mondtak a követségen, azt képzeltem, hosszú vitaesténk lesz, mindenki beleszól majd, és a bátyám hezitál, mit tegyen. Nem így történt. Habozás nélkül kijelentette, hogy vállalja a munkát a Nemzetközi Vöröskeresztnél.

– Hogy tudnék úgy élni, mint egy bujkáló patkány, amikor szolgálhatok a jó ügynek? Talán életet, életeket lehet megmenteni azzal, ha elvihetem a segítség hírét valakinek. Micsoda lehetőség volna látni az örömet egy üldözött arcán, amikor átnyújtom a védlevelet? Mamikám, add ide az útlevelemet, mert megyek holnap reggel a követségre megmondani nekik, milyen kiváltságnak és megtiszteltetésnek érzem, hogy szolgálhatom ezt az igaz ügyet. Ha ők vállalják ezt a humanitárius mentőmunkát, akkor nekünk, magyaroknak is részt kell vennünk benne.

Hirtelen nagyon büszke lettem a bátyámra. A csend, ami a bejelentést követte, a meglepetés és elismerés jele lehetett. Mintha egyszerre egy felnőtt férfi állt volna előttem. Legalábbis akkor úgy éreztem.

– Hm…Mondhatok én is valamit?

Én is részt akarok venni ebben! Én is tudnám csinálni, hisz én még csak tizenöt éves vagyok, nem lennék gyanús. Holnap követem Bécót a követségre, és megmondom nekik, ha szükségük van még egy hírvivőre, hát itt vagyok. Maminak azt mondták, hogy nagyon kell nekik a segítség, hát mért ne lehetnék én is az?

Hadd tudják meg, hogy sok olyan magyar van, aki nem ért egyet a nácikkal, és ha a svájciak vállalják a kockázatot, ezt mi is meg tudjuk tenni.

– De te még gyerek vagy, még sört se adnak neked a bárokban, még autót se vezethetsz.

– Nem fogok autóval járni és nincs szükségem italra – mint egyeseknek –, hogy bátorságot merítsek. Igenis csinálni fogom, és senki nem tarthat vissza.

– Jól van Gyuri, jól beszéltél – súgta Edit, és egy nagy puszit adott az arcomra.

Bécó megölelt. Ez már önmagában is ritkaság.

– Jól van, öcskös, a társam lehetsz.

Maris csak hallgatott a sarokban, Bagó odabújt hozzá, csontot remélve, a dolgokból mit sem értve.

– Akkor minden rendben van.

Ugrottam, hogy megöleljem apámat, anyámat. Nem engedtem őket szóhoz jutni.

– Nagyon köszönöm, tudtam, hogy megengeditek, hogy igazat adtok nekem, hisz ti ugyanezt tennétek az én helyemben! Ezzel a téma le is van zárva, az ügy be van fejezve – mondtam.

– Csak ne olyan hevesen, lassan a testtel! Semmi sincs befejezve. Ezt még meg kell beszélnünk anyáddal. Aludjunk rá egyet, és holnap majd megmondjuk, hogy miként döntöttünk.

– Az oroszok szélsebesen nyomulnak előre. Már csak harminc kilométerre vannak a fővárostól, hamarosan bekerítik Budapestet. A nácik és a nyilasok ádázul keresik a zsidókat és a katonaszökevényeket. Már nincs sok idejük. Még lehet segíteni, életeket menteni, és ti nem tudnátok nyugodtan aludni abban a tudatban, hogy nem engedtétek meg nekem, hogy ebben részt vegyek. Nem bizony!

– Istenem, ez a gyerek egyszer még ügyvéd lesz. Nyugodj le, majd holnap meglátjuk.

– Köszi, és aludjatok jól!

Még felmentem a tetőre, hogy megnézzem a csillagunkat, de aznap túl sok felhő volt az égen Budapest fölött.

ÚJ UTAKON

N agyon nyugtalanul aludtam az éjjel. Nem is ébredtem fel idejében. Végül a bátyám költött fel.

– Ha tényleg részt akarsz venni benne, készítenünk kell egy tervet. A szüleink már elmentek, Maris készíti a reggelit, Edit elvitte Bagót sétálni. Minden szem rajtad csügg, jól meggondoltad?

– Igen, meggondoltam. Benne vagyok, induljunk! De mit mondott apám és anyám? Beleegyeztek?

– Csak annyit mondtak, mindannyian Isten kezében vagyunk és bíznak benne, hogy szabad akaratodat a helyes irányba tereli. Mami különben templomba ment, ahogy szokta hasonló helyzetekben, apád motyogott valamit, hogy reméli, nem bánja meg a lágyszívűségét.

(Hát így állunk.)

– De most figyelj ide! Nem mehetünk oda egyszerre. Remélem, én az útlevelemmel minden akadály nélkül be tudok jutni a konzulátusra. Ha megállítanak az utcán, nem lesz bajom az igazoltatással. Remélem! Neked semmi közöd nincs hozzám, mi nem vagyunk testvérek. Te egy kölyök vagy, egy elveszett srác a koraérettek világából, aki csak kószál az utcán lányokat bámulva, kalandot keresve, és az puszta véletlen, hogy a követségek körül lógsz. Érted? Capisco?

– De mit mondok a kapunál? Mit akarnék én ott?

– Én leszek ott előbb, és megmondom nekik, hogy te is jössz. Közel maradok a bejárathoz, és így gyorsan beengednek. Aztán majd megmagyarázunk nekik mindent.

– Rendben van, csak ne apáskodj felettem! Meg tudok állni a saját lábamon!

De azért éreztem, hogy egy veszélyes vállalkozásba kezdünk,

amit néhány héttel ezelőtt el sem tudtam volna képzelni. Mintha vége lenne a gyerekkornak.

Tudtam a címet, de a bátyám közelében voltam mindig, hogy a megbeszélt időben, pontosan érkezzem. Egy másik villamosra szálltam fel, aztán messziről követtem, szép, fával szegélyezett utcákon át, míg végül odaért a nagykapuhoz. Szívdobogva álltam meg egy hirdetőoszlop mögött. Reszketve kerestem útlevelemet, hogy elhoztam-e? Hálálkodva magamban azért a hanyagságért, hogy a születési dátumot egy évvel későbbre írták. Néha mégis jobb fiatalnak lenni.

Miután a bátyám bement, vártam még vagy tíz percet, aztán határozott léptekkel a kapuhoz mentem, és becsöngettem. A kapun kinyílt egy kisablak, s egy barátságos hang szólt ki: – Ich glaube, du bist George, der bruder von Béla?

– Jawohl, Jawohl – de hagyjuk a formaságot gondoltam, csak engedjen már be gyorsan.

A bátyám ott dekkolt az ajtó mögött vigyorogva, könnyű neki, ő már biztonságban van, de én még a senki földjén. Aztán végre kinyitották a kaput, s én megkönnyebbülve léptem be „egy idegen ország területére".

Az attasé köszöntött minket, akivel anyám találkozott tegnap. Meglepte, hogy én is ott vagyok. Csak a bátyámat várta, és azt hiszem, nem tudta, mihez kezdjen velem. Gyorsan megragadtam az alkalmat, és mielőtt bármit is kérdezhetett volna, mondtam, én is azért jöttem, hogy felajánljam szolgálatomat a jó ügy érdekében.

– Látja, uram, nekem van hivatalos magyar útlevelem. A korom miatt nem kell jelentkeznem a katonaságnál, és nyugodtan járkálhatok az utcán, nem kell félnem, ha igazoltatnak. Azonkívül beszélek németül, és jól ismerem a várost, bárhová eltalálok.

Beszéltem volna tovább, de belevágott a szavamba.

– Ezt még át kell gondolnom. Ám mielőtt továbbmegyünk, van még egy fontos feltételünk, amit nem akartam édesanyátokkal közölni, de most tisztáznunk kell. Körül vagytok metélve? Mert csak akkor vehettek részt ebben, ha nem.

Ránéztem a bátyámra, de ő csak pléhpofával állt ott. Nekem a szám is tátva maradt, úgy meg voltam lepve. Ilyet még soha senki nem kérdezett tőlem, hirtelen szóhoz sem tudtam jutni.

– Tudom, ez egy meglepő kérdés. De mi már tudjuk, hogy miként működik a Gestapo. Ha valakit elkapnak a mi papírjainkkal, és azt gyanítják, hogy hamisak, azonnal beviszik kihallgatásra. Az ő szemükben a legerősebb bizonyíték, hogy ártatlan vagy, ha nem vagy körülmetélve, vagyis nem vagy zsidó. És higgyétek el, követelni is fogják, hogy bizonyítsátok be. Ezért kellett ezt a kérdést föltennem.

– Eleget tesztek ennek a követelménynek?

Egyszerre mondtuk, hogy igen.

– Reméltem, hogy így van, de biztosnak kellett lennem ebben.

Majdnem megkérdeztem, akarja-e hogy bebizonyítsam, de azt gondoltam, jobb lesz, ha hallgatok.

– György, gyere be holnap reggel tíz órára. Azt hiszem, lesz egy fontos feladatod. Béla, egyelőre te maradj itt, meg akarok veled beszélni valamit. Még valami, amit a lelketekre szeretnék kötni. Egy szóval sem beszélhettek senkinek arról, ami itt történik. Még a szüleiteknek sem. Mi most az életünket kockáztatjuk. Egyébként is már túl sokat beszélnek az úgynevezett semleges államok föld alatti tevékenységéről. A Gestapo nem tekint minket barátságos és valóban semleges országnak, minden lépésünket figyelik.

Aztán adott nekem egy nagy svájci csokoládét és kituszkolt az ajtón. Hű de finom! Ilyen jót már rég nem ettem. Jól elkentem a szám körül, ha valaki figyel a kapun kívül, hadd higgye, ezért mentem oda. Rettentő boldogan léptem ki az utcára. Nem a csoki miatt, hanem azért, mert elfogadták a jelentkezésemet.

Dél felé járt. Ideje volt, hogy bemenjek apám gyógyszervállalatához. Egy nagy belvárosi bérház földszintjét foglalta el, a pincével és a raktárral együtt. Több mint egy tucat fiatal lány és néhány fiú dolgozott ott. Némelyikük mostanában került oda, olyanok, akik Pestre menekültek az oroszok elől, mint én is. Járatlanok ebben a szakmában.

Egy mogorva, középkorú nő, egy mindentudó kémikus irányította a munkát, nem tűrt meg semmiféle lógást, bolondozást. Kitűnő szakember volt. Ha nem is kedveltük nagyon, követtük az utasításait, mert nagyon értette a dolgát. A főkönyvelő és a titkárnője, nagyon barátságos emberek, a hátsó irodában dolgoztak. A cég vezetője, apám jobbkeze, nagyon okos üzletember lehetett, több diplomája volt. Apám rábízta a vállalat vezetését. Felesége tartotta a kapcsolatot a külföldi gyógyszergyárakkal, alig beszélt magyarul, annál jobban németül, franciául és angolul. A vállalkozás neve: Hormon Kft. Egy jól ismert név országszerte, a kapcsolatok révén külföldön is.

A legtöbb lány velem egykorú lehetett vagy talán kicsit idősebb nálam. Némelyik nagyon csinos, intelligens és ügyes, mások unalmasak és nem nagyon érdekesek. Némelyik vidám, talán kicsit flörtölős, én őket kedveltem. Volt ott egy, aki igazán tetszett. Valahogy rendre találtatik egy ilyen körülöttem. Ágnes a neve. Hosszú fekete haja volt, sötétszürkéskék szeme, amit még jobban kiemelt szép fehér bőre. Aránylag vékony, de jó alakú, és csinos arcán mindig mosoly játszott. Hosszú szempillájával nagyon hasonlított Hedy Lamarra, a hollywoodi filmszínésznőre.

Egy nap aztán történt valami. (Merthogy velem mindig történik valami.) Amikor lementünk az alagsorba gyógyszerekért, a vállunk összeért egy pillanatra. Valami furcsa, de kellemes érzés futott át rajtam, valami, amit nem éreztem, amióta Anna kezét fogtam. De régen is volt! Megtorpant, csak egy pillanatra, és rám vetette a szemét. Aztán gyorsan folytattuk utunkat felfelé, mintha mi sem történt volna. De valami mégiscsak történt, ha egyszer nem tudom elfelejteni.

Amikor visszaérkeztem a konzulátusról, épp ebédeltek. Néhány szendvicset, perecet, szárított gyümölcsöt majszoltak, nem sok az egész, mégis megosztották egymás között. Ágnes oda-

nyújtott nekem is egy falatnyi almát, én meg, apróra törve, oda-
adtam a csokoládém minden darabját. Volt ebben valami jóleső
kedvesség.

A délután gyorsan telt a nem is olyan unalmas munkában. Fi-
gyeltem Ágnes kezét, fürge ujjait, nagyon ügyesen csomagolta a
gyógyszerdobozokat. Akkor támadt egy ötletem.

– Ágnes megmutatnád nekem, hogy csinálod? Olyan köny-
nyűnek tűnik a te kezedet nézve.

– Ne csacsiskodj már! Te éppúgy tudnád, csak próbáld meg!

– Nem tudom. És különben is, szeretlek nézni.

Ágnes elpirult, a többi lány, aki ezt a felvillanyozó társalgást
hallgatta, csak forgatta a szemét. Péter, aki szinten a szülőváro-
somból jött Pestre, felsóhajtott.

– Na, hál' istennek, hogy elkezded a régi mókát! Már aggód-
tam, hogy kijöttél a gyakorlatból.

– Péter, hallgass, ha kedves az életed!

Későre járt, közeledett a munkaidő vége. A legtöbben már el-
mentek, én csak húztam az időt, mert láttam, Ágnes még dol-
gozik. Mikor már senki sem volt a közelünkben, összeszedtem
minden bátorságomat, és odasúgtam neki:

– Egy jó filmet vetítenek az Urániában, Kabossal és Latabárral.
Volna kedved megnézni?

Meglepetten, kissé elpirulva mondta:

– Mért ne?

Akkor majdnem én is elpirultam, de nagyon boldog voltam.
Ez az első kis találkám, amióta Anna elment. Gyorsan eltűntünk,
hogy senki ne lásson meg bennünket. Nem akartuk, hogy plety-
káljanak.

Ágnes irtó jól nézett ki a fehér köpeny nélkül, barna szoknyá-
ban és krémszínű blúzban, esőkabáttal a karján – mintha csak a
Casablanca filmből lépett volna ki.

Kint már sötétedett és hideg is lett. Mintha megborzongott
volna. Nekem olyan természetesnek tűnt, hogy átkaroljam, s egy
kicsit felmelegítsem, miközben sétáltunk a szeles Rákóczi úton.

Nem ellenkezett. Kezdtem bizakodni. Még volt egy kis időnk, sült gesztenyét vettem az utcasarkon egy öreg, ráncos arcú nénitől, aki vastag kabátjában, pamutsapkával a fején egészen olyan volt, mintha Charles Dickens találta volna ki.

– Szerencsés fickó vagy! – kacsintott rám huncut mosollyal a gesztenyesütő mögül.

Ágnes elmosolyodott, én pedig megdupláztam a gesztenye árát. Időben odaértünk a mozihoz. Mindig csodáltam ezt a gyönyörű épületet. Velencei stílus, mór palotába ültetve, belül ragyogó kristályok, íves boltozat, és ami még fontosabb, kényelmes, puha bársonyülések. Egy operaház sem lehetne szebb ennél. Legalábbis akkor én úgy gondoltam.

Az utolsó sorba vettem a jegyeket. Mindig szerettem leghátul ülni, elkerülni a többiek kíváncsi tekintetét. Először végig kellett szenvednünk a német háborús UFA híradót, tele tankokkal, a Luftwaffe-bombázók pusztításával és persze a győzelmekkel mindig, mindenhol. Ágnes nem szerette, nyugtalanul izgettmozgott.

– Hunyd be a szemed! – mondtam neki, csak hallgasd a szép zenét!

Az UFA-hírek hátterében rendszerint Liszt Ferenc Les Preludes szimfonikus költeményét játszották. Ettől a gyönyörű, izgalmas mesterműtől mindig borsózott a hátam. Most is. De azért megfogtam Ágnes hűvös kezét, becsuktam a szememet én is, és közelebb húzódtam hozzá. Nem bánta, sőt lassan a vállamra hajtotta a fejét. Jó volt, hogy az utolsó sorban ültünk.

A film tulajdonképpen vicces volt, tele hülyeséggel. Latabár próbálta elfeledtetni velünk a sok szomorúságot. A nevetés az egyik legjobb gyógyír, és mi remekül mulattunk. Mikor vége lett, nem is nagyon akartunk fölkelni, s kimenni a sötét, hideg bizonytalanságba.

– Nagyon élveztem ezt az estét – mondtam. – Te is?

– Gyuri, szuper volt! Nem is emlékszem, mikor voltam ilyen boldog.

– Hazakísérlek – mondtam, amikor kiértünk az utcára.

– Nem, nem! A villamosmegálló pont itt van, én pedig az ellenkező irányba megyek. Tudom, te kint laksz Budán, én meg itt lakom, nem messze. Már későre jár. Különben is, itt jön a villamosod, kapd el gyorsan! Viszlát!

Azzal majdhogynem feltolt a lépcsőre, és integetett, amíg csak láttam. De történt valami, amit nem értettem és nem tudtam megmagyarázni. Nem ült fel a másik villamosra az ellenkező irányba, hanem gyalog sétált el onnét.

A Szent Ferenc Kórház

Másnap reggel Maris készített egy kis reggelit, Bagó is várta az övét, amikor anyám odaült hozzánk.

– Későn jöttél haza tegnap este. Már aggódtunk. Minden rendben van? Nem kérdezek többet, ugye elmondod majd, ha valami bánt vagy ha kíváncsi vagy a véleményemre, a tanácsomra?

– Igen, mamikám, így lesz. De, kérlek, hagyjátok, hogy egy kicsit gyorsabban nőjek fel, mint ahogy azt apámmal elképzelitek! Nemcsak azért, mert én úgy szeretném, hanem azért is, mert a világ olyan gyorsan változik, hogy mi csak úgy tudunk lépést tartani vele, ha alkalmazkodunk hozzá. Érted, ugye?

– Igen, fiam, értem. De szeretném, ha tudnád, hogy mi mindig itt leszünk neked.

Azzal megölelt, megcsókolt és gyorsan kiment, hogy ne lássam a könnyeit.

Miután megfuttattam a kutyámat a Királyhágó téren, kilenckor elindultam, hogy időben odaérjek a svájci konzulátusra. Ott voltam jóval tíz óra előtt, emlékezve Zoltán barátom tanácsára, amit nem is olyan régen mondott. Minthogy felismert a kapus, simán bejutottam. Bevezettek egy nagyobb szobába, ahol az attasé már várt egy idősebb úrral. Bemutatott neki, Carlnak hívták.

– Örülök, hogy megismerhetlek fiatalember, hogy látok egy új magyar generációt felnőni. Nagyon dicséretre méltó, amit embertársaid javára teszel. A titkárom elmondja, mi a feladatod. Sok szerencsét! Remélem, találkozunk majd egyszer, amikor a háborúnak vége lesz! Ha másért nem, hát azért, hogy megszorítsam a kezedet.

Megmondom őszintén, elpirultam. Jólestek a kedves szavak,

és szégyelltem is magamat egy kicsit. Most aztán meg kell hogy mutassam, megérdemlem a bizalmat.

Az attasé behozott egy nagy zsákot, tele volt mindenféle dokumentummal.

– Ezek mind védlevelek, ideiglenes vöröskeresztes útlevelek zsidóknak. Bár nem garantálják a teljes biztonságukat, mégis nyújtanak valami védelmet és megmenthetik az életüket. Mindegyiken hivatalos aláírás és pecsét van. A nevüket és személyes adataikat majd ők maguk írják be. Vidd el ezt a zsákot Budára, a Széher utcai Szent Ferenc Kórházba! Tudod, hol van?

– Igen tudom. Már voltam ott látogatni beteg papokat.

– Nagyon óvatos legyél ezzel a küldetéssel! Ha megállítanak és megtalálják nálad ezeket a hamis papírokat, letartóztatnak, és a Gestapo hallgat majd ki. Az nem lesz nagyon kellemes. Ha ez történne, azt kell mondanod, hogy most találtad ezt a zsákot egy utcai padon, fogalmad sincs, mik ezek a papírok, és épp a rendőrségre igyekeztél, hogy beszolgáltasd. Te egy tizenöt éves iskolásfiú vagy, nem vagy zsidó, és ezt be is tudod bizonyítani. Most már érted, hogy a múltkori szokatlan kérdés miért volt fontos?

– De…

– Kérlek, ne vágj közbe, még nem fejeztem be! Dr. Lakit keresd a kórházban! Fiatal sebész, nemrég menekült Erdélyből, nagyon megbízható tagja a Nemzetközi Vöröskeresztnek. Már vár téged. Senki mással ne beszélj! Érted?

– Igen, uram. Mindent megteszek, ami csak rajtam múlik. Köszönöm a bizalmat.

– Nem kell visszajönnöd ide, hogy beszámolj nekem, ezt majd megteszi az orvos. A Gestapo már figyel bennünket, nagyon óvatosnak kell lennünk!

– Na, jó szerencsét, áldjon meg az Isten!

Hát, nem mondom, amikor kiléptem a kapun, szorongás fogott el. Te jó isten, mi lesz ebből?

Lassan ballagtam a buszmegálló felé, a zsákkal a vállamon. Sokszor cseréltem autóbuszt, aztán még egy villamosra is átszálltam, figyelve, hogy nem követnek-e? Nagyon fontos embernek éreztem akkor magam, mintha csak egy kémfilm főszereplője lennék. Egy kíváncsi detektív azt is gondolhatta volna rólam, hogy gengszter vagyok, de azt is, hogy egy idióta. Attól függően, hogy mennyi szakmai tapasztalata van. Ahogy közeledtem a kórházhoz a dombok alján, vissza-visszanéztem, vajon követnek-e. Nem követett senki. Végre megláttam az épületet a sudár fenyők között. Még egy utolsó megtévesztő lépéssel túlmentem a bejáraton, végül aztán becsengettem.

A fertőtlenítőszagú folyosó tele volt betegekkel, fekete-fehér ruhás apácanővérekkel és pár vadóc gyerekkel. Na most, hogy találom meg azt az orvost? Ekkor egy fiatal, mosolygós apáca odalépett hozzám.

– Dr. Lakit keresem – mondtam gyorsan.

– Ha orvosi vizitre jött, bevezetem a vizsgálószobába.

– Nem, nem. Csak beszélnem kell vele.

– Mit mondjak, ki keresi, mert nagyon elfoglalt.

– Kérem, mondja neki, hogy György van itt, már tud rólam.

Amíg vártam, örömmel láttam, hogy kereszt van minden betegszobában. Kis idő múlva a nővér visszajött egy fiatal, szőke, szemüveges orvossal.

– Dr. Laki vagyok, örülök, hogy ide értél, György, már vártalak. Na, lássuk azt a mellkasi fájdalmat, amire panaszkodtál. De inkább menjünk fel a szobámba, hogy megvizsgáljalak.

Követtem felfelé a napsütéses lépcsőházban, a zsákkal a hátamon. Bementünk a szobájába, ablaka a fenyőkkel teli parkra nézett. Meglepetésemre egy idősebb hölgy is volt ott, fehér, vöröskeresztes nővéruniformisban.

– György, hadd mutassalak be Apor bárónőnek, aki a Magyar Vöröskereszt vezetője és a mentőmunkálatok irányítója. Tud rólad, tudja, mit hoztál nekünk, ő is segít majd az igazolványok szétosztásában.

– Nagyon örülök, kedves, hogy megismertelek, már hallottam rólad Bessie-től, akivel olyan sok szép napot töltöttem Genfben.

Kiváló asszony, és, gondolom, most nagyon büszke rád, amiért elvállaltad ezt az egyáltalán nem veszélytelen küldetést.

– Na, lássuk azt a mellkasi fájdalmat, vegyük le a hátadról – viccelődött dr. Laki, és én boldogan adtam át a súlyos zsákot. Kinyitotta, röviden átnézte a tartalmát, és azt mondta: – Igen, ezek nagyon sok embernek fognak segíteni, talán életeket menthetünk velük. Köszönjük, hogy vállaltad a feladatot! Mielőtt elmennél, elmondom, hogy délben egy nagy tiszteletnek örvendő, szentéletű pap misézik a kápolnánkban, ha van időd, maradj velünk, vegyél részt te is a szentmisén!

– Köszönöm, igen, szeretnék ott lenni!

Még maradt egy kis időm addig, kimentem az épület mögötti parkba, ahonnan a magas fenyők közül szép kilátás nyílt a környező dombokra, hegyekre. Volt ott egy szép sziklakert is Szűz Mária szobrával. Leültem egy padra friss levegőt szívni, hálát adni a Jóistennek, hogy rávezetett a helyes útra: segíteni, ahol lehet. Valami nagyon jó érzés fogott el ott. Nem is sejtettem, hogy sok év múlva visszajövök majd ide életem nagy szerelmével, a feleségemmel.

A kápolna a legfelső emeleten volt, a sebészeti műtőszobák mögött. A kicsi, színes üvegablakos, meghitt rejtekhely már zsúfolásig telt betegekkel, apácákkal. De mindig akad még hely legalább egynek, mért ne lennék én az? A papból, aki misézett, sugárzott a hit, tanítását bölcsességgel fonta lelkünk javára. Volt némi olasz akcentusa, ami különlegessé tette a hangját. Szentbeszéde talán a legszebb mind közül, amit valaha hallottam.

Az olvasmányokat a Teremtés könyvéből idézte:

– „Teremté tehát az Isten az embert az ő képére..."

Isten csupa szeretet. Ha ő az embert a saját képére és hasonlatosságára teremtette, akkor az ember a szeretet képmása kell hogy legyen. Az ember fizikai megjelenése nem az Isten anyagi mivoltán alapszik, mert Isten nem anyagból való. János tanításából tudjuk, hogy az Isten lélek, nem pedig egy materiális lény.

Isten először az eget és a földet teremtette meg, a szárazföldet, a tengereket, a galaxisokat, a csillagokat, a növényeket és állatfajokat – a világmindenséget. De valami mégis hiányzott. Hiányzott az Isten képmása, a szeretet. Az nem volt még a Földön.

Akkor elhatározta, hogy embert teremt, aki érezni képes, s aki hasonlít őrá. Olyat, aki tud szeretni, szeretetet adni és igényli, hogy szeressék.

És lelket adott nekünk. Ugyanakkor szabad akaratot is, hogy eldönthessük, akarunk-e az ő képmása lenni? De ha úgy döntünk, hogy nem, és nem tudunk már szeretni, ő akkor sem fog gyűlölni minket, akkor is szeretni fog, és ha kérjük őt, megbocsátja a bűneinket, és várja, reméli, hogy egy szép napon majd visszatérünk az ő ölelő karjába.

Ha a Jóisten nem gyűlöli a bűnösöket, és megbocsát nekik, hogy érezhetünk mi gyűlöletet azok iránt, akik kárt okoznak nekünk? Nem imádkoznunk kellene inkább értük, s aztán ítéljen majd az Isten?

Az atya folytatta az elmélkedést, mély lelkiséggel és bölcsességgel sugározva felénk a Jóisten üzenetét, a szeretetet, s a megbocsátást ezekben a nehéz időkben, amilyeneket most élünk.

Igazi inspiráló üzenet volt ez, és nagyon elgondolkodtató.

Áldás után, a szentmise végén, ahogy elment mellettem, még egy kis keresztet is rajzolt a homlokomra.

Dr. Laki, aki a közelemben állt, rám mosolygott. – Tudod, ki volt ez a pap?

– Nem.

– Angelo Rotta pápai nuncius, a Vatikán képviselője. Ez az első alkalom, hogy meglátogatta a Szent Ferenc Kórházat. Ő és a vatikáni küldöttség nyíltan elítéli a náci terrort, többször tiltakoztak a zsidók deportálása ellen, és nagyon sokat tesznek az üldözöttekért.

Azzal elköszönt tőlem.

– Találkozunk még, tudom – mondta.

Akkor nem gondoltam, hogy tizenkét évvel később a sors megint összehoz kettőnket, történelmünk egy másik tragikus időszakában.

A Hormon Kft. titka

Minden évben december 5-én éjjel eljött hozzánk, gyerekekhez a Mikulás. Hozott mindenféle édességet, apró ajándékot, diót, csokoládét. Kitettünk néhány pár cipőt az ablakba, mielőtt lefeküdtünk, aztán vártuk nagy izgatottan, hogy mikor jön. De hiába vártunk, ő bizony nem jött addig, amíg el nem aludtunk. Gondolom, hogy meg ne lássuk.

Régi szokás volt ez a Monarchiában, emlékezve Myra negyedik századbeli püspökére, Szent Nicholasra, aki a névnapján mindig vitt élelmet és ruhafélét a szegény gyerekeknek.

– Emlékszel – kérdeztem a testvéremet –, mekkora izgalom fogott el egyszer, még az orrod vére is eleredt?

– Igen, te meg, te koraérett kamasz, megetted az összes csokimat és papírost tömtél a cipőmbe.

Idén semmit sem vártunk, nagy meglepetésünkre 6-án reggel mégis fügét, diót, cukrozott datolyát találtunk az ablakban. Bagó is kapott egy darab csontot, rajta egy cédulával: „Ez nem a tiéd, bátyuskám."

Szüleink már elmentek hazulról, így csak egy üveg bort tettem az ablakukba, gondolván, majd este megisszuk.

Aztán bementem a vállalathoz, hogy dolgozzam is egy kicsit, na meg pletykákat hallani. Vittem magammal néhány szem fügét, datolyát, hogy megkínáljam a többieket – persze főleg Ágnesre gondoltam. Erősen havazott, és mire beértem, a hó már belepte az utcákat, fákat, fehérré varázsolta az amúgy szürke várost. De ki tudja, meddig marad ez így? Hallottuk a BBC-n, hogy a Vörös Hadsereg körülveszi Budapestet, és ha a németek nem vonulnak ki, mielőtt a gyűrű bezárul, véres harcoknak nézünk elébe.

De most még fehér a hó, a tél első hírnöke.

Kevesen voltak már bent, többen elmentek a havazás miatt. Ágnes és néhány kollégája próbálta lezárni a napi munkát. Előszedtem a datolyát, diót, fügét, hogy megosszam velük. Mikor elmeséltem a Mikulás látogatását, nem akarták elhinni, hogy ilyen dolgok még ma is vannak Pesten. De azért minden nagyon gyorsan elfogyott.

Ágnes nyalogatta a datolyától ragacsos ujjait, és csak mosolygott rám kedvesen. Reméltem, hogy a többiek korábban elmennek a hó miatt, mondtam is nekik, hogy milyen erősen havazik, és a járdák egyre csúszósabbak, jobb volna, ha hazamennének még sötétedés előtt. Odasúgtam Ágnesnek, hogy maradjon, mert mondani akarok neki valamit. Kicsit elpirult, de nem ellenkezett.

Lassanként el is indultak, egyik a másik után. A kémikus vezérasszony még távozása előtt megjegyezte:

– Ha nektek még van munkátok, utána zárjátok jól be az ajtókat!

– Igen asszonyom, ne aggódjon, mindent felülvizsgálok.

– Arról meg vagyok győződve – mondta hamiskás mosollyal, azzal elment.

Végre egyedül voltunk.

Kicsit furcsán éreztem magam, hogy elértem a célomat, de Ágnes természetes maradt, s mintha egy kis flörtölő mosoly is lett volna az arcán.

– Azt hiszem, mindent befejeztünk, kivéve egyet – mondta, és lassan odasétált hozzám. Míg én a padon ültem, egyre közelebb jött, éreztem a csípőjét, ahogy odaért a vállamhoz, átkaroltam a derekát. A szívem vadul dobogott, amikor az ölembe ült és magához szorított. Akkor megcsókoltuk egymást. Kicsit kinyílt a blúza, és a nyakában egy arany csillag tűnt fel.

Dávid-csillag.

– Te zsidó vagy?

– Miért, neked ez probléma?

Felugrott, begombolta a blúzát és rám förmedt:

– Na, most már tudod. Most mehetsz a rendőrségre jelenteni, hogy egy zsidó lány bujkál itt, ahelyett, hogy a gettóban volna. Akár azt is gondolhatod, csak azért akartalak elcsábítni, hogy mentsem a bőrömet.

Reszketve leroskadt a padra, és zokogni kezdett. Azt hittem, megszakad a szívem. Sokkal közelebb éreztem magam hozzá most, mint néhány perccel ezelőtt.

Gyengéden átöleltem.

– Nem, Ágnes, nem! Hogy gondolhatsz ilyet rólam? Tudom, most mit élsz át. Tudom, hogy szenvedsz. De én veled vagyok. Az egész családom veled van. Csak meglepődtem. Ha lehet, még jobban szeretlek, és közelebb vagyok hozzád, nekünk most már van egy közös titkunk.

Lassan megnyugodott, ahogy átölelve gyengéden simogattam a haját, lecsókoltam a könnyeket a szeméről. Aztán még csendben ültünk, fogtam a kezét, őszintén remélve, hogy érzi a szívem melegét.

– Nem kell félned! A te sorsod az én sorsom is, és én mindent megteszek azért, hogy megvédjelek.

– Na, ez most épp úgy hangzik, mintha az apád mondta volna. Ő tud rólam mindent, ő segített elbújnom itt. Jó barátja a szüleimnek, akik különböző helyeken bujdosnak. Gondoltuk, úgy lesz a legjobb, ha nem maradunk együtt. Apád felajánlotta, hogy jöjjek ide dolgozni, így talán jobban átvészelem ezt az egészet. Egyébként itt lakom a közelben.

– Most már értem, miért nem mentél villamossal, amikor elváltunk a mozi után. Bántott, hogy talán hazudtál, amikor a címedet mondtad.

– Persze, hogy hazudtam, de nem azért, hogy félrevezesselek, hanem hogy ne sodorjalak bajba. Nem akartam, hogy sajnálkozzál rajtam, a kis zsidó lányon. Azt akartam, hogy csak magam miatt szeress, ne azért, mert szánakozol rajtam. De még meggondolhatod magad. Meg akarod gondolni a dolgot?

– Meggondoltam. Csókolj meg!

– És a többiek, akik itt dolgoznak? Te olyan közel állsz hozzájuk.

– Mindegyik zsidó. Mindenki, aki itt dolgozik.

– A szigorú kémikusnő? A könyvelő? Az üzletvezető a feleségével?

– Igen, mindegyik.

– Apád évekkel ezelőtt megegyezett a szüleimmel és egy másik zsidó gyárossal, hogy a háború évei alatt átveszi a vállalat tulajdonjogát, és segít megmenteni a többi tulajdonost, aztán a háború végén, ha túléljük, társakként folytatják együtt a Hormon Kft.-t. Apád hamis igazolványokkal alkalmazta az összes régi zsidó szakembert és a munkásokat. Hát így áll a helyzet. Ez a Hormon Kft. titka

Nem tudtam, jól hallok-e.

– Hogyhogy én nem tudtam erről semmit? Anyám, Bécó? Ők kellett hogy tudjanak erről. Miért nem mondták el nekem? Apám? Hát nem bíztak meg bennem, mert még gyerek vagyok, aki nem tud titkot tartani?

És Péter, a gyerekkori barátom? Ő is tagja ennek az összeesküvésnek?

– Nincs itt semmiféle összeesküvés Gyuri, csak emberi méltóság és a keresztény tanítás, hogy „szeresd felebarátodat". Hiszem, hogy egyetértesz vele.

– Természetesen. De most én mondok neked valamit Péterről. Az ő nagyapja, aki egy vagyonos zsidó gyáros, a feleségével át akartak térni a katolikus hitre a harmincas évek vége felé, amikor Hitler elkezdte a zsidóüldözést Németországban. Szükségük volt egy katolikus keresztszülőre. Megkérték fiatal, harmincéves anyámat, hogy vállalja ezt a szent hivatást s ő örömmel tett eleget a kérésnek. Remélték, hogy keresztényekként túlélhetik a náci terrort. Hát ez meg az én történetem. Péter így került a vállalathoz. Ez az én új hírem számodra, kisasszony, ne gondold, hogy mindent tudsz!

Odabújt hozzám.

– Na, most, hogy már mindent tudunk egymásról, legyen béke köztünk. Jó barátok leszünk? Még mindig akarod fogni a kezemet?

– Ezen még gondolkodnom kell! Oké, gondolkoztam. Igen és igen! De hadd maradjon mindez a mi kis titkunk! Nem akarom, hogy a többiek kényelmetlenül érezzék magukat most, hogy mindent tudok.

– Oké, legyen ez a mi titkunk! De most mennem kellene haza, későre jár.

– Hazakísérlek. Ne is próbálj lebeszélni róla!

Bezártuk az ajtókat, kiléptünk az utcára. Még mindig erősen havazott, nagy, puha pelyhekben, vastag, fehér szőnyeggel takarva be a kis teret. Olyan békésnek tűnt minden! Már jó ideje sétáltunk a hóesésben, amikor megszólaltak a szirénák. Vége a békének, itt a légiriadó. Hol találunk most óvóhelyet? A kapuk bezárva, sehol egy lélek. Tudtam, hogy van egy kis pincekocsma a Kőfaragó utcában, azt kell megtalálnunk. Rohantunk a süppedő hóban, remélve, hogy nyitva lesz.

Végre megláttam a bár cégtábláját és az ajtajához vezető lépcsőket. Mintha fény szivárgott volna ki egy résen. Benyomtam a hótorlaszos ajtót – hála az égnek, engedett. Tele volt emberekkel, vastag cigarettafüsttel, meg a forralt bor finom illatával. Marlene Dietrich a Lili Marlene-t énekelte valahol a háttérben, egy öreg gramofonon. Mintha egy kis párizsi lebujban lettünk volna. Legalábbis úgy tűnt.

Valaki rekedt hangon ránk ordított:

– Csukják be az ajtót, kiszűrődnek a fények!

Bementünk hát gyorsan, berántva az ajtót. Nem jöhetett volna jobbkor. Meghúzódtunk a hátsó sarokban, közel a bárpulthoz, mert onnan jött a forralt bor fűszeres illata. Nagyon barátságos kis zug volt, tele fiatalokkal, akik mind egyszerre próbáltak beszélni, ahogy az már pár pohár bor vagy sör után lenni szokott. Vidám volt a hangulat, mintha nem is lenne légiriadó. Egy fiatal párral ültünk együtt. Ágnes arca kipirult a meleg bortól, és még el is mosolyodott azon, hogy Marlene Dietrich már harmadszor énekli ugyanazt a dalt.

Megtudtuk, hogy a fiatal pár nem is egy pár, hanem testvérek.

A fiú egynapi szabadságot kapott a katonaságtól, és a születésnapját ünnepelte. Itt volt találkájuk egy német katona barátjukkal, hogy utána vacsorázni menjenek.

Ágnes arcáról hirtelen lehervadt a mosoly.

Elkezdtem érdeklődni a barátjuk felől.

– Ő valójában egy nagyon rendes ember, aki tulajdonképpen magyar, csak Burgenlandban született és nőtt fel. Amikor Hitler elfoglalta Ausztriát, ő is német állampolgár lett, és nemrég, amikor elérte a korhatárt, behívták katonának.

János, ez volt a fiú neve, aki velünk ült, óvatosan körülnézett és halkan odasúgta: – Tulajdonképpen gyűlöli a nácikat, de követnie kell a parancsot. Ha nem ezt tenné, hazaárulásért akár ki is végezhetnék.

Sok mindent meséltek még róla és lassan rájöttem, hogy nem mindenki rossz ember, aki német egyenruhában van. Voltak ártatlan németek is, akik szintén áldozatok voltak. Úgy gondoltam, nem ítélhetünk el egy egész nemzetet, zsarnokoskodó vezetőik kegyetlenségei miatt, még akkor sem, ha sokan elvakultan követik azokat. Minden embert a saját erkölcsi értéke és jelleme szerint kell megbecsülnünk, tanították a szüleim egész életünkben. Ne ítélkezzünk, hogy meg ne ítéltessünk! Hagyjuk azt a Jóistenre!

Gyengéden megszorítottam Ágnes kezét az asztal alatt. – Ne aggódj, minden rendben lesz! S akkor kivágódott az ajtó és egy hóval borított német egyenruhás alak lépett be rajta. Hirtelen mintha vágni lehetett volna a csendet.

Aztán lerázta magáról a havat és széles mosollyal odalépett hozzánk, tiszta magyarsággal köszöntve Jánost és a húgát. A hangulat ekkor feloldódott és zajosabb lett mint valaha.

– Sajnálom, hogy késtem, de a villamosok leálltak a szirénák miatt, gyalog kellett jönnöm. Tudna valaki adni nekem egy pohár forralt bort? Odafordult Ágneshez széles vigyorral az arcán. Én Gunter vagyok, egy barátságos magyar-német. Szeretem Budapestet, a bort és a magyar lányokat. Csak viccelek, tette hozzá.

Éreztem Ágnes térdének remegését az asztal alatt, ahogy szorította a kezemet.

Végre ismét megszólaltak a szirénák, jelezve, hogy elmúlt a légiveszély. Nagy sietve indultunk kifelé, integetve új barátainknak. János még utánunk szólt, hogy jöjjünk máskor is, ha nincs más dolgunk. Megígértem neki.

A havazás már elállt, de az utcán minden hófehér volt. Jó volt mélyet lélegezni, friss levegőt szívni a füstös pince után. A járda eléggé csúszós lett, s ez kiváló indok volt arra, hogy szorosan Ágnesbe karoljak. Lassan mentünk, hogy ne kelljen még elválni.

– Majdnem ott vagyunk – mondta, és néhány sarok után megállt egy öreg könyvüzlet előtt.

– Hát itt vagyunk, de most menned kell! Majd egyszer megmagyarázom.

– Azt akarod mondani, hogy itt élsz ebben az antikváriumban? Ezt nem hiszem el.

– Pedig el kell hinned! Gyorsan megpuszilta az arcomat, kinyitotta a zárat és eltűnt az ajtó mögött.

ANGYALI ÜZENET

Bátyám ébresztett fel egy reggel. – Ma délelőtt a vöröskeresztes házhoz kell menned, valamivel meg akarnak bízni. Itt van a címük, – azzal átadott egy cédulát. Keresd Friedrich-et! Délre várnak. Jobb lesz, ha felkelsz és elkezdesz mozogni!

Kérdeztem volna még pár dolgot, de nem várta meg, sietve elment. Ez a hely a város másik oldalán volt, így nem sok időm maradt vacakolni. Az utcák még havasak voltak, de már kezdett olvadni. Itt-ott az autóbuszok és a villamosok is jártak. Most nem aggódtam nagyon, hogy elkapnak valamiért, hisz nincs nálam semmiféle hamis papír. Egy egészségügyi szervezethez megyek, amit még a nyilasoknak is tiszteletben kell tartaniuk. Vagy legalábbis kellene. És ha megállítanak, hát van egy érvényes útlevelem. Mégis, amikor közel értem a célhoz, megkerültem a háztömböt, mielőtt becsöngettem volna.

Barátságos fiatal hölgy jött a kapuhoz. Fehér nővérsapka, vöröskeresztes karszalag volt rajta. Beengedett, amikor mondtam neki, hogy Friedrichhez jöttem, aki vár engem. Ahogy haladtam beljebb az épületbe, meglepett a folyosókon nyüzsgő sok gyerek. Sőt, a nyitott ajtókon benézve úgy láttam, a szobákban még többen vannak.

– Látom, nagyon sok beteg gyerekre kell vigyázniuk.

– Igen, egyre nehezebb lesz. Kezdünk kifogyni az ennivalóból, gyógyszerekből. De jöjjön, hadd vezessem fel Friedrich szobájához.

Bevezetett egy nagyon szép fogadószobába, ott egy barátságos, idősebb úr üdvözölt.

– Örülök, hogy el tudtál jönni, György! Sok jót hallottam rólad Apor bárónőtől. Gondoltam, nekünk is tudnál segíteni. Meglehetősen veszélyes vállalkozásra kérünk, és megértem azt is, ha nem akarsz részt venni benne.

– Kérem, megpróbálok mindent megtenni, ami tőlem telik.

– Hát akkor… Gondolom, láttad milyen sok fiatal van itt a házban. Sokkal több, mint amennyit mi el tudunk látni. Vannak családok a városban, amelyek szívesen magukhoz vennének párat, de valahogy oda kellene juttatnunk őket. Azt hiszem, nem árulok el titkot, ha elmondom, ezek zsidó gyerekek, hamis igazolványokkal. Ha itt rájuk találnak, a gettóba hurcolják vagy talán meg is ölik őket. Te egy tizenöt éves fiatalember vagy, akinek van érvényes útlevele. Nyugodtan mászkálhatsz az utcán hasonló korú gyerekekkel. Az még nem feltűnő. Az lesz a feladatod, hogy elkísérj két fiút a Damjanich utca 26/a számú házhoz. Amikor a bejáratnál megnyomod a 2-es gombot, egy Zsuzsa nevű hölgy fog jelentkezni, hogy átvegye a fiúkat. Mit gondolsz erről az egészről?

– Uram, remélem, meg tudom csinálni!

– Adok egy kis időt, hogy gondolkodj rajta, és közben beszélj az egyik vöröskeresztes önkéntessel, aki már hetek óta ezzel foglalkozik. Átadja az eddigi tapasztalatait, például azt, hogyan kerülheted el a rendőrök és a nyilasok figyelmét, valamint, hogy mitévő légy, ha mégis megállítanak.

Aztán egy másik szobába vezettek. Ott egy szerény öltözetű fiatalember fogadott.

– Tóni vagyok, örülök a jövetelednek, Gyuri, köszönöm, hogy segítesz nekünk. Ezeket a kölyköket a nyilasok bármikor elvihetik innét. A szüleiket már deportálták. Most, hogy az oroszok közelednek, a nácik egyre agresszívebbek lesznek, és csak idő kérdése, mikor ütnek rajtunk.

– Hogyne akarnék segíteni! Megteszek minden tőlem telhetőt!

– Hadd adjak neked tanácsot, ötleteket, amik megkönnyíthetik a dolgodat! Próbálj természetesen viselkedni! Te egy kölyök vagy, aki találkozott a grundon pár fiúval. Fociztok, vidáman viccelődve lökdösitek egymást. Mit tudtok ti a háborúról, mit törődnétek vele? Fogalmad sincs, kik a többiek, mi a nevük, hol laknak és hová mennek. De bármi is történne, és ez fontos, nagyon fontos, emlékeznetek kell a címre, ahová a kölyköknek menniük kell! A legrosszabb esetben, ha netán külön kellene válnotok, ők még mindig odatalálhatnak. Te másnap majd megtudod, hogy sikerült-e nekik vagy sem. Van valami kérdésed?

– Mikor kezdődik az akció? És mikor ismerem meg a két „játszótársat"?

– Behívom őket most mindjárt, ha készen állsz rá. Csak hozok valami harapnivalót, és megbeszéljük együtt a tervet.

– Tóni, azt hiszem, készen állok, hozd a kaját meg a fiúkat is!

Az élelmiszer-ellátás vészesen romlott a fővárosban. A legtöbb piac, üzlet, hetek óta zárva volt. Néhány kisebb boltban időnként lehetett kenyeret, tojást, margarint kapni, de a zöldség vagy gyümölcs ritka kincs volt. Nagy örömmel fogadtuk a kolbászos szendvicseket, amelyeket Tóni varázsolt elő. A két kamasz fiú úgy falt, hogy öröm volt nézni. Péter és Pál – legyen ez a nevük – tizenhárom- tizennégy évesek lehettek, arcuk sovány, beesett. Nem néztem őket testvéreknek, ám aggódó tekintetük nagyon hasonló volt. Árvák voltak, de nem a szüleik hagyták el őket. A családjukat a brutális rendszer szakította szét.

Tóni próbálta vidítani őket, aztán megbeszéltük a tervet. A két fiú hamar felfogta, miről van szó, és még nevettek is rajta, amikor rájuk szóltam: ne felejtsétek el a futball-labdátokat!

– Nincs nekünk labdánk, még egy pingponglabdánk sincs.

– Ne aggódjatok – mondta Tóni –, mindjárt hozok egyet. Csak egyet kérek, vigyázzatok az ablakokra, ha fociztok. A két fiú visszament a szobájába, hogy elbúcsúzzanak a barátaiktól. Tóni visszajött két megviselt futball-labdával, megölelte a fiúkat, és már tuszkolt is ki bennünket egy oldalkapun.

Elég messze volt az a hely, ahová mennünk kellett, így nem sok vesztegetni való időnk volt, még a téli korai sötétedés előtt ott akartam lenni. Amikor a Hősök teréhez értünk, megláttunk két rendőrt. Pál elkezdte rugdalni a labdát, nagy hiba volt. Az egyik rendőr ránk kiabált:

– Hé, kölykök, ez itt nem járja, menjetek a játszótérre!

Sajnos a labda elpattant tőle. Pál kétségbeesetten próbálta felvenni, de az messzebb gurult. A rendőr még jobban kiabált, és fenyegetőzni kezdett.

– Rendben van, ne aggódjon – mondtam neki. – Majd én felveszem a labdát és jól fenékbe rúgom ezt a hülyegyereket. Aztán úgyis megyünk a Városligetbe focizni.

Ezzel nyakon ragadtam Palit. Péter hozta a labdát, és irányt változtatva a liget felé szaladtunk a Damjanich utca helyett.

Hát ezt megúsztuk, gondoltam, amikor lihegve leültünk egy padra a kopasz fák alá. A park teljesen üresnek tűnt, az őszi szél terelgette a leveleket, itt-ott már hó is volt a dombok alján, egyre hűvösebb lett. Mondtam a fiúknak, hogy ha még egy veszélyes helyzet adódik, el kell válnunk egymástól.

– Ti maradjatok együtt és rohanjatok az Angol Park felé, másszatok át a kerítésen és bújjatok el a körhinta mögé! Én majd megpróbálom lekötni a rendőrök figyelmét. Talán meg tudom állítani őket. Nekem nincs mit veszítenem, mert van igazolványom. Aztán utánatok megyek, és találkozunk a körhintánál. Ha nem érnék oda sötétedésig, induljatok el a Damjanich utca felé! Tudjátok a címet, Isten segítségével oda fogtok találni.

Alig fejeztem be a mondanivalómat, amikor megláttunk a távolban két nyilas járőrt, éppen felénk tartottak.

– Azt hiszem, itt az ideje, hogy menjetek. Most vagy soha! Rohanjatok! Tudjátok, mit kell tenni.

– De…

– Rohanj!

Elkezdtem rugdalni a futballt, fel a magasba, fejelgettem, meg minden mást. Csak húztam az időt, amíg közelebb nem értek. Akkor odarúgtam a labdát az elsőnek.

– Jöjjenek focizni egy kicsit! A kölyköknek haza kellett menniük a mamájukhoz.

– Most nincs idő ilyesmire. Jobb lesz, ha te is hazamész, mert nemsokára besötétedik, és a liget bezár.

– Na, jó, ha nem játszunk, akkor megyek én is. Ezzel felkaptam a labdát, és lassan elsétáltam. Amikor már nem láttam őket, megfordultam, hogy az Angol Parkhoz jussak. Ez a hely gyerekkorom egyik kedvenc szórakozóhelye volt, tele mindenféle izgalmas attrakcióval. A hullámvasút, a vízisikló, a dodzsem és a csinos lányok, akik nagyokat sikítva pörögtek a körhintán. Most a hideg, téli alkonyatban elhagyatott, üres szellemváros az egész. Legalábbis olyan benyomást keltett.

És itt bujkálnak valahol a barátaim.

– Ó, Istenkém segíts, nem bukhatom el az első nagy feladatomat! El kell juttatnom a védőházhoz ezt a két gyereket.

Még könyörögtem az egekhez, miközben egy közeli fa ágáról nagy nehezen átmásztam a kerítésen. Egy pillanatig rémülten kuporogtam, reménykedve, hogy senki sem látta meg vakmerő vállalkozásomat. Na de hol is van a körhinta? Halványan emlékeztem, hol forogtunk körbe falovakon, sellőn és csodaszarvason. Aztán megláttam a nagy kerék árnyékát. Reméltem, a kölykök megtalálták, és valahol az épület mögött bujkálnak. Persze hogy ott voltak,!. Egy sarokban gubbasztottak, régi dobozok közé húzódva. Összemaszatolt arcuk felragyogott, amikor az őrök helyett engem pillantottak meg. Boldogan húztam ki őket a patkányoktól hemzsegő, szennyes búvóhelyről.

Te jó ég! Hogy megváltozott ez a hely, amióta nem láttam!

A háború előtt családunk többször jött fel szórakozni néhány napra. A Corvin Áruház volt az első hely, ahová a bátyámmal elmentünk. Ám nem vásárolni jártunk oda, a mozgólépcsőn szaladgáltunk fel s alá. Micsoda mulatság volt! Délután idejöttünk, a Vidám Park elődjébe. Mintha most is hallanám a körhinta verklijét, a céllövölde pukkanásait, a hullámvasút mélybe zuhanó robaját. Este az Opera volt műsoron, legtöbbször a Denevérrel. Augusztus 20-án, Szent István napján, a Gellért-hegyi tűzijáték alatt már olyan fáradt voltam, hogy majdnem elaludtam apám nyakában.

Most egészen másféle tűzijátéknak nézünk elébe. A pusztítás tűzijátékának.

Hanem még ki kell jutnunk innen valahogy, mielőtt teljesen besötétedik. És a kerítésen át kell próbálkoznunk újra, a főkapun nem sétálhatunk ki csak úgy.

– Fiúk ti menjetek előre! Amint átértetek a másik oldalra, húzódjatok le a bokrok tövébe. Ha jön valaki, fussatok, mint a nyulak! Meg se álljatok a célotok előtt! Én majd követlek benneteket.

Sikeresen átjutottunk mind a hárman és a fák védelme alatt elindultunk a tó felé. Már teljesen sötét volt. Ahogy közeledtünk a Vajdahunyad várához, zene hangja ütötte meg a fülem. Mi lehet ez? A sok izgalomtól már hallucinálok? Karácsony csak egy hét múlva lesz, ám ez határozottan karácsonyi dallam volt.

Emlékeztem, hogy a vár közelében a befagyott tavon volt egy korcsolyapálya. Onnan jött a mennyei hang. Ráismertem, ez a *Gloria in excelsis Deo.*

Ahogy közelebb mentünk, megláttunk egy szőke kislányt korcsolyázni a befagyott tavon. Aranyszínű angyalkaszoknyájában szinte röpült, gyönyörű figurákat és köröket rajzolva a csillogó jégre. Nem lehet leírni, mit éreztem akkor. Mintha üzenet jött volna az égből ebbe a sötét világba.

„Bízzál bennem! Szívemen viselem gondodat. Ne add fel a reményt!"

Szótlanul álltunk ott, ahogy a program végén a kis korcsolyázó lány eltűnt a szemünk elől. Feledhetetlen volt, örökké emlékezni fogok rá.

Úti célunk már nem volt messze, de még át kellett mennünk a nagy téren, mielőtt elérjük a Damjanich utcát. Ez az utolsó nehéz lépés, de meg kell tennünk. Már koromsötét volt, fény sehol. Szerencsésen átjutottunk az üres téren, és hamarosan a Damjanich utca 26/a előtt álltunk. Dobogó szívvel nyomtam meg a 2-es számú csengőt. Lassan kinyílt a kapu.

– Zsuzsa?

– Igen, én vagyok, gyertek be gyorsan!

A KATONASZÖKEVÉNYEK

December 19-én a Vörös Hadsereg új offenzívába kezdett, hogy körbezárja Budapestet és elvágja az utat nyugat felé. A légitámadások fokozódtak, röpcédulákat is szórtak, felszólították bennük a német és magyar katonákat, hogy adják fel a harcot. Élelmet már a jegyrendszer sem tudott biztosítani, a legtöbb üzlet bezárt, a villamosok alig jártak, nyomasztó hangulat telepedett a városra. Nem sok ember járt ki a hideg télben a havas, jeges utcákra.

A BBC-t hallgattuk minden este a bezárt ajtók mögött. Úgy sejlett, a vérontás elkerülhetetlen, hacsak a németek nem vonulnak ki, mielőtt a gyűrű bezárul.

Én még bejártam a laboratóriumba, főleg Ágnes miatt, aki mindig nagyon kedvesen mosolygott, ragyogott az arca, amikor meglátott.

– De jó, hogy bejöttél Gyuri, hiányoztál, hol voltál?

– Dolgom volt a családdal, meg a kutyával, aztán keresnem kellett egy karácsonyfát, na meg elterveztem a legközelebbi balatoni nyaralást; persze csak viccelek. Te is hiányoztál nagyon. Menjünk el munka után a kis pincekocsmába! Szeretnék veled lenni egy kicsit! Ki tudja, mit hoz a holnap?

Hát el is mentünk, miután már mindenki távozott. A kis, barátságos lebuj most is tele volt cigarettafüsttel, fiatalokkal és a forralt bor illatával. Megtaláltuk hátul a kis asztalunkat, és a forró bor felmelegített. A gramofon most Karády Katalin dalát játszotta, éppen a Valahol Oroszországban című slágerét énekelte mélabúsan.

Ágnes vidámabbnak tűnt, mint a múltkor, én is az lettem, amikor odabújt hozzám. Valahogy most sokkal közelibbnek éreztem őt, mint máskor.

Nagyon meglepődtem, amikor a vöröskeresztes házból ismert Tónit láttam meg a terem túloldalán. Nem tudom, észrevett-e, de én úgy tettem, mintha nem ismerném. Talán nem is akar találkozni velem. Még nagyobb volt a meglepetésem, amikor kicsit később János és Günther jöttek be civil ruhában, és leültek az asztalához. Mindhárman komolynak tűntek a füstös homályban, nem vidámkodtak. Úristen, mi folyik itt?

– Ágnes, látod azt a három férfit a sarokban?

– A német katonát, aki most egyáltalán nem néz ki német katonának a polgári ruhában, meg a barátját, aki a nővérével volt itt a múltkor?

– Igen, remélem, nem vesznek minket észre. Most csak veled szeretnék lenni.

Ágnes együtt dúdolta Karádyval a szomorkás, háborús dalokat. Engem közben nem hagyott nyugton a kérdés, mit keresnek azok hárman itt együtt?

Nem kellett sokáig várnom, egyszer csak látom, Tóni az asztalunkhoz tart.

– Szervusz, Gyuri! De jó, hogy találkozunk! Leülhetnék egy percre hozzád és bájos asztaltársadhoz?

– Hát persze, gyere, ülj le! Bemutatom Ágnest, egy helyen dolgozunk.

Akkor Ágnes kiment egy percre a mosdóba.

Tóni karon ragadott.

– Nincs vesztegetni való időnk. Az a kettő ott, ismered őket, ma reggel óta katonaszökevények. Nem mentek vissza a laktanyába a kimenőjük végén. János nővére adott nekik polgári ruhát, de nem maradhatnak nála, mert az volna az első hely, ahol a katonai rendőrség keresné őket. Találnunk kell nekik egy helyet legalább ma éjszakára! Beszélhetek a lány előtt, ha visszajön? Gyuri, itt most élet-halál forog kockán. Nemcsak róluk van szó, hanem azokról is, akik kollaborálnak velük.

– Persze. Beszélhetsz előtte, hisz ő maga is bujkál. De mi történt? Miért szánták el magukat erre a kétségbeesett lépésre?

– A szovjet hadsereg körülzárta Budapestet. Hitler kijelentette, hogy védeni fogják a várost az utolsó emberig. Nem adják fel a harcot, és nincs lehetőség visszavonulásra. Azok, akik követik a parancsot, vagy meghalnak, vagy orosz fogságba esnek, ami Szibériát jelenti, kevés eséllyel arra, hogy valaha is hazakerülnek. Az egyetlen lehetőség, hogy túléljék ezt a háborút, az, ha megszöknek, civil ruhát öltenek és később titokban visszatérnek a családjukhoz.

Ágnes két csésze gőzölgő forralt borral jött vissza. Nem jöhetett volna jobbkor.

– Ágnes, mondanunk kell neked valamit! Hajolj közelebb! Tóni régi barátom. Ő majd elmondja, miről van szó.

Ágnes türelmesen hallgatta, nem tűnt meglepettnek, sem ijedtnek. Ilyesmin már régen átment.

– Már az ösztönöm is azt súgta, hogy azok ketten a civil ruhában valamin törik a fejüket. Vagy azért jöttek, hogy kémkedjenek és ellenállókat fogjanak el, vagy ők maguk az ellenállók – mondta afféle mindentudó mosollyal.

Sokszor csodáltam a női nemnek ezt a képességét, bámulatos ösztönét. Talán azért kapták a nők, hogy ellensúlyozni tudják a férfiak uralkodni vágyó természetét?

– De mért nem hívjuk ide őket? Mondjuk meg nekik, hogy együtt érzünk velük, tőlünk nem kell félniük.

Kis idő múlva Tóni áthozta őket. Melegen üdvözöltük a két régi ismerőst. Örömmel láttam, hogy Ágnes szívélyesen kezet szorít Güntherrel.

Úristen, add, hogy egyszer így legyen az egész világon!

De most mi lesz kettejükkel? Sápadtan, riadtan kapták fel a fejüket minden ajtónyitásra, vajon nem értük jönnek-e? Hová indulhatnának? János nem mehet haza, Günthernek meg nincs hová hazamennie. Mi lesz velük ma éjjel, holnap? Úgy látták, hogy a háborúnak már majdhogynem vége, és nem akartak meghalni a Führerért.

A következő órában a lehetőségekről beszéltünk. Tóni kijelentette, a vöröskereszt nem fogadhat be katonaszökevényeket. Ezt tiltják a szabályok, és különben is állandó megfigyelés alatt állnak. Az ő családja valahol bujdosik, ő is hamis igazolvánnyal lakik a vöröskeresztnél. Lassan minden megoldást kizártunk, csak én maradtam mint utolsó lehetőség. Illetve a Hormon cég pincéje. Csak egy éjszakára – aztán, ki tudja, mi vár ránk.

– Elmehetünk a laboratórium alagsorába, ott tölthetitek az éjszakát, mondtam. Olyan, mint egy óvóhely, vasajtóval lehet zárni. Van ott néhány pad takarókkal, kisasztal, székek, sőt egy hűtőszekrény is néhány konzervvel. Bezárjuk az ajtót, hogy senki se tudjon lemenni. Reggel odamegyünk, és eldöntjük, milyen más lehetőség kínálkozik.

Ágnes menni készült, de nem akarta, hogy elkísérjem.

– Te mutasd nekik az utat! Én majd megnézem őket reggel. Viszek vizet, kávét, talán valami ennivalót is.

Szorongó érzés fogott el. Mit szól majd apám, hogy meg sem kérdeztem? Milyen jogon vállalom ezt a kockázatot a családom beleegyezése nélkül? Az még rendben van, hogy felvállaltam a veszélyes megbízásokat, a saját bőrömet kockára téve, de most őket is veszélyeztetem. És mi lesz a többi bujkáló zsidóval, ha egyszer házkutatást tartanak ott?

De ekkor már nem volt visszaút. Tóni nagyon hálás volt a segítségért, és magunkra hagyott bennünket. Akkor egy hang szólalt meg bennem…

„Jót várj, amiért jót teszel, ne félj, megsegít az Isten!"

Kicsit megnyugodtam. Azt ajánlottam nekik, hogy ne egyszerre induljunk. Én előre megyek, ők pedig kövessenek egyenként, biztos távolságból.

– Nem vagyunk messze, figyeljétek meg, hogy melyik ajtón megyek be, és gyertek utánam!

Hál' istennek, az utcák üresek voltak, és minden baj nélkül odaértünk. Ahogy gondoltam is, már senki sem tartózkodott bent. Átvezettem őket a folyosón, le a lépcsőkhöz. Kinyitottam a bunkerhez vezető nehéz ajtót (mert akár így is hívhatták volna). Nemcsak padok, de még egy tábori ágy is volt hátul a sarokban.

– Gondolom, ez megteszi egy éjszakára. Bezárom az ajtót, és ti ne reagáljatok se kopogásra, se egyéb hangra, amíg csak Ágnes vagy én ide nem jövünk! Legyetek csendben, senki se gyanítsa, hogy van itt valaki! A Jóisten legyen veletek!

– És teveled is Gyuri, meg Ágnessel, Tónival. Hálás köszönet a segítségért! – mondta Günther.

Még megmutattam nekik hol a víztartály, meg a kis hűtőszekrény, benne valami konzervvel. No meg az üveg bor, eldugva hátul a polcon.

Hálája jeléül János megölelt. Ekkor otthagytam őket, nagy gonddal a vállamon. Te jó isten, mi lesz ebből?

Azt hiszem, az utolsó villamost kaptam el hazafelé. Reszkettem a hidegtől, na meg az aggódás is közrejátszott. Elhatároztam, ha a szüleim még ébren vannak, elmondok nekik mindent. Ébren voltak.

Meg voltak döbbenve, fel voltak háborodva.

– Hogy tehetted ezt anélkül, hogy megkérdeztél volna minket, hogy beleegyezünk-e? Gondoltál arra, hogy mindnyájunk életét veszélyezteted? Nemcsak azt a kettőt fogják kivégezni, ha megtalálják őket, de az egész családot letartóztatják. A vállalat alkalmazottai is bajba kerülhetnek. Te csinálhatsz butaságokat a magad kontójára, és fogsz is még sokszor, de ne nekünk nyújtsd be a számlát – szidott tovább apám mérhetetlenül „felelőtlen" viselkedésemért.

Mondtam nekik, hogy nagyon sajnálom, igazuk van, de lehetetlen volt előre kikérnem a beleegyezésüket. A két fiút el kellett helyeznünk még ma este. Ha akarják, visszamegyek most, és megmondom nekik, hogy el kell menniük onnét, kiteszem őket az utcára, és lesz, ami lesz.

– Természetesen ezt nem teheted. Ilyet nem akarunk, mondta anyám. Majd találunk valami kiutat. De meg kell értened, miért háborog apád. Végső soron ő a felelős az egész családért, és a legutóbbi hónapok már eléggé megviselték. Ma éjszakára csak maradjon minden úgy, ahogy van. Holnap majd valahogy találunk más megoldást.

Megöleltem apámat, megcsókoltam anyámat, jó éjszakát kívántam nekik.

Nem jött álom a szememre. Arra a két rémült emberre gondoltam ott lenn a pincében, Pálra és Péterre, Ágnesre, bujkáló munkatársaimra, és mindazokra, akiknek még ennyi esélyük sincs. Aztán eszembe jutott a kis fenyőfa a hegyoldalban, amit még el sem hoztam. Két nap múlva karácsony! Nem sok ajándék lesz idén, a szobám egyre hidegebb, a gyomrom is üres néha, de nem adom fel. Optimista álmodozó voltam mindig. Olyan, aki a szénakazalban is virágot keres.

Képzeletem messze szállt. A kis szőke korcsolyázó lányra gondoltam, ahogy angyalruhájában szinte röpült a jégen, a Gloria in excelsis Deo dallamára. Most is látom álmaimban.

Reggel a bátyám nógatására ébredtem: – Jó lesz felébredni te amatőr vöröskeresztes vitéz! Nem kell bemenned a vállalathoz?

– Te jó isten, hány óra van? Persze, hogy ott kellene már lennem! Hol van apám, anyám? És te mit fogsz csinálni?

– Ők már bementek Pestre, én felmegyek a hegyre Edittel, kivágni a kis fenyőfát, amit kiszemeltünk néhány nappal ezelőtt, remélem, még ott találjuk. Viszem Bagót is magammal, kell neki egy kis mozgás. Te már úgysem törődsz vele!

Mielőtt még visszavághattam volna, átadott egy kis cédulát.

– Mami küldi neked, hogy adjam oda, ha látlak. Nesze!

Megismertem anyám szépséges gyöngybetűit.

„Hinnünk kell abban, hogy veszélyes időkben, amikor úgy néz ki, hogy a világ összeomlik, és úgy tűnik, hogy ördögi tervek győznek a jó, a gyenge fölött, akkor is, velünk van a Jóisten kegyelme, szeretete, és békét hoz a szívünkbe.

Így hát, kisfiam, bízzál Benne! Nem fog elhagyni minket."

Elbőgtem volna magam, ha lett volna rá idő, de nem volt. Rám tört a pánik, hogy mi van velük odalent, a pincében, rohantam volna be, csakhogy akkor megszólaltak a szirénák, leállt a villamos. Mit sem törődve a légiveszéllyel gyalog mentem be a vállalathoz. A mindennapi légiriadók és szórványos bombázások már nem ijesztettek meg. Sötét hófelhő takarta el az eget, komor szürkeség ülte meg a várost, ráadásul még éhes is voltam, reggeli nélkül indultam el. No de mi volt ez az aggódáshoz képest, hogy mi fogad, ha odaérek!

A laboratórium utcai ajtaja zárva volt, kulccsal kellett kinyitnom. Azt, hogy nem nyitott kapu várt, jó néhány katonai rendőrrel, jó jelnek vettem. Bent nagy csend fogadott, a folyosó üresen kongott. Elfelejtettem, hogy ez már a hétvége, és holnapután lesz karácsony, ezért nincs itt senki. Ez azt jelenti, hogy az elkövetkező napokban be leszünk zárva. Uramisten, hát persze, akkor talán itt maradhatnak néhány napra, és lesz időnk kiötölni valamit.

Apám jött elő.

– Örülök, hogy végre megérkeztél! Hazaküldtem mindenkit egyhetes karácsonyi vakációra, aztán ki tudja, mennyire szól majd. Az oroszok már a külvárosban vannak, és nemsokára utcai harcok lesznek itt. Ágnes jön vissza nemsokára, hoz valami ennivalót meg vizet a „vendégeidnek". Hivatalosan én nem tudok semmiről, és te sem! Valahogy betörtek ketten az üres vállalat ajtaján, engedély nélkül! Világos, amit mondok?

– Igen, azt hiszem, értem, és nagyon köszönök mindent.

– Én most megyek, anyáddal találkozom a Pannóniában. Gyere haza, amint tudsz! Nem biztonságos ilyenkor sokat mászkálni az utcán.

A Pannónia Szálló a Rákóczi úton az egyik kedvenc helyem volt a városban. Ott szálltunk meg a legtöbbször, amikor Pestre jöttünk. Barokk stílusú régi épület magas szobákkal, hosszú, piros szőnyeges folyosókkal, amelyeken jókat lehetett szaladgálni, középen egy óriási, üvegtetős étteremmel, benne kis pálmák, hangulatos cigánymuzsika. Emlékeim szerint ott ettük életünk legjobb bécsi szeletét és dobostortáját.

Ott történt, hogy amikor egy este vacsora után szüleink ágyba küldtek minket, szófogadóan le is feküdtünk, de a zene nem hagyott bennünket aludni. Egy idő múlva, bátyám indítványára – mindig ő volt, aki kezdte – kimentünk négykézláb a folyosóra, és kuncogva meglestük a szüleinket az üvegtetőn keresztül, ahogyan táncolnak, szórakoznak a barátaikkal. Akkor a bátyám javaslatára – lám, megintcsak ő! – elhatároztuk, hogy kimászunk az üvegtetőre, mert onnét még jobban lehet látni a mulatságot.

Amikor apámék barátai, akik később érkeztek, érdeklődtek felőlünk, anyám könnyed sóhajjal közölte velük, ó, azok az angyalok már régen ágyban vannak.

– Elképzelhető, hogy az a két fiú, aki pizsamában mászkál az üvegtetőn, a ti két kis angyalotok? – mutatott fel az egyik tapintatlan barát.

Szegény anyámat ájulás környékezte, apám meg rohant fel, dorgálva bennüket, mint a zápor eső.

De az régen volt, most apámmal békében váltunk el.

Szerencsére a nehéz pinceajtót zárva találtam. Günther és János kicsit borzasan, gyűrötten mászott elő, de megvoltak épségben. Az utcai bejáratot bezárva egyenként felvittem őket tisztálkodni, vizet inni. Amikor Ágnes megérkezett, már mosolyogtak is rá. Érdekes, rám nem. Persze hozott nekik egy kis reggelit, kenyeret és szójababból gyártott virslifélét, meg valami fekete löttyöt, amit kávénak hívtunk, bár cikória volt az őse. Vajon honnét szedte össze? Láttam rajta, ő is éhes, ő is enne. Amikor már minden elfogyott, még egy üveg vörösbort is előhalászott. Angyal ez a lány, én már régóta tudom.

Megbeszéltünk mindent s az apám azt mondta a barátaimnak, mivel karácsony lesz és az utána következő napokban senki nem jön dolgozni, csak maradjanak veszteg a pincében.

– A lejárat kulcsát megkapjátok, de tartsátok mindig zárva! Mi nem tudunk semmit arról, hogyan kerültetek ide, fogalmunk sincs, kik vagytok, valószínűleg betörők. Mivel kint lakunk Budán, lehet, hogy jó pár napig nem is tudunk bejönni. Az is lehet, hogy az oroszok áttörik a védelmi vonalat, és ti előbb szabadultok fel, mint mi. Pest előbb esik el, mint Buda, az biztos. Vizetek talán lesz elég.

– Én majd jövök, ha tudok, és hozok valamit enni, ha van, s talán hamarosan együtt ünnepelünk, ha vége lesz mindennek – mondta Ágnes.

Megható volt egy olyan üldözöttet látni, aki nem csak magára gondol.

Nehéz szívvel hagytuk ott őket, bezártuk az utcai ajtót, most már Isten kezében vannak. Belekaroltam Ágnesbe, hogy hazakísérjem.

„Haza? Miféle otthon az? Egy öreg, piszkos könyvesbolt? Ki visel gondot őrá? Ki ad neki enni?"

– Ágnes, én veled maradok, vigyázni akarok rád!

– Nem, nem! – vágott közbe. Megható, amit mondasz, és nehéz ellenkeznem, de a családodnak szüksége van rád, nekem majd segítenek a sorstársaim. Maradj velük, és ha túléljük mindezt, újra találkozunk!

Nem akarta, hogy bemenjek vele, csak nézett rám szép, sötét, szomorú szemével, megcsókolt, és már el is tűnt a szürke ajtó mögött.

1944 KARÁCSONYA

Ebben az évben egészen más lesz. Hol vannak már gyermek-korom mágikus, szent karácsonyai, amikor angyalok díszí-tették balzsamos fenyőfánkat a bezárt ajtók mögött! A várako-zással teli séták a havas Gorove utcán, ahol csillogó kirakatok vártak a nekem olyan nagyon csábító Marklin-vonattal, érdekes könyvekkel, társasjátékokkal. Amikor hazajöttünk a korcsolya-pályáról, már várt a frissen sütött kalács és a forró kakaó illata. Alig bírtuk ki, hogy be ne kukucskáljunk az eltakart szalonba, hogy meglessük, hogyan is néznek ki azok az angyalkák?

Aztán karácsonyeste, amikor a kis Jézus született, végre kinyílt az ajtó, letérdeltünk a betlehemi jászol elé, hálát adni mindazért, amit adott nekünk. Az életünkért, a békéért, a szeretetért.

De most másképp van minden. Bár Bécó elhozta a kis svábhe-gyi fenyőfát, és Maris feldíszítette szaloncukorral, sőt még né-hány dísz is lógott rajta, de hiányzott a jászol, az valahogy otthon maradt. Így a kis Jézus csak a lelkünkben volt jelen. Most va-lahogy mégis több időm volt együtt lenni vele, játék hiányában többet gondoltam rá, mint régen.

Ahogy kinéztem az ablakon a sötét tetők fölött, mintha villám-lott volna a távolban. De nemcsak egy pillanatig tartott a villanás, messzire szétterjedt, vörösre festve az ég alját. Nem természeti tüneménynek voltam tanúja, ember műve ez, a teremtés ellen. Az ágyúzás mind közelebb jött, és nem volt menekvés. Budapes-tet már majdnem teljesen körülzárta a szovjet hadsereg. Sztálin elrendelte, hogy az ellenállást le kell tiporni és a várost haladék-talanul el kell foglalni.

Ma délutánra összehívták a ház lakóit – ahogy mondták – sür-gős megbeszélésre. Egy idősebb nyugdíjas tábornok vállalta az épület biztonsági ügyeinek intézését. Aztán megmutatták a ház alagsorának pince- és óvóhely részlegét. Minden tulajdonosnak volt egy faráccsal elkerített raktára, ahol a lakások fűtésére szolgáló brikettet tartották. Villanykörték lógtak a betonmennyezetről, kísérteties, gyatra fényt adva. Az egész látvány nagyon lehangoló volt. A házmester és a felesége a félemeleten lakott, ablakuk az utcára nézett. Az ő lakásuk volt az egyetlen hely, ahol még volt folyó víz és használható volt a konyha.

Előre bejelentették, ha a bombázások miatt egy család le akar költözni, akkor csak a saját részét foglalhatja el, már csak azért is, hogy mindenkinek jusson hely. Volt lent még egy kis mosókonyha – mosdó, WC persze sehol.

Mondanom sem kell, kirázott a hideg már a gondolatra is, hogy akár csak egyetlen éjszakát abban a barátságtalan környezetben töltsek. Még mindig abban reménykedtünk, hogy a német és magyar csapatok kitörnek nyugat felé, vagy pedig megadják magukat, és így elkerülhetjük az utcai harcokat, a hosszadalmas városi hadviselést.

Sok ijesztő hírt kaptunk mostanában a szovjet katonák kegyetlenkedéseiről, hogy rabolnak, lopnak, megerőszakolják a nőket, elhurcolják az ártatlan férfiakat, de nem hittünk el mindent. Azt gondoltuk, ez csak náci propaganda. Apám, aki az első világháborúban az orosz fronton harcolt, mesélte, amikor állt a front és hetekig szinte semmi dolguk nem volt, hát összejöttek az ellenséges cári tisztekkel kártyázni. Abban is megegyeztek, hogy ha vége lesz a csendnek, és újra harcolni kell, a levegőbe lőnek majd, nem pedig egymásra.

– Abban a háborúban úriemberek voltak az egymás ellen harcoló tisztek. Most gladiátorok küzdenek a barbárokkal – jegyezte meg az öreg tábornok, aki hallotta apám történetét.

Új barátokkal ismerkedtünk össze a házgyűlésen. Egy szívélyes, középkorú özvegyasszony a földszintről a megbeszélés után meghívott minket egy pohár borra. Az ő lakása az épület hátsó részén egy kis kertre nézett, amit a szomszéd ház magas falai védtek minden irányból. Paula – így hívták – két tíz-egyné-hány éves lányával élt ott, de nemrég testvére, Éva és két barát-juk, Géza és Dénes is odaköltöztek, mert ez a lakás biztonságo-sabbnak tűnt annál, ahol ők laktak.

– Úgy örülök, hogy megismertünk benneteket, már annyit hallottunk a szolnoki menekültekről. Lányaim, Lili meg Susie is nagyon várták a találkozást a fiatal fiúkkal.

A két lány csak forgatta a szemét és fintorgott a mama háta mögött. Aztán sietve kimentek a szobából. Már korábban rájöt-tem, hogy ebben a nagy bérházban többnyire idősebb családok éltek, és a két lány csak örülhetett, hogy fiatalok költöztek oda. Legalábbis én így gondoltam.

Éva a barátjával, Dénessel nemrég jött ide, hogy Paula ne le-gyen egyedül a két lánnyal. Dénes pedig hozta Gézát, a barátját, egy elegáns középkorú, nőtlen férfit, hogy Paulának is legyen társa. Jó el lett ez tervezve, a háborús helyzet hozta magával.

Szüleim hamar megbarátkoztak a Paula-klikkel. Főleg apám, miután megtudta, hogy ők is szeretnek kártyázni. Kora katona-évei óta szenvedélye volt, és most, hogy úgy sejlett, sokáig el le-szünk zárva a külvilágtól, megörült, hogy partnerekre talált.

– Hát ez remek! Maga megnyitja a kaszinót, én hozom az ita-lokat, rumot, konyakot, még vizet is, ha van, és megmutatjuk, hogy az élet nem áll meg!

– Hozzon cigarettát is, Béla, ha lehet, olyanokat, mint az Extra, a Corona, tudja, amit a háború előtt szívtunk! A lányok majd be-indítják a gramofont. Igaz, lányok?

De nem jött válasz a másik szobából.

Aztán persze a politikai helyzet volt a téma. Örömmel láttuk, hogy új barátaink ugyanúgy éreznek, mint mi. Ki nem állhat-ták a nácikat, demokratikus gondolkodásúak voltak és vágytak a szabadságra. Egy idő múlva Géza bekapcsolta rövidhullámú rádióvevőjét, hogy megkeresse a BBC híradását. Az nem sok újat mondott, csak ismételte, amit már úgyis tudtunk. Hitler kijelen-tését, hogy Budapestet úgy védik a jövőben, mintha egy nagyon fontos erődítmény lenne, szóval az utolsó emberig. Az angol légierő gépei viszont röpcédulákat dobtak le, felszólították bennük a körülzárt német és magyar katonákat, tegyék le a fegyvert, hogy megmentsék az életüket és a várost a pusztulástól.

Későre járt, nekünk még döntenünk kellett, hogyan töltsük el karácsony estéjét. Elköszöntünk Paulától és a többiektől. Még a lányok is előjöttek egy kézfogásra. Fent, a lakásban elmondtuk karácsonyi fohászunkat a kis fa előtt térdelve, és átadtuk egymásnak a kriszkindlit, kesztyűt, sapkát, sálat. Editnek és Marisnak meleg kabátot. Bagó is kapott egy öreg kutyapárnát, amit rögtön a kandalló mellé vonszolt, hiszen ott meleg volt.

Elhatároztam, felmegyek a tetőre körülnézni, megkeresem még egyszer a Göncölszekér csillagát. Ki tudja, merre van Anna ma este? Úgy éreztem, ha életben van, ő is ezt teszi. S ha ez így van, akkor – ha csak egy pillanatra is – szívünk ismét egymásra talál. De nem ez volt megírva. Sötét felhők takarták el az eget. Ágyúk és rakéták fel-fellángoló fénye rajzolta körül a felhők alját körös-körül, ameddig a szem ellátott. Sőt, néha már ágyúdörgést is lehetett hallani a távolból. Repülőgépek köröztek valahol fenn a felhők fölött, de a szirénák nem szólaltak meg többet. Vajon német gépek ezek, vagy már úgyis mindegy?

Lementem gyorsan elmondani, mit láttam. Edit, Maris és a bátyám elhatározták, a pincében alszanak. Én úgy gondoltam, maradok itt fenn, közel a kandallóhoz meg a karácsonyfához. Szüleim szintén maradnak. Bagó már aludt a sarokban.

Ám először le kellett mennünk a bátyámmal előkészíteni a kis elkerített rekeszt, ami talán sokáig az otthonunk lesz. Laposra egyengettük a szénkupacot, letakartuk gumiszőnyegekkel, majd paplanokat fektettünk rá, dunyhát, párnát, és – voilá! – már kész is volt a hálószoba. Felkapcsoltuk a lámpát és már nem is nézett ki olyan barátságtalanul, mint először. De azért én fent alszom. Végül is ma karácsonyeste van, és ki tudja, mi vár ránk a következő napokban?

Testvérem és a hölgyek kicsit gyűrötten jöttek fel másnap reggel, sajgott minden porcikájuk. Mi, akik fent maradtunk, már túl voltunk a mosakodáson, frissen, mosolyogva vártuk a megviselt bunkerlakókat. De aztán megsajnáltuk őket és forró kávéval, ünnepi süteménnyel enyhítettük fájdalmaikat. Még jött meleg víz a csapokból, így ők is rendbe tudták hozni magukat az ünnepi szentmisére.

– Nyugodt volt az éjjel – mondtuk nekik. Nem volt légitámadás és az ágyúk is elcsendesedtek. Lehet, hogy a mai napon még az istentelen nácik és kommunisták is békén maradnak? Lehet, hogy azok, akik csak nagyanyjuktól hallottak a kis Jézusról, emlékezni fognak a betlehemi bölcsőre? Menjünk imádkozni értük, és a sok millió emberért, akinek ma nincs karácsonya.

Elhatároztuk, hogy a közeli Krisztina téri templomba megyünk el karácsonyi szentmisére. Anyám gyakran járt oda, mert szerette a templom meghitt légkörét és az új, fiatal pap igehirdetését. Széchenyi István, a reformkor hőse itt kötött házasságot több mint száz évvel ezelőtt. Hideg volt és havazni kezdett, amikor elindultunk. Nem sokan voltak az utcákon. Több katonai teherautót, páncélozott járművet és néhány német tankot láttunk, főleg a Déli pályaudvar környékén. Minden nyugodtnak tűnt. Ez volna a vihar előtti csend? Nagy meglepetésünkre a fenyőkkel szépen feldíszített templom tele volt emberekkel. Az egyik mellékoltárnál a kis Jézus a betlehemi jászolban. Itt megtaláltuk azt, ami úgy hiányzott tegnap a karácsonyestből. A Jóisten megtalál minket, ha hívjuk.

Az ünnepi hangulat teljes volt a sok ministránssal, a gyerekkórussal az oltár körül. A misét az a fiatal pap mutatta be, akit anyám úgy kedvelt. A szentírás olvasása után mély hittel és bölcsességgel hirdette Krisztus eljövetelének értelmét.

„Mi azért vagyunk most itt, mert kétezer évvel ezelőtt egy kisfiú született az ősrégi izraeli faluban, Betlehemben. De ő nem akármilyen zsidó fiú volt. Az Úristen saját fiát küldte el hozzánk, hogy megváltsa a világot. Mert az Isten nem volt boldog és elégedett azzal, ahogy a dolgok alakultak a Földön. Ezt Ő nem így képzelte el, amikor megteremtette az embert a saját képmására. Szabad akaratot adott az embernek, remélve, hogy hozzá hasonlóan a lelke szeretettel lesz tele, nem pedig közömbösséggel, haraggal, netán még gyűlölettel is. Úgy gondolta, az ember – férfi és nő – társa lesz a teremtésben.

De nem így történt. A szeretet helyét átvette az ördögi vágy a hatalomért, a vagyonért, az anyagi javakért. Az emberek a háborút választották a béke helyett, kapzsiság keményítette meg a szívüket.

Akkor az Isten elhatározta, eljött az idő új irányt szabni, és elküldte saját fiát, hogy utat mutasson. Azt szerette volna, hogy az emberiség megváltozzon, hogy tartsák be parancsolatait, szeressék őt és egymást.

Az összes többi tanítás és a törvények, mind ebből a két legfontosabbból következnek. Olyan egyszerű mindez, ámde nagyon fontos.

A kereszténység egy üresen kongó kagyló volna szeretet nélkül. És most, hogy nehéz idők jönnek, talán fázni és éhezni is fogunk, talán fájdalomban, szenvedésben lesz részünk, most különösen szem előtt kell tartanunk a két legfőbb parancsolatot.

Ezért küldte el a Jóisten egyszülött fiát. Nélküle már nem volna szeretet és nem volna kereszténység sem. Ezt ünnepeljük karácsonykor és üdvözöljük örömmel az újszülött kis Jézust, a Megváltónkat."

Lélekben megnemesedve mentünk ki a templomból a friss hóba. Erősen havazott most is. A járdák síkosak voltak, és mi a bátyámmal csúszkáltunk a dimbes-dombos utcákon. Mire hazaértünk, a hó már vastagon betakart mindent. Ahogy odaértünk a ház kapujához, hógolyózápor fogadott. Éva, Dénes, és a két lány elhatározták, hogy majd így üdvözölnek minket, miután kijöttek játszani a friss hóba. Szüleim gyorsan bementek, hogy elkészítsék a karácsonyi ebédet, és leküldték Editet Bagóval, hogy ők is csatlakozzanak a hócsatához. Bagó magánkívül rohangált, rég nem látott ilyet. Mi pedig nagyon belelendültünk, repültek a hólabdák mindenfelé. Bécó főleg Editet vette célba, én a lányokat, Éva meg Dénessel hadakozott. Egyre erősebben havazott. Ideje volt a hóemberépítésnek.

Lili nagy igyekezetében elcsúszott és elterült a finom, puha hóban. Kipirult arccal rám nevetett, mosolygós, kék szemét rám vetette. Most vettem csak észre, milyen szép a szeme, mindig mosolygós. Úgy adódott, amit nem is bántam, hogy én segíthettem fel, és észre kellett vegyem, ez a kislány már nem is olyan kislány, mint gondoltam, sőt... Egy pillanatra, míg a karomban tartottam, még jobban elpirult, kék szemével huncutul nézett rám. Ám ekkor egy hógolyó landolt az orromon, így – sajnos – a varázslat véget ért.

Ideje volt bemenni. Edit azt mondta nekik:

– Gyertek fel vacsora után, látogassatok el hozzánk! Meg akarjuk mutatni nektek a mi szép kis karácsonyfánkat, és talán kártyázhatnánk utána! Ki tudja, meddig leszünk ott fenn biztonságban.

Közben anyám és Maris elkészítették az ünnepi vacsorát. Nagy meglepetésünkre kacsapecsenye volt tepsibe sült krumplival és vöröskáposztával. Vajon honnan kerítette anyám ezt a rég nem látott csodamadarat? Miután kértük Isten áldását, farkasétvággyal estünk neki az ízletes karácsonyi meglepetésnek. Mindannyian tudtuk, jó darabig nem lesz részünk ilyenben. Élvezzük hát, amíg lehet! Befejezésképpen Maris diótortája került az asztalra, fenyőágakkal díszített tálon. Olyan szép volt, hogy senki sem akart belevágni. Gondoltam, egye fene, majd én elkezdem. De bátyám rosszalló pillantása láttán anyám és a hölgyek kapták az első szeletet. Én lettem az utolsó.

– Leviszek néhány szeletet Pauláéknak – mondta anyám. – Béla, gyere velem, hozd a konyakot, amit olyan büszkén ígértél nekik!

Bátyámnak sok szép klasszikus zenei lemeze volt. Arra gondoltunk azokat hallgatjuk majd a gramofonon. Még mindig havazott, és nagyon hangulatos volt bent a karácsonyfa mellett. Akkor eszembe jutottak a barátaink, a sok gyerek a Szent Ferenc

Kórházban és a vöröskeresztnél. Vajon volt-e meleg ebédjük? Van-e karácsonyfájuk? Hát Ágnes és azok ketten lent, a pincében? Mi lehet velük?

Beethoven gyönyörű cisz-moll szonátája megnyugtatta a lelkemet. Aztán eszembe jutott, vajon mit csinálnak a szüleim lent, az új barátainknál?

– Edit, lennél kedves megnézni, mi folyik Paulánál? Fogadni mernék, hogy kártyáznak, de azért szeretném tudni! Mit gondolsz?

– Hogyne, máris megyek! Tudtam, hogy nem maradsz nyugton csak zenét hallgatva, ha valami jobb attrakció van a közelben.

– Mit akarsz mondani azzal, hogy jobb attrakció? Azt akarod mondani, valami más okom van, hogy megkérjelek erre?

– Igen, azt, és te pontosan tudod, hogy mi, te kis ravasz kígyó. De egye fene, nekem is jót tesz egy kis mozgás.

Alighogy véget ért egy másik szonáta, amikor Edit és a lányok berontottak az ajtón nagy nevetve, énekelve: „O Tannenbaum, o Tannenbaum..." Jókedvükben voltak mind a hárman, de most Lilin akadt meg a szemem. Irtó jól nézett ki a piros szoknyájában, fehér blúzában, formás, csinos fiatal lánynak láttam, nem pedig egy csitrinek, aminek eddig mutatkozott. Szép lába volt, hosszú, barna haja a válláig ért, kacér szeme mindig mosolygott. Jó benyomást tett rám, mi az, hogy jót, nagyon jót. Susie nem sokat változott, éppolyan kis mindentudó, szemtelen fruska volt, mint eddig. Társasjátékot akartak játszani. Bújócskázás kizárva, de a „hogy tetszik" jó választásnak tűnt. Persze, mind azt reméltük, hogy kis titkokat fedezhetünk fel egymásról játék közben, megérezzük mi is rejtőzik a másikban? Edit és Lili mesterek voltak ebben. A nők mindig is ilyenek.

Egy idő múlva Susie vissza akart menni a lakásukba, nem marasztaltuk. Edit és Bécó a karácsonyfa mellé ültek rádiózni, én behívtam Lilit a fiúk szobájába, hogy fényképalbumokat mutassak. Nevetve néztük gyerekkori képeinket, a cserkésztáborok emlékeit, a teniszbajnokságokat.

Akkor megkérdeztem Lilit:

– Hány éves is vagy?

– Épp annyi idős vagyok, mint te, tizenöt, vagyis tizenöt és fél.

– Én nem tizenöt vagyok – feleltem, én már tizenhat is elmúltam a nyáron.

– Dehogy vagy te tizenhat éves. A mamád mutatta az útleveledet ma délután. Ott az áll, hogy 1929-ben születtél. Hahaha. Egyidősek vagyunk. Nem játszhatod tovább a nagyfiút!

– Én bizony tizenhat vagyok – erősködtem.

– Nem, te nem vagy tizenhat éves!

– De hidd el, annyi vagyok!

– Remélem, igazat mondasz! Én inkább az érett férfiakat szeretem.

Ekkor elmeséltem neki, hogy amikor felfedeztük az útlevelemben a hibás dátumot, elhatároztuk, felhasználjuk ezt a lehetőséget arra, hogy elkerüljem a katonai jelentkezést, és ez akár az életemet is megmentheti.

– Oké, így már elfogadlak, mint barátot. Hisz te már egyetemre jársz majd, amikor én még csak középiskolás leszek. Micsoda különbséget tesz egy év? Most, hogy ez tisztázódott, menjünk le mi is, nézzük meg, mit csinálnak a felnőttek!

Odalent jó volt a hangulat. Kártyáztak, bort meg konyakot ittak, és persze vadul cigarettáztak. Épp most hallották a BBC-n, hogy az oroszok békeköveteket akarnak küldeni humánus megadási feltételekkel, garantálva, hogy nem bánnak rosszul a német és magyar hadifoglyokkal. Apám azt gondolta, hogy ez nagyszerű hír, és ha nem tudnak áttörni a szovjet fronton nyugat felé, nem lesz más választásuk, le kell tenniük a fegyvert. Mindenesetre így nem folynának hosszas utcai harcok Budapesten.

Géza nem értett egyet vele.

– Nem hiszem, hogy Hitler ebbe belemegy – mondta. – Már többször kijelentette, hogy úgy tekint Budapestre, mint egy erődre, amit az utolsó emberig védeni kell. Időt akar nyerni, amíg az úgynevezett csodafegyverek elkészülnek. Le akarja lassítani valahogy a szovjet hadsereg előretörését, és Budapest ostroma legalább egymillió orosz katonát köt le.

– És akkor hogy fogják azok az úgynevezett csodafegyverek megmenteni a mi életünket? – kérdezte gúnyosan apám.

BUDAPEST OSTROMA

I. RÉSZ

Karácsony másnapján a szovjet haderő megindította az offenzívát, hogy bezárja a gyűrűt Budapest körül. Sztálin egymilliós sereget vezényelt a fővároshoz, hogy minél hamarabb foglalják el a várost. Ezzel a győzelemmel akart felvágni Roosevelt és Churchill előtt a következő találkozásukon, hogy a háború utáni új Európában neki legyen nagyobb szava.

Egyre közelebbről lehetett hallani az ágyúlövések és rakétasorozatok hangját. Megint összehívtak egy gyűlést a házban, hogy megbeszéljék a további terveket és a szükséges rendszabályokat. Elmondták, hogy a központi fűtés, a villany- és vízszolgáltatás bármelyik pillanatban megszűnhet. A tábornok azt ajánlotta, hogy a felső emeletekről mindenki költözzön le a pincébe, és szervezzünk önkéntes őrszolgálatot, az azonnal jelentené, ha bármilyen kár, lövés éri az épületet vagy tűz üt ki. S ha valaki orvosi segítségre szorul, abban is tudna mihamarabb segíteni. A testvéremmel jelentkeztünk erre a szolgálatra.

A BBC bemondta, hogy a németek lelőttek két orosz tisztet, akik fehér zászlóval a kezükben jöttek felszólítani a német vezérkart, hogy tegyék le a fegyvert. Órákkal később a Magyar Rádió határozottan visszautasította ezt a vádat, és azt állította, hogy a parlamenterek dzsipje aknára futott, annak a robbanása ölte meg őket. Na most akkor kinek higgyünk? De ez mindig is így van a történelemben.

Mindenesetre, úgy látszik, Hitler parancsára nem lesz kapituláció. Igaza volt Gézának, ez a véres harc utcáról utcára, háztól házig tart majd, szinte az utolsó emberig. És miért? Tízezrek fognak meghalni, a város elpusztul, és felszabadulás helyett rabszolgasors vár ránk.

Az ördög verjen meg, Hitler! Nincs egy tisztességes német generális, aki meg tudná állítani ezt az őrültet? Ha lenne ilyen, a történelem nem egy gyáva katonáról emlékezne meg, hanem valakiről, aki ezreket mentett meg a biztos haláltól s egy várost a pusztulástól. De a sors nem így akarta. *Alea iacta est*, vagyis *a kocka el van vetve*.

December 29-én a gyűrű bezárult Budapest körül. Bent vagyunk a csapdában. Egy piszkos, sötét pincében kell tengődnünk, ki tudja, meddig. Nem lesz vizünk, nem lesz mit enni, az ágyúk és a rakéták mindent tönkrelőnek, pusztulást hoznak ránk. De nem adjuk fel a küzdelmet, és reménykedünk, hogy velünk lesz az Isten.

Ma éjjel mindannyian leköltözünk a szenespincébe. Edit, Maris, a testvérem és én a gumimatracos szénágyon töltjük az éjszakát. Hál' istennek szüleim a házmesterék előszobájában kaptak egy díványt. Bagó fenn marad a lakásban. Én is ott akartam maradni vele, de leszavaztak. Cserkészkorunkból volt egy viharlámpánk, most nagy hasznát vesszük, ha nem lesz villanyunk. Az ágy meglehetősen kemény és hepehupás volt, de a dunyhák melegen tartottak. Jó darabig nem tudtam elaludni, mert a bátyám gyerekkori kalandokról dumált megállás nélkül.

– Emlékszel, amikor tavasszal megáradt a Tisza, és feljött a víz a pincénkben otthon? Milyen jókat csónakáztunk a mosóteknőben!

– Persze hogy emlékszem. Ki tudná elfelejteni a sötét folyosókat, a hideg, nyirkos falat, ahogy lapátoltunk, mint a velencei gondolások. Az jó mulatság volt, de ez most nem az. Na, most már aludj, hagyd az emlékeidet!

– Ne feledkezzetek meg az esti imádságról – jegyezte meg Maris.

– Igenis Mariska mama! Kérlek, te meg ne horkolj! Bécó mondta, hogy horkoltál, amikor lent aludtatok a múltkor.

– Én nem horkolok.

– Legyetek csendben fiúk, szeretnék aludni – mondta Edit, és lehúzta rólam a takarót, át a saját fülére.

Reggel minden tagom fájt. Alig bírtam kinyújtózni, kihúzott derékkal járni, ezt persze egyébként sem lehetett volna megtenni, mert bevertem volna a fejemet a mennyezetbe. Piszkos meg éhes voltam és minden tekintetben nyomorultul éreztem magam, amikor kijöttem a pincéből. Ide én többet nem jövök le aludni, gondoltam. Minthogy a lift már nem járt, felgyalogoltam az ötödik emeletre megnézni a kutyámat. A lépcsőmászás jót tett, fellazította elgémberedett tagjaimat.

Hála a Jóistennek és annak, aki este megtöltötte a kádat, meg tudtam mosakodni. Bagó kitörő örömmel üdvözölt, és pillanatok alatt behabzsolta a tegnapi maradék moslékot, amit hoztam. Még a bajuszát is nyalogatta utána, várva az újabb falatokat. Aztán lementünk a térre, hogy fusson egyet. Rendszerint más kutyák is megjelentek a szokásos reggeli sétára. Körbeszaglászták a fákat és eleget tettek a természet követelményének. Bagó volt a legnépszerűbb. Minden fiúkutya őt akarta szaglászni, de őt ez most hidegen hagyta.

Később találkoztam a tábornokkal. Megkért, hogy menjek át a közeli kórházba, és hozzam el a házunknak kiutalt elsősegélycsomagot, kötszereket, fertőtlenítőt, s amire még szükségünk lehet. „Hívd a bátyádat is, hogy segítsen" – mondta átadva azt a hivatalos értesítést, amivel átvehetem a csomagot.

Persze a bátyám lemezeket hallgatott Edittel fent, a lakásban, behúzódva egy hátsó szobába. Nem örült túlzottan, hogy munkára szólítom fel, de azért eljött velem. Lassan haladtunk a jeges utcákon, nagyon ügyelve rá, hogy az ágyú- és gránátlövedékektől védve, mindig a biztonságosabb oldalon legyünk. Aznap mintha a becsapódások közelebb értek volna hozzánk. Legalábbis nekem úgy tűnt.

– Mostanában nincs sok időnk, hogy beszélgessünk egymással – szóltam hozzá –, csak szeretném tudni, hogy bírod ezt a sok szörnyűséget. Össze kell fognunk, és össze kell tartanunk a családot is, hogy könnyebben el tudjuk viselni a nehézségeket.

– Félek, nagyon félek – mondta sápadtan. – De nemcsak magam miatt, a szüleink miatt, mindenki miatt. Maris már szinte beszámíthatatlan. Edit mindig reszket, fél valamitől, és a kutya is másképp viselkedik. Emlékszel, amikor pár évvel ezelőtt a Tisza kiáradt, és a csónakunkat elsodorta a víz, messze ki az árterületre? Nem bírtunk visszaevezni az erős sodrásban, és már kezdett sötétedni. Na, akkor féltem így.

– Igen, de aztán sikerült. Nem estünk kétségbe. Sírtunk egy keveset, szidtuk egymást a hülyeségünkért, de addig küszködtünk, amíg közös erővel végül is ki tudtunk evezni a megveszett folyó sodrából. Most is ki kell tartanunk, és meglátod, Isten segítségével kikerülünk ebből a szörnyű csapdából.

Ahogy közelebb értünk a kórházhoz, egy csomó katonai mentőautó ment el mellettünk vad szirénázással, mintha valaki is lenne az útjukban. Egymás után húztak fel a bejárathoz, és a vöröskeresztes katonák már ugrottak is ki, hogy kiemeljék a sebesültek hordágyát. Leírhatatlan volt a kép. Látni a sérült katonák szenvedését, ahogyan vízért, segítségért könyörögtek. A kórház orvosai és a nővérek rohantak segíteni, támogatni azt, aki még tudott járni. Láttam egyet véres, csonkolt karral, egy másiknak az összezúzott lábát, némelyikük fejét véres kötés fedte, de olyan is volt, aki szürkén, élettelenül feküdt a hordágyon.

– Fiúk, gyertek segíteni, itt perceken múlhat minden! Most az a legfontosabb, hogy a vérzést megállítsuk! Fogd a hordágy végét, gyerünk be a műtőbe, minél hamarabb! Gyerünk, gyerünk!

Ájulással küszködtem, de aztán összeszedtem magam, és valahogy feltámogattam egy sebesültet, akinek nem is egy oka lett volna rá, hogy összeessen. A folyosók lassan megteltek hordágyakkal és sebesültekkel, volt, aki a puszta földön feküdt. Nővérek irányították a mentőket a műtő felé vagy a röntgenszobába, némelyiket le az alagsorba, ha már nem volt segítség. Émelyítő fertőtlenítőszag hatotta át a levegőt. Az orvosok a műtőkben pró-

bálták elkötni a vérző ereket, operálták a legsúlyosabb sérülte-
ket, de nem volt annyi vér, amennyire most szükség lett volna.

– Én is tudnék adni vért – mondtam egy nővérnek.

– Hány éves vagy te, kölyök?

– Mit számít az! Ha elég idős vagyok arra, hogy itt segítsek,
akkor a vérem is használhat valakinek.

– Gyere vissza holnap, amikor nem vagyunk ennyire elfoglal-
va! Megvizsgáljuk, milyen vércsoporthoz tartozol, és hogy rend-
ben van-e minden. Ha kiderül, hogy lehet, akkor felhasználjuk
majd a te véredet is, mert szükségünk van minden cseppre.

Úgy hallottuk, hogy az oroszok váratlan támadást indítottak a
budai hegyekben, ami sok áldozattal járt mindkét oldalon. Ez a
kórház a sebesülteknek csak egy részét kapta, a többit máshová
vitték, ki tudja, mennyien haltak meg. Itt is több élettelen testet
vittek le az alagsorba véres lepedőben, a hordágyra szíjazva.

Már sötétedett. A távoli ágyúdörgés és a lövések villámlása kí-
sérte ezt a borzalmas képet. Ideje volt hazamenni. Még felvettük
az elsősegélycsomagot, amiért jöttünk, és kiléptünk az utcára.
Megint erősen havazott.

Anyám a bejáratnál várt a tábornokkal.
  – Nagyon aggódtunk értetek. Mi tartott ilyen sokáig?

Leraktuk a holmit, és elmeséltük, mi történt. Azt is elmond-
tuk, hogy holnap visszamegyünk vért adni.

– De különben is, mi van vacsorára?

Ki voltunk éhezve, és ahogy a kolbász és a lencsefőzelék illata
felhatolt a házmesterék konyhájából, a pavlovi reflex működni
kezdett. Szerencsére a házmester feleségével, Júliával olyan jó
viszonyban voltunk, hogy megosztották velünk a konyhájukat.
A menü nagyon egyszerű volt. Vízben főtt szárított bab, lencse
vagy borsó, néha-néha egy darab kolbásszal vagy zsírban lesü-
tött disznóhússal. Más napokon egy darab hering- vagy szardínia-
konzerv káposztával, kovászos uborkával, vagy füstölt sonka,

amíg volt. Nem kimondott francia gourmet cuisine, de tápláló. Az adagokat lassan szűkebbre vettük, mert bizonytalannak láttuk, meddig leszünk ebben a helyzetben, és új élelmiszerforrásokat már nem lehetett találni. Megettünk minden falatot, ami a tányérunkon volt, és nem kértünk többet. Maris néha sütött egy kis kovásztalan kenyeret, amíg volt lisztünk, aztán az is elfogyott. Tej, vaj, gyümölcs és zöldség már hetek óta hiányzott az asztalról, és a vizet is az elolvadt hóból gyűjtöttük össze.

– Hol van apám és Edit? – kérdeztem.

– Paulánál vannak, kártyáznak természetesen.

– Menjünk, látogassuk meg őket – mondta a bátyám, és rohant az ajtóhoz.

Gondoltam magamban, vajon ennyire igyekszik majd holnap is, amikor véradásra indulunk. Ugyanis tudtuk róla, hogy nem bírja a vér látványát, különösen a sajátjáét nem. De miért izgat az engem, hogy ennyire siet Pauláékhoz? Mi van akkor, ha ő megy be először a hölgyekhez? Nevetséges.

Edit és a lányok nagyon jókedvűen nyitottak ajtót. A többiek alig néztek fel a kártyájukból a füstös szobában. Éva és Dénes együtt ültek egy karosszékben, Géza Paulát segítette. Úgy nézett ki, apám adja a bankot, és hívta Editet, hogy kibiceljen neki. Bécó is leült hozzájuk és a játszma újult erővel folytatódott.

– Én ezt már nagyon unom – mondta Susie, és visszavonult a szobájába.

Lili előhozott néhány fényképalbumot, és a díványra telepedtünk. A nyarat rendszerint a Balatonnál töltötték, ahol az apja családjának volt egy szép villája. Több képen is vitorlások ringatóztak, visszaidézve az elmúlt nyarat. Lili csinosan nézett ki rajta, napbarnítottan pózolt jó alakjával. Hm! Gondoltam, már tudom, miért mutatja ezeket a képeket. Női pszichológia. Ezt már egyszer láttam valahol. Mosolygó szemekkel várta a hatást. Azt várhatod, gondoltam. Ilyen könnyen nem dőlök be.

A dívány, amelyen ültünk eléggé puha volt, és mivel már úgyis közel voltunk egymáshoz – természetesen csak a képek miatt –,

a közepe kissé megsüppedt, azzal az elkerülhetetlen következ-
ménnyel, hogy még közelebb kerültünk egymáshoz. Mindket-
ten úgy tettünk, mintha nem vennénk észre, nem akartunk túl
nagy jelentőséget tulajdonítani a váratlan fejleménynek. De irtó
jólesett.

Sajnos eljött az idő, hogy „haza" készülődjünk. Ahogy feláll-
tunk, Lili még egyszer hozzám szorította a térdét, aztán huncu-
tul mosolyogva bement a szobájába.

Nekem persze le kellett mennem a hideg szénrakáson vetett
ágyra.

Ez így nem igazságos!

Másnap reggel visszamentem a kórházba. Megnézték a vér-
képemet, kiderítették, melyik vércsoportba tartozom, és mivel
minden rendben volt, adhattam vért. Egyáltalán nem fájt, de ki-
csit szédültem utána. Kaptam valami limonádéfélét meg egy kis
kekszet. Fél óra múlva már jól éreztem magam, kérdeztem a nő-
vérektől, miben segíthetnék nekik. Mondtam az egyik orvosnak,
doktor Krámernek, hogy azon gondolkozom, én is orvos leszek,
és szeretnék segíteni nekik, amiben csak lehet.

– Jól van – mondta. – Gyere, szükségünk van minden kézre!
Be kell gipszelnem néhány törött lábat és kart. Ez talán tanul-
ságos lesz számodra. Követtem a kezelőbe, ahol röntgengép is
volt, meg néhány műtőasztalféle. Hamarosan betolták az első
sebesült katonát. Nagy, véres kötés borította az egyik combját,
levették róla, és röntgen alatt próbálták a lábat kihúzni, hogy a
törött csont végei összepasszoljanak. Ez persze nagyon fájdal-
mas lehetett, néhány percre el is altatták. Én majdnem elájultam
ezt végignézve, de ki nem mentem volna semmi pénzért. A go-
lyót már eltávolították tegnap, most meg alaposan kitisztították a
sebet, bekötözték, és az egész lábat begipszelték. Hű...!

– Reméljük, rendbe jön, hacsak nem kap valamilyen fertőzést
– mondta doktor Krámer.

Több hasonló esetet hoztak be egymás után, puskalövés vagy

gránátszilánk okozta törött karral, lábbal. Többé-kevésbé hasonló kezelést kaptak. Mély benyomást tett rám a lelkiismeretes sebészi ellátás és együttérzés, amit az orvosok részéről tapasztaltam. Még a legnehezebb esetekben is, amikor úgy nézett ki, hogy nem lehet megmenteni a beteg lábát, biztatták, és nem adták fel a küzdelmet. Segítettem kitakarítani a helyiséget minden kezelés után, és végül köszönetet mondtam doktor Krámernek és a többi orvosnak, amiért megengedték, hogy traumasebészetet láthassak.

Akkor és ott határoztam el, én is orvos leszek. Nem volt semmi kételyem, hogy felebarátaim gyógyítása lesz a hivatásom. Ahogy láttam az életet visszatérni az elkékült tagokba, ahogy a reménykedő mosoly elöntötte a sebesültek nemrég még fájdalomtól eltorzult arcát, ahogy hálás, reszkető kézzel szorították meg orvosaik kezét, amikor mindezt láttam, átéltem, tudtam, hogy ott a helyem.

A küzdelem, ha lehet, még hevesebb lett. A szovjet haderő létszámbeli fölénye és kimeríthetetlen hadianyag-utánpótlása lassan megmutatkozott a német védelem rovására. Ám a németek sem adták fel, többször is ellentámadásba lendültek. A gyűrű mégis egyre szorosabb lett a város körül. Az ágyúdörgés és a rakétavetők ijesztő hangja egyre erősödött. Éjjel a tüzérségi lövedékek villámfénye káprázatos tűzijátékot varázsolt az égre, de nem azért, hogy tetsszen bárkinek is, hiszen ez a pusztítás örömtüze volt.

Újév estéjén a legfelső emeleti lakásunk ablakából néztem ezt az ördögi fényjátékot. De mintha lassan csendesülne minden. Talán ők is ünnepelni fognak, temetnek egy szörnyű évet, talán ők is egy jobbat remélnek?

– Itt az ideje, hogy lemenjünk mi is Pauláékhoz, akik meghívtak szilveszter estére. Én viszem a pezsgőt, a cigarettát, és persze a kártyát – mondta apám, és már vonult is lefelé. Anyám követte egy tálca kolbászos szendviccsel és kovászos uborkával. Edit szolgálta fel az édességet, egy doboz német lebküchent és szárított datolyát. Én a bátyámat terveztem magammal vinni.

Már jó ideje erősen havazott, és mielőtt lementünk, azt gondoltuk Bécóval, hogy felhozunk néhány vödör friss, tiszta havat, hogy megtöltsük a fürdőkádat. Mindig így tettük, ahányszor havazott, mert ez volt jóformán az egyetlen módja annak, hogy tiszta vízhez jussunk. A baj csak az, hogy a sok vödör hóból csak nagyon kevés vizet lehetett nyerni.

Később, amikor mi is lementünk, a hangulat már a tetőfokára hágott. Hál' istennek a kályhában izzó szén jó meleget árasztott. Fűszeres bort forraltak rajta, ami ünnepi hangulatot varázsolt a füstös szobába.

Hátul, a félhomályban egy fiatal hölgy állt kék selyemruhában. Lili.

Nem akartam hinni a szememnek. Ragyogóan nézett ki, olyan volt, mint egy életteli tavaszi virág egy mohos üvegházban.

– Szervusz, Gyuri! Azt hittem már nem is jössz! Gyere, igyál egy kis forralt bort, az majd felmelegít!

– Máris melegem van, de szívesen iszom veled egyet.

Közben körüljártam az asztalt, boldogabb, békés újévet kívánva. Mindenki nagyon vidám volt, talán kicsit be is csíptek. A Glühwein kitűnő volt, Géza csinálta egy régi családi recept alapján, a vörösbort feljavítva egy kis rummal és konyakkal. Paula előhozta az öreg tölcséres His Master's Voice gramofonját és egy csomó új amerikai dzsesszlemezt.

– Hölgyeim, uraim, lányok és fiúk, ha kedvetek van hozzá és még lábra tudtok állni, bemutathatjátok tánctudományotokat!

Azzal tréfásan bókolt Géza felé.

– Az első táncot ellejthetem önnel, kedves uram?

Éva és Dénes egymásra kacsintott, amikor látták őket összesimulni Glenn Miller Moonlight Serenade-jának romantikus dallamára. Aztán feltették a híres Chattanooga Choo Choo-t, mire a bátyám felpattant és táncba vitte Lilit, aki nem kérette magát. Ez elég gyors szving volt, ami nem igazán a testvérem kedvence. Ő inkább a lassú számokat szerette. Ezért csak nevettem magamban, „menj csak, ugráld ki magad, majd én átveszem a helyedet, ha forrósodni kezd a hangulat".

Egy darabig Edittel táncoltam, vele könnyű volt, kicsi, vidám táncos, könnyedén pörgött. Jó hangulatban roptuk, láttam, Lili titokban figyel minket. Aztán Évát kértem fel egy lassú táncra a White Christmas dallamára. Akkor a dolgok bemelegedtek. Éva magához húzott, kicsit flörtölve. Gondoltam, becsípett, mi másért tenné? Dénes most Lilivel táncolt, de inkább minket figyeltek, mintsem egymást. Éva arca lángolt, én azt ajánlottam, üljön le, szívjon el egy cigarettát. Épp a legjobbkor, ugyanis vége lett a lemeznek s ez adott nekem egy kis időt, hogy lehűljek. De nem sokáig.

Kérdeztem Susie-t, hogy megvan-e nekik Glenn Miller lemeze, az In the Mood? Megvolt. Segített elindítani, és akkor végre felkérhettem Lilit.

– Biztos vagy benne? – kérdezte. – Nem inkább Edittel vagy Évával táncolnál?

– Vártam, hogy megtaláljuk a zenét, amelyikre veled akartam táncolni, és azt, hogy hangulatban legyél. Benne vagy a jó hangulatban?

– Benne leszek, ha kedvet csinálsz hozzá!

– Hát akkor táncoljunk! Érzed a ritmust, a szaxofon dallamát, ahogy viszlek a karomban?

Meglepett, milyen jól táncol, könnyű volt vezetni, szinte röpült velem. Kék szeme rám ragyogott, öröm volt vele lenni – bárcsak örökké tartana. De lejárt a lemez, éjfélt ütött az óra. Nem volt harangzúgás, apám utolsó pezsgőjét bontotta. Nagy ölelkezések közepette kívántunk egymásnak szebb, boldogabb újévet. Talán 1945 meghozza a békét, szeretet lesz megint az emberek szívében, úgy, ahogy annak lennie kell!

BUDAPEST OSTROMA

2. RÉSZ

De nem így történt. A java még hátravolt. Január elején több német páncéloshadosztály indított ellentámadást, főleg nyugatról, hogy felszabadítsák a körülzárt német haderőt. Ám a Vörös Hadsereg minden alkalommal sikeresen megállította az ellenséget. Eközben óriási volt a veszteség mindkét oldalon. Géza rövidhullámú rádióján kaptuk ezeket a híreket. Pesten az utcai harcok mind hevesebbé váltak, a szovjet előrenyomulás megállít-hatatlannak tűnt, a bombázás egyre inkább fenyegette a mi környékünket is. Napról napra veszélyesebb volt kimenni az utcára.

Január második hetében kaptuk a szörnyű hírt, hogy a Hormon társaság épületét a Kőfaragó utcában telitalálat érte. Az utcai oldal teljesen összeomlott, a berendezés a laboratóriumi mű-szerekkel, vegyszerekkel együtt odaveszett. A bejáratot törmelék zárta el, a közeli, szomszédos üzletek némelyikében tűz ütött ki. Nehéz leírni, hogy ez a hír mennyire megrázott bennünket, nemcsak az anyagi veszteség, a pusztítás miatt, hanem azért is, mert tudtuk, hogy János és Günther ott rejtőzködtek. Te jó ég, mi történhetett velük? Élnek még, vagy betemetve fekszenek pince-sírjukban?

– Oda kell mennünk, akármi lesz is – mondta apám. – Meg kell tudnunk mi történt! Viszünk elsősegélykészletet, fertőtlenítő-szert, vizet és valami ennivalót.

– Apám, veled megyek! Úgy érzem, én is felelős vagyok ér-tük. Úristen, most segíts, óvjad őket, kérlek! Úgy határoztunk, mi ketten megyünk át Pestre. A bátyám marad anyámmal és a hölgyekkel.

Másnap kora reggel összepakoltuk a legszükségesebb holmit, és nekivágtunk a kockázatos útnak. Még nem is sejtettük, mi vár ránk. Normális körülmények között, tizenöt húsz perc alatt tettük meg ezt az utat villamossal, vagy autóbusszal. Most három óráig tartott. Nem sok civil járt a romos, jeges utcákon, főként katonai járműveket és egy-két mentőautót láttunk. Vajon hová lettek a nyilas járőrök? Az alagút környékét német tankok zárták le, így kerülő úton kellett mennünk az Erzsébet híd felé. Ahogy a Duna közelébe értünk, az ágyúdörgést és a bombázást egyre erősebben hallottuk. A nyitott Döbrentei téren át vezető út egyre veszélyesebb lett és a gránátrobbanások elől egy-egy ház bejárata mögé kellett bújnunk.

De az út legkockázatosabb része – átmenni a hídon – még előttünk állt. Mivel az oroszok a visszavonuló németeket folyamatosan lőtték, mi is ki voltunk téve az eltévedt golyóknak. Próbáltunk a híd vastag acéloszlopai mögé húzódva, lépésről lépésre haladni előre.

Végül valahogy átértünk a túlsó oldalra, ahol a tönkrelőtt templomok és paloták ijesztő látványa fogadott bennünket. Minden épület ennek a szörnyű háborúnak a nyomait viselte. Innen a mellékutcákon át haladtunk tovább, el akartuk kerülni a széles Kossuth Lajos és Rákóczi utat, ahol könnyű célpontok lehettünk volna. Legalábbis attól féltünk. Néhány civil – akik a kapuban cigarettáztak – figyelmeztetett, hogy az oroszok egész közel vannak, és az elkeseredett harcok házról házra, sőt még a föld alatti csatornákban is folynak. Mások azt mondták, a nép éhezik, sőt a fosztogatás is egyre gyakoribb. Jó lesz, ha vigyázunk!

Amikor megérkeztünk a célunkhoz, borzalmas látvány fogadott bennünket.

A többemeletes épület eleje összeomlott, a főbejárat is romokban hevert. Elgörbült acélgerendák, beton- és téglatörmelék, összezúzott bútorok, polcok hevertek egymás hegyén-hátán. Próbáltuk megtalálni a kaput, amit előttünk már többen is megkíséreltek. Úgy hallottuk, fosztogatók is keresték a bejáratot.

Valahogy átmásztunk a romok között, s megtaláltam a folyosót. Lebotorkáltam a megrepedt lépcsőn. A vasajtó a helyéből kitépve, a pince feldúlva, János és Günther sehol. A betonpadlón több rozsdavörös foltot láttam, lehetett volna megszáradt vér is. Pánikhangulatban másztam fel, és hátul megtaláltam apámat, lerogyva egy törött székre.

– Apám, elvitték őket, vagy talán elmentek!

– Igen, semmi nem maradt meg itt.

– El kell mennem oda, ahol Ágnes lakott. Tudnom kell, mi lett vele. Ő talán tudja, mi történt a fiúkkal.

Kikecmeregtem az összeomlott bejáraton, és kábultan rohantam az öreg könyvüzlet felé. Amikor reszkető lábakkal odaértem, a szívem már majd kiugrott a helyéről, úgy kellett megkapaszkodnom a ház oldalába. Ott újabb szörnyű látvány fogadott. Az ajtó és ablakok betörve, a bútorok szétzúzva, könyvek ezrei szerteszét. De hol van Ágnes? A hátsó szoba, a folyosó, a kisudvar mind kifosztva, üresen tátong.

– Úristen! Hol van Ágnes? Mi lett vele?

Dörömböltem minden ajtón az épületben és kiabáltam: „Segítsetek emberek!"

Végre egy bácsi kiszólt a magasból:

– Egy részeg horda tört be a minap, nagy kiabálással, tusakodtak, én bezártam az ajtómat, mozdulni sem mertem. Ennyit tudok, kérem. Azóta is fosztogatnak ott lenn, úgy tűnik, ennek már soha nem lesz vége.

Semmit sem tudott a fiatal lányról, aki lent lakott.

Szívszakadva, nagyon lassan mentem vissza apámhoz.

Hosszú idő telt el, míg értesültem Ágnesről, Jánosról és Güntherről.

Nagyon későn értünk haza aznap este, kimerülten, szomorú lélekkel. Ha ez még nem lenne elég, otthon is rossz hírek vártak. Több rakéta és gránát okozott súlyos károkat a mi épületünkben és a szomszéd házban is. Két ember meghalt, többen megsebesültek. Hordágyon vitték őket a közelben lévő kórházba, mert a mentők már nem jártak errefelé. A halottakról ki kellett állítani az orvosi bizonyítványt, gondolták a házbeliek. Ezek voltak az első halálos áldozatok a mi épületünkben. Nem sejtettük még, mennyivel növekedhet ez a szám.

A kórház viszont elküldte őket, azzal, hogy ez nem hullaház, ez egy kórház, és nincs több hely a halottas kamrában. Ha valaki hivatalosan aláírja a halotti bizonyítványt, nekünk kell eltemetnünk a halottat az udvaron, a kertben vagy a téren, ahol módunkban áll.

– Ez most háború, és itt a városban – mondta a kórház parancsnoka – a háborús törvények érvényesek.

Ez bizony nagyon szomorú hír volt, valami olyan, amire sohase számítottunk. De nem volt más választás, el kellett fogadnunk a rideg valóságot, a halott szomszédnak meg kell adnunk a végtisztességet, ahogy azt ők is megtennék velünk.

Szörnyű éjszakám volt. Amennyire éhes voltam a hosszú nap után, az étvágyam is elment arra gondolva, hogy mi vár ránk holnap. A gyomrom korgott egész éjjel, csak forgolódtam a kényelmetlen ágyon. Ezekben a napokban világossá vált számomra, hogy hamarosan elfogy minden ennivalónk. Kifutottunk a húsfélékből, kivéve a megvetett heringet, liszt sem volt már a kenyérsütéshez. Főleg vízben főzött bab vagy borsó került az asztalra, lencse, levesnek, vagy a változatosság kedvéért főzeléknek, savanyú káposztával. Anyám mindig nekünk tálalta az első falatot, mondván, hogy ő már evett, pedig tudtam, hogy csak miattunk mondja, nem evett ő semmit. Mindannyian úgy tettünk, mintha fogyókúrán lennénk és nem is kívánnánk többet. Próbáltunk lassan enni, hogy tovább tartson az a kevés, mosolyogva mondtuk, „köszi, ennyi elég". A szeretet mondatta ezt velünk.

Szeretet volt a szavainkban, öleléseinkben, a tetteinkben is. Ahogy megosztottuk egymással kis örömeinket, ahogy segítettük egymást nehéz helyzetekben, mert bizony elmúltak azok a napok, amikor egyikünk elfelezte az utolsó szelet tortát, ám a másik választhatott, hogy melyiket akarja. Mostanság már hagyjuk, csinálja mindkettőt. Úgy hozta az élet, hogy levetkőzzük az önzést.

Sok lakás állt üresen, lakatlanul, és egyre gyakoribbá váltak a rablások, fosztogatások. Ezért a mi házbiztonsági rendszerünket is újra kellett szervezni. Úgy határoztak, hogy sötétedés után a főbejárat ajtaja zárva lesz, és a ház lakói adják az önkéntes őrséget az éjszaka folyamán. Én jelentkeztem a kora esti órákra. A nagy vaskapu több ablaka is törött volt a lövések miatt, ezeket bedeszkáztuk. Ám a hideg szél és hó áthatolt a réseken, és ez a lépcsőfeljárót barátságtalanul hideggé tette. Villany hiányában olajlámpát használtunk vagy még azt sem. A gyertyák már csonkig égtek.

Egy este, amikor éppen én voltam őrségen és a hold épp kibújt a felhők mögül Lilit pillantottam meg, kiszökött a lakásukból, egy csésze forró teát hozott, hogy melegen tartsa a barátságunkat. Ültünk már ott a bejárat sarkán máskor is, beszélgettünk a családunkról, az életünkről, az álmainkról. Elmondta, mennyire hiányzik neki az apja, aki hirtelen halt meg nemrégiben. Nagyon közel állt hozzá.

– Ki kellett jönnöm, hogy lássalak. Nem bírtam már a füstöt, a kártyás bandát a lakásban. Itt van egy forró tea neked, egy kis rumot is tettem bele. Remélem, nem bánod?

– Hogy bánnám már, jó ötlet volt, és szeretlek is érte!

– Csak a teáért? Nem magamért?

Lassan szürcsölgettem a lélekmelegítőt, adtam neki is egy kortyot.

– Nézd a holdat, most jött ki a rejtekéből, hogy téged köszöntsön!

Lili örökké mosolygós szemével kihívóan nézett rám. Nem bírtam tovább, megcsókoltam remegő száját. Félve viszonozta, nem is tudta, hogyan tegye. Akkor szorosan magamhoz szorítottam. Csoda jó érzés volt összeölelkezni.

– Tudod, Gyuri, hogy most csókoltam először? És örülök, hogy téged. Erre emlékezni fogok egész életemben.

– Én is emlékezni fogok mindig. Arra, ahogy felfedeztem a ragyogó fiatal hölgyet egy kis kamaszodó lányban, és arra, hogy milyen sokat jelentettél nekem ezekben a nehéz időkben. S ez igaz is volt. Lili a napsugár volt nekem, örömet hozott a sok szomorúságban. Mindig vidám volt, jó társa az én örök optimizmusomnak.

Január közepére a szovjet hadsereg már közel került ahhoz, hogy elfoglalja Pestet.

– A BBC szerint Hitler beletörődött, hogy kivonják Pestről a német csapatokat – mesélte Géza –, hogy jobban tudjanak koncentrálni a budai oldal védelmére. Számunkra az összes lehetőség közül ez volt a legrosszabb, mert azt jelentette, hogy a harcok vég nélkül folytatódnak itt is, ahol mi vagyunk.

– Ha ottmaradunk az első lakásban – sóhajtotta apám –, akkor a háborúnak már vége volna számunkra, de így ki tudja, meddig, talán hetekig kell sínylődnünk ebben a szörnyű helyzetben.

– Igen, de akkor én most itt lennék egyedül – mondta szomorúan Edit.

– Hát ezért vagyunk mi itt veled, és ez így van jól – felelte anyám és melegen átölelte.

– Azt is hallottam – jegyezte meg Géza –, hogy a németek aláaknázták a dunai hidakat, hogy a visszavonuláskor mindet felrobbantsák. Ez persze az őrültséggel határos, és semmit nem érnek el vele, legfeljebb pár nappal késleltetik Buda elfoglalását. Különben is, ahogy már Szolnokon is láttuk, rövid idő alatt pontonhidat építettek.

Megkezdődött a német csapatok kivonása Pestről. Tankok, páncélos járművek és katonai teherautók próbáltak átjutni a hidakon, amíg lehetett. Az evakuálás pánikba hajló méreteket öltött. Az ottrekedt nyilasok, bajban vannak.

– Azt is beszélik, hogy a magyar tábornokok mindent megtesznek, hogy meggyőzzék a Waffen-SS vezetőségét, hogy ne robbantsák fel a hidakat, de nem hiszem, hogy ez használni fog. Január 14-én a németek megkezdték a dunai hidak felrobbantását. Majdnem száz évvel ezelőtt nyitották meg az első állandó hidat, a Széchenyi-lánchidat, az utolsót pedig néhány évvel ezelőtt. Most mind darabokban hevert a jeges Duna sodrában. Tudom, nem szabad átkozódni, de ha lehetne, most volna rá okom.

– Bécó, én oda akarok menni, látnom kell a saját szememmel!

– Az ördög vigyen el engem, ha megyek! De ha nem megyek veled, amilyen makacs vagy, tudom, egyedül is oda fogsz menni. Ezért veled megyek, még ha el is visz az ördög.

Hívtunk másokat is, hogy tartsanak velünk. Éva és Dénes mondták, hogy jönnének. Persze Lili is jönni akart. – Ez történelem – jelentette ki, de leszavaztuk. Másra már nem várva, elindultunk. Ez természetesen újabb kockázatos vállalkozás lesz, hasonlóan az előbbi úthoz Pestre, de most csak a hidak közelébe akartam menni, látni legalább egyet messziről, ha lehet. Hogy a szörnyű kép jól bevésődjön az agyamba, hogy egyszer majd el tudjam mondani a gyerekeimnek: láttam Budapest ostroma alatt a felrobbantott hidakat. Soha a történelemben még nem veszett el ennyi nemzeti érték, ilyen rövid idő alatt.

– Persze ez egy hülyeség, emiatt kockáztatni az életünket – dörzsölte megint az orrom alá szépreményű testvérkém, de csak caplatott velem. A Víziváros szélén próbáltunk a Duna közelébe menni, menedéket keresve minden romhalmaz vagy kiégett katonai jármű mögött. Sírva fakadtam, amikor megláttam a Lánchíd gyönyörű íveit a jeges vízbe szakadtan. Csak a tornyai álltak szürke magányukban.

– Átkozottak legyenek, akik ezt tették! Uram, Istenem, bocsásd meg, de nem tudok imádkozni értük. Legalábbis ma nem.

Attól kezdve a hadi helyzet napról napra rosszabbodott. A harc egy kisebb területre, Budára összpontosult és a szovjet tüzérség fokozta a bombázást. A lövések mind közelebb csaptak le, és most már igazán veszélyes volt az utcán tartózkodni. A pince – amit óvóhelynek hívtunk – volt a legbiztonságosabb hely. Na meg Paula földszinti lakása, mert a hátsó, védett udvarra nézett. Délutánonként ott gyűlt össze a kártyázó társaság.

Ám ekkor borzalmas tragédia történt.

Egy este fülsüketítő detonáció rázta meg a ház hátsó részét és pillanatokkal később Paula lakásából füstös, vérző arccal támolyogtak ki a vendégek.

Úgy láttam, apám és Éva is megsebesült.

– Apám jól vagy? Mi történt veled?

Kormos arca tele volt vérrel, de talán nem is az övével, hisz le tudtam törölni, nem volt alatta seb. Leroskadt a lépcsőházban, mások is ültek már ott, kábultan a robbanástól. Lili rohant elő kétségbeesve.

– Gyuri, segíts, kérlek, gyorsan gyere, segíts, Géza súlyosan megsérült! Egy gránát csapott be az ablakunk alatt a hátsó kertbe. Egy pillanat alatt történt minden.

Paula lakásában rettenetes látvány fogadott. Tele volt sűrű füsttel, de ez nem cigarettafüst volt, hanem a robbanógránát kénszagú, orrfacsaró bűze. Az ablakok összetörve, a bútorok halomra zúzva, és az asztalnál, uramisten, Géza arccal előre borulva feküdt egy nagy vértócsában. Hátul a koponyája jórészt hiányzott. Nem, ez nem lehet igaz! Paula ott térdelt mellette halálsápadtan, remegve, Dénestől várva segítséget.

– Meghalt? Mondjad Gyuri, meghalt, ugye?

Annyit már tudtam, hogy megnézzem a pulzusát. A keze még meleg volt, ujjai közt még egy kártyalap is, de már nem volt benne élet, nem éreztem a szíve lüktetését.

– Azt hiszem már nem él – mondtam. – De legalább nem szenvedett. Nem is tudta, mi történik vele, egy pillanat műve volt az egész.

Néhányan visszajöttek a szobába, hogy segíthetnek-e valamit? Pár hölgy felsírt a csendben, a lányok zokogtak. Bekísértük őket a szobájukba, az szerencsére épségben maradt. Aztán páran imádkozni kezdtünk.

Szinte elképzelhetetlen, hogy történt mindez? Egy aknavetőgránát csapódott be ebbe a fallal csaknem teljesen körülvett kis kertbe, és ott robbant fel, repeszdarabokat szórva az ablakon át a szobába. Egy repesz ölhette meg Gézát. Ezek zúztak szét mindent. Csoda, hogy csak ennyi sérült van.

Több ember összeverődött a lakás előtt, a lépcsőházban. Segíteni jöttek, részvétet nyilvánítani. Egyetlen szem sem maradt szárazon. Géza volt az első halálos áldozat a Királyhágó utca 5/b-ben. Akkor még nem sejtettük, milyen sok lesz még. A tábornok üzent, hogy elhívják doktor Krámert. Jött is, aláírta a halotti bizonyítványt. De hátravolt még egy nehéz feladat. Hogyan és hová temessük el?

– Valahol itt, a közelben kell eltemetni, javasolta az orvos. Ilyen ágyúzásban nem vihetitek ki a temetőbe. Talán itt a kertben, az épület mögött volna a legjobb. Nem valószínű, hogy még egy gránát idetéved ebben az életben.

Arról is beszéltünk, milyen jó volna egy papot találni, hogy imádkozzon érte, de ez most lehetetlennek látszott; talán majd akkor, amikor elhelyezik végső nyughelyére.

Fogalmunk se volt, hogyan tudunk sírt ásni a keményre fagyott földben, amit még vastag jég és hó is borított. Nem volt ásónk, csákányunk, ilyesmit nemigen tartanak egy városi bérházban... És ki fogja vállalni a sírásó szerepét? Mint kiderült, könnyebb volt ásót találni, mint önkéntes jelentkezőt. Végül is mi mentünk ki Dénessel és a bátyámmal. Órákig tartott vésni a kőkemény, jeges földet. Ráadásul borzalmas hideg volt aznap, minden félórában be kellett mennünk, hogy megmelegítsük dermedt kezünket, lábunkat. Amikor elkészültünk az elég hevenyészett sírhellyel, rövid imát mondva becsavartuk a holttestet egy szőnyegbe és ráhordtuk a kiásott jeges földet, törmeléket. Reszketve a hidegtől, csontig fagyva kértem a Jóistent, hogy ilyet soha többé ne kelljen csinálnom.

BUDAPEST OSTROMA

3. RÉSZ

Lehet, hogy a mitesszereim mentették meg az életünket? A helyzet lényegesen rosszabb lett január vége felé. Fogytán az élelmünk, nem volt iható vizünk, matrac helyett hetek óta brikett volt az ágyunk a piszkos pincében, és a higiénés színvonalunk is mélypontra jutott.

De élünk, a családunk együtt van, és nem adjuk fel a reményt, hogy Isten segítségével túléljük a megpróbáltatásokat. Amióta Pest elesett, a Vörös Hadsereg még nagyobb erővel támadott. Tűzerejüket, tankjaikat és katonáikat a szovjetek kisebb területre tudták összpontosítani. A budai vár környéke rommá lőve, a régi házak, paloták falai üszkösen meredeztek az ég felé, egy sem maradt közülük épen.

A német kitörési kísérletek mind nagyobb áldozattal jártak és sikertelenek maradtak. Utánpótlás hiányában a németek kifogytak a lőszerekből és az ennivalóból. De nem adják fel, úgy látszik, követik a parancsot, küzdenek az utolsó emberig. A mi házunk környéke is sokat szenvedett a bombázásoktól, rakétabelövésektől.

Nem sokkal az után, hogy a németek kiürítették Pestet, észrevettük, hogy katonai teherautók sorakoztak fel a házunk előtt, az utca másik oldalán. Mindenféle figyelmeztetés volt a ponyvájukon, mint „ACHTUNG", egy másikon „WARNUNG". Némelyikre még fekete halálfejet is festettek. Ez persze nagyon aggasztó volt, mert azt gyanítottuk, hogy lőszereket és mindenféle robbanószereket tartanak bennük. De mit tehettünk volna azért, hogy elvigyék onnét.

Itt jönnek a mitesszereim a történet középpontjába. Az elmúlt évben kaptam néhányat a homlokomra ebből a kamaszkori kellemetlenségből. Testvérem, a drága, tudta, hogy nem vagyok büszke rá, hát örökösen bosszantott vele. „Fekete festéket fröcsköltél megint?" Eh!

Mivel egy kicsit hiú voltam – csak egészen kicsit –, amint lehetett, „kozmetikai beavatkozásra" szántam el magam, vagyis kinyomkodtam őket.

A házmesterék lakásából alacsony ablak nézett az utcára. Légoltalmi vasajtó védte ugyan, de reggel néha kinyitották, hogy szellőztessenek. Egyszer délben, január végén, azon a végzetes napon, amikor még a nap is odasütött, úgy gondoltam, itt az idő, hogy elvégezzem a műveletet. Már a vége felé jártam, amikor hirtelen egy gránát visító hangja, majd egy pillanattal később fülsiketítő robbanása rázta meg Királyhágó utcát. Az egyik katonai teherautó lángba borult. Dermedten néztem, ahogy a tűz rohamosan terjedt, úgy égett, mint egy máglya.

„Istenem! Ó, én istenem, ha az a szörnyeteg tele van lőszerrel, akkor pillanatokon belül felrobbanhat és megölhet mindnyájunkat!"

Elkezdtem ordítani, szaladtam hátra a pincébe, majd fel a lépcsőn.

– Tűz van! Mindenki! Figyelem! Tűz ütött ki a német lőszerautókban! Felrobbanhatnak bármelyik pillanatban!

Rohantam minden irányban, a szívem a torkomban dobogott, reszketett a hangom, ahogy kiabáltam. Emberek, meneküljetek! Le a pince hátsó részébe!

Volt, aki ment, de nem mindenki. Páran a bejáratnál nézték, hogy mi történik. Szerencsére a családom Paulánál volt, valamennyien hallottak, és lerohantak hátra. Rémülten ültünk a mosókonyha sarkában, amikor óriási detonáció rázta meg az épületet. A dobhártyám majd szétrepedt a légnyomástól, a betonpadló mozgott, a falak repedezni kezdtek. Törmelék zúdult le a lépcsőn, féltem, hogy minket is eltemet. A portól, füsttől alig kaptunk levegőt. Többen zokogtak, jaj, mikor lesz már ennek vége?

Aztán minden elcsendesedett. És mi élünk. A hajunk szála se görbült meg.

„Istenem harmadszor mented meg az életemet? Miért? Mi a célod velem?"

Remegő lábakkal botorkáltunk fel a lépcsőn a lerogyott falak, téglarom között. Megdöbbenve néztük az iszonyatos képet. A lépcsőház felső része leszakadt, beton- és vasgerendák egymás hegyén-hátán, a ház eleje összeomlott, a lakásunktól le a második emeletig. Rom és törmelék zúdult az utcára, füstös por ült a levegőben, alig lehetett a napot látni. Uramisten, mennyi ember lehet a romok alatt?

Lassan előjöttek páran a megmaradt lakásokból, alagsorból. Elkezdtünk kutatni a romok között, hátha meg lehet menteni valakit. A bátyám és pár erős ember kihúzott jó néhányat, bekötöztük a sebeiket, de aztán mi lesz? Nincs mentőszolgálat, hogyan visszük őket kórházba? Volt némi morfium az elsősegélycsomagban, de közel sem volt elég mindenkinek.

Még szörnyűbb volt, amit az utca másik oldalán láttunk. A kiégett, de még füstölgő teherautók mögött az egész négyemeletes ház földig rombolva. Ott nem maradhatott életben senki. Felejthetetlen, tragikus kép a háborúból.

Amikor visszajöttünk a lépcsőházba, mintha valakinek a hörgését hallottuk volna. Felmásztunk a törmelékek között, és rémülten láttuk, hogy ott fekszik a tábornok eszméletlenül, félig betemetve, a soktonnás vasbeton alatt. A koponyája is bezúzva. Rudakkal próbálták felemelni a betongerendákat, de nem sikerült. Nehezen lélegzett, mintha a torka tele volna. Uramisten, szegény ember, nem tudunk rajta segíteni! A koponyasérülése súlyosnak látszott, reményt vesztve álltunk körülötte. Valaki elment a kórházba segítségért, hogy talán doktor Krámer átjönne, hisz annyi volt az áldozat, aki őt várta. De még többen lehettek a romok alatt, akik már senkit sem vártak. Imáinkba zártuk őket, hogy az Úr legyen velük mindörökre.

Könnyes szemmel gondoltam kiskutyámra, Bagóra, akit szintén eltemetett az összeomlott épület. De legalább nem szenvedett szegény tovább. Mert az utolsó hetekben bizony, úgy láttam, szenved. Nem akart enni sem. Az örökös ágyúzás, a rakéták rettentő hangja túl sok volt az ő kis agyának. Otthon kellett volna hagynom a barátaimnál. De hát ők is elmentek. Most már megbékélt ő is.

Elvittük a sérülteket a közeli kórházba. Nehéz volt átmászni a felszaggatott kövezeten a sok törmeléktől. Több házon óriási lyukak tátongtak, némelyik akkora volt, hogy a bútorokat és az egyéb berendezéseket is jól lehetett látni. Olyan volt, mint egy darabokra tört óriási babaház. Kiégett tankok, páncélos járművek és lótetemek között vonszoltuk magunkat. Borostás arcú, fáradt német katonák bújtak meg az omladékfal oldalában, kapualjakban, ahol épp volt kis idejük egy cigarettára. Nem úgy néztek ki, mint a győzedelmes Wehrmacht. Egyáltalán nem úgy.

A kórház zsúfolva volt sebesültekkel. Azt mondták, hagyjuk ott a folyosón a sérülteket és majd megnézik őket, amint lesz egy percük. Nekem inkább úgy tűnt, ez a hely már csak a haldoklók várószobája. Harapdáltam a szám szélét, hogy mosolyt csaljak rá, amikor elbúcsúztunk tőlük.

Hazafelé az úton egy ismerős hang kiáltott rám.

– Gyuri, Gyurikám, tényleg te vagy? Nem is hiszem el, hogy itt talállak! Hol vannak a szüleid? Hol van Bécó?

Emike néni volt. Apám unokatestvére, a kedvenc tantim, akit nem láttam a szolnoki bombázások óta. Református lelkész özvegye, roppant intelligens, vicces hölgy, aki mindig szórakoztató társaságnak bizonyult. A karjába ugrottam, szorosan átöleltem, hogy lélegezni is alig tudott.

– Úgy örülök, hogy látlak, Emike, élsz, és úgy látom jól vagy, lefogytál kicsit, de az nem ártott, legalább egy kis hasznod is van az ostromból! De hogy kerültél ide? Mit csinálsz ezen a veszélyes környéken?

– Titeket kereslek – mondta. – Itt lakom nem messze, a fiammal, felhozott Szolnokról, hogy itt haljak meg, ebben a pokolban. Hallottam, hogy ti is ideköltöztetek a közelbe, aztán elkezdődtek a harcok, és csak halogattam a vizitemet. De ma elhatároztam, nem várok tovább, mert szert tettem egy nagyon speciális ajándékra, egy darab friss húsra, amit meg akarok osztani veletek. Tudom, apád nagyon fog örülni neki, és ti Bécóval is élvezni fogjátok.

– Várj csak! Egy pillanatra lassulj le Emike. Friss hús? Mi történt? Megfogtál egy kecskét lasszóval a Sas-hegy oldalán, ahol laksz? Nem, nem, az nem lehet! Tudom már, leölted a hízott malacodat, a kerted alján.

– Nem, Gyuri, nem. Egy chevaline. Na, nem a Boucherie de Paris-ból, hanem a l'Arcade de Sastól.

– Lóhús?

– Yup, Gyuri! Frissen vágott gyönyörű, sovány darab hús, egy fiatal áldozatból, amely halálos sebet kapott néhány órával ezelőtt. Minden része elkelt percek alatt, és itt van nektek a legjobb falat.

– Ezt ne mondd el apámnak, mert hozzá se nyúl, ha megtudja. Bár lefogyott egy kicsit, mint te is, és ez jót tesz mindkettőtöknek.

– Rendben. Elmondjuk neki a te lasszóskecske-történetedet, és akkor majd megeszi.

Ez volt Emike néni, szokásos „vivere" stílusában.

– Már itt vagyunk, csak meg kell még másznunk pár sziklát – mondtam.

– De hol van a házatok, hol a bejárat?

– Nincs bejárat, csak törmelék és romok, amit látsz. Bemászunk valahogy, gyere utánam! Majd meglátod, mi maradt a nagy házból!

Próbáltam elmondani neki, mi történt, de már türelmetlenül csörtetett előre, hogy megtalálja a szüleimet. Kitörő örömmel ölelték át egymást, és vég nélkül mesélték, hogy mi történt az elmúlt hónapokban. A jót és a rosszat, küszködésüket és a derűs napokat. Aztán rémes történeteket mesélt, hogy részeg orosz katonák fosztogatnak, erőszakot követnek el a nőkön és elhurcolják a férfiakat.

– Többször cserélt gazdát egy nagy épülettömb a közelünkben – mondta –, hol német, hol orosz kézben volt. Így tudtuk meg, mi történt. Ez már nem rémhír, ez a valóság. Nagyon kell vigyáznotok a nőkre! Csúfítsátok el őket, nézzenek ki öregnek, piszkosnak, a szaguk se legyen jó! Akkor talán még ezeknek az állatoknak sem lesz kedvük hozzájuk. A legjobb persze az, ha elbújnak a pince végében, hátul, a sötétben.

Később félrehúzta anyámat és odaadta neki a remek pecsenyének valót, azonnal beletették egy nagy üstbe, forró vízben főni, mielőtt még apám kérdéseket tehetett volna fel. Ha egyszer a főtt húst elébe tálalják, már úgysem tud ellenállni.

A következő napokban német katonák jöttek be a házba, és elfoglalták a térre néző sarokablakokat. Itt már közelharc folyt. Egy fiatal SS-katona, golyószóróval és néhány kézigránáttal felszerelve állandóan változtatta a helyét, egyik ablaktól a másikhoz ugorva órákig tartotta fel az előretörő oroszokat. A lövések, a gránátlövedékek, most már a mi háztömbünket is elérték, ezért legtöbbször a pince hátsó részében kellett maradnunk. A sors különös fintora, hogy az épületünk előtti nagy romhalmaz valamiképp még védelmet is nyújtott.

A feszültség egyre fokozódott a mi kis föld alatti bunkerunkban. Alig vártuk, hogy vége legyen ennek a kétségbeejtő helyzetnek, hogy a németek visszavonuljanak, és aztán majd valahogy túléljük az oroszok rohamát. A közelharc most már az előttünk lévő téren folyt. Az oroszok a tér másik oldalán voltak, a németek emitt. A fiatal német most már úgyszólván egymaga tartotta fel az oroszokat a mi pincénkből. Soha nem gondoltam volna, hogy egy katona bátorsága ilyen sokat jelenthet. Már majdnem becsültem a kitartásáért, és reméltem, hogy odábbáll, mielőtt megölik.

A gépfegyversorozatok mind ritkábbak lettek, aztán lassan

csönd lett. Lehet, hogy ez egy rövid fegyverszünet a Királyhágó téren? Vagy feladták? Tényleg elment az utolsó német is?

Fel kellene menni a ház előtti romra, kitűzni egy fehér zászlót, hogy az oroszok lássák, az ellenség már elment, itt csak civilek vannak, most már ne lőjenek minket, ajánlotta az egyik lakó, és már ment is a barátjával, hogy ezt tegye.

Lassan mindnyájan behúzódtunk a kis vackunkba, és vártuk, hogy mi lesz. Csak vártunk. Meggyújtottunk egy olajlámpát, kint már sötét volt, bent még sötétebb. Hátul, a rekeszben kitúrtuk a szenet, s egy mélyedést alakítottunk ki a hölgyeknek. Aztán itt volt az idő, hogy imádkozzunk az elveszett lelkekért, az áldozatokért, a szenvedőkért és hálás szívvel köszönjük meg Istennek, hogy megvédett bennünket minden bajtól.

„– Ne féljetek! – mondta Jézus az apostoloknak."

Halálos fáradtan mondogattam ezt magamnak, amíg lassan álom jött a szememre.

Nem tudom, hány óra lehetett, talán már éjfél is elmúlt, amikor valami fölbolydulásra lettem figyelmes. Úgy hangzott, mintha az éjjeliőr idegen szavakat használna, talán szlovák lehetett, már tudtuk, hogy beszéli a nyelvet. Nehéz csizmák furakodtak le a lépcsőn, erős lámpák vakítottak a magasból. Akkor láttam meg az első orosz széles mongol képét. Durván kiabált valami furcsa nyelven, orosz kellett legyen. Az ajtóőrt lökdösték le maguk előtt, az elég jól mondta nekik, de hogy mit, azt nem tudom. Az orosz katonák egyre azt hajtogatták: „Nemetszkij, nemetszkij szoldáti?"

Ez meg próbálta mondani nekik, a szlovákot keverve némettel meg magyarral is, hogy itt nincs semmiféle német, vagy katona, csak pár öregember, asszonyok, meg néhány gyerek. Nagy kiabálás, felfordulás volt a keskeny lépcsőn, de végül felcsörtettek, bár a bejárat közelében maradtak. Kicsit megkönnyebbülve lélegeztünk fel. Túléltük az első találkozást. Most hát számunkra vége van a háborúnak, de szovjeturalom alatt vagyunk. Nem kell többet félnünk a náciktól, nyilasoktól, de a Vörös Hadsereg katonái azt tehetnek velünk, amit akarnak, csöbörből vödörbe estünk.

Hálálkodtunk szlovákul beszélő barátunknak, és kértük, ne menjen el egy lépést se tőlünk, hátha visszajönnek. Meggyújtottuk az olajmécsest, aludni úgy sem tudtunk volna, de nem mertünk kimozdulni a bunkerből, ahogy mi hívtuk a folyosóval összekötött pincerekeszeket. Szüleimet a római katakombákra emlékeztette ez a hely, ahol annak idején a keresztények éltek évekig. Bár szentmisére nem tudtunk menni itt, mint ahogy ők tették, de a kis kereszt ott volt mindnyájunk szíve fölött.

A következő napok lidércnyomásként kísértettek sokáig. Piszkos, részeg mongol hordák géppisztollyal fenyegetve zaklatták a népet. Fosztogattak, letépték az óráinkat, alkoholt követeltek, zabráltak gátlás nélkül, raboltak, amit csak tudtak.

„Nemetszkij kaputt! Hitler kaputt! Burzsuj kaputt!" – kiabálták diadalittasan, most, hogy tudták, a németek elmentek, és csak a megrémült, éhező, a hosszú ostromtól végsőkig kimerült lakosok maradtak itt, akiket könnyű volt megfélemlíteni, terrorizálni.

Aztán jöttek megint, azt kiabálva: „Barisnya! Barisnya! Davaj! Robotnyi!" És szedték össze a nőket, akiket csak el tudtak kapni. Nagy volt a sikítozás, nem akartak menni, de a barátunk úgy értelmezte, hogy konyhai munkára akarják őket, krumplipucolásra, takarításra. Hál `istennek a mi családunk és a barátaink asszonyai jól el voltak bújtatva, de nagyon aggódtunk a többiekért, mivel már sokszor hallottuk, hogy bánnak a nőkkel.

Órákkal később tudtuk meg, hogy ami történt, az a legrosszabb félelmünket is felülmúlta. Szörnyű dolgon mentek át. Megerőszakolták őket, volt olyan, akit egy tucat részeg állat becstelenített meg. Néhányat összevertek, megrugdaltak, mert ellenálltak. Zokogva, megalázva sebzett lélekkel roskadtak férjük, apjuk vállára. Elkínzott, fájdalommal telt könnyes arcuk örökre megmarad az emlékezetemben.

– Szégyelljétek magatokat, barbár vadállatok! Szégyelljétek azért, amit tesztek! – fakadtam ki.

(*„Jézust még jobban megkínozták, mégis megbocsátott nekik"* – mintha ezt hallottam volna. Igen, de…

„Ne ítélkezz, inkább imádkozzál értük, hogy szabad akaratukat a jóra használják. Emlékezzél arra, hogy ezek soha nem hallották a tanításaimat, de még rólam sem hallottak soha.")

Egyre-másra orosz járőrök, vagy nem is járőrök, hanem randalírozó, zabráló csoportok rontottak be naponta többször is a pincénkbe, állandó félelemben tartva bennünket. Főleg a nőket féltettük, akik szénnel bekent arcukkal, kócos hajukkal már inkább boszorkánynak néztek ki, hogy még a kutya se kívánja meg őket. Ruhájuk szemétre való volt, de ki törődött most ezzel.

– Mintha Victor Hugo Les Miserables történetéből léptetek volna ki – jegyezte meg kajánul az én mindentudó bátyám.

– Ne bántson ez téged! Különben is, ha látnátok, hogy néz ki Paula, Éva és a lányok, elmenne a kedvetek a női nemtől – mondta Edit.

– Ebben nem vagyok olyan biztos – gondoltam.

Az ágyúzás, a gránátbecsapódások egyre messzebbről hallatszottak, mintha a front már távolodna tőlünk, talán vége lesz nemsokára mindennek. Csak az orosz hordák terrorizálása nem szűnt meg. Nappal, amikor a helyzet kissé nyugodtabb volt, kimerészkedtünk friss levegőt szívni, de amint megláttuk őket közeledni, visszamásztunk a bunkerbe. Több halott német katonát láttunk az utca szélén heverni. A téren felpuffadt lótetemek bűzlöttek a romok között. Valahogy a levegő már nem tűnt olyan frissnek.

Lassan kifogytunk az élelemből. Anyám és Maris mindent megpróbált, hogy ehető ételt produkáljanak, mert még a lóhús is elfogyott. Egy falatnyi se maradt belőle. Bár volna még pár hering, de megenném most! Egy kevés főtt babon meg savanyú káposztán éltünk napok óta. A francia mesterszakács, Brillat-Savarin tanulhatna tőlük, hogy lehet a semmiből ételt varázsolni.

Február 13-án, olyan furcsán csöndes lett minden. Nem hallottunk hangos ágyútüzelést, rakétasüvöltést, csak egy-egy géppuskasorozatot. De ezek mindenfelől jöttek, nemcsak a budai vár irányából, ahogy az mostanában történt. Rettentő hideg volt, és megint havazni kezdett. Délutánra változott a helyzet. Az orosz katonák csoportokba verődtek, hangoskodtak, énekeltek, még táncoltak is, ha volt hozzá hely. Hogy részegek voltak, ahhoz nem fért kétség, de ennek valami más oka is lehetett.

– Budapest elesett. Az utolsó ellenálló németeket megölték, vagy elfogták. A budai várban kitűzték a vörös lobogót. A háborúnak vége van, legalábbis itt nekünk, mondta a barátunk, aki ennyit megértett a kiabáló oroszok szövegéből. Azért lövöldöznek a levegőbe, azért ünnepelnek.

Hát vége van? Tényleg vége lenne? Legalábbis a harcoknak, az örökös bombázásnak, lövöldözésnek? És mi életben maradtunk. Meggyötörten, de nem megtörve, a hitünket megtartva és bízva a Jóistenben.

Ideje volt visszahúzódni a pincébe.

Ez volt a legszörnyűbb éjszaka.

Ahogy sötétedett, a győztes vitézek egyre részegebben énekeltek, kiabáltak, lövöldöztek a levegőbe, néha egy-egy házra is.

„Nemetszkij kaputt! Budapest kaputt! Burzsuj kaputt!" – ordították tántorogva a romos házak között. Barisnya volt az, ami kellett nekik, de most már nem krumplihámozásra. Meghűlt a vér az ereimben, amikor az elhurcolt nők segélykérő sikoltozását hallottam.

Már napokkal előbb kiástunk egy halom szenet hátul a rekeszben, hogy anyámék oda bújjanak el, ha az oroszok bejönnek a házba. Akkor letakartuk őket piszkos szőnyegekkel, pár szeneszsákot raktunk elébük, mi, férfiak meg azokra dőltünk. Most is ezt csináltuk. Persze mindez porral járt, s a kis olajmécses nem sok fényt adott. Uramisten a te kezedben vagyunk, bízunk benned!

Jöttek persze megint a részeg győztesek, puskacsővel tolták félre, aki az útjukba állt. A szerencsétlen Éva kibújt elszívni egy cigarettát, és egy vadállat magával ragadta. Kétségbeesetten védekezett, rúgott, harapott. Akkor az orosz úgy arcon ütötte, hogy orra, szája vérzett, de mégis magával rángatta a lépcsőn. Paula, hogy védje a szekrény mögé bújt lányait, elkezdett rikácsolni, mint egy eszét vesztett macska, hogy magára vonja a figyelmet, de a többi muszka csak röhögött, és végül őt is elvonszolták. Néhány másik asszony is hasonló sorsra jutott.

Amikor csend lett, és úgy nézett ki, hogy már elmentek, anyám és Edit óvatosan a zokogó lányokhoz ment, hogy áthozzák őket.

Kétségbeesve borultunk egymásra.

HADIFOGSÁGBAN

A következő napokban a helyzet kissé lenyugodott. Időnként
orosz katonai járőrök jelentek meg, és az első napok dia-
dalmámorát a polgári lakosság szisztematikus kifosztása váltot-
ta fel. Bútorokat, szőnyeget, képeket hurcoltak el az elhagyott
lakásokból. Sőt, láttam, hogy WC-kagylókat, bidét is hordtak a
teherautóikra. Vajon mire fogják használni?

Az egyik muszka, egy Szűz Máriát ábrázoló festményt vitt
nagy büszkén. „Mamuska!" – kiabálta széles vigyorral, bamba
pofával.

Még mindig kerestek nőket konyhai munkára, de valahogy a
tónus megváltozott. Most inkább férfiakat vittek el romot horda-
ni, lótetemeket temetni, főzéshez való fát vágni, vagy csak úgy,
nem is tudni, mire.

„Robotnyi, robotnyi!" Ez volt a jelszó, és durván hurcolták a
kiéhezett, legyengült civileket magukkal, ki tudja, hová. Talán le
a Dunához hajóhidat építeni? Vagy halott német katonák tömeg-
sírját ásni?

Egy reggel, amikor az oroszok megint jöttek, hogy férfiakat
vigyenek munkára, elkaptak engem is, és gorombán lökdöstek
fel a pincelépcsőn.

Anyám sírva kérte őket, hogy engedjenek el, mert én még
gyerek vagyok, de nem értették a német szót vagy nem törődtek
vele. Bántóan félretolták, az egyik orosz géppisztollyal állta el az
útját. A ház előtt a romok között már vagy két tucat férfi álldo-
gált szovjet katonákkal körülvéve. Megláttam Dénest is köztük
sápadtan, rémülten. Géza halála, Éva tragédiája óta mintha el-
hagyta volna az életerő, csak szótlanul meredt maga elé a pincé-
ben. Most meg még ez is…

Szerettem volna felvidítani és tréfásan odaköszönni, de nem volt kedvem hozzá, hogy azt mondjam: de jó, hogy te is itt vagy, akkor nem leszek egyedül. Így hát csak csendben melléálltam, hogy tartsunk össze.

Rettenetesen hideg volt aznap, de rajtam legalább volt kabát. Felhajtottam a gallérját, mégis vacogtam.

– Davaj! Davaj! – kiabált az egyik őr és megindította a menetet a Déli pályaudvar irányába. Lassan bukdácsoltunk a feltépett kövezettel, rommal teli, jeges úton. Kiégett katonai páncélosok, teherautóroncsok, üszkös, fagyott német katonák holtteste és lótetemek borzalmas képe kísérte utunkat. Közben állandóan megálltunk, míg másokat is kirángattak a házukból. Úgy láttam, több ember kell nekik. De vajon mihez és miért?

– Milyen munkára visznek ezek minket? – kérdezte Dénes –, és milyen messzire kell még mennünk?

– Talán le a Dunához, hajóhidat építeni? Romtakarításhoz nem kell messze menni. Az van itt is épp elég.

Nehézkesen haladtunk utcáról utcára, mígnem a Vérmezőhöz értünk. Akkor feltűnt a szétbombázott, kiégett vár innenső oldala. A régi épületek, gyönyörű paloták romos falai üszkösen, leszakadt tetővel meredeztek az ég felé, mintegy segítségért kiáltva. Micsoda értelmetlen pusztulása ez csodaszép városunknak! De még most sem tudtuk, hová visznek, és mit kell majd csinálnunk. Már sötétedett, az éhség is gyötört. Ilyen kimerültnek még soha nem éreztem magam. Vagy talán a félelem volt az oka mindennek? A többiek is el voltak keseredve, és morgolódni kezdtek.

– Mi volt az a nagy sietség? Összegyűjteni az embereket, aztán csak masírozni egész nap és nem csinálni semmit? Hé, muszka, hová visztek minket és miért?

Persze felelet helyett csak a géppisztoly csövét emelték a tömeg felé baljós ábrázattal. Ám ennek a céltalan vándorlásnak valahol, valamikor vége kellett legyen, mert most már sötét volt bármilyen munkához. Így hát hamarosan el kellene engedniük minket, hogy hazamehessünk – gondoltam. De nekik más tervük volt. Eszük ágában sem volt elengedni bennünket. Odaértünk a Városmajorba egy nagy, modern templomhoz, amely csodálatos módon egészen jó állapotban maradt meg, bár körül volt véve súlyosan összelőtt házakkal és a heves küzdelmek szívszorító mementóival. Dénes ismerte ezt a templomot, mondta is, hogy ez egy nemrég épült katolikus templom. Ennél jobb helyre nem is mehettünk volna – gondoltam.

Az orosz őrök betereltek minket a templomba, ami belülről nem is nézett ki templomnak. A padokat nagyrészt kivitték, az oltárnál pedig egy katonai konyhát állítottak fel sok-sok nagy fazékkal. A terem – mert az Oltáriszentség nélkül már csak az lett – tele volt hozzánk hasonló, munkára hurcolt civil férfiakkal, de láttam néhányat, rongyos, magyar katonaruhában is. Úgy nézett ki, mint egy gyűjtőház, ahonnan majd munkára viszik az embereket. Szerencsére a fazekakban valami vizes bablevest főztek. Abból kaptunk egy tányérra valót, meg egy darab sötétbarna kenyeret, amit percek alatt befaltunk. Aztán csak vártuk, hogy mi lesz. Én már nem bírtam tovább, lerogytam a sarokban egy színes üvegablak alatt, ami Jézus szívét ábrázolta.

Azzal a gondolattal aludtam el ott, hogy jó kezekben vagyok.

Bár nem volt nyugodt az alvásom, ijesztően rémeseket álmodtam.

Rabszolga voltam egy szénbányában, lánccal a lábamon. Kiegyenesedni sem tudtam a derékmagasságú alagútban, nehéz volt lélegezni a szénportól. A hátam, minden tagom fájt, amikor felébredtem a kőpadlón, de legalább vége volt a szörnyű álomnak. Ahogy nyújtózkodtam és körülnéztem, bár láncok nem voltak rajtam, mégis úgy éreztem, rab vagyok, azt sem tudom, mi történik holnap, mit terveznek velem a rabszolgatartók.

Ahogy a hajnal napsugara feljött az égen, megvilágítva a Jézus-szívet, hitem és bizalmam a Jóistenben visszatért. Ő majd erőt ad, hogy folytatni tudjam a küzdelmet.

Dénes már ott állt a sorban a borzalmas ízű cikóriakávéért és fekete kenyérért. Még sápadtabb volt, mint tegnap, szeme alatt sötét karikákkal. Rosszkedvűen beszélt egyik honfitársával, akit tegnap este fogtak el az oroszok. Ez az ember nagyon dühösen mesélte, hogy ő zsidó, aki hamis papírokkal bujkált egy közeli bérházban. Nagy örömmel köszöntötte a felszabadító szovjet katonákat, akik megmentették az életét. Azokat azonban ez nem érdekelte, behozták ide a templomba. Azóta is próbálja megmagyarázni nekik, hogy ez tévedés, hogy ő az oroszok barátja, de vagy nem értik, amit mond, vagy egyszerűen nem törődnek vele.

Egy idő múlva felsorakoztatták az egész csoportot a templom előtt, és a géppisztolyos orosz katonákkal körülvéve elindultunk, úgy láttam, nyugat felé. Amikor kiértünk a széles útra, ami a vár irányából jön, szemtanúi lettünk a hihetetlenül véres mészárlás nyomainak. Kiégett tankok, szétlőtt páncélos járművek hevertek az úton, az útszélen elszenesedett, vérbe fagyott katonák tetemei hevertek, amerre csak mentünk.

Úristen mi történt itt?

A legkegyetlenebb harcban sem lehet több áldozat, mint ezen a környéken.

„Remélem meg vagy elégedve, Hitler! Hát így néz ki a te erődvárosod! Valóban védték az utolsó emberig."

– Több ezer német és magyar próbált kitörni a várból, tankok, páncélosok segítségével, de az oroszok már vártak rájuk, és ez lett a vége – ezt mondta a zsidó sorstárs, aki itt bujkált és tanúja volt az egésznek.

– Most már értem. Ezért hoztak minket ide, hogy eltüntessük az árulkodó nyomokat, eltemessük a halottakat, de tanúi legyünk, hogyan végződött az ostrom – jegyezte meg Dénes.

Ám kiderült, hogy a szovjet katonai parancsnokságnak nem ez volt a terve.

Masíroztunk tovább a budai hegyek felé, mind messzebbre az otthonunktól. Balra elhagytuk a Szent János Kórház bejáratát, amit szovjet tankokkal vettek körül. Az idő megenyhült, és a havas latyak a romokkal keveredve, egyre nehezebbé tette a gyaloglást. Katonákkal zsúfolt orosz teherautók végeláthatatlan sora vonult nyugat felé, leszorítva bennünnket az útszéli sárba. A házak kapuja előtt cigarettázó tovarisok nagyokat röhögtek rajta. Mi nem.

Az úton a géppisztolyos tatárképűek még több magyar férfit kísértek a mi rendezetlenül kullogó, viharvert csoportunkhoz, és így a létszám egyre csak nőtt. Mi lesz ennek a vége? Nyilvánvaló volt, hogy nem egy kis „robotnyiról" van szó, és a Duna nem erre van, hogy hidat építsünk. Hát akkor mi a szándékuk velünk? Hová visznek bennünket?

Már sötétedett, amikor egy orosz harckocsikkal körülvett nagy vaskapuhoz értünk. Erős reflektorok világítottak a szemünkbe, amíg kinyitották a bejáratot, és betereltek egy parkba, óriási fenyőfák övezte kastélyépület felé. Messze, a vasráccsal körülvett kert szélén mintha őrtornyokat láttam volna mindkét oldalon. A palota alagsorába terelték az embereket, egy tágas terembe, amely tele volt német és magyar katonai egyenruhás hadifoglyokkal, némelyikük gallérján az „SS" címkéjét láttuk. Megdöbbentünk. Hirtelen rájöttünk, hogy ha minket, civileket összeraknak a katonai hadifoglyokkal, akkor mi is hadifogollyá válunk. „Doh" – mondaná Karinthy Frigyes, ha élne. Hát ezt tervezik velünk. Nem dolgozni visznek minket, szó sincs itt „robotnyiról". Több hadifogoly-trófeát akartak kitűzni a pajzsukra. Kell nekik a rabszolgamunkás Szibériában.

Dénes viaszsápadt volt, remegett a szája széle, én a falnak dőlve reszkető lábakkal ostromoltam az eget: *„Jézuskám, tudom, mindnyájunknak hordanunk kell a keresztünket és mindennek megvan az oka, de kérlek, úgy intézd, hogy az én időm még nem jött el!"*

Az egyik magyar tiszt elmondta, ezek a katonák más-más napon, különböző helyeken estek fogságba. Ő már napok óta itt van, mások csak pár órája érkeztek.

– Az az érzésem – fejtegette –, hogy az oroszok több hadifoglyot jelentettek Sztálinnak, mint amennyit tényleg elfogtak, és így a város polgáraival töltik fel a kvótát.

Amikor zsidó sorstársunk meghallotta ezt, bőszülten elrohant az egyik orosz tiszthez és kiabálni kezdett vele, németül. – Tovaris, én zsidó vagyok! A nácik vadásztak rám hónapokig! A barátaim bújtattak a pincében. A maguk ellensége üldözött engem is! Amikor az első orosz felszabadítómat megláttam, könnyes arccal térdeltem le elé megköszönni a szabadságomat! És most ti zártok börtönbe, úgy bántok velem, mint egy német fasisztával?

Elfulladva keverte a tört németet szláv szavakkal, egy-két angol szót is bevetett, a magyarról nem is beszélve, csak hogy megértsék. De mindhiába.

Az orosz kapitány – gondolom annak kellett lennie a sok kitüntetésével – vagy nem értette, vagy nem akarta megérteni, csak odébb állt. A beosztottjai durván útját állták a szerencsétlennek, az pedig leroskadt egy sarokban, és csak könnyezett tehetetlenségében. Néhányan odamentünk hozzá, hogy vigasztaljuk.

– Ne aggódjon – mondtam –, előbb-utóbb fel kell venniük egy listát rólunk, kik vagyunk, mi a nevünk, melyik seregben szolgáltunk, ki volt nyilas vagy náci közülünk? Akkor ki fog derülni minden. Látja, én még csak 15 éves vagyok, hogy lehetnék én hadifogoly?

De nem tudott lenyugodni, egyre csak azt hajtogatta: ki kell innen szabadulnom, ez nem igazság, ki kell innen jutnom valahogy.

Néhányan elindultunk felfedező útra a teremből nyíló hosszú, sötét folyosókon. Sok üres, cellaszerű kis szoba volt mindkét oldalon, némelyek ablaktalan, mások kis, kert felé néző vasrácsos ablakkal. Legtöbbjük vastagon ki volt párnázva embermagasságig, a falakon mindenféle firkák:

„Ez Napóleon palotája",

„Én vagyok Cézár, a hatalmas."

Több helyütt az ördög volt a falra rajzolva nagy szarvakkal (és még mással is…).

– Tudják, hol vagyunk? – magyarázta az egyik fogolytárs. – Ez a Lipótmező, az ország legnagyobb elmegyógyintézete. Mi az alagsorában állunk annak a híres tébolydának, ahol több száz súlyos beteget kezelnek. Némelyik soha nem kerül ki innen élve. Ezért halljuk néha azokat az artikulálatlan hangokat, sikoltásokat fentről.

– Igen, hallottam én is, és azt gondoltam, hogy a ruszkik kínoznak valakit az emeleten. De ez most mindent megmagyaráz. Ezekben a kamrákban tartották azokat, akiket nem lehetett már másképp lenyugtatni. Micsoda ördögi gondolat – ide zárni a hadifoglyokat.

– Miért? A hatalom a sátán kezében van, ami tragédiához vezet.

Zsidó barátunk tovább vizsgálta a folyosókat. Egy magyar katonaruhás és több más fogoly is vele tartott. Később odajött hozzám. Azt súgta oda:

– Mi megpróbálunk elszökni ma éjjel. Ennek a katonának van egy rövid fűrésze eldugva a csizmájában. Azt mondja, hogy el tudná fűrészelni az egyik ablak vasrácsát. Ott kicsúszunk, elbújunk a parkban, a fák között, majd átmászunk a kerítésen, és elmenekülünk. Legalább hárman kell lennünk, hogy a terv sikerüljön! Gondold meg, akarsz-e velünk tartani? Amint a muszka őrök részegre isszák magukat és elalszanak, megpróbáljuk.

Eléggé elszántnak tűnt nekem, hogy elhiggyem, tényleg végre akarja hajtani ezt az őrült tervet. Elmondtam Dénesnek, mit gondol? Talán ő is jönne!

– Hogy képzeled? Csak nem gondolod, hogy összeállok ezzel az eszét vesztett fanatikussal meg egy katonával? Ha nem sikerül, és elfognak minket, még agyon is lőhetnek! Gyuri, kérlek, eszedbe ne jusson!

Talán igaza van – gondoltam –, ez tényleg nagyon kockázatos dolog. Dénest sem akartam magára hagyni. Így meg is mondtam új barátomnak mi a véleményem, és hogy nem tartok velük. Csak megvonta a vállát, és eltűnt a sötét folyosón. Én próbáltam egy csendesebb kis sarkot találni, Dénes közelében. Nem akartam, hogy azt higgye, el akarok válni tőle, hiszen ő az egyetlen itt, akit ismerek, össze kell tartanunk. De itt most nem volt színes üvegablak, se napsütés, ami melegített volna, csak hideg kő és viszolyogtató börtönszag. Kimerülten, éhesen és vacogva kuporodtam le a fal mellé, behunytam a szememet, tán álom jön rá.

Eszembe jutott az a kép, az egyik szoba falán, a folyosó végén, amely egy durván rajzolt keresztet ábrázolt, körülvéve két-három kisebbel. Talán annak az ismeretlennek több szíve, lelke volt, mint azoknak, akik oda küldték.

„Az Úristen mindig talál rá módot, hogy üzenetet küldjön. Csak észre kell vennünk. Nem jelenik meg viharos felhőben, villámlás közepette, angyalok harsonájától kísérve, hanem mint egy pillanatig tartó ihlet, a lágy szél suhanása, egy hang a szívünk mélyén. Ha nem vagyunk felkészülve a vendégre, elmegy az ajtónk mellett".

Vad álmaim voltak. Időnként felébredtem az őrök kiabálására a bejáratnál, aztán lövöldözésre, géppuskasorozatra a távolból. Valaki rázta a vállamat.

– Az Isten áldjon meg, hagyd abba a kiabálást, Gyuri, már figyelnek minket! Menj vissza aludni! – sziszegte Dénes. Lassan visszasüllyedtem a kábult, lidércnyomásos álomba. Egy darabig. Aztán az őrök vad ordítására ébredtem.

– Davaj! Davaj! Felkelni, mindenki! – kiabálták némettel kevert rossz magyarsággal. Az egyik muszka a puskájával hadonászott, hogy kifelé! Mentünk egymás hegyén-hátán, mert hát nagyon haragosnak tűntek, villámlott a szemük. Kint meg lőttek néhányszor, reméltem, hogy a levegőbe. Jó volt kijönni a bűzös pinceteremből a kora reggeli napsütésbe. Vagy talán nem is volt olyan jó?

Már gyülekezett az elnyúzott tömeg a bejárat előtti téren. A lépcsők tetején, a főbejárat előtt egy magas rangú tiszt állt, lovaglóostorával csapkodta a csizmáját. Amikor már mind ott álltunk, elbődült, oroszul szónokolt, amit tolmács fordított, hol német, hol magyar nyelvre.

– Figyelem! Hadifoglyok! Figyelem!

Bárki megpróbál elszökni ebből a táborból vagy bármelyik másik fogolytáborból, azt figyelmeztetés nélkül agyonlőjük! Nincs kivétel, nincs pardon! Ez a három háborús bűnös ki akart szökni az elmúlt éjszaka. Itt vannak, hogy lássátok, mi történik, ha valaki ezt megpróbálja. Ahogy visszament a főbejáraton az épületbe, egy orosz katonai teherautó gördült elénk, három véres holttestet dobtak le róla a tömeg elé.

Rosszullét környékezett, féltem, ott helyben elájulok.

Úristen! Zsidó barátunkat és a fűrésszel rendelkező magyar katonát ismertük fel a két testben, már nem volt bennük élet. A harmadik halottat – egy német katona tetemét – kegyetlenül a másik kettőre hajították. A tömeg döbbenten, csendben szemlélte mindezt. Csak most fogtam fel, milyen kétségbeejtő, reménytelen helyzetben vagyunk. Az orosz katonák csőre töltött fegyverrel vették körül a megdermedt csoportot. Egy darabig némán álltunk, aztán lassan egyenként leültünk egy kőre, kivágott fatönkre, törött padra vagy csak a földre, ha nem volt más. A ruszki őrök, mintha arra várnának, hogy sokáig lássuk a borzalmas képet, és megjegyezzük, innen nincs menekvés.

– Hogy került a német ezek közé? – súgta mögöttem valaki. – A zsidó együtt menekült volna vele?

– Ez egy sváb fiú volt, aki itt lakott a környéken, Budakeszin a családjával – mondták. – A németek nemrégen sorozták be, így került orosz fogságba. Nagyon jól ismerte a környéket, azért hívta a másik kettő, hogy csatlakozzon hozzájuk.

Micsoda iróniája a sorsnak! Ők hárman együtt most már legalább békében vannak. Mégis nehéz elfogadni, hogy csak ennyit ér az ember élete. Dénes halálsápadt arccal nézett maga elé. Hálás voltam neki, hogy bölcs tanácsot adott, ne kockáztassak semmit.

– Dénes! Térj magadhoz, ébredj fel! – ráztam a vállát. – Meglátod, túléljük ezt is!

– Igen, majd felébredek egy szép nap Szibériában fagyott lábujjakkal, remélve, hogy csak az fagyott meg – vigyorgott kényszeredetten.

Hagyták a sok száz hadifoglyot ott állni órákig étel, ital nélkül. Szerencsére enyhült az idő, és a hó olvadni kezdett a fenyőágakról. Ezekkel a vízcseppekkel enyhítettük a szomjunkat. A hatalmas kastélyépület titokzatosan emelkedett előttünk. Időnként egy fehér köpenyes alakot lehetett látni a második emeleti ablakokban, de semmi más jelét nem tapasztaltuk az életnek. Akkor úgy láttam, mindez szomorú keveréke múltnak és jelennek.

Kora délután volt, amikor elkezdtek minket kihajtani a főútra. Százával csoszogtunk lassan a János-hegy irányába. Látni lehetett a kilátót, így tudtam, merre járunk, de azt nem, hogy hová megyünk. A Szent Ferenc Kórház is erre van valahol. Vajon mit csinál most doktor Laki és a többiek? Remélem, élnek még, és van mit enniük! Hát a kis apácák? És az Oltáriszentség fenn, a kápolnában? Ott van a szívekben?

Állandó éhség gyötört. Ha jól vagy lakva, nem is gondolsz rá, de az éhezés nem hagyja, hogy másra gondolj. Soha ilyen gyengének nem éreztem magam. Amikor elindultunk, Dénes már tántorgott, őt is segítenem kellett. Nem sok együttérzést láttam az orosz őrök arcán, amikor megálltunk egy-egy pillanatra letörni egy jégcsapot az út menti fákról, hogy enyhítsük a szomjunkat. Sokórás menetelés, mondhatnám vánszorgás után egy parkban álltunk meg, ami valahogy ismerősnek tűnt. Több barakk állt az óriási tölgyfák alatt egy nagy térség körül. Meg mertem volna esküdni rá, hogy már jártam itt. A szép emlékek visszatérnek a boldogabb időkből. De mi lehet ez? Az egyik pavilon bejárata felett öreg, kopott tábla adta meg a választ.

A Hárs-hegyi Cserkészparkban voltunk.

Hát persze. Hirtelen minden emlék visszatért. Az izgalmas gyermekkori cserkészélmények, nyári táborozások, őrsversenyek, és persze az esti tábortűz a csillagos ég alatt. Az utolsó estét mindig ezzel az énekkel fejeztük be:

„Amint a tábort nézem elmerengve, / Az én szemem is mintha könnyes lenne, /
Üres a tábor nincs lakója már, / Búcsúzom hát, szép jó éjszakát."

A nagy tér közepén még ott állt a magas zászlórúd, de már nem volt rajta a piros-fehér-zöld lobogó, már csak a varjak látogatják. Oda állítottak minket.

– Látod, Dénes? Ezen a téren mondta el Teleki Pál, az akkori cserkészparancsok, gyönyörű beszédét. Buzdítva mindenkit és különösen a fiatalokat a jó munkára, a kitartásra, a nehéz időkben is magyarhoz méltó helytállásra.

– Tudom, inkább megölette magát, mintsem hogy megszegte volna adott szavát. Nem tudta megakadályozni a németek átvonulását, hogy a jugoszlávokat megtámadják, de a becsületét meg akarta tartani. Jó egy percre emlékezni erre.

Végre kiosztották a vizes bablevest egy darab fekete kenyérrel. Nem volt sok, mégis lecsendesítette korgó gyomrunkat. Amint a nap lement a hegyek mögött, egyre hidegebb lett, és hamar sötétedett. Lekuporodtunk egy barakk kövezetén, nem voltak belső szobák, ahol menedéket találhattunk volna. Vajon mi a tervük velünk az éjszakára?

Néhány órával később, talán aludtam is közben, kiabálni kezdtek, megint a „davaj, davajt", sürgetve, hogy álljunk sorba, mert megyünk tovább. Remegő lábakkal indultam el, megkezdve a soha véget nem érő menetelést. Ráadásul eleredt az eső, és sűrű ködfelhő ereszkedett le a hegyekből, hogy még lehangolóbbá tegye a fáradt vándorlók útját. Nem tudom, hány óra lehetett, mert a ruszkik már rég megszabadítottak az órámtól, amikor kis házak tűntek fel az út két oldalán. Egy falu széléhez értünk. Dénes már alig bírt menni, a vállamra támaszkodva nehezen lélegzett.

– Gyuri, nem bírom tovább. Le kell ülnöm, akármi lesz.

– Nem engedem, hogy leülj, hogy megállj itt! Ha kell, a hátamon viszlek, de nem fogsz itt meghalni! Már nem tarthat sokáig, úgy néz ki, beértünk egy faluba. Szerintem itt van valahol a legközelebbi tábor.

Közben a hadifogolysereg egyre nagyobbra duzzadt. Már sok százan vonultunk teljesen rendezetlen csoportokban, el-elszakadva egymástól. A géppisztolyos orosz őröket csak homályosan lehetett látni a sűrű ködben. Az út szélén az ellenkező irányból egy munkáscsapat jött velünk szembe, vállukon ásóval, csákánnyal, gereblyével. Ahogy elmentek mellettünk némelyikük odasúgta: „Forduljatok meg, álljatok be közénk! Adunk egy kapát vagy ásót, hogy úgy nézzen ki, közénk tartoztok. Nekünk vannak orosz papírjaink! Gyere! Mire vársz?"

Mintha a villám csapott volna belém. Istenadta életösztönömmel megragadtam Dénest, és magammal rántva őt is, beálltunk közéjük, be a csoport közepébe. Vonszoltam magammal. Kapával az egyik vállamon, Dénessel a másikon, mentünk velük visszafelé.

Semmi jele nem volt, hogy bárki is észrevette volna. Néhány perc múlva sűrű köd takarta el a hadifoglyokat és őreiket.

„Lehet, hogy szabad ember vagyok? Lehetséges?"

– A szomszéd faluban voltunk utat javítani az orosz tábornok parancsára, aki papírokat is adott, hogy bántódás nélkül tudjunk közlekedni a falunk és a munkahely között, mondta a mellettünk banduló munkás. Most épp hazafelé tartunk.

Az én szememben ők kivétel nélkül földre szállt angyalok voltak. És ha a Jóisten ad nekünk egy hasonló lehetőséget, azt meg kell ragadnunk, mert talán soha többé nem tér vissza. Ezt akkor megtanultam egy életre.

Dénes, aki a vállunkra dőlve támolygott, nem igazán észlelte, mi történt. Ahogy megtudtam, a mentőangyalaink Budakeszin élnek, már jó néhány hete, orosz megszállás alatt. El kell menniük ilyen-olyan munkára, de nem bántják őket. Legalábbis egyelőre nem. Jókedvűen és elismerően mondták: meglepte őket, hogy megléptük ezt a húzást, mert már másoknak is ajánlották, de nem merték megtenni.

– Gyertek, ünnepeljünk! – indítványozta az egyik, és előhúzott egy kulacs pálinkát a zsebéből. A pálinka hatására Dénesbe is kezdett visszatérni az élet. Még az is érdekelte, hogy hol vagyunk. „Budakeszin" – mondtam.

Budakeszi? Budakeszi? Nem az volt a neve annak a falunak, ahol az a sváb-német katona lakott? Milyen közel volt már az otthonához, most mégis milyen messze van.

El kellett mondanunk, hogy honnan jövünk, mi történt velünk. Nem voltak meglepve. A rádió többször bemondta, hogy az oroszok több mint százezer hadifoglyot ejtettek Budapesten. Ez nem lehetett igaz. Legfeljebb huszonöt–harmincezret foghattak el. Elő kellett teremteniük még vagy hetvenezret.

– Ti ketten ennek a kontingensnek vagytok a részei – bizonygatták. Nekem ez úgy tűnt, mint egy rossz vicc, de később bebizonyosodott, hogy valóban ez történt. Az egyik előzékenyen fölajánlotta, hogy töltsük náluk az éjszakát, és csak holnap folytassuk az utunkat vissza Budára. Mivel halálosan fáradt, éhes és gyenge voltam, örömmel elfogadtam a meghívást. Dénes sem ellenkezett, nem volt ereje már semmire. Megérkeztünk az egyszerű kis falusi házhoz, ahol a feleség nagyon rendesen fogadott bennünket, és bevezetett a tisztaszobába. Akkor már beszélni sem tudtunk, beestünk a puha ágyba, először karácsony óta. Aztán már nem emlékeztem semmire.

Krisztus képét láttam. Egy szelíd arcú, mosolygó Jézus nézett le rám az égből. Behunytam a szememet. Amikor ismét kinyitottam, még mindig mosolygott rám. Kicsit odébb, a másik oldalon Szűz Máriát láttam, aki olyan sok szeretettel nézett a fiára, ahogy csak egy anya tud.

Miféle álom ez megint? És mi ez a puha ágy, párnák, a szentképek a falon? Hol vagyok?

Eltartott egy ideig, amíg visszaemlékeztem a tegnapi estére. Hogy élve kijutottam az orosz fogságból. „Szibéria, még várnod kell rám!" A megmentőim azok az emberséges falusiak, akik befogadtak az otthonukba. Aztán minden elsötétedett újra egy rövid időre.

Forró leves gőze táncolt a zsalugáter nyílásán átbújó napsugárban. A frissen sült kenyér illata még inkább rásegített, hogy felébredjek. Ám annyi erőm sem volt, hogy az asztalig elmenjek. Körülnéztem, lát-e valaki, aztán négykézláb odamásztam. Az első néhány kanál gulyásleves, az első falat kenyér könnyeket csalt a szemembe. Elkápráztatva néztem Megváltóm képét, ahogy az élet lassan visszatért a tagjaimba. A szívem tele volt hálával és szeretettel. Visszaemlékeztem anyám szívbéli üzenetére.

„Hinnünk kell abban, hogy veszélyes időkben, amikor úgy néz ki, hogy a világ összeomlik, és úgy tűnik, hogy az ördög tervei győznek a jó, a gyenge fölött, a Jóisten kegyelme, szeretete velünk van akkor is, és békét hoz szívünkbe."

Dénes ébredezett. Odavittem neki egy tál levest és egy nagy karéj kenyeret. Asztalhoz ült, és mindent eltüntetett.

A ház asszonya kopogott az ajtón, elmosolyodott, amikor meglátta az üres edényeket. Hozott meleg vizet, hogy megmosakodjunk. Aztán el kellett mesélnünk fogságunkat és kalandos menekülésünket. A férfiak is megjelentek, kicseréltük tapasztalatainkat a dicső felszabadító Vörös Hadseregről. Elővettek egy régi térképet, és megmutatták merre menjünk haza, hosszabb út ugyan, de biztonságosabb, mert elkerüli a főútvonalat, amit az oroszok használnak. Ez a túra valószínűleg egy egész napig is eltart.

A szívem tele volt hálával, szavakkal nehéz ezt kifejezni. A felebaráti szeretet ragyogó példáját nyújtották ezek az egyszerű falusi emberek. Áldja meg őket az Isten! Remélem, egyszer majd viszonozni tudom a jóságukat.

Késő este volt, amikor hazaérkeztünk, ha otthonnak lehet azt nevezni egyáltalán. Miután átmásztunk a bejárat előtti romokon a pince irányába, megláttam apámat, ahogy Paulával beszélget. Egy pillanatra megdermedtek, amikor észrevettek bennünket.

– Nem, mi nem szellemek vagyunk! Ez itt Dénes, ez meg Gyuri. Bizony mi vagyunk. Hazaszöktünk „robotnyiból", a hadifogságból.

Apám és Paula rohantak hozzánk. Talán életem legnagyobb

ölelését kaptam tőle. Paula majdnem ledöntötte Dénest. Kiáltoztak:

– Sári, Bécó, Edit, lányok, idenézzen az egész ház, kik jöttek meg!

A következő percekben olyan sok szeretetet kaptam, olyan sok örömben volt részem, amiért, ha másért nem, érdemes volt megszületni és persze hazajönni. Soha nem fogom elfelejteni könnyes szemű anyám és az egész család boldogságát.

S akkor rakétaként repült a kör közepébe Lili. Áttört a tömegen, a nyakamba ugrott:„De jó, hogy itt vagy!" Elhalmozott csókjaival, ölelésével.

(„Istenkém, ez igazán remek! Csak el kell mennem pár napra, hagynom kell, hogy elraboljanak, és akkor mindenkinek hiányzom majd, és jobban szeretnek, mint valaha. Eljátszom a tékozló fiú szerepét, és mindent megkapok. Alapjában véve nem is rossz ötlet.")

Többször is el kellett mesélnünk az egész történetet. Dénes eltúlozta szerepemet a drámai szökésben, én meg elmondtam, ő mentett meg attól, hogy ostobán kockára tegyem az életemet. Folytatni tudtuk volna egész éjszaka, hiszen olyan sok minden történt, de az erőm elhagyott. Hálaadással volt tele a szívem, amikor elaludtam anyám karjában.

HAZAMEGYÜNK

A következő napok nagyon nehezen teltek. Az orosz bandák
állandó zaklatása, zabrálása kibírhatatlanná tette az életet.
A nők még most sem érezhették magukat biztonságban, én sem
igazán mertem kimenni az utcára. Lassan azért mintha javult
volna a helyzet, mert megkezdték az orosz csapatok kivonását
és egyre több katonai rendőr járőr volt az utcákon. Arról nem is
beszélve, hogy már nem találtak több bort, pálinkát, ami főként
férfiasságuk buzdítását szolgálta. Miután kifosztották a várost,
ideje volt, hogy a tejjel-mézzel folyó Ausztria felé vonuljanak.
Ezek nem fáradnak ki, nem elégszenek meg a hódítással, mint a
törökök. Ezeknek egész Európa kell!

De mielőtt továbbmentek volna, leölték az összes disznót, bá-
rányt, csirkét, ami csak útjukba akadt, elvitték a búzát, a kukori-
cát, feldúlták az egész vidéket. A tatárjárás ehhez képest semmi.
Soha nem látott éhínség várt a lakosságra. Nem voltunk felké-
szülve arra, hogy hónapokig el leszünk zárva a világtól, hogy
Budapest lesz a színhelye a háború egyik legvéresebb csatájának,
és hogy a Vörös Hadsereg elrabolja még azt is, ami megmaradt.

Átéljük most azt, amit Jézus érezhetett a pusztában a negyven-
napos éhezés alatt – és mégis volt ereje ellenállni a kísértésnek.

Ezen gondolkodtam egy halom törmeléken ülve a ház előtt,
amikor meghallottam az örömteli üdvözlést:

– Gyuri, kis Gyurikám, hát életben vagy? De jó, hogy itt talállak!

Emike néni volt, rettenetesen koszos kabátban, kendővel a
fején, soványabb, mint valaha. De ez inkább jól állt neki, mert
azelőtt mindig is dundi volt egy kicsit. Boldogan ugrottam a nya-
kába. Táncba vittem volna, ha lett volna hely a romok között.
„Hol van a lóhús, madame? Hoztál-e békacombot? Gyere be

gyorsan, bármit is hoztál! Szüleim nagyon örülnek majd, hogy egy ilyen csinos, szilfid ladyt hozok a házhoz."

– Mami, apám, idenézzetek, egy Christian Dior-modell jött látogatóba!

Persze, nagy volt az öröm, hogy élve látják egymást. Aztán nagy lelkesen elkezdett mesélni. Híreket hozott a külvilágról. – Tegnap a barátaink látogattak meg Pestről. Csónakkal jöttek át a Dunán, ennivalót hoztak a szüleiknek, akik a házunkban laknak. Azt mesélték, hogy Pesten már javul a helyzet, de nagy az éhínség. A vonatközlekedés úgy-ahogy kezd megindulni a keleti országrész felé, némely családnak a rokonok hoztak friss élelmiszert vidékről. De ez nem több, mint csepp a tengerben.

– Mi lesz velünk itt? – kérdezte apám. – Nekünk senki sem hoz ennivalót. Azt sem tudják, hol vagyunk.

– Minél hamarabb haza kell mennünk, mondta anyám. Semmi oka nincs, hogy továbbra itt maradjunk. És te, Emi, mit fogsz csinálni?

– Egy ideig itt kell maradnom a fiammal. Őt itt tartja az egyetemi munkája, őrá itt van szükség. Valahogy majdcsak meglészünk. Aztán vannak barátaink Budakeszin, akik biztosan segítenek majd.

– Nahát, ez mókás, hogy éppen ezt a falut említed. Az odavalósiak mentették meg az életemet néhány nappal ezelőtt.

Aztán elmondtam neki fogságom és menekülésem történetét.

Későre járt, el kellett búcsúznunk. Felajánlottam, hogy hazakísérem, de hallani sem akart róla. Miután elment, anyám mutatott egy nagy darab kenyeret, amit Emike hozott nekünk. Elosztotta hatfelé. Én félretettem az enyémet.

A család úgy döntött, összepakoljuk a legfontosabb holmikat, mindenki csak annyit, amennyit kézben elbír. Aztán másnap kora reggel, megpróbálunk hazajutni. Már semmi sem tarthat minket itt. Hiányozni fognak a barátaink, de el kell kezdenünk felépíteni az új, „felszabadított" életünket. Természetesen Edit velünk marad, amíg a férje vissza nem jön a háborúból.

Késő este Lilivel ültünk a lépcsőház sarkában. Ott, ahol mindig találkoztunk, amikor éjszakai őrségen voltam. Vállamra hajtotta a fejét, könnyes, mélykék szemét még most is mosolyogni láttam.

– Soha többé nem foglak látni. Hiányzom majd neked? Szeretsz?

– Először is: hiányozni fogsz. Másodszor: olyan könnyen nem szabadulsz meg tőlem. Tudod, hogy orvos akarok lenni, és két éven belül visszajövök az egyetemre. Amellett csak száz kilométerre leszek tőled. Bármikor eljöhetsz meglátogatni. Harmadszor: itt van neked egy darab kenyér. Ha ez nem vidít fel, akkor semmi sem.

– Ó, ti férfiak, csak a hasatokra tudtok gondolni!

– Kivéve most. Hogy tudnám ezt jobban bizonyítani neked? A szeretet mindennél fontosabb.

Másnap, március 1-jén kora reggel elindultunk. Elhagytuk a félig összeomlott ház alatti katakombát, ami hónapokig az otthonunk volt. Sőt, majdnem a sírboltom lett néhány héttel ezelőtt. Előző este elköszöntünk Paulától, Évától, Dénestől és a többi barátunktól. A lányok bezárkóztak a szobájukba, elő se jöttek. Én örültem neki.

Úgy véltem, sőt, meg voltam győződve róla, hogy egy siralmas karaván benyomását keltjük, ahogy a romokon bukdácsolunk, kis táskával a kezünkben. Ha valahová családostul mentünk, rendszerint apám vezette a sort, messze elöl, aztán Bécó és én, majd anyám leghátul, hogy el ne vesszünk. De most anyám ment elöl, majd Edit és Maris, a három nő, mert nekik jobb az ösztönük, mint a három muskétásnak, akik követtük őket. Igazolványaink kéznél voltak, mert már megtanultuk, hogy az oroszok állandóan a dokumentet követelik. Imádták mustrálni a nagy, vörös pecsétes papírokat, még ha nem is értették, mi van ráírva.

Észak felé mentünk, lehetőleg mellékutcákon, hogy elkerüljük a járőröket. Az út feltépett kövezete, a romok és a kiégett tankok, teherautók szanaszéjjel, megnehezítették a haladást. Egyszer csak egy girhes, kóbor kutya ténfergett elő a törmelék mögül. Szerettem volna egy jó nagy csontot dobni neki. Ha lett volna. Eszembe jutott kiskutyám, Bagó, még mindig nagyon hiányzott. De legalább nem szenved már, mint ez a másik.

Az volt a célunk, hogy mihamarabb elérjük a Rómaifürdőt, túl Óbudán, ahol új demokráciánk első vállalkozói, a dunai hajósok megszervezték a folyami átkelés humánus és nagyon jövedelmező szolgálatát a polgári lakosságnak.

De most még a Margit körút környékén bandukoltunk egy nagy irodaház előtt, amikor dermesztő kiáltást hallottunk.

„Sztoj!"

Nem törődtünk vele, csak mentünk tovább, mintha nem is nekünk szólna.

„Sztoj! Dokument! Sztoj!"

Egy vészjósló ábrázatú orosz katona lépett ki a bejárat alól, zsíros feje búbján usankával, és követelte a papírjainkat. Mutattunk neki mindent, de csak a férfiakét akarta látni. Miután megnézte az enyémet és apámét, félretolt bennünket, ám megragadta a bátyámat és rákiáltott:

– Te katona, te fogoly vagy, te maradsz, a többi davaj! Menjen!

Anyám eddig szótlanul tűrt, ám néhány feszült pillanatot követően úgy ugrott elő, mint egy anyatigris, akinek a kölykét akarja elvenni valaki. Rákiabált az oroszra, hihetetlen művészettel kavarva a nyelveket, ami csak eszébe jutott, csak hogy még ez az otromba őrszem is értse.

– Nem viszed el az én fiamat!

Hogy nyomatékot adjon szavainak, levette a karóráját és a muszka felé nyújtotta, miközben másik kezével a bátyámat húzta el tőle.

Az csak nézte a remek svájci órát – anyám az esküvőre kapta –, a füléhez emelte, megrázta, megint odatartotta, aztán csak elvigyorodott, odalökte Bécót anyám karjába és visszament a kapu alá.

Micsoda merészség! Ámulattal csodáltam az anyámat.

Amilyen gyorsan csak lehetett, feltűnés nélkül eliszkoltunk onnan.

– Mami, te egy hős vagy!

– Azt az órát tőlem kaptad az esküvőnkre – mondta apám.

– Tudom, adhatsz majd egy másikat, de nem ezt a fiamat!

Már sötétedett, amikor elhagytuk a romokat Aquincumnál.

– Ezek legalább régi romok, jegyezte meg a bátyám.

De ezen már nevetni sem tudtunk a fáradtságtól. Különben sem volt valami épületes vicc. Közeledtünk a folyóhoz, kerestük a partot, amit Budapesti Lídónak hívtak. Úgy hallottuk, hogy az új szabad piac első bajnokai ott szervezték meg a dunai átkelés kereskedelmi társaságát. Micsoda ragyogó gondolat, milyen remek üzlet lehetett ez! Ezek a hajósok több pénzt kerestek egy rakománnyal, mint az egész évi bérük. De persze nagyon kockázatos és veszélyes vállalkozás volt, mert a jeges Duna igencsak megáradt az olvadó hótól.

A part széli kövekről és jégtáblákról kellett beszállnunk a nehéz csónakba, ami táskákkal megrakottan nem volt könnyű. Két erős halász evezett, mi meg próbáltuk ellökni a nagy jégtáblákat, hogy kárt ne tegyenek a ladikban. Felhők versenyeztek a telihold alatt, ami nagyon romantikus lett volna normális körülmények között. Az egész kép emlékeztetett egy filmre, ami George Washingtonról szól, ahogy átkel a Delaware folyón karácsony éjjel, hogy álmukban lepje meg az angol katonákat. Sikerült átkelnie a folyón, és végül győzelmet aratott. Talán nekünk is sikerülni fog!

Lámpák fénye tűnt fel, ahogy közeledtünk a pesti oldalhoz. Gondoltam, a hajótársaság hídfője. Az volt. Szerencsésen megérkeztünk. Miután kiszálltunk, apám ki akarta fizetni őket, mire az egyik megkérdezte, hogy van-e szálláshelyünk éjszakára. Persze nem volt.

– Nem volt lehetőségünk utánanézni ennek, olyan hirtelen határoztuk el – mondta apám. – Lenne valami ajánlatuk?

– Van egy szobánk néhány ággyal, amit használhatnának, és ha kedvük van hozzá, halászlét is tudunk adni vacsorára.

Azonnal elfogadtuk az ajánlatot, mintha az égből jött volna, hiszen halálosan fáradtak és éhesek voltunk az egész napi vándorlástól. Edit majdnem elsírta magát, és megkérdezte a halászt: a maga neve nem Péter véletlenül?

– Péter, a halász, a Galileai-tóról? Ez nem lehet ő – álmélkodott Maris, nem értve a kérdésben a tréfát.

Erre kitört belőlünk a nevetés. Talán először hetek óta.

Reggel gyönyörű napsütésre ébredtünk. Az előző esti halászlé, az első nyugodt, ágyban töltött éjszaka szárnyakat adott. Bécó még mosolygott is rám a reggelinél, amit én kegyesen viszonoztam. Meglepett, hogy alig akartak pénzt elfogadni tőlünk.

– Tekintsék ezt a menekülteknek nyújtott felebaráti szeretet jelének – mondta a halász. – Reméljük, ajánlanak majd minket a barátaiknak, és akkor megtérül a szolgálatunk. Különben be kell vallanom, a nevem tényleg Péter.

Maris ránézett Editre. Összemosolyogtak.

Nem akartuk ezt a témát tovább feszegetni, kértük, adjon útmutatást, melyik a legközelebbi vasútállomás Szolnok felé. Rákospalotát ajánlotta. Apám odaadta neki ajándékba a kártyapakliját.

– Ez szerencsét hoz magának, hiszen túlélte az ostromot, és én sohasem vesztettem vele – mondta. Azzal elköszöntünk, hálálkodva a jóságukért, majd elindultunk a pályaudvar irányába.

Pest keleti oldalának ez a környéke teljesen másképp nézett ki, mint a mi elpusztított Budánk. Itt is voltak károk a bombázástól, de ez semmi ahhoz képest, amit ott láttunk. Az utcák járhatóak voltak, emberek siettek a dolgukra, mintha semmi sem történt volna. Orosz katonát alig láttunk, legtöbbje még géppisztolyt se hordott. Persze, a háború itt már közel két hónappal ezelőtt véget ért.

Óriási kavarodás volt a vasútállomáson. Sok százan vártak tanácstalanul, figyelve a megafon közléseit, hogy mikor érkezik vagy indul vonat. Vörös karszalagos magyar és orosz járőrök próbáltak rendet tartani. Azt mondták, van közlekedés Szolnok felé, de nem tudják, mikor indulnak a vonatok. A falon egy nagy hirdetést láttam.

„Megalakult az Ideiglenes Nemzeti Kormány Debrecenben 1944. december 28-án."

Aztán részletesen ismertették, hogy mi történt.

– El tudjátok ezt hinni? Már volt egy magyar kormány, amikor a harcok megkezdődtek Budapestért?

Aztán egy másikon ez állt: „Magyarország és a szövetséges hatalmak között fegyverszünetet írtak alá Moszkvában 1945. január 20-án. Ezzel véget ért a fegyveres hadiállapot ezen országok között."

– Hogy vihettek akkor engem el mint hadifoglyot február közepén?

Úgy tűnik, számunkra az idő megállt s mi kimaradtunk egy darabig a történelemből. Csak ámuldoztunk, próbáltuk feldolgozni mindezt.

Akkor a távolból meghallottuk egy gőzmozdony sípolását. A vonat falusi utasokkal tömve, lassan behúzott az állomásra. A kofák kosarakkal felpakolva, kenyérrel, csirkével, mindenféle zöldséggel érkeztek. Hozták az élelmet vidékről az éhező pestieknek. Azonnal elkezdtünk alkudozni velük, mert borsos árat kértek mindenért. De fene bánja! Ki tudott volna ellenállni a friss kenyérnek, kolbásznak, abált szalonnának? Nekiültünk, és talán életünk legjobb ebédjét ettük ott, Rákospalotán, a vasútállomáson, a fák alatt. Legalábbis úgy ízlett akkor.

Közben egyre többen érkeztek. Mindenki szerette volna tudni, mikor megy a legközelebbi vonat, és hová. Végül a hangszórón bemondták, hogy a vonat, amelyik ott várt, indul vissza Szolnokra és talán még tovább is, de nem tudják, mikor. Több se kellett a tömegnek, megrohanták a szerelvényt, mindenki helyet akart kapni rajta. A bátyámmal próbáltuk szüleimet, Marist és Editet feltolni a vonatra, ahogy csak lehetett, majd segítettünk az idősebbeknek, gyerekeknek, hogy ők is fel tudjanak szállni. Többen az ablakon másztak be, és perceken belül minden hely foglalt lett, még a folyosón is szorongtak. Már csak egy hely maradt. Fenn a tető. Fel is másztak sokan. Gondoltam ez egy jó lehetőség, ezt nem fogom elszalasztani.

– Gyere, Bécó, másszunk fel gyorsan, ott jobb a levegő, meg a kilátás is! Ezt nem hagyhatjuk ki!

Morgolódva követett, de nem volt más választása. Rövidesen úgy nézett ki a vonat, mint a vadnyugati indiános filmekben. Csak le ne essünk róla! Mert bizony nagyot zökkentünk, amikor a füstös lokomotívot a vonat elé kapcsolták. Aztán fütyült a gőzmozdony ,és végre elindultunk. Ahogy a vonat gyorsított, megragadtam egy kiálló peremet, mert korlát bizony nem volt, miért is lett volna. A nap átsütött a kémény füstjén, amikor feltűntek a nyárfasorok, mögöttük a frissen szántott fekete föld, amelyben már benne volt a tavasz ígérete.

– Bécó, nézd a gyümölcsfákat, a szőlőskerteket, a kicsi fehér házak mellett az útszéli keresztet, mind itt vannak! Itt nem változott semmi!

Hálás köszönettel volt tele a szívem, hogy hazamehetünk.

„Köszönöm, Jézus, köszönöm, édes gondviselőm. A tenyereden hordtad, védted a kis családomat. Megtanítottad nekem, hogy a szeretet sohasem múlik el, hogy bízzunk benned, mert mindig velünk leszel."

Mintha a füst megszűnt volna, csak a friss föld illatát hozta felém a szél. Behunytam a szememet – és éreztem, Ő ott van velem.

Ugyan megálltunk úton-útfélen, de mégis haladtunk előre, míg végre-valahára egyszer csak feltűnt a kormos tábla: „SZOLNOK".

Hazaérkeztünk.

AZ ÚJ ÉLET

Ahogy a Vasút utcán bandukoltunk a város felé, úgy éreztem, megváltozott minden. Mintha egy idegen világba érkeztem volna, mintha nem is a szülőföldem lenne. Az utcák üresek voltak, kivéve az orosz katonákat és egy-két rosszkedvű, mogorva embert, akik még a köszöntést sem igen fogadták, sőt meg sem álltak, amikor szóltunk hozzájuk. Furcsa volt nőket látni orosz katonaruhában, hangosabbak voltak, mint a férfiak.

Apám tudta, hogy az utolsó alkalmazott, aki a gyógyszertárban dolgozott, az egyik városi orvosnál hagyta a kulcsot, hogy hozzájuthasson a gyógyszerekhez, a városban maradottak ellátására. Ismertük jól, elmentünk a lakására. Éppen vacsorázott, nagyon meglepettnek tűnt, amikor meglátta viharvert seregünket.

– Na, visszajöttetek! Most, amikor már minden veszély elmúlt. Tudjátok, ugye, hogy én voltam az egyetlen orvos a városban? A gyógyszertárban is kezeltem betegeket, elláttam őket mindennel, amit ott találtam. Nem sok minden maradt, kivéve a vegyszereket, amikkel nem akartam babrálni. Jöttek a ruszki katonák is, mind „Sulfidint" követelt, ahogy ők hívták a Sulfonamide antibakteriális gyógyszert, ami az egyetlen hatásos szer nemi betegségre.

Megállás nélkül sorolta, hogy ő mekkora hős, hogy ő a város mentőangyala. Aztán egyszer csak észrevette, hogy anyám mosolygó szeme könnybe lábad. Akkor kissé lelassult. Mert volt az én anyám szelíd mosolyában valami olyan kedvesség, aminek senki nem tudott ellenállni. Még ő sem.

– Igazán örülök, Sári, hogy túléltétek Budapest ostromát, és ne aggódjál, felépítjük újra a várost. Új életet kezdünk, szabadságban, demokráciában. De ma este ne próbáljatok a ház közelébe menni! Sötétedik, és a hely még mindig nem biztonságos. Holnap bemegyünk a gyógyszertárba, és később megnézheted az otthonotokat. Gyertek, egyetek valamit! Van itt még leves, kolbász, sőt kenyér, és hozom hozzá a bort is.

Kicsit oldódott a hangulat a leves, na meg a jó egri bikavér hatására. Vacsora után azt ajánlotta, menjünk át a szomszédos bérházba, és beszéljünk a házmesterrel, akit különben már régóta ismertünk. Több barátunk lakott ott, akik elmentek Nyugatra és üres a lakásuk. Talán maradhatunk valamelyikben egy darabig.

A házmester kedvesen fogadott, és azonnal hozta családunk régi jó barátjának, a volt főjegyző lakásának a kulcsát. Így történt. Jól ismertem a lányukat, kedveltem is. Elég csinos, mókás kis fruska volt. Vajon hol lehet most?

– Úgy tudjuk, Ausztriába mentek. Hónapok óta nem hallottunk róluk. Itthagyták a kulcsot, hogy vigyázzunk a lakásra, és amikor utoljára felmentünk, minden rendben volt. Gondolom, nem bánják, ha ott maradnak egy darabig.

A lakásban volt villany, és víz is folyt a csapból. Micsoda luxus! Több ágy és dívány három szobában – ki bánta a port és a dohos szagot. Gyors imát mondtunk, megköszöntük a Jóistennek, hogy hazahozott bennünket, és már aludtam is egy pihepuha leányágyban.

Reggel apám és a bátyám a gyógyszertárba mentek orvos barátunkkal, mi meg elintéztük, hogy Maris hazamenjen az anyjához. Edit otthon maradt takarítani a lakásban. Aztán eljött az ideje, hogy szembenézzünk a szomorú ténnyel, megnézzük feldúlt otthonunkat. Szomszédaink figyelmeztettek, oroszok laknak benne, és még a látszatát se keltsük, hogy mi, a tulajdonosok visszakérjük, mert azt nem vennék jó néven. Sőt.

Ahogy közeledtünk, megdöbbenve láttuk, hogy kivágták a szép fákat, és az egész park szeméttel van tele, derékmagasságig. Hihetetlen bűz áradt a rothadó hulladékból. De a ház állt, tele háborús sebekkel, törött ablakokkal, amiket deszkával fedtek be. A vendégszoba ablakából kémény füstölt, gondolom, ott volt a konyhájuk. Nagy vörös csillagot akasztottak a bejárat fölé, úgy közlekedtek a vaskapun át, mintha otthon lennének. Néztük messziről a szívfájdító képet. Leültem volna, hogy kisírjam magam, de nem volt hová, a padokat is mind kitépte a háború esztelen pusztítása.

Karon fogtam anyámat, és a folyóhoz sétáltunk. Talán az nem változott sokat. De hol van már a nyár békéje, emlékeim szelíd képe! A megáradt folyó most haragosan hömpölygött, a gátat mosva. Hová menjek, hová meneküljek, ha a Tisza sem tud nyugtot adni szívemnek?

„Elmúlt idők szép emlékeképpen" visszajössz-e valaha, mint régen?

– Igen, fiam, egy nap majd újraépítünk mindent, a Tisza is visszatér szelíd medrébe. Egy nap béke lesz megint. A sok szenvedés után feltámadásnak kell jönnie.

Kellemes meglepetés várt ránk, amikor találkoztunk apámmal és a bátyámmal a gyógyszertárban. A berendezés, az összes drága porcelán- és üvegedény sértetlen maradt. A kész gyógyszerek többnyire elfogytak, csak a vegyszerek, porok maradtak meg, de egy szakember azzal is tud kezdeni valamit. Hátul a raktárban több nagy üvegkancsó, rajta „SPIRIT" vagy „ ALCOHOL" felirattal, üresen állt. Vajon mire használták?

– A következő napokban itt rendet kell tennünk – mondta apám. – Elég sok vegyszer, alapanyag maradt, amiből tudunk majd gyógyszert készíteni orvosi recept szerint.

– Látom, Bécó, te már rendet tettél alkoholfronton, kiürítettél mindent. Ha?

Hirtelen nem tudta, hogy vágjon vissza, de a szemében nem sok szeretetet láttam felém sugározni. Már a viccet sem érti.

Edit örült nagyon, amikor hazamentünk.

– Én nem maradok itt egyedül még egyszer – mondta. – A felszabadító tovarisok egész nap csörtettek le és föl a lépcsőházban.

Zörgették a bezárt ajtót, be akartak jönni, miközben rémülten vacogtam az ágy alatt. Holnap megyek veletek!

– Rendben van, Editkém. A piócákat úgyis át kell tenni egy tiszta edénybe. Holnap bemehetsz, és átköltöztetheted azokat a bájos, nyálkás lényeket, én meg szívesen itthon maradok, és várom a bárisnyákat, hogy rám zörgessenek, javasolta a bátyám utánozhatatlan bájjal.

Ugyanis már hallottuk, hogy az orosz katonanők, akiknek a legtöbbje nővérként dolgozott a hadikórházakban, előszeretettel keresik fiatal magyar férfiak társaságát. Testvérkém hő vágya volt megtudni az igazságot, s hogy minderről meggyőződjön. A következő napokban a patikában dolgoztunk, hogy rendbe hozzuk, amennyire csak lehet, hogy apámék el tudják látni a város lakosságát a legszükségesebb orvosságokkal.

Egy nap hirdetéseket függesztettek ki, hogy minden épkézláb férfinak jelentkeznie kell közhasznú munkára. Elsősorban fizikai munkásokat kerestek a hídépítéshez, amit sürgősen el akartak kezdeni. Amióta a németek felrobbantották a hidat, csak az orosz hajóhíd működött, és az már nem volt elegendő a megnövekedett forgalomhoz. A másik lehetőség volt részt venni a város takarításában, a növekvő szemétdombok eltüntetésében. Nemcsak a város lakossága, de a német és orosz hadsereg jelenléte is hozzájárult az óriási hulladékkupacok felhalmozódásához. A katonai kórházak véres kötszerei, fertőzött ágyneműi, az amputált végtagok csak növelték a szeméthegyeket, és ezt kellett most eltakarítani.

Engem – ahogy azt akkor mondták – egészségügyi munkára osztottak be. Ezzel szemben a bátyám hidat fog építeni. Szívesen mentem volna vele, de nem lehetett.

Vasvillával raktuk fel a teherautókra a rothadt hulladékot, a bűz elviselhetetlen volt, maszkot kellett viselnünk, hogy kibírjuk. Ahogy telt a nap, mind többen jöttek, csatlakoztak hozzánk. Egyszer csak közeledni láttam Miskát és Nándit, két gimnazista osztálytársamat, erős fintorral az arcukon. Határtalan örömmel, nevetve meséltük, kivel mi történt, amióta elváltak útjaink. Egymás szavába vágva mondtuk el kamaszkori élményeinket. Azt is, ami valóban megtörtént, és azt is, amit csak képzeltünk.

– Tudjátok, mi történt, amikor a bombák kezdtek hullani körülöttem?

– Az semmi!

– Az semmi? Meg amikor a ruszki el akarta venni az órámat?

– Milyen órát? Neked soha nem volt órád. Különben nekem nem csak az órámat vitték el, engem is vittek magukkal.

– Engem meg elkapott egy csinos bárisnya a sötétben.

– De csak azért, mert sötét volt, különben messze szaladt volna tőled.

És így tovább, ahogy csak a tíz-egynéhány évesek tudnak felvágni. Mondani az igazat vagy egy kis túlzást vinni bele, mindabba, ami megtörtént, és abba, amire vágytak. Még az a visszataszító munka is könnyebben ment így, társaságban, és a nap végén, amikor énekelve hazafelé vitt az utunk, már tudtam, ez hiányzott, hogy visszanyerjem a bátorságomat, a bizalmamat az új élethez.

Többhetes munka után a város egyre rendezettebbé vált. Az is segített, hogy ránk köszöntött a legszebb tavasz. Ibolya, majd nárcisz bújt ki a földből, rügyeztek a háborút túlélt fák, aranyeső lángolt néhány napig, majd kihajtott az orgonabokor is bódító illatával. Ki emlékezne ilyenkor a rossz szagokra?

Kiutaltak a családunknak egy lakást, közelebb az otthonunkhoz, egy kisebb bérház második emeletén, csendes környezetben, zárható ajtóval. A bombázásoktól kimenekített bútorainkat visszahoztuk Maris falujából, és így be tudtunk költözni. A város orosz parancsnoksága sem volt messze, és ez némi biztonságot nyújtott – mert éjszakánként a részeg katonák még mindig zaklatták a népet.

Egy éjjel mi is arra ébredtünk, hogy vadul ordítoznak lent és rázzák a vasajtót. Ijedten néztük a teraszról, ahogy egy sereg dülöngélő, részeg muszka próbál betörni. A rémülettől megdermedve vártuk, mi lesz most. Ha be tudnak jönni, asszonyaink veszélybe kerülhetnek, és mi is. Itt az idő imádkozni!

– Mi atyánk, ki a mennyekben vagy, kérünk, nézz le ránk. Bízunk benne, hogy nem hagysz el minket, hiszen azt mondtad: *„Ne féljetek. Veletek leszek az idők végéig."*

Bang...Bang...Bang...!

– Ennek soha nem lesz vége.

„De vége lesz! Hol a bizalmad?"

Most egy másik csoport, még hangosabb futott felénk a sarok felől. Ahogy közelebb értek, megláttuk, hogy a Vörös Hadsereg katonai rendőrségének karszalagját viselik, géppisztoly a kezükben. Rövid, indulatos vita után magukkal vitték a részeg katonákat.

Sok kis csodát láttam már, de ez más volt. Határozottan érdemes volt imádkozni, hinni, bízni teremtő Atyánkban.

– Hűű, ez közel volt, nyögött fel a bátyám. És mostantól kezdve ne használj annyi rúzst, Edit, amikor a gárda közelében jársz, legalábbis ne kacsints rájuk!

Azzal gyorsan elbújt az ajtó mögé, hogy megússzon egy nagy pofont.

Másnap egy magas rangú orosz tiszt csengetett az ajtón, és németül beszélve bebocsátást kért. Bemutatkozott mint a város parancsnoka és sajnálatát fejezte ki a tegnap esti háborításunkért, s hogy ez a kapitányság szomszédságában megtörténhetett. Felajánlotta segítségét mindenben, nagyon udvarias volt, különösen anyámhoz, aki csak most lett negyvenéves, és egyre inkább visszanyerte régi szépségét.

– Madame, ha bármit is tehetek önért, bizalommal forduljon hozzám!

Apám idegesen fészkelődött, de anyám azonnal reagált a felkínált ajánlatra.

– Tulajdonképpen volna valami – mondta –, szeretnénk visz-szaköltözni a saját házunkba, amilyen gyorsan csak lehet.

– Utánanézek, madame, holnap választ kap tőlem.

Megkönnyebbülve sóhajtottunk, amikor elment, még Maris is mosolygott a bajusza alatt – apám nem.

Másnap az ezredes – közben megtudtuk a rangját – visszatért, kezében családi címerünk réges-régi festményével.

– Ezt önnek hoztam, mein Herr, az ön saját házából. Tudni-uk kell, hogy én nem vagyok hivatásos katona. Orvos vagyok, akit besoroztak a háború idején, még évekkel ezelőtt. Feleségem és gyerekeim várnak otthon. Az én őseimnek is volt hasonló címerük valamikor. Odamentem a házukhoz ma reggel, és ott találtam ezt a képet a falon, abban a szobában, ami, gondolom az ebédlőjük volt. A medve most is ott van középen, de ha jól megnézik, pisztolygolyó ütött lyukat mindkét oldalán. A legény, aki ott lakik, elmondta, hogy a képet már így találták. A medve népszerű állat az orosz mondavilágban, a népi irodalomban. Va-lószínűleg a németek lőttek célba rá, de nem találták el. Hát itt van maguknak, nagyrabecsüléssel, a medve.

Szólni sem nagyon tudtunk, kissé meghatódva köszöntük meg nemes gesztusát. Eszembe jutott szüleim tanítása: ne álta-lánosíts, és ne ítéld meg az embereket faj, bőrszín és nemzetiség szerint! Nézd meg, milyen az erkölcsük, az erényeik és a jelle-mük! És hagyd az ítélkezést mennyei Atyánkra!

LÁNYOKKAL AZ ISKOLÁBAN

Majdnem egy évvel ezelőtt zárták be a gimnáziumot, hogy német katonai kórháznak rendezzék be. Most az oroszok használják ugyanarra. A városi vezetőség úgy határozott, hogy a középiskolát átmenetileg egy irodaépületben nyitják meg. Mivelhogy a tanárok és tanulók nagy többsége még nem tért vissza a városba, a lány- és fiúosztályokat összevonják.

Hála az égnek! Ez az első jó ötlet ebben a felkavart, új világban, ahol a különböző pártok már elkezdték a harcot, hogy melyikük fogja az országot vezetni a demokrácia útján vagy a zsarnokság felé. Jelenleg, amíg a békeszerződést nem írták alá, Magyarország megszállás alatt van, az úgynevezett Szövetséges Ellenőrző Bizottság vezetése alatt. Ennek tagjai a szovjet, az amerikai és az angol hadsereg képviselői. Mindez szovjet parancsnokság alatt zajlott. Miután a szövetséges nagyhatalmak vezetői Jaltában 1945 februárjában kötelezték magukat arra, hogy az új Európában a nemzeteknek lehetőségük legyen szabad választásokon alapuló kormányt alakítani, minden reményünk megvolt, hogy először a történelmünkben talán tényleg demokráciában élhetünk.

A következő hétfő reggel beléptem az öreg irodaházban létesített „iskolába", hogy megkeressem az új, vegyes hetedik osztály tantermét. Kíváncsi voltam, hogy fog ez menni. Ahhoz már hozzászoktam, hogy egy csomó zajos kölyökkel vagyok együtt, akik mindig megpróbálták magukra vonni a figyelmet, mert népszerűek akartak lenni. De ez most más. Minden csendes és nyugodt volt. Bár nagy örömmel üdvözöltük rég nem látott osztálytársainkat, valami mégis nagyon megváltozott.

Egy tucat csinosan öltözött, ápolt, mosolygós lány ült a terem egyik felében, míg a fiúk kicsit megszeppenve ücsörögtek a másikban.

De ez nem tartott sokáig. Hamarosan elkezdtünk egymáshoz közeledni, társalogni. Én már ismertem néhány lányt. Némelyikkel találkoztam táncesteken, bulikon, másokkal csak a korzón. Ott volt Emci, Joli, Márti, az örökké mosolygós, kacagó, csupa vidámság Ilona, Anna legjobb barátnője, és még sokan mások. Csak Anna hiányzott.

Nemsokára belépett az osztályfőnök, üdvözölte az új hetedik osztályt, és buzdított bennünket, hogy azonnal kezdjük el a kemény munkát, mivel mindössze négy hónapunk van az egész év tananyagának átvételére, hogy készek legyünk a nyolcadikra és az érettségire. De ki a fenét érdekelt ez most, ebben az új, izgalmas környezetben. Azt gondoltam, csupa mulatság lesz. Ám nem úgy lett. Akkor még nem tudtam, mennyire változik az emberi természet a versengés hatására. A lányoknak nem az imponált, ha viccesek, és népszerűek próbáltunk lenni. Sokkal nagyobb sikerünk volt náluk, ha jól felkészültünk és intelligens benyomást keltettünk az órák alatt. Így történt, hogy a sok hülyéskedés helyett magolni kezdtünk, szerettünk volna lépést tartani velük. Az ő szemükben fontosabb volt értelmesnek, műveltnek lenni, mint csinos, jól fésült gavallérnak. Soha életemben nem tanultam olyan erősen, mint azokban a hetekben.

Ilonával jöttem ki a tanítás végén.

– De jó hogy látlak! Mikor jöttetek haza?

– Csak néhány hete. Az osztrák határ közelében voltunk, amikor az oroszok utolértek bennünket. Akkor már nem volt mit tenni, így visszajöttünk.

– Tudsz valamit Annáról?

– Csak annyit tudok, hogy ők Németország felé vették útjukat, menekültek az orosz megszállás elől. Hiányzik neked?

– Igen.

– Tudod, hogy nagyon szeretett téged?

Erre nem tudtam mit felelni. Gyorsan elköszöntem és elindultam a folyó felé.

Nehéz volt a szívem a sok szép emlék terhétől. Valamikor tele volt fiatalos lelkesedéssel, reménnyel, álmodozó csillagkereséssel. Ám sok sebet kapott az elmúlt időkben, és talán soha többé nem lesz olyan, mint régen. Vagy csak eljött az ideje, hogy felnőjek?

„Igen, gyorsan jött mindez – szólt egy hang belülről –, a fiúból hadifogoly lett rövid idő alatt. Sok kegyetlenséggel, éhezéssel, szenvedéssel kellett szembenézned, sőt a halál közelségét is magtapasztaltad. De most lelassul minden, hogy utolérd magad."

– Azt gondolod, én választottam ezt az utat? Nem inkább evezni szerettem volna a békés folyón, sétálni a parkban a kedvesem kezét fogva?

„Azt gondolom, úgy kellett lennie, ahogy történt. Unalmas lett volna, ha folytatod eddigi, puhány életedet."

– Persze, tudom én mindezt, és bíztam is benned mindig, hogy szabad akaratom és néha gyerekes viselkedésem ellenére is mellettem maradsz és kihúzol a bajból, s ismét adsz nekem egy másik lehetőséget.

„Ez így lesz mindig. Ha hívsz, nem hagylak magadra."

Néhány kavicsot dobtam a vízbe, s elnéztem, ahogy a kis fodrok kisimultak, s a folyó újra békés arcát mutatta.

Húsvéthétfőn Apor Vilmos győri püspök belehalt súlyos sérüléseibe. Agyonlőtték az oroszok. Asszonyok, gyerekek és idősek találtak menedéket a püspöki palotában. Nagypéntek délután részeg orosz katonák törtek rájuk, nőket keresve. A papi ruhájába öltözött püspök elállta a pince felé vezető utat, ahol a családok és néhány apáca is megbújt. Durván félretaszították és az egyik orosz géppisztollyal többször is rálőtt, súlyosan megsebesítve őt és egy másik fiatalembert, aki megpróbált közéjük állni. Egy közeli kórházban, kezdetleges körülmények között operálták meg, petróleumlámpa fényénél, mert villany nem volt. Állapota a vérveszteség és fertőzés miatt egyre súlyosabbá vált s néhány nap múlva, miután megáldozott és a szentkenetet feladták neki, visszaadta lelkét Teremtőjének. Utolsó szavai ezek voltak:

– Ó, Istenem, mennyei Atyám, a te kezedbe ajánlom lelkemet. Felajánlom szenvedéseimet a magyar hazáért és az egész világért. Szent István, könyörögj a szegény magyarokért!

Apor püspök jó pásztor volt, szeretettel gondozta nyáját, segítette a szegényeket, a betegeket, az elhagyottakat. Mindig kiállt az emberi jogokért, az igazságért, az üldözöttekért.

Emlékezni fogunk rá örökké.

Néhány erőszakos orosz, berontva a gyógyszertárba, Sulfidint követelt. Ez már szinte mindennapos esemény volt. Némelyik kérte, akár fizetett volna is ezért az antibakteriális gyógyszerért, ami nagyon hatásos volt fertőző betegségek ellen, mások erőszakosan követelték, sőt még fenyegetőztek is, ha nem kapták meg. Nem értettem, miért van annyi fertőző beteg a szovjet hadseregben, és hogy miért nem kapják meg a gyógyszert az orvosuktól.

– Gonorrhea, tripper, te kis korlátolt – gúnyolódott mindentudó bátyám.

– Persze, te egyetemi tudós, neked tudnod kell, hogy a puskalövésen kívül mi a leggyakoribb betegség a szovjet hadseregben. Ha?

Legtöbbször üres kézzel távoztak, mert kevés volt ebből a fontos, néha életmentő szerből, és ennek a kis mennyiségnek a város lakosságát kellett szolgálnia. Különben is nagy hiány volt mindenből. A posta még nem működött, így nehéz volt a beszerzés. A gyárak tartalékai kimerültek, és még nem volt külföldről behozott importáru. A kereskedelem szinte teljesen leállt.

Egy nap azt hallottuk, hogy az oroszok letartóztatták, tulajdonképpen elrabolták Raoul Wallenberget, a svéd diplomatát, aki sok ezer zsidónak mentette meg az életét az elmúlt évben. Ez nem sok jót mond a Szövetséges Ellenőrző Bizottságról. Nem hallottunk semmiféle tiltakozást sem részéről, sem az ideiglenes magyar kormánytól, sem azoktól, akiknek az életét megmentette. Ijesztő. Mindeközben a kommunista párt egyre hangosabb, egyre agresszívebb lett, az utcán éppúgy, mint a sajtóban. Vezetői évek óta a Szovjetunióban éltek s bár születésük szerint magyarok, a szívükben azonban moszkoviták, Sztálin emberei voltak. Még alig voltak párttagok, de a párt máris a szovjet katonai, politikai vezetés teljes támogatását élvezte. Közben az ország, különösen Budapest, éhezett. A közlekedés, a termelés és a kereskedelem a holtponton állt. A nehézipar, a gyárak és a vasúti közlekedés szovjet tulajdonba került, nagy részüket leszerelték és jóvátétel címén a Szovjetunióba szállították. A háziállatok többségét elvitték a németek, ami megmaradt, orosz kézbe került.

– Mit gondoltok a szovjet háborús emlékműről, amit a Tisza-parton építenek – kérdezte Bécó.

– Az, amelyik úgy néz ki, mint egy óriási szivar vagy rakéta?

– Igen, az a nagy felkiáltójel.

– Tulajdonképpen örülök neki. Ennél rondább már nem is lehetne. Képzeljétek el, ha úgy nézne ki, mint egy görög szobor, vagy mint Szent Mihály arkangyal, amikor legyőzi a sátánt. Otrombaságával még az oroszbarátoknak sem tetszhet. Ez egy hatásos szovjetellenes hirdetés. Egyszóval, én szeretem. Remek.

Óriási hirdetéseken tették közzé, hogy május elsején, a munka napján ünnepelni fogjuk felszabadítónkat, a dicső szovjet hadsereget. Mi, diákok azt gondoltuk, mi is ünnepelni fogunk, de a magunk módján, ahogyan régen, buli lesz a javából. Politika, vörös zászló nélkül, táncolunk majd jó amerikai dzsesszre, hogy elfelejtsük a háborút és fiatalságunk elveszett napjait.

Legjobb barátaim már mind visszatértek, lefogyva, de megőrizve a humorukat. Kicsit gúnyos, latin, szavakkal élcelődtek, amit csak mi értettünk. Most éreztem igazán, mennyire hiányoztak. Péter, akivel együtt éltük át a Kőfaragó utcai terrort, Geyza, ahogy fanyar mosolyával gitározott, Tibor az „üzletember", aki még az ebédjét is eladta, hogy aztán az enyémből kérjen; Miska, Nándi és a többi kedves barát. De jó velük lenni megint!

Egy nap az iskolából kijövet valahogy Márti közelébe kerültem. Az volt az érzésem, mondani akar valamit. Szülei lakásában kaptunk menedéket egy pár napra, amikor hazajöttünk az ostromból. Ő volt az egyik legcsinosabb, legokosabb lány az osztályban, tréfás kedvű és kicsit kacér is. Odaszóltam neki:

– Szervusz, Márti! Emlékszel?

– Emlékszem? Mire?

– Emlékszel, hogy az ágyadban aludtam valamelyik nap?

Egy pillanatra elnémult. Ez még neki is sok volt.

– Csak szeretted volna! – vágott vissza.

– De igazán! Amikor visszajöttünk Szolnokra, ti még Ausztriában jódliztatok, helyet kaptunk a lakásotokban néhány napra. Remélem, nem bánod, hogy a te ágyadban aludtam.

– Bántam bizony, fertőtleníteni kellett az egész lakást! Otthagytad a bogaraidat.

Ez bizony oldalvágás volt, hirtelen nem tudtam, mit válaszoljak.

– Különben is, miért gondoltad, hogy az én ágyam volt az, amiben aludtál?

– Hát, az volt a legpuhább, valamikor régen fehér lehetett és a polcok felette tele voltak koszos mackókkal és nyúzott babákkal. De olyan fáradt voltam, hogy azt se bántam volna, ha rugók állnak ki a matracból. Arra csak később jöttem rá.

– Oké, oké, akkor most egálban vagyunk, kössünk békét!

– Legyen béke köztünk, nem bánom! De mit akartál mondani? Mi van abban a kis korlátolt, női agyadban?

– Azt hittem béke lesz köztünk. Ám ha folytatni akarod, én kész vagyok egy másik ütközetre.

– No nem! Tegyük le a fegyvert, kössünk békét, aranyos kis princessza.

Úgy örültem, hogy emlékeztem erre a szépen hangzó titulusra, amit ma szedtem fel az olaszórán.

– Muris volt a színielőadásod a mai olasz-francia órán – mondta Márti. Nagy hatással volt a csinos kis franciatanárnőre.

– Azért ültem az első sorban, mert a francia résszel kezdtük, az én olaszórám csak később jött. Miután nem volt mit csinálnom, Rachelt fixíroztam, illetve a lábát bámultam, mert nagyon kihívóan ült fent az asztalon rövid, feszes szoknyájában.

– És aztán?

– Nem tudtam a szemem levenni róla, csak néztem. Aztán egyszer már nem bírta tovább, és kicsit bosszankodva kérdezte, ahogy te is hallottad:

„Mit bámulsz már, Gyuri?"

„Hogy milyen gyönyörű a tanárnő."

– Hát persze, hogy hallottam. Akkor Rachel elpirult, belőlünk meg kirobbant a nevetés. De az volt az érzésem, hogy nem haragudott, sőt inkább tetszett neki ez a bók. Mindent összevéve remek rögtönzés volt, vidámmá tette az unalmas napot.

– Gondolod, hogy oda kéne mennem hozzá bocsánatot kérni?

– Nem hinném, hogy szükséges. Először is, te csak bókoltál neki, úgy ahogy érezted, másodsorban nem sértetted meg, mert úgy láttam, örült neki. Hát akkor mért kérnél bocsánatot? Hacsak nem akarod még jobban felhívni magadra a figyelmét és továbbfejleszteni ezt a kis rügyező kapcsolatot? Mit gondolsz erről, kis ügyes Gyuri?

– Úgy vélem, ez a téma be van fejezve. De mit akartál mondani nekem?

– Tudod, hogy néhány nap múlva május elseje van, a szüleim kimennek a nyaralóba. Én nem akarok velük menni, és beleegyeztek, hogy a városban maradjak és hívjak néhány vendéget egy murizásra. Talán te lehetnél az egyik.

– Odavagyok ettől az elképesztő ajánlattól!

– Még jobban odaleszel, ha meghallod, hogy az volt a feltételük, hogy valamelyik meghívottnak a családját ismerniük kell. Amikor téged említettelek, vonakodva, de beleegyeztek.

– Most aztán igazán boldoggá tettél!

– Persze tudnod kell, hogy a te neved volt az egyetlen, amit ismertek.

– Szóval nélkülem meg se tudnád rendezni. Nélkülözhetetlen vagyok. Hahaha.

– Tudnám, ha nagyon akarnám, de nem akarom. Hozd a fiúkat!

– Melyik lányt hívod meg? Mielőtt elkezdem a szervezést, tudnom kell, kik a játékosok.

– A legszebbeket az osztályból: Emcit, Jolit, a kis Iluskádat.

– Mi ez a gúnyos hang a „kis Iluskámról"?

– Felejtsd el, ha nem tudod, miről beszélek. Tehát én adom a mulatóhelyet, a lányokat és még a szendvicseket is, te hozod a fiúkat, a zenét és az innivalót. Aztán már csak remélni lehet, hogy a szüleim tényleg nem jönnek haza másnap délig.

– Ezt jól kitervezted, Mártika, különösen az éjszakai részét. Különben hallottam, hogy a barátaid Ikának hívnak.

– Ez a becenevem, a családom és a barátaim hívnak így. Te is csatlakozhatsz a hálózathoz, ha jól viseled magad – mondta kihívó mosollyal, és befordult a kapun.

Amikor hazaértem anyám kitörő örömmel fogadott:
– Nagyszerű hírem van! Visszamehetünk a házunkba.
Mintha nem hallottam volna jól.

– Mit beszélsz, mamikám?

– Visszakapjuk a házunkat, mert az oroszok elmennek. A derék városparancsnok hozta a hírt ma délelőtt. Mivel a háborúnak vége van, ő is megy haza. Csak jelentsük be a városházán, hogy igényt tartunk a házra, és javítsuk ki az ajtót, ablakokat minél hamarabb, hogy védve legyen a fosztogatóktól.

– Hát ez óriási, ez igazán remek hír!

– Már beszéltünk a polgármesteri hivatallal, és természetesen visszamehetünk, de előbb át kell vizsgáltatnunk a víz-, villany és szennyvízcsatornát, hogy a ház minél előbb lakható legyen.

– Szeretnék most rögtön odamenni, kérlek, menjünk oda, nézzük meg!

– Apád és Bécó már ott vannak, én csak rád vártam.

Szorongva léptem át a vasajtón. Hát itt van az otthonom, piszkosan, kormosan, törött ajtókkal, ablakokkal, a parketta feltépve a nappali szobában, szemét mindenütt és valami, aminek nagyon rossz szaga van.

– Mi ez?

– Ez bizony ürülék, amit majd neked kell eltakarítanod, te kis kifinomult ízlésű testvérem. Már úgyis van benne gyakorlatod.

– Én feltakarítom veled együtt, de neked kell elcipelned, mert te vagy az erősebb!

– Hagyjátok abba! – mordult ránk apánk. Megkeresem majd öreg asztalos barátunkat, hogy segítsen a felújítási munkában. Lépésről lépésre rendbe hozunk mindent.

– De a hulladék Gyurira vár! Elhívhatja Miskát, Nándit, hogy segítsenek.

– Ha még egy szót hallok, nem kaptok több járadékot, fiúk – jelentette ki apám.

Erre felhördültünk.

– Miféle járadékot, mi soha nem kapunk járadékot tőletek!

– Ismeritek az álláspontunkat a családról, a nevelésről. Mi mindent megteszünk, hogy becsületes, művelt, jó emberekké váljatok. Ti pedig megpróbáltok úgy felnőni, hogy, a barlanglakó ősember primitív mivoltát alaposan meghaladva, civilizált, hasznos polgárai legyetek a társadalomnak. Nem hiszem, hogy fizetést várnátok ezért. Bár az üzleti világban a szorgalmas alkalmazottak bónuszt kapnak, a mi családi életünket a szeretet irányítja, és azért nem várhattok jutalmat.

Tömegek masíroztak az utcán, vörös zászlókat, táblákat vittek, hirdetve a felszabadító szovjet hadsereg dicsőségét, miegymást. De tulajdonképpen békésen, politikai szélsőségek nélkül. Élvezték ezt az extra szabadnapot. Leleplezték a förtelmes orosz hadi emlékművet a parkban, nagyobb sikerrel, mint ahogy reméltem. Mindenki azt gondolta magában, úgy néz ki, mint egy ormótlan szivar. De biztos voltam benne, hogy a szobrász hatalmas kitüntetést kapott érte. Humoros volt, ahogy a szovjet tisztek feszítettek az érdemrendjeikkel. A legtöbb mellén három-négy sor plecsni is volt, alig fért el. Az én apám első világháborús érmei mind egy kis láncra voltak fűzve, az egész nem volt nagyobb, mint a kabát hajtókája, és csak egész kivételes alkalmakkor viselte. De hát ez is csak ízlés dolga.

Eljött a mi időnk is, hogy mulassunk. Geyza hozta a gitárt, Miska és Nándi pogácsát és bort. Én vittem Glenn Millert, Artie Shawt His Masters Voice-on, Péter és Tibor meg egymást. Jöttek még mások is az osztályból és osztályon kívüliek is, de a lányok nem bánták. Bizony kicsípték magukat ők is, soha ilyen szépnek nem tűntek még nekem. Ilona vidám mosolyával nevetgélt Joli és Emci mellett, a többiek körülöttük, mindannyian készen a táncra, a májusnapi mulatságra.

Aztán ott állt Ika halványlila ruhájában, ragyogott az arca, látszott rajta, várja az elismerést. Elérte a célját, tátott szájjal néztem. Ez volna a kis ügyes iskolás lány az osztályból? Ez a csinos fiatal hölgy? Alig vártam, hogy felkérhessem egy táncra.

Mindenki Glenn Millert akarta hallani. Nemrég halt meg szegény, egy légi küldetésben, Anglia közelében. Az ő emlékére a Moonlight Serenade-dal kezdtünk. De aztán, hogy fokozzuk a hangulatot, feltettük az In the Mood-ot.

Boldog május elsejét! A banda játszott, a mulatság elkezdődött, ez volt az első a háború óta. A gyors boogie-woogiet felváltotta az érzelgős stardust és mások, hogy lehűljünk, bár nem hiszem, hogy az segített volna. Táncoltam az összes lánnyal, Ikát utoljára hagytam. Azt gondoltam, úgy hívom fel magamra a figyelmét, ha megváratom. Ez a trükk túl jól sikerült.

Majd leharapta a fejemet. Megrántotta a vállát, és bosszankodva kivonult a teraszra. Ott a sarokba szorítottam:

– Táncolunk, vagy megcsókollak!

– Azt hiszem, nincs más választásom, mondta. Gyerünk, aztán próbálj velem lépést tartani! Majd én vezetlek!

– Akkor csók kell hogy legyen! Lányok nem vezethetnek engem a táncban.

– Oké, oké, de aztán vigyél engem egy igazi szvingbe!

Alig kaptunk levegőt, mire az utolsó lemez lejárt. Ideje volt enni-inni és énekelni a régi diáknótákat, mint Vergilius „Arma virumque cano, Troiae qui primus ab oris"-a az amerikai haderő indulójának dallamára, vagy a kedvencünket:

„Szép idő volt, jó idő volt, jaj de kár, hogy elmúlt már. Feleségünk lesz majd nékünk, aki elmondhatja majd, hogy Szolnok, Szolnok, sáros Szolnok, te vagy az oka mindennek."

Gyorsan telt az idő, a vendégek szedelődzködtek. Ilona még maradt, és addig, amíg maradt, Tibor sem ment el. Láttam, nagyon jól megértik egymást.

– Ilona itt marad velem éjszakára, fiúk, nem kell várnotok rá – mondta Ika nyájasan, tudtunkra adva, hogy akár indulhatunk is.

Micsoda leégés! Reméltem, hogy ott maradok vele egy időre, csak úgy, édes kettesben. Most akkor Tibor lesz a párom? Milyen befejezése ez ennek a szép táncos estének?

ÁGNES

Egy reggel az igazgatónk jött be az osztályba: – Bemutatom az új osztálytársukat, aki tegnap érkezett Budapestről.

Megdöbbenve néztem az új lányt. Azt hittem, nem jól látok. Ágnes állt az ajtóban.

Egy nagyon sovány, sápadt Ágnes volt. Ahogy előlépett az igazgató mögül, úgy nézett körül, mint egy ijedt kismadár, ami most esett ki a fészkéből. A lányok rögtön körülvették és leültették maguk közé. Hihetetlen volt őt itt látnom. Dermedten bámultam, ahogy pakolta ki a könyveit. Azt hiszem, észrevett, de nem adta ennek semmi jelét.

– Tudtad, hogy jön? – kérdezte halkan Péter.

– Nem. Te tudtad?

– Nem, hát mondtam volna.

Lázasan száguldoztak a gondolataim. Hogy kerülhetett ide? Egyébként pedig nagyon betegnek néz ki. Úristen, mi lehet vele? Oda akartam menni hozzá, hogy a karjaimba vegyem, hogy felordítsak az örömtől, hiszen élve látom azt, akiről azt hittem, elveszett. Nem emlékszem, mit tanultunk aznap, nem fogott az agyam, egy új világ nyílt meg előttem.

Ebédidőben a lányok körülvették, esélyem sem volt, hogy szót válthassak vele. Amellett semmilyen jelét sem adta, hogy ismer. Talán el akarta felejteni a múltat vagy legalábbis titokban tartani a többiek előtt. A legjobban az bántott, hogy olyan betegnek nézett ki, mintha kiveszett volna belőle az élet – ottmaradt a pesti romok alatt. Hol van az a magabiztos, bátor lány a terror időszakából?

Órák után Péter odament hozzá a tőle megszokott flegmával, mintha ez volna a világ legtermészetesebb dolga, és intett nekem, hogy tartsak velük. Így el tudtunk menni hármasban feltűnés nélkül. Alig vártam, hogy elárasszam kérdésekkel, a karjaimba vegyem, és elmondjam neki, mennyire boldoggá tesz, hogy látom. Számomra kész csoda volt, ahogy hirtelen előkerült egy másik világból.

Péter, a jó barát megérezte, hogy el kell válnia tőlünk, és én nem marasztaltam. Mi pedig elindultunk szótlanul a park irányába és azon túl, a folyó felé. Leültünk egy padra, amit kis szívekkel faragtak tele a szerelmespárok. Nem tudtam mit kérdezzek, hogy kérdezzek. Vártam, hogy ő törje meg a csendet.

Szelíden a vállamra hajtotta fejét.

– Éheztünk Budapesten, nem volt mit ennünk, vártunk apámra, hogy majd hazajön a koncentrációs táborból. Hiába vártunk. Anyám úgy gondolta, el kell mennem Pestről, azt mondta, jöjjek ide a rokonainkhoz. Talán itt könnyebben hozzájutok tápláló ételhez, és visszanyerem az erőmet. Itt járok majd iskolába néhány hétig, hogy ne maradjon az se el teljesen. Milyen különös, hogy ugyanaz a város, az iskola és még az osztály is, ahol te vagy. Ki gondolta volna?

– Te azt gondolod, különös? És talán az is. De én azt hiszem, hogy egy fenséges erő, a mindenható mester – akit én Istennek hívok– tervezte meg így ezt. Te gondolhatod, hogy ez a sors, a véletlen műve egy szűk kis világban, de rá fogsz jönni egyszer, hogy így kellett történnie.

Mintha a vonásai kisimultak volna, mintha egy kis mosolyt láttam volna az ajka szögletében.

– Gyere, megmutatom neked az otthonomat! Most újítják fel, és tegnap ott hagytunk egy kis diós tésztát meg gyümölcsöt. Én is éhes vagyok, elfelejtettem enni, amióta megláttalak.

– Köszönöm, Gyuri! Talán majd holnap. Most haza szeretnék menni, fáradt vagyok és a néném aggódni fog, hogy mi történt velem.

– Rendben van, de holnap gyere velem, legyél a vendégem!

– Holnap, talán.

– Alig vártam, hogy apám hazajöjjön és elmondhassam neki, hogy Ágnes ma megjelent az iskolában és itt marad egy darabig a nagynénjénél.

– Tudtam, hogy várják. Nagyon szenvedett, mert elvesztette az apját, belebetegedett, és az anyja nem tudta rendesen táplálni. Remélik, hogy a vidéki környezet és a jobb ellátás felerősíti majd, és visszanyeri az egészségét. Legyél nagyon kedves hozzá! Sok szeretetre lesz szüksége, hogy kiheverje ezt a tragédiát.

– Ne aggódj! Megteszek minden tőlem telhetőt.

Másnap Ágnes nem jött iskolába. Senki nem hallott róla, Péternek se volt fogalma, mi történhetett vele. Aggódtam érte, vajon miért nincs itt – gondoltam, meglátogatom órák után. Tudtam, melyik házban lakik, becsengettem. Többször is kopogtam, de nem felelt senki. Végül benyitottam, az ajtó nem volt zárva. Aztán beszóltam: „Ágnes, Ágnes, itthon vagy?" Semmi válasz. De akkor megláttam törékeny alakját a díványra roskadva a másik szobában. Sírós hangon szólt ki:

– Gyuri, te vagy az?

– Igen, én vagyok, mi van veled, Ágnes? Mért nem jöttél iskolába?

Fájdalmasan felzokogott.

– Nem bírom tovább!

– Mi van, Ágnes, mi történt? Mondd el!

– El kell mondanom neked valamit. Szörnyű, ami történt velem. Megerőszakoltak. Egy csomó vadállat erőszakot követett el rajtam. Nem tudom tovább titkolni. Azt gondoltam, majd megnyugszom és kigyógyulok ebből. Elfelejtem az egészet és új életet kezdek, de nem megy. Éjszakánként magam előtt látom az eltorzult, izzadt arcokat, ahogy alkoholbűzt lihegnek rám, egyik a másik után, a véres ágyra dobva. Végül felébredek a rémes valóságra, a szégyenre. Bárcsak ne ébredtem volna fel soha!

Arcát kezébe temetve felzokogott.

Reszkettem az iszonyattól. De most nekem kell erősnek len-

nem. Magamhoz öleltem, a karjaimba vettem, simogattam köny-
nyes arcát, vártam, hogy megnyugodjon.

– Nem kell nekem semmi többet mondanod, szeretlek, úgy,
ahogy vagy. Nekem tiszta, ártatlan, bátor és nemes vagy. Ne be-
szélj nekem szégyenről! A szégyen azokon van, akik elkövették
ezt a rémes bűncselekményt, nem az áldozaton.

– El kell mondanom neked az egészet, Gyuri. Te vagy az egyet-
len, akinek beszélhetek erről. Talán egyszer, ha kijön belőlem ez
az egész, akkor megnyugszom...

Késő éjjel, azt követően, hogy a bomba elpusztította az épü-
letet, ahol dolgoztunk, valaki dörömbölt a könyvesbolt ablakán.
Halálra rémülten néztem ki, és megláttam Jánost és Günthert tá-
molyogni az ajtónál. Persze beengedtem őket. Néhány lépés után
a belső szobában összeestek. Tele voltak véres sebekkel, Günther
karja bénultan lógott, úgy látszott el van törve, János nehezen
lélegzett, nem kapott levegőt. Elmondták, hogy a nagy detonáció
után eszméletüket vesztették, a füsttől, portól majdnem megful-
ladtak, de nem mertek feljönni a pincéből sötétedésig. Valahogy
kimásztak a romok alól, és hozzám jöttek menedékért. Letöröl-
tem az arcukat, adtam nekik egy korty vizet, de mást nem tud-
tam tenni. Azt reméltük, az oroszok itt lehetnek bármikor, a front
gyorsan változott.

– A következő este az éhségtől legyengülve korán lefeküdtem a
hátsó lakásban. Nem tudom, mikor, késő lehetett, amikor kiabá-
lásra, ajtók csapkodására, dulakodásra ébredtem. Úgy hangzott,
betörték a bolt ajtaját, aztán lövések dördültek, de tovább nem
vártam. Kiugrottam a hátsó kapun, ami egy kis utcához vezet,
és rohantam a hideg éjszakában, ahogy csak bírtam. Rohantam
az életemért a jeges utcákon egy könnyű kabátban, fulladozva
kapkodtam a levegőt, amikor hirtelen egy erős kar elkapott, s
egy tatárképű orosz az arcomba vigyorgott.

– Barisnya! Robotnyi!

Próbáltam kiszabadulni a karmaiból, de nem engedett. Rúg-
kapáltam, sikoltoztam, ahogy csak bírtam. Erre dühös lett, és

úgy megütött, hogy majd elájultam. Akkor még többen jöttek és berángattak egy földszintes lakásba, vodkát öntöttek a számba, letepertek az ágyra és nekem estek, megerőszakoltak. Egyik a másik után. Akkor elvesztettem az eszméletemet. Amikor magamhoz tértem a véres ágyon, az alkoholszagú füstös szobában, a fájdalomtól dermedten, egy kis ablakon át mintha az alkonyat pírját láttam volna. Meg akartam halni. Kértem az Istent: „Kérlek, vegyél magadhoz, kérlek, vigyél haza!" Aztán nem emlékszem semmi másra, amíg egy rekedt hangú nő a fülembe nem kiabált:

„Ébredj fel! Ideje, hogy hazamenj, a háborúnak vége van!"

Felhúzott az ágyról, hogy felálljak reszkető lábamra, és akkor észrevette, hogy mi történt, mert odaszólt a barátjához: „Azt hiszem, ez a lány beteg, be kell vinnünk a kórházba." A Szent Rókus Kórház nővérei nagyon jók voltak hozzám. Halványan emlékszem, hogy megmosdattak, próbáltak etetni, tiszta ágyba fektettek; aztán minden elfeketedett előttem. Később elmondták, hogy több napig kómában voltam hipotermia és traumás sokk miatt. Nem értesítettek senkit, mert nem tudták, ki vagyok. Mégis, amikor egy nap felébredtem, anyám ott állt az ágyam mellett, fogta a kezemet:

„De jó, hogy visszajöttél kislányom, de jó!"

Hetekig tartott, amíg lábra álltam, nem volt mit enni, csak vártuk, mikor jön haza az apám. Sose jött. Meghalt a koncentrációs táborban. Nem akartam tovább élni. Most se akarok. De anyám kérésére lejöttem ide egy időre, hogy összeszedjem magam, megerősödjek, és felejtsek... Hát ez az én történetem Gyuri. Legalább most már te is tudod.

Szótlan voltam, kábultan meredtem magam elé. A haját simogattam, magamhoz öleltem, a szívem majd megszakadt, csak hagytam, hogy teljen az idő. Kértem a Jóistent, hogy segítsen, most igazán segítsen, hogy szívből tudjak mondani valamit, ami enyhíthetné a fájdalmát, eloszlatná a szomorúságát, hogy gyógyulni tudjon. És ahogy az már máskor is megtörtént, amikor az eget ostromoltam, hirtelen jött a válasz. Valahogy olyan egyszerű volt, hogy egy megtört szív gyógyítására Jézus tanítását használjam a Szentírásból.

– Gondolom nem vagy keresztény, és nem tudom, te miben hiszel, de mondtad, hogy hívtad a Jóistent, hát elmondom, miben hiszek én. Amit mondok, a szívemből jön, jobb lesz, ha figyelsz, mert nálam nincs jobb barátod, és nem hiszem, hogy még egyszer el tudnám mondani.

– Jézus Krisztus – egy zsidó és az Isten fia – majdnem kétezer évvel ezelőtt meghirdette a hegyi beszédben, a Galileai-tó közelében, hogy mi az igazi boldogság. Ígérem, nem mondom el végig, ha másért nem, mert nem emlékszem az egészre. De erre emlékszem, és ez rád is vonatkozik.

„Boldogok a szomorkodók, mert őket majd megvigasztalják. Boldogok a tisztaszívűek, mert ők látni fogják Istent." Jézus meghalt értünk a keresztfán, de nem kellett volna neki meghalnia. Mindazokért szenvedett, akik hisznek benne, hogy elnyerhessék az örök életet. Mindnyájunknak megvan a keresztje Ágnes, neked is van egy. Jézus velünk szenved a mi keresztfánkon, hogy könnyebben el tudjuk viselni. A szenvedésben szívünk legmélyebb részei nyílnak fel, hogy egyesülni tudjunk vele. Minél nagyobbak a sebek, annál több szeretettel ölel magához.

Éreztem a szíve dobogását, reméltem, ő is az enyémet. De még sokat kell imádkoznom érte.

Másnap ott volt az iskolában, nagy karikás szemmel, de kicsit élénkebben, és részt vett az órákon. Mi az, hogy részt vett! Úgy tudott mindent történelemből, irodalomból, hogy csak bámultunk. Úgy látszik az imáim segítettek. De ma még mondanom kell neki valamit, ami az éjjel jutott eszembe. Csodálatos, hogy jönnek az ötletek, amikor szívből imádkozunk.

Ahogy néhány nappal ezelőtt, most is hárman sétáltunk el. Péter tett néhány gunyoros megjegyzést, de aztán ment a saját útjára. Ágnesre rámosolygott, de rám nem. Mondtam Ágnesnek, mennyire örültem, hogy jött iskolába, és hogy ámulatba ejtett a műveltségével. Végre mintha egy kis mosoly futott volna át az arcán.

– Még mindig vár rád a diós tészta otthon, de előbb szeretném, hogy lássál valamit.

Azzal megfogtam a kezét és elindultunk a ferencesek temploma felé.

– Ne félj, nem megyünk misére, csak meg akarok neked mutatni valamit, ami tegnap este jutott eszembe, miután elváltunk. Talán ez kinyitja a kis szíved csücskét, hogy befogadjon valakit, aki megkönnyítené hordozni a keresztedet.

Odamentünk a templom egyik mellékoltárához, a kép Szent Ferencet ábrázolta két imádkozó apácával, akik testvérek: Szent Klára és a húga, Szent Ágnes.

– Szent Klára, aki gazdag, arisztokrata családból származott, apáca lett, követte Szent Ferencet, hogy életét a szegények, betegek és elhagyatottak szolgálatára szentelje. Kishúgát egy vagyonos ember akarta feleségül venni, de ő nővére példáját követve az egyházi életet választotta a vagyon és a jólét helyett. Elhagyta otthonát és a bencés nővérekkel élő Szent Klárához csatlakozott. Feldühödött apja a bátyját küldte utána néhány úgynevezett lovaggal, hogy erőszakkal visszavigyék. Amikor Ágnes megtagadta, hogy hazamenjen, a felháborodott lovag rá akart sújtani, de csoda folytán a karja megbénult és a kard kiesett a kezéből. Szegény lányt akkor elkezdték rugdalni, ütni, és a hajánál fogva hurcolták el a kolostorból. Aztán kitépett hajjal, véresen hagyták ott az út szélén.

De túlélte és Isten szolgálója lett egy életre. Így lehetővé tette, hogy én most – hétszáz évvel később – mindezt elmondjam neked. Látod, ő nem adta fel, mert tudta, hogy Jézus vele van a szenvedésben.

Mintha könnyet láttam volna Ágnes szemében. Talán annak a másik Ágnesnek a története utat talált a szívébe, hogy gyógyulást hozzon nagy bánatára.

– Hát, csak ezt akartam megmutatni. Most pedig gyere velem haza, együnk valamit! Anyám biztosan örülni fog, ha meglát.

– Hol van az otthonod?

– Megmutatom. Még dolgoznak rajta, de már vannak ajtói, ablakai, néhány bútor is van benne és sok vendéglátói szeretet. Azt hiszem, kedvelni fogod. Az én szobám fent van az emeleten, egy külön kis terasszal, készen várja az olyan csinos fiatal lányokat, mint te.

– Oké! Oké! Csak lassulj le egy kicsit! Ki lesz még ott?

– Fogalmam sincs, nem voltam ott tegnap este óta.

– Későre jár, Gyuri. Azt hiszem, haza kellene mennem. Kicsit jobban érzem magam, de nincs elég erőm és önbizalmam másokkal társalogni. Szeretnék természetes lenni, amikor a családoddal találkozom, nem szeretnék szánalmat ébreszteni bennük. Ugye megértesz?

– Hát jó. Akkor holnap elhozom neked a diós tésztát az iskolába. Ugye jössz? Muszáj jönnöd! Soha nem fogsz meggyógyulni, ha otthon ülsz egyedül a sötét szobában, azt remélve, hogy a nap majd átsüt a falakon. Arról nem is beszélve, hogy te vagy a napfény az osztályban, és élvezettel hallgatom ügyes elemzéseidet a hagyományos keretekben tálalt vitás nyilatkozatok és kétes karakterek megítéléséről.

Elköszöntem tőle, szelíd puszit lehelve vékony arcára, sokáig integettem neki.

Csak Mariska volt a házban, takarított a mesteremberek után. De jó, hogy itt van velünk ez az aranyszívű lélek, akinek a hite hegyeket tudna megmozgatni! Nem ismerte az apját soha, anyja egyedül nevelte testvéreivel együtt. Meg akart állni a saját lábán, így került a házunkhoz, ami hamarosan az otthona lett. Anyám pedig úgy bánt vele, mintha a saját lánya lenne.

– Jobb lesz, ha hazamész, már mindenfelé keresnek! Edit hazautazik holnap reggel. Sürgős telefonüzenetet kapott az anyjától Erdélyből, hogy deportálni fogják a német származásúakat, olyanokat, akik ott élnek már évszázadok óta. Az ő családjuk szász eredetű, és nagyon félnek, hogy őket is kitelepítik.

– Ez borzasztó! A férje orosz hadifogságban van, és most velük akarnak így bánni? Amikor hazaértem, Edit már könnyes szemmel pakolta öreg kofferját. Szüleim és Bécó a rádiót hallgatták, ami megerősítette a hírt. Ám ez csak a kezdet volt, hogy pusztán nemzetisége miatt több millió embert deportálnak, telepítenek át kegyetlen erőszakossággal.

Próbáltuk megvigasztalni, megnyugtatni, hogy talán van más, jobb megoldás is. Bátyám azt javasolta, hogy pakolja fel Edit a mamáját, és hozza el hozzánk.

– Nemcsak miatta vagyok szomorú, hanem azért is, mert el kell válnom tőletek.

– Édes Editkém, nem fogunk elválni örökre. Mi itt leszünk neked mindig, de a te muttidnak most szüksége van rád. Sokat fogunk imádkozni értetek, és a Jóisten nem fog elhagyni, bízzál benne, ne féljél, megsegít majd!

Másnap reggel elutazott, könnyes szemmel integetett, amikor a vonat elindult.

Ahogy visszafelé jöttem az állomásról, egy különös csoportot láttam menetelni az utca közepén. Egy csomó ember a városból, kereskedők, üzletemberek, néhány úgynevezett feketekereskedő kullogott szemlesütve, körbevéve rendőrökkel. A nyakukon tábla lógott: „Én egy feketekereskedő vagyok." „Becsapom a népet, büntetést érdemlek." „Én szívom a nép vérét." „Kihasználom a dolgozókat."

És több más hasonló felirat.

Úgy hallottam, ezeknek az embereknek nem volt törvényszéki tárgyalásuk, csak vonultatják őket mint bűnözőket. De kinek a parancsára? Zsidó üzletemberek is voltak köztük, akik nemrég tértek vissza a koncentrációs táborból. És most megint üldözik őket? Azt hittem, hogy nem jól látok. Tudtuk, hogy a háború után nem javul a helyzet olyan gyorsan, ahogyan reméltük. Nem volt elég élelmiszer, a termelés még nem állt lábra, és az oroszok kifosztották az országot. A pénz értékét vesztette, a cserekereskedelem volt a lelke az üzleti életnek, és ez a feketekereskedelem malmára hajtotta a vizet. Nejlonharisnyát, jobb cigarettát csak a feketepiacon lehetett venni. Senki sem örült ennek, de egy szörnyű háború után, megszállás alatt és meglehetősen bizonytalan politikai jövőképpel mindez várható volt.

Ám amit én itt az utcán láttam, az nem a demokráciát ígérte.

BŰN ÉS BŰNHŐDÉS

Az iskolában mindenki arról beszélt, amit nemrég láttam az utcán. Nagy volt a felháborodás. Ilyen fasiszta módszerekhez folyamodik a mi demokráciánk? Vagy ez csak a helyi rendőrség kommunista vezetőinek a túlkapása? Osztályfőnökünk azt tervezte, ezt a témát a következő történelemórán megvitatjuk.

– Mit gondol az osztály ezekről az úgynevezett népbíróságokról, amelyek a pártközi megállapodások révén jöttek létre, főleg kommunista vagy szociáldemokrata tagokkal, akiknek még jogi végzettség sem kellett hozzá? Ezek a szervezetek kívül állnak a hivatalos törvényszék és bíróság hatáskörén, aminek az alapelve, hogy „nullum crimen sine lege, nulla poena sine lege", azaz „nincs bűncselekmény törvény nélkül, nincs büntetés törvény nélkül".

Az egész osztály egyszerre kezdett beszélni.

– Nem törődnek az alapvető emberi jogokkal…

– A büntetőjog alapelve: mindenki ártatlan, amíg bűnösnek nem bizonyul…

– Bűnös vagy, mert én azt állítom, mondja ez a népbíróság, és nincs fellebbezés…

– És nem hallgatják meg a védelem tanúit…

– Már a görögök is látták, hogy ez nem igazságos…

– No de a nácik is ezt csinálták…

– Tehát visszamegyünk a náci korszakba? Vagy ez volna az új bolsevik törvényhozás?

– Ha jól meggondolom, apám is könnyen ott lehetett volna a sorban a többivel, mert a minap aszpirint adott el egy csirkéért. A vásárlónak nem volt pénze, csak egy tavaszi csibéje, hát cserébe azt adta. Mindketten jól jártak, és én is élveztem a finom falatokat. Talán még én is részese vagyok ennek a bűncselekménynek? Derültség fogadta következtetésemet, ami csak kiemelte a jogtalanság nevetséges oldalát.

– Igen, de gondoljatok csak azokra a megbélyegzett emberekre, akiknek semmi bűnük nem volt és mégis elvesztették a szabadságukat, letartóztatták őket és azokkal a beismerő csúfos táblákkal a nyakukban kellett végigvonulniuk a városon – jegyezte meg osztályfőnökünk. És nem ez az első eset, hogy az emberi jogok ilyen kirívó megsértéséről hallunk. A törvényellenes eljárások, nemcsak az úgynevezett háborús bűnösök ellen folynak nap mint nap, hanem ártatlan emberek is szenvednek, vagy mert a Horthy-korszak állami alkalmazottjai voltak vagy földbirtokosok, vagy mert osztályidegenek, csakúgy, mint mi, értelmiségiek.

Többen szóba hozták a kommunista párt erőszakosságait nemcsak az előző, uralkodó osztállyal szemben, hanem mindenkivel szemben, aki az útjában volt. A megszálló Vörös Hadsereg mögötte állt, és a Szovjetunióból küldött bolsevik ügynökök vezetése, irányítása is segítette felforgató tevékenységét. A dolog iróniája, hogy a kommunisták a középosztályt vádolták meg azzal, amit ők követtek el.

Osztályfőnökünk pár napig nem jött az iskolába. Azt hallottuk, behívták a rendőrségre kihallgatásra. Nem tudtuk, hogy vajon az óránkon elhangzottak miatt akartak-e vele beszélni, netán ő is eladott valamit a feketepiacon. Néhányan elhatároztuk, hogy meglátogatjuk. Otthon találtuk, rosszkedvű és fáradt volt, de örült a látogatásunknak.

– Fiúk, mostantól kezdve nagyon kell ügyelnünk rá, hogy mit beszélünk az órákon – mondta. – Megtudták, miről volt szó a napokban, és nem nagyon örültek neki. Sőt. Szigorúan figyelmeztettek, hogy kerüljük el a napi politikai események tárgyalását.

Az bánt a legjobban, hogy majdnem szó szerint tudták, ki, mit mondott. Egy Júdás van köztünk.

Meg voltunk rökönyödve. Valaki közülünk való árulhatott be minket? Ez a hír nem csak főbe kólintott, szíven is ütött. Furcsa érzés vett erőt rajtam, mit hoz majd nekünk a jövő? Megosztanak minket, hogy könnyebben uralkodhassanak, hogy testvér testvér ellen legyen, hogy az apa ne merjen beszélni a fia előtt? Ha néhány hónap alatt így széjjelszednek bennünket, mi lesz később, az igazi bajban?

Júdás felakasztotta magát, miután elárulta Jézust. Milyen lelkiismeret-furdalása lehetett szörnyű tette miatt! Azt remélem, megbánta bűnét, mielőtt meghalt.

Ma este a mi Júdás osztálytársunkért fogok imádkozni, remélem, megbánja ő is, amit tett.

Remélem.

Egy kora nyári napon visszaköltöztünk otthonunkba. Micsoda öröm volt kinyitni az ablakokat, beengedni a napfényt, a friss levegőt, kikiáltani a világnak, hogy itthon vagyunk. Enyém lett a legjobb szoba a házban, fent az emeleten, saját terasszal, ami a parkra és a folyóra nézett. Bátyám is elégedett volt a hátsó szobával, ahol bömböltethette a lemezeit anélkül, hogy minket megőrjítene és zavarná az álmunkat. Miután elég nagy lakáshiány volt a városban, a szüleim úgy döntöttek, hogy megosztjuk a házat egy másik családdal. Két nővér varrodát rendezett be elöl, és úgy tervezték, hogy mögötte – a mi régi gyerekszobánkban – laknak majd. Az ő részüket így jól elválasztotta a köztünk lévő folyosó.

Visszahoztuk a többi bútort Mariska falujából, kiástuk a földből a bőr- és ónfedelű százéves családi bibliát, felakasztottuk az öreg címert oda, ahol a golyók belefúródtak, és megkértük az egyik ferences szerzetest, hogy jöjjön el, és áldja meg a házat és minden lelket benne.

Anyám vidáman költözködött, pakolt ki s be, bútort, szőnyeget, képeket rendezgetett, lelkesen szépítette a házat, még énekelt is hozzá. Soha még ilyen boldognak nem láttam. Kedves, gyengéd, gyönyörű anyám! Nemcsak nekünk volt az, de mindenkinek, aki ismerte. Nem tudott ő haragosan kiabálni, csak bánatosan mosolygott, amíg a vihar elmúlt. Meleg szíve az otthonunk központja volt, becsülte és szerette mindenki.

Aki eltűr egy családban három ilyen alakot, mint mi vagyunk, az szent kell hogy legyen, hallottam nemegyszer.

Július második felében a három nagyhatalom, az Amerikai Egyesült Államok, az Egyesült Királyság és a Szovjetunió vezetői csúcstalálkozót tartottak Potsdamban, hogy Európa sorsáról döntsenek. Több nyugtalanító körülmény befolyásolta a megbeszéléseket. Az Egyesült Államok új elnöke, Truman fiatalabb volt és erősebbnek tűnt, mint a beteges Roosevelt Jaltában; Churchillt épphogy leváltotta Attlee, az új angol miniszterelnök, és a győzelemittas Sztálin még erőszakosabb lett, hogy minél nagyobb darabot kanyarítson le magának Közép- és Kelet-Európából. De valami más is történt.

Truman egy alkalommal megemlítette Sztálinnak, hogy Amerika hamarosan bevet egy új és rendkívül hatásos fegyvert Japán ellen. Néhány nappal később Japán ultimátumot kapott: ha nem adja meg magát azonnal, teljes pusztulás vár rá. Japán nem is válaszolt. Négy nappal a potsdami találkozó befejezése után Amerika ledobta az első atombombát Hirosimára, majd három nappal később a másodikat Nagaszakira. Több mint százötvenezer ember halt meg azon a két napon. Japán megadta magát, és ezzel ért véget a második világháború. Reméltük, hogy ez Sztálint kissé idegesíteni fogja. De nem úgy állt a dolog.

Tulajdonképpen mindent megkapott, amit akart. Bekebelezte a balti államokat, és ígéretet kapott, hogy Közép- és Kelet-Európa nagy része, amit a Vörös Hadsereg elfoglalt, a Szovjetunió politikai és gazdasági érdekszférájához tartozzék. Ám a nyugati hatalmak ragaszkodtak hozzá, hogy ezekben az országokban is szabad választásokat tartsanak, mert csak egy demokratikusan megválasztott kormánnyal írják alá a békeszerződést. Mivel az amerikaiaknak volt atombombájuk, a szovjeteknek viszont nem, Sztálinnak időt kellett nyernie. Kissé alábbhagyott politikai erőszakosságával, és beleegyezett a választásokba, mert meg volt győződve róla, hogy hatásos propagandával és kis csalafintasággal úgyis győzni fog. 1945. augusztus végén a Szövetséges Ellenőrző Bizottság szovjet parancsnoka értesítette az ideiglenes magyar kormányt, hogy készüljenek az általános választásokra és tartsák meg, amilyen hamar csak lehetséges.

Most aztán itt a lehetőség. Nagy harc lesz, az biztos.

Augusztusban befejeződött a kurtított iskolaév. Két hét vakációt kaptunk, mielőtt elkezdtük volna a nyolcadik osztályt, hogy felkészüljünk az érettségire. Ágnes kitűnő eredménnyel végzett. Lassan visszanyerte erejét, az arca is kisimult, de nevetni még ritkán láttam. Nem beszéltünk többé a múltról, és udvarlásról szó sem volt, bár én nem bántam volna. Csupán jó barátok voltunk. Próbáltam biztatni, támasza lenni mindenben. Az utolsó nap együtt mentünk ki az iskolából, és akkor megmutattam neki az erkélyemet a távolból.

– Ó, Gyuri, irtó jól néz ki, szeretném megnézni egyszer!

– Gyere, menjünk fel most!

– Várjál, akarok neked mondani valamit... Elhatároztam, hogy Izraelbe költözöm, amint a hatóságok ezt lehetővé teszik. Tudom, hogy várnom kell még egy pár évig, de előbb-utóbb sikerülni fog. Több ezer év után kell, hogy legyen megint egy hazánk, ahol nem tudnak bántani minket, ahol nem leszünk az útjában senkinek.

Már elhagytuk a házunkat, mentünk a park felé, és még mindig nem tudtam, mit mondjak erre, amikor folytatta.

– De valami mást is szeretnék mesélni neked. Néhány nappal azután, hogy elvittél a templomodba, visszamentem és leültem a kisoltárnál Ágnes képe mellé. Egy idő múlva – lehet, hogy csak képzelődtem – úgy tűnt, mintha nézne engem. Aztán egy hölgy ült le mellém a padra, arcán különös, Mona Lisa-szerű, misztikus mosollyal. Anyád volt az a hölgy. De ő nem tudta, hogy én ki vagyok...

Kérlek, ne szakíts félbe, mert nem tudom befejezni! Beszélgetni kezdtünk, és olyan jól megértettük egymást, talán jobban, mint ahogy az veled valaha is megtörtént. Tudod, az a speciális kapcsolat nők között. Később bemutatott Kázmér atyának.

– Hát ti aztán elképesztőek vagytok! Kázmér atya az én lelkiatyám, az a hölgy meg az anyám, és ahelyett, hogy elmondanátok, hogy találkoztatok, hetek óta összeesküsztök a hátam mögött? Ez nem igazságos!

– Még nincs vége, engedd, hogy folytassam! Sokszor beszélgettem aztán Kázmér atyával, és igazán jó barátok lettünk. Soha nem gondoltam, hogy egy katolikus rabbi ilyen kedves tud lenni. Néhány hónap múlva Jeruzsálembe költözik, hogy az ottani ferencesek közösségében éljen. Már többször járt arra, és sokat mesélt Betlehemről, a Galileai-tóról, a Tábor-hegyről és a többi gyönyörű helyről, ahol Jézus élt és tanított. Ez felkeltette az érdeklődésemet az iránt a föld iránt, amit ő Szentföldnek hívott. Látni szeretném! Egyszer talán majd ott lesz az új Izrael.

– És mi lesz akkor velem?

– Te mindig a legjobb barátom maradsz. Amikor a legnagyobb szükségem volt rá, szeretettel vettél körül, segítetted a keresztemet cipelni, visszaadtad a reményemet, az életkedvemet. És különben is, ha ferences testvér leszel, bármikor jöhetsz látogatni. Hahaha. De most búcsúzom. Holnap reggel az első vonattal megyek vissza Pestre.

Azzal egy gyors kis „isten veled"-puszit adott az arcomra, és beszaladt a kapun. De mielőtt eltűnt volna huncutul visszakacsintott. Akkor éreztem, hogy meggyógyult.

Szeptember első hetében kezdjük az iskolaévet, a több mint százéves gimnáziumban, ahová apám is járt, nem is olyan régen. Úgy hallottam, nagyapámnak azt mondta az igazgató – aki jó barátja volt –, hogy a negyedik osztályon csak akkor engedik át a fiát, ha megígéri, máshová viszi a következő évben. Megígérte, átengedték, és apám Kolozsváron folytatta az iskolát. Többször tettem rá kísérletet, hogy megtudjam a részleteket, de valahogy nem sikerült. Aztán jobbnak láttam abbahagyni a kíváncsiskodást, minek felszakítani a régi sebeket.

Az oroszok már hetekkel ezelőtt elmentek, de hónapokig tartott kitakarítani, rendbe hozni az épületet. A lányok is visszaköltöztek a saját iskolájukba. Feledhetetlen élmény volt az a néhány hónap velük, de úgy gondoltuk, hogy a nyolcadik osztályban már sokkal könnyebb lesz számtanra, fizikára, irodalomra koncentrálni nélkülük, mint a hormonok egyensúlyát tanulmányozni velük együtt. Most persze nekünk, diákoknak is részt kellett venni a helyreállítási munkában. Több kárt tett az épületben a német és orosz csizma egy év alatt, mint egy sereg vásott diák egy egész évszázadban.

Amikor a természettudományi szertárat takarítottuk, megrökönyödve láttuk, hogy a békák, kígyók és egyéb csúszómászók kiszáradva zsugorodnak az üvegedényekben. Azon tanakodtunk, vajon mi történhetett az alkohollal, amiben ültek. Valaki kiürítette mindet.

„Egészségére!"

Két osztálytársunk – Miska és Nándi –, akik a vasút közelében laktak, a külvárosban, találkozni akartak velünk mielőtt elkezdődik az iskolaév. Sokan eljöttek, hogy hallják, miről van szó.

– Tudjátok ugye, hogy novemberre kitűzték az országos választásokat – mondta Miska. – A kommunista ifjúsági csoportok már erősen kampányolnak, mindent meg kell tennünk, hogy ne ők győzzenek, hogy az ország ne váljon bolsevik diktatúrává.

– Azt is tudjátok – folytatta Nándi –, hogy több polgári párt is indul a választáson demokratikus programmal. Ezek közül a Független Kisgazda Pártnak van a legtöbb esélye, hogy legyőzze a baloldali pártokat.

– De mi értelmiségiek vagyunk, sem kisgazdák, sem nagygazdák – jegyezte meg Tibor –, és demokráciát akarunk, nem pedig nemzeti- vagy nemzetközi szocializmust.

– Persze, és nem akarjuk, hogy a barnaingesek, a zöldingesek vagy akár a vörösingesek mondják meg nekünk, hogy miben higgyünk, hogy éljünk, kit dicsőítsünk – duplázott rá Péter, az örök lázadó.

– Ide hallgassatok, srácok! – vágott közbe Miska. Hoztunk nektek mindenféle röpiratot a pártról. Úgy látjuk, hogy többnyire ugyanabban hisznek, mint mi. Demokráciát hirdetnek, egyforma jogokat és kötelességeket, lehetőségeket és szabadságot mindenkinek. Hazafiasak, de nem sovinszták. Meg akarják tartani keresztény örökségünket, minden más vallás szabad gyakorlását biztosítva. Ez a párt nemcsak a földműveseké, de mindazoké, akik egyetértenek vele. Vezetői között vannak katolikus papok, protestáns lelkipásztorok, zsidó rabbik, ügyvédek, egyetemi tanárok, tanítók, mindenféle értelmiségiek, sőt, nem is gondolnátok, még egyszerű parasztemberek is.

– Na, és tudom, hogy lassú a felfogásotok, nem kell azonnal döntenetek – somolygott Nándi –, gondolkodjatok el rajta, s ha úgy látjátok, hogy mégis jó volna legyőzni a komcsikat, és a kisgazdáknak van erre a legnagyobb esélyük az első szabad választáson, akkor kössétek fel a gatyaszárat, és gyertek segíteni. Mert most, vagy soha!

Elmentem a párt egyik toborzógyűlésére, és tetszett, amit láttam. A jelenlevők nem voltak nagyképűek, nem fontoskodtak, és többnyire egyetértettem azzal, amit mondtak. Meg kell mutatnunk a világnak, hogy mi szabadságot akarunk, demokráciában akarunk élni, nem pedig egy szovjet típusú diktatórikus rendszerben. A barátaimmal együtt részt vettünk a választási küzdelemben. Házról házra jártunk, hogy beszéljünk a választókkal, plakátokat akasztottunk a házak falára és részt vettünk a felvonulásokon. Ez nem volt veszélytelen. Néhány iskolatársamat – a sors iróniájaképp épp azokat, akik a munkásnegyedben éltek – kommunista bandák, vagy az általuk lefizetett csirkefogók támadták meg, verték össze.

1945. november 7-én történelmet írtunk Magyarországon.

Az első szabad, demokratikus választásunkon a kommunista párt óriási vereséget szenvedett, a Vörös Hadsereg fenyegető jelenléte, a szovjet központi bizottság támogatása és az itteni kommunisták erőszakos, sokszor törvényellenes viselkedése ellenére. A Független Kisgazdapárt a szavazatok több mint 57 százalékával abszolút többséget ért el. A kommunista párt még tizenhét százalékot sem kapott. Meg voltak döbbenve, mert azt gondolták, ők győznek. Ám a magyar nép megmutatta a világnak, hogy demokráciában akar élni, nem kívánja a szovjethatalmat, annak magyar képviselőit és politikai rendszerüket.

Az orosz medvét fenéken szúrta a magyar darázs.

Ám ezt nem szerette. Egyáltalán nem.

A szovjet kommunista párt központi bizottsága arra utasította Vorosilovot, a Szövetséges Ellenőrző Bizottság vezetőjét, hogy közölje Tildy Zoltánnal, az új kormány jövendő miniszterelnökével, koalíciós kormányt kell alakítania a szociáldemokrata és kommunista párt vezetőinek részvételével. Azt is követelte, hogy a belügyminiszter kommunista párttag legyen, és Moszkva emberét, Rákosit nevezzék ki államminiszternek. Ez nagy csapás volt az új vezetőségre, de nem volt más választása, el kellett fogadnia a döntést. A kisgazdák azt remélték, hogy mivel abszolút többségük van a parlamentben, a törvényhozás a kezükben lesz. Nem így történt. Nem ismerték még az agyafúrt szovjet módszereket, hogy miként lehet vesztes helyzetből előre furakodni.

De ez most még a mi időnk – ünnepelni. És bizony ünnepeltünk.

Kis- és nagybirtokosok, munkások és értelmiségiek, keresztények és zsidók, minden jóakaratú, becsületes ember táncolt, mulatott a pártháznál, az utcákon és tereken, reménykedve a szebb jövőben. Egy olyan jövőben, amelyben a demokrácia, a tisztesség, a becsületesség, megértés és talán még egy kis szeretet is irányítja majd a következő nemzedéket.

Hagyomány volt, hogy a katolikus nyolcadik osztályosok ősszel egy hétvégén lelkigyakorlatra mennek a Budai-hegyekben lévő jezsuita Manrézába. Alig vártam, hogy megint lássam Budapestet. Autóbusszal mentünk egyenesen oda a vasútállomásról. Örömmel láttam, hogy a legtöbb romot már eltakarították, és megkezdték a házak újjáépítését. A villamosok is jártak, de üzlet még alig volt nyitva. Némelyik élelmiszerbolt előtt hosszú sorok álltak. Mindent összevetve, úgy tűnt, kezd visszatérni az élet az elpusztított városba.

A Manréza úgy nézett ki, mint egy toscanai palota, a nagy park közepén, hatalmas fenyőkkel körülvéve. Nem messze a János-hegy a kilátóval. Mintha ezt már láttam volna nem is olyan régen, amikor erre tereltek bennünket hadifoglyokként. A jezsuitáknak jó ízlésük volt, remek építészük és sok adakozójuk lehetett, hogy ezt meg tudták építeni. Gyönyörű volt, mindenütt faragott kövek, márványlépcsők. Mégsem hivalkodó, hanem békésen fenséges. Kijelölték magányos szobáinkat, aztán a hallban gyűltünk össze, hogy megismerjük az elkövetkező napok programját. Alvaro atya, a lelkigyakorlat vezetője közölte velünk:

– Ahhoz, hogy magunkba tudjunk szállni, teljes szilenciumot tartunk egész idő alatt, beleértve az ebédlőt, a közös termeket és a hálószobáinkat is.

És ez már a vacsora alatt elkezdődik, amikor a bevezető előadást tartjuk arról, hogy hogyan közelítsétek meg a manrézai lelkigyakorlatot és mit várhattok tőle.

„Csönd a lelke mindennek", jutott eszembe, amikor Tibor a

vacsora után kifelé menet odasziszegte, ez nem a legjobb hír, mit fogunk csinálni?

– Most fogd be a szád, de gyertek a szobámba később.

Naplemente után Tibor, Nándi és Péter felosontak hozzám az emeletre. Péter dühöngött. Na, most mit fogunk csinálni? Egész nyáron erre a kirándulásra vártam. Szerettem volna látni a várost, gondoltam lesz egy kis szabad időnk, miután megérkeztünk, de most ez a csend és lámpaoltás kilenc órakor...

– Igen, és azt akarják, hogy jól érezzük magunkat itt – morgott Nándi. – A bátyám már mesélte, milyen élet van a városban: bárok és lányok.

– Na, srácok, térjetek észre, nem azért vagyunk itt!

– Ne beszélj már! – szakított félbe Tibor. – Szó se volt a szilenciumról! Tudtam, hogy imádkozni fogunk, és hogy meg kell javulnunk, meg ilyesmi, de nem lehetne ezt egy kicsit lassabban, fokozatosabban csinálni, kicsit szórakozni előbb? Aztán jöjjön, aminek jönnie kell!

– Igen, és azt hallottam, hogy már megnyílt a Moulin Rouge a mulatónegyedben. Autóbusszal odamehetnénk kicsit mulatni, aztán holnaptól majd csendben leszünk.

– Meg vagytok hülyülve – mondtam. – Erre soha nem fogtok rávenni.

– Akkor kényszeríteni fogunk – mondta Péter. – Itt van nálam egy üveg bor. Ha nem jössz velünk, elkezdek kiabálni, és ha az atya bejön, és meglátja itt az itókát, mindnyájunkat kirúgnak, és holnap mehetünk haza az első vonattal.

– Oké, a kényszerítésnek nem tudok ellenállni. Mi a tervetek?

– Gyanítottam, hogy nem tudsz. Lent, az étterem mellett láttam egy mosdót ablakokkal. Már közelebbről is megnéztem. Könnyen ki lehet nyitni. Ott fogunk kimászni, és nem csukjuk be szorosra. Ott jövünk majd vissza, és éjfélre már ágyban is leszünk. Remélem.

– Ez a legbolondabb terv, amit valaha hallottam.

– Szóval csak bátorság. Ha most meghátrálunk, soha nem fogjuk magunknak megbocsátani, hogy elmulasztottuk fiatalságunk nagy kalandját.

A bort vittük magunkkal, hogy ne kelljen venni a mulatóban. Leosontunk a sötét lépcsőkön, és már is túl voltunk az ablakon, a kerti bokrok mögött. Olyan egyszerű volt. Ez aggasztott is egy kicsit. Ilyen könnyű azokat a ravasz jezsuita papokat átejteni? De most már nem volt visszaút. Átmásztunk a nagy vaskapun, és nemsokára az autóbuszon vihogtunk, útban a Moulin Rouge felé.

Mellőzöm itt bohém viselkedésünk részletes leírását az átforrósodott mulatóban, elképzelve, hogy barátaim leszármazottai egy nap talán majd felfedezik ezeket a sorokat valahol a padlásuk sarkában, ahová nagybecsű szülőatyjuk azt remélve dugta el, hogy soha senki el nem olvassa.

Már a harmadik kavicsot dobtam egy második emeleti ablaknak, ahol, úgy gondoltam, valamelyik osztálytársam alussza csendes álmát. Három huncut, kalandvágyó pajtásom kétségbeesve rohangált az épület körül, hátha találnak egy véletlenül nyitva felejtett ajtót, ablakot, hogy bejussunk. De minden zárva volt. Még egy egérnek se volt esélye becsúszni.

Elmúlt éjfél, amikor odalopakodtunk a mosdó ablakához, amit nyitva hagytunk, miután kimásztunk. De most nem volt nyitva. Sőt. Szorosan be volt zárva. Valaki kilinccsel rázárta belülről. Vajon ki tehette ezt az ármányságot?

Itt, a hegyek közelében a hőmérséklet rohamosan esett az éj folyamán. Nem is gondoltunk rá, hogy kabátot vigyünk, most viszont reszkettünk a hidegben. A pánik is hozzájárult, hogy imádkozni kezdjek, amikor az egyik oldalajtó felett kigyulladt a lámpa, és János atya, iskolánk hittanárja tűnt fel a kapuban.

– Jó, hogy még hazajöttetek.

Nálunk rémültebb kalandvágyó bagázs még nem lépte át a Manréza küszöbét. Rossz volt a lelkiismeretünk, és meg voltunk szeppenve, vajon mi lesz ennek a következménye.

– A vendéglátó jezsuita atya haza fog küldeni benneteket holnap reggel, amikor tudomást szerez ostoba, és felelőtlen viselkedésetekről. Menjetek most ágyba, és kérjétek a Jóistent, hogy bocsásson meg!

– János atya, kérem, bocsásson meg nekünk! Borzasztóan sajnálom, amit tettünk.

– Igen, megyünk gyónni holnap, mindent megteszünk, hogy megmutassuk, mennyire bánjuk.

A szobámban elővettem kis keresztemet a zsákból, kitettem az éjjeliszekrényre. Összekuporodva az ágyamban olyan nyomorultul éreztem magam, mint talán még soha. Még fogságom első éjszakáján sem. Akkor legalább tiszta volt a lelkiismeretem, most bűntudattal teli. Akkor az életem volt veszélyben, most a lelkem a tét. Nem mintha nagy bűnt követtem volna el, hanem mert nem álltam ellen, hát így hozta a sors.

– Kérlek, édes Istenem vegyél vissza, fogd meg a kezemet, és ne engedd el soha!

A reggeli hét órakor kezdődött a nagy ebédlőben a szilencium betartásával. Meg sem mertünk mukkanni. János atya és a többi gimnáziumi tanár, akik velünk voltak a lelkigyakorlaton, nem vettek tudomást álmos együttesünkről, ahogy megpróbáltunk elvegyülni a tömegben. Alvaro atya egy fohásszal kezdte, majd arról beszélt, hogy a Jóisten megbocsátja a bűneinket, ha igazán megbánjuk őket.

– Mivel Isten úgyis tud mindent, azt is tudja, hogy igazán bánjuk-e bűneinket, vagy csak hamiskodunk. Őt nem lehet becsapni. Amikor gyónni mentek ma délután, és remélem, mentek, gondoljatok erre, vagy inkább ne is menjetek!

A délelőtt eltelt anélkül, hogy bármi jele lett volna, hogy János atya elárulhatott minket. Azt hiszem, a Jóisten üzent neki valamit az érdekünkben.

Délután Kaszap István jezsuita novícius szent életéről emlékeztünk meg, aki néhány évvel azelőtt halt meg, tizenkilenc éves korában. Hite és odaadó istenszeretete segítette elviselni hoszszú, fájdalmas betegségét. Sebek, fekélyek borították egész testét, szeptikus láztól szenvedett hónapokig, ebben az épületben, ahol novícius volt. Mielőtt meghalt, ezek voltak az utolsó szavai szüleihez: „Ne sirassatok engem, ez most a mennyei születésnapom."

Az évek során sok közbenjárást és csodát is tulajdonítottak neki. A katolikus ifjúság példaképe lehetne.

Kivéve egy dolgot.

Csalt a számtanvizsgáin.

Egyszerre mindenki felébredt. Még Kovács tanár úr is, akinek a szempillái már lekonyulóban voltak az ebéd utáni alvás hiánya miatt. Pislogni kezdett és felemelte a fejét. Kaszap István, folytatódott a történet, nagyon vallásos fiatal diák volt és tornászbajnok is, de a számtan nem ment neki. Valahogy megtudta, hogy az öreg tanáruk időnként ugyanazt a dolgozatot adta nekik, amit néhány előző osztálynak. Előre ismerve a példákat hirtelen kitűnő eredményeket ért el. Miután a szóbelin közel sem szerepelt olyan jól, az igazság hamar kiderült. Gondolom, később ő is megbánta, fejezte be Alvaro atya.

Lesüllyedtem a székemen, amennyire bírtam, és nem mertem Kovács tanár úr felé nézni. Ez egy katasztrófa. Soha nem kellett volna idejönnöm. Kovács tanár úrnak semmi keresnivalója itt, és Kaszap István is jobban tudhatta volna, mit csinál.

Mert én is ezt műveltem néhány barátommal már évek óta. Soha nem szerettem a számtant, mértant, gyökvonást, semmit, ami a matematikával valamilyen kapcsolatban áll. Az első években még átcsúsztam kevés készüléssel is, de a felsőbb osztályokban valamit ki kellett találnom, hogy javuljanak az eredményeim. Unokatestvérem, Emike néni nálam nyolc évvel idősebb fia, egy számtangéniusz, a műegyetem tanára, magánórákat adott, amikor hazalátogatott. Őt is Kovács tanár úr tanította számtanra évekkel korábban, és minden vizsgafüzete el volt téve. Meg voltunk lepve, hogy évekkel azelőtt majdnem ugyanazokat a példákat kapták, mint most mi. Vannak még csodák! Attól kezdve mindig tudtam, mi lesz a következő dolgozat, és a feladatokat mind remekül meg tudtam oldani, kis, lényegtelen hibákat ejtve, hogy mégse legyen olyan feltűnő. Hogy ne én legyek az egyetlen, aki hirtelen ilyen javulást mutat, megosztottam titkomat legjobb barátaimmal. Így az egész osztály átlaga jobb lett. Ez mindenkit boldoggá tett, még Kovács tanár urat is, aki büszke volt rá, hogy tanítványai javulnak.

Ám most az általában szórakozott Kovács tanár úr, mintha élénkebben vakarta volna szemöldökét, és másnap, amikor a vonaton mentünk hazafelé, többet pislogott felém, mint szokott. Próbáltam kerülni, amennyire csak lehetett.

„SZÉP VAGY, GYÖNYÖRŰ VAGY MAGYARORSZÁG"

Karácsonyestét, Jézus születését a régi hagyományok szerint ünnepeltük otthonunkban. Hálát adtunk a Jóistennek, hogy elküldte fiát, a Megváltónkat, és hogy megsegített bennünket az elmúlt szörnyű évben. A karácsonyfa ott állt, a megszokott helyen, ezüst szaloncukorral, misztikus angyalhajjal és igazi gyertyákkal díszítve. Anyám odatette mellé a kis betlehemi jászolt, hogy ne feledjük, miért is van karácsony.

„Oh, gyerekkorom szép emlékeképpen, visszajöttél mégis, úgy ahogy volt régen."

Vacsorára mi más lett volna, mint aranybarna, ropogós kacsa vöröskáposztával és tepsiben sült krumplival. Aztán a szokásos diótorta, fenyőgallyal díszítve, mi mást is lehetne kívánni. Apám kinyitott egy üveg pezsgőt – hashajtóért kapta cserébe, csak, jaj, mások meg ne tudják. Szüleim úgy döntöttek, az idén ajándékozás helyett inkább egy nálunk szegényebb családnak viszünk karácsonyi ebédet.

– Azt hiszem, megtaláltam a családot, amelyikhez holnap elmegyünk – mondta apám. – Találkoztam Lajossal, régi barátommal, a cigánybanda prímásával. Panaszkodott, hogy nincs munkájuk, az étterem, ahol játszottak, bezárt. Senkinek nincs kedve mulatni, akinek meg volna, annak nem szeretné húzni. Na, mondtam, mi segítünk majd ezen, hozzuk a karácsonyi ebédet, a bort és a tortát, te csak gyantázd a vonódat, hangold a húrokat, jön az egész család.

– Ez jó ötlet. Ismerem a fiát, Lajit, együtt jártunk elemi iskolába, az udvaron sokat fociztunk. Marisnak csak meg kell sütnie a pulykát, Bécó hozza a bort, amit köhögés elleni szirupért kaptunk. Na de kíváncsi vagyok, hogy is fog ez menni.

– Odanézzetek, havazik! Lehet, hogy fehér karácsonyunk lesz? Meseszép, nagy pelyhek hullottak, és a park kezdett téli varázsképet ölteni. Mire elindultunk az éjféli misére már hó borította az utcát. Olyan jó volt látni a hópelyheket a lámpák fényében, ahogy a szél felkavarta, megforgatta, arcunkba fújta őket! Tavaly ilyenkor még de sötét volt minden!

Kétszáz éves barokk templomunk gyönyörűen fel volt díszítve, fenyőfákkal az oltár körül. A betlehemi jászol a kis Jézussal most is ott volt az egyik oltár előtt, nem messze Szent Ágnes képétől. Vajon hol lehet most az a másik Ágnes? Anyám egy pillanatra rám mosolygott. Láttam ő is erre gondol. De ez már a mi kis titkunk marad. Az ifjúsági kórus karácsonyi énekkel töltötte be a templomot. Mindenki olyan boldognak látszott. Ezért szeretem a karácsonyt. Minden évben lehet ünnepelni az Ő születésnapját.

Gyönyörű téli kép fogadott, amikor mise után kiléptünk a behavazott térre. Hóval takart fehér házak, fák és bokrok köröskörül, mintha Monet téli képeit próbálnák utánozni. (Vagy talán fordítva?)

A sok gyerek felébredt a friss levegőn, új erőre kapott, vadul csúszkált, rohangált. Repültek a hógolyók, majd ők maguk is, bele a természet puha paplanjába.

Másnap délben elindultunk a külvárosba meglátogatni a Kolompár családot. Az utakat már vastagon fedte a hó. Aki nem bírt vagy nem akart békén otthon ülni, elindult, hogy meglátogassa szeretteit. A kitaposott keskeny árok mentén tartottunk Kolompárékhoz. Ez is egy jó ok volt.

– Pulykát eszünk ma, káposztával, borral, Laji biztos vár ránk, korgó gyomorral – dudorásztam magamban.

– Azt hiszem, túl sok pezsgőt nyakaltál be reggelire, morgott rám a bátyám, ám cipője lemaradt a lábáról a hóban, miközben menekült a hógolyóm elől. Hamar megtaláltuk a füstölgő kéményű kis fehér házat. Nem lehetett eltéveszteni, ahogy közeledtünk, jó néhány gyerek rohant ki az ajtón.

– Boldog karácsonyt! Mit hoztatok?

– Pulykát eszünk ma, káposztával, borral… – de mielőtt folytathattam volna, a bátyám közbelépett, hogy befogja a számat. Már rég megtanultam, mikor kell visszavonulnom és hagyni, hogy győztesnek érezze magát. Bezsúfoltuk magunkat a jól fűtött konyhába, ahol a családi élet zajlott a sok gyerekkel. A sarokban egy kis karácsonyfa állt. Kopasz ágain csak a szaloncukrok ezüst papírfoszlányai lógtak. Jó, hogy hoztunk rá újat.

A füstös arcú Laji, talán a legidősebb köztük, örömmel köszöntött.

– De jó hogy gyüttél, öreg cimbora, nem láttalak rég, de úgy vélem megnőttél, nagyobb, vagy mint én. Pedig megfordítva volt az régen.

Megöleltük egymást, és máris mesélni kezdett az indiai filmről, amit múlt héten látott a moziban.

– Persze, tudod, alul a magyar fordítás ott volt betűkkel, de én sokat megértettem abból is, amit beszéltek. És a legtöbbje hasonlított a fajtabelijeinkhez. Úgy vélem, onnét gyüttünk mi is, büszke vagyok rája.

– Emlékszel, mi tanultuk a Tisza-parti elemiben, hogy a magyarok is valahonnét onnét származnak, Mongólia, Tibet környékéről, csak mi hamarabb értünk ide, mint ti. Ugyanaz volt a cél, nyugat felé vándorolni. Hiszen azt akarja a legtöbb migráció ma is, merthogy ott könnyebb az élet.

– Na, ha befejeztétek ezt az értekezést, talán elkezdhetünk vacsorázni – mondta apám

Valahogy elfértünk a konyhaasztal körül, az apraja a macskaasztalnál dünnyögte a hálaadást, anyám imáját követve. Aztán nekiestünk az ínycsiklandó ünnepi lakománák. Egyszerre csend lett. Kivéve azt a néhány kisebb lurkót, akik tele szájjal, jó étvággyal majszolták a pulykát, kenyeret.

Nemsokára öreg Lajos papa gyantázni kezdte a vonóját, megpengette a húrokat, helyén van-e még a hang. Aztán rákezdett a csodaszép, ábrándos nótákra. Népdal volt-e vagy cigányzene? Ezen már vitatkoznak Bartók óta, de az biztos, olyan szépek, hogy Liszt Ferencnek kedve támadt zongoráján vinni hírét a világba.

– Na, Béla, most rajtad a sor, dalolj szépen, én majd követlek! Nem sokáig kellett apámat kéretni, bársony meleg hangján rákezdte a füstös szobában.

„Szép vagy, gyönyörű vagy, Magyarország, gyönyörűbb,
mint a nagyvilág.
Táltos paripákon tovaszállunk, hazahív fű, fa, lomb, virág."

És folytatta, egyiket a másik után. Mi meg vele dúdoltunk halkan. A végén a kedvencét énekelte, ma már értem, miért.

„Mondd meg, hogy imádom a pesti nőket, ha arra jársz,
Mondd meg, hogy nem tudom feledni őket, ha arra jársz,
Nézz le a Lánchídról a vén Dunára, ha arra jársz,
Mondd meg, hogy elfogja lelkemet-testemet a vágyó néma láz,
Öleld meg Pestet, az én drága Pestemet, szívedből, ha arra jársz."

A pulyka a végét járta, a diótorta is elfogyott, de a dallamok szívünkben maradnak örökre. A szél arcunkba kavarta a havat, amikor jóleső érzéssel kiléptünk a kora esti télbe. Ez volt talán a legjobb karácsonyunk.

A Nemzetgyűlés 1946. január 31-én elfogadta az 1946. évi I. törvényt, amit úgynevezett „csonka alkotmánynak" is szokás nevezni, s amelyben deklarálta, hogy Magyarország államformája köztársaság, és bevezette a köztársasági elnöki tisztséget is. Ezt vitattuk meg az egyik osztályfőnöki órán. A tanárunk tudni akarta, mi a véleményünk arról, hogy az ezeréves Magyar Királyság mögött bezárult a történelem kapuja. Arról persze nem fogunk beszélni, hogy Szent István felajánlotta mennyei Anyánknak a Szent Koronát és védelmére bízta az országot. A Vártemplom oltárképén a koronázott Mária-királynő még ma is látható.

– Több száz éve nincs az országnak igazi magyar királya – indította meg a vitát Geyza, történelmi szaktudósunk. – Ha mélyen begondolunk, Mátyás király volt talán az utolsó. Azóta a koronáért idegen uralkodócsaládok harcoltak, sokszor még egymás ellen is. Később a Habsburg család használt ki minket önző céljaira, ahelyett, hogy a magyar nép érdekeit képviselte volna. A legjobb esetben önkényes uralkodók voltak a Habsburgok, ám sokszor kegyetlen zsarnokok.

– Ferenc József császár több száz szabadságharcos kivégzését hagyta jóvá 1849-ben, amikor az orosz cár segítségével eltiporták a forradalmat – jegyezte meg Nándi, akinek dédapja az elesettek között volt. – Akkor Miklós cár rontott hazánkra, most meg egy másik cár, Sztálin.

– 1914-ben ugyanaz a Ferenc József, akkor már egy öregember, hadat üzent Szerbiának, Tisza István miniszterelnök tanácsa ellenére – folytatta Geyza. – A császár fontosabbnak tartotta a Habsburg-ház egyeduralkodói hatalmát fenntartani, mint sokféle nemzetiségű népeinek jólétét biztosítani. Az a kis balkáni csetepaté, amit csak néhány hétre terveztek, az első világháborúhoz vezetett, és az Osztrák–Magyar Monarchia összeomlásával végződött. Ahelyett, hogy Ferenc József és elvakult udvara legalább részleges alkotmányos jogokat és valami önállóságot biztosított volna a birodalom népeinek, makacsul ragaszkodott a zsarnoki hatalomhoz. A császár fia, Rudolf, aki látta, hogy mindez hová vezet, nem bírta kivárni, hogy eljöjjön az ő ideje, összeroppant és megölte magát. Mennyire más lenne Európa térképe ma, ha ő ült volna a trónon!

– Így a császár halála után, IV. Károlyt koronázták meg a háború alatt. Ő volt az utolsó magyar király. Az Osztrák–Magyar Monarchia összeomlása után Madeira szigetére száműzték, ahol

1922-ben halt meg. Jó ember volt és vallásos, de nem igazán királynak való. Nem is arra nevelték. Elsőszülött fiának, Ottónak kellett volna követnie a trónon, de a történelemben nem ez volt megírva. Az igazság az, hogy most, a másik vesztett háború után sincs a magyar népnek igazi királyjelöltje. Hát nincs más választásunk, mint alkotmányos köztársaságot alapítani, amit egy demokratikusan megválasztott parlament kormányoz – fejezte be Gejza.

– Tehát köztársaság vagyunk – állapította meg tanárunk. – Nos, mit gondoltok az alkotmányunkról?

– Úgy tűnik, hogy garantálja jogainkat, jegyezte meg Miska –, személyes szabadságunkat, a tulajdonjogot, a szólás- és sajtószabadságot, a vallás szabad gyakorlását is beleértve. Tartalmazza, hogy az ország polgárainak természet adta és elidegeníthetetlen jogai vannak, s ezt nem lehet elvenni tőlük törvényes eljárás nélkül. Mindez és még sok más rendben volna.

– Kivéve egyet, és ez az egy élet-halál kérdése – vágott közbe László, aki mindig nagyon otthonosan mozgott jogi dolgokban. Hát persze, hiszen apja ügyvéd.

– Miután az alkotmányt megszavazták – folytatta –, a kommunisták kierőszakoltak még egy törvényt, az 1946. évi VII. törvénycikket, amely a demokratikus államrend és a köztársaság büntetőjogi védelméről szól. Ezt a törvényt nemcsak a demokrácia védelmére lehet felhasználni, de ha a hatalom egy erőszakoskodni akaró párt kezébe kerül, akkor a demokrácia megsemmisítésére is. A törvény azt is lehetővé teszi, hogy nemcsak a vádlottakat, hanem azokat is felelősségre vonják, akik nem jelentik fel az állítólagos bűnözőket.

Erre nagy csend lett az osztályban. Emlékeztem az alapvető jogi tételre:

„Nincs bűncselekmény törvény nélkül, nincs büntetés törvény nélkül."

Most van egy új törvény. Csak egy bűntettet kell találniuk, és ha nincs, még akkor is meg lehet büntetni. Elég, ha valakire azt mondom, hogy te elkövetted.

– És ez még nem minden. Mint tudjátok, Vorosilov, a Szövetséges Ellenőrző Bizottság parancsnoka, alapjában a legfelsőbb hatalom Magyarországon, ráerőszakolta az új kormányra, hogy Rajk, a kommunista párt tagja legyen a belügyminiszter. Ez azt jelenti, hogy ő lesz a rendőrség vezetője, és az új törvény végrehajtása is az ő kezében lesz. Megszervezik a politikai rendőrséget, az úgynevezett államvédelmi osztályt, ami a német Gestapo vagy a szovjet politikai rendőrség, a KGB mintájára minden törvény fölött áll, bárkit letartóztathat államellenes tevékenység címén, így keltve félelmet a lakosságban.

– Egyszóval visszasüllyedünk oda, ahol a náci időszak alatt voltunk – sóhajtott Nándi.

– Nem, annál sokkal rosszabb a helyzet. Nekik nem volt ilyen nagy hatalmuk, és az is csak rövid ideig tartott. Ezeknek minden a kezükben van, és csak most kezdődik.

„VASFÜGGÖNY ERESZKEDIK LE EURÓPÁRA"

Orgonabokrok bódító illata töltötte be a parkot, a házunk táját. A tavasz olyan erővel rontott ránk, mint talán még soha. Vagy csak hosszú volt a tél, és a föld oly hirtelen született újjá mámoros leheletével. Ez a legszebb évszak, legalábbis nekem. Ilyenkor át szeretném ölelni az egész világot, vagy legalább egy kis részét, mint azt a formás lábú, csinos lányt, aki előttem sétál, olyan, mintha táncba menne. Oké, talán nem is olyan csinos. De a tavasz ezt teszi velem. Ősszel, esőben észre se venném ezt a kis tramplit, most viszont alig várom, hogy közeledhessek hozzá.

Ahogy utolértem és megláttam az arcát, kitört belőlem a nevetés.

Hát ki más lett volna, mint kedvenc osztálytársam, táncpartnerem, aki megosztotta velem ágyát valamikor régen, hát ki más, mint Ika.

Vidáman megöleltem, ő is mosolygott rám. Aztán egy darabig nem tudtuk mitévők legyünk, elindultunk a park felé, ahová minden út vezet.

– Úgy örülök, hogy véletlenül beléd ütköztem, Ika, hisz nem láttalak a választási mulatságok óta. Hogy éled túl a lányiskola magányát, ahol nem nyüzsögnek körülötted a fiúk? Hiányoztam neked?

– Egy kicsit depressziós lettem, amikor osztályaink különváltak, és nem láttalak soha, de aztán hallottam a Manréza-ügyet, és megvigasztalódtam.

– Hallottál róla?

– Hogyne hallottam volna? Az egész iskola azon mulatott,

hogy az éveken át elért számtani sikereidnek milyen röhejes vége lett.

– De legalább egy szenttől kaptam a leckét, így a lelkigyakorlat nem ment kárba.

– Hogy ment volna kárba? Bármilyen lelkigyakorlat jót tesz neked.

– Jót is tett, mert azóta néhányan összefogtunk és külön számtanórákat tartunk, hogy javítsunk az átlagunkon.

– Hát ennek örülök, mert a matematika az alapja minden tudománynak és a természetnek is. Isten a végtelenség legfőbb matematikusa. Mellékesen közlöm veled, hogy már felvettek a Budapesti Műegyetemre. Jövőre oda fogok járni.

– Le vagyok nyűgözve! Mindig tudtam, hogy jól tudsz számolni. Különösen, amikor az utadba tévedt összetört szíveket kell számon tartanod. Biztos vagyok benne, hogy a nagyvárost is elkápráztatod szikrázó egyéniségeddel. De addig is volna egy ötletem, hogy gyakorolhasd tudományos bájaidat. Mi volna, ha csatlakoznál a mi kis magánóráinkhoz? Geyza, Tibor és Péter állandó résztvevők. Gyere, és megoszthatod lenyűgöző adottságaidat ezzel a néhány fogyatékossal!

– Nem is rossz ötlet! Most adtál nekem egy kis bizalmat. No nem benned, hanem magamban. Mikor lesz a legközelebbi megbeszélésetek és hol?

– Holnap háromkor nálam, mert ez az egyetlen hely így tavasszal, ahol külső hatások nem zavarják a koncentrálásomat.

– Ha a szüleid tudnak róla, akkor elmegyek, de viszem magammal Ilonát is. Be nem mennék az oroszlánbarlangba egy szelídítő nélkül!

– Rendben van. Tudtam, hogy számíthatok rád, különösen, amikor megemlítettem, hogy Geyza is ott lesz. Megmondom a fiúknak, hogy jöjjenek a könyvekkel, pihent aggyal, felszívni mindazt a tudományt, amit ti, lányok megosztotok velünk.

– Jó, talán ott leszek. Különben Geyza nem az én esetem. Nem kedvelem az ő kis Frank Sinatra-féle mosolyát.

– Hát akkor ki az eseted?

Erre a kérdésre – mint már oly sokszor– nem kaptam feleletet, de ahogy befordult az ajtón, egy játékos „isten veled"-puszi sok mindent elmondott nekem.

A fiúk nem voltak elragadtatva a tervemtől. Igazán nincs szükség arra, hogy lányok oktassanak minket. De egye fene, ha nem veszik el a figyelmünket, adunk nekik egy lehetőséget – mondták. Noha ez most komoly dolog, nincs időnk bolondozni. Itt az érettségi a nyakunkon.

Nem akartam hinni a fülemnek. Jól hallottam én ezt? Ezek az én barátaim? És ezek nem akarnák a lányok társaságát? Még tanulásban sem? Ennyivel gyorsabban nőnek ezek fel, mint én?

A végén mindenki ott volt. Maris fintorgott, amikor kinyitotta az ajtót a lányoknak, de hamar eltűntünk emeleti birodalmamban. Mindenki természetesen próbált viselkedni, mintha ez egy mindennapi esemény volna. Pedig nem úgy volt. Megjátszottuk magunkat. Gimnazista fiúk, lányok együtt egy kis oázisban. Tanulni fognak? Hah! Hidd el, ha akarod!

Mégis megpróbáltuk komolyan venni a dolgot, és elkezdtük az év első fejezetével. Tele lett a szoba a sok számtankönyvvel, füzettel, vonalzóval, ahogy fokozatosan átvettük a fontosabb részeket. Órák múlva úgy láttam, talán mégis van ennek valami értelme, és javasoltam, jöjjünk össze rendszeresen, amíg elérjük, hogy ne legyen szükség a dolgozatok manipulálására. Kaszap István is biztosan egyetért ezzel.

A nap már lemenőben volt, amikor jóleső érzéssel kiléptünk a teraszra. Kicsit reménykedtem, hogy Ika esetleg nálunk marad, de még nem volt itt az ideje. Na, talán majd egyszer.

A nyolcadik osztály utolsó szabadon választott előadásán minden felsős részt vehetett. A sok kitűnő, ám vitatható tartalmú beszámolót Péter nyitotta meg. Arról beszélt, hogy a szélsőbaloldal reakciósnak, nácibarát fasisztának, háborús bűnösnek bélyegezte meg az értelmiségieket, a volt Horthy-rendszer tisztjeit, közszolgálati alkalmazottait, üzletembereket, földtulajdonosokat, papokat vagy akárkit, akit ott a nép ellenségének tartottak. A legszembetűnőbb volt Horthyt, a volt kormányzót fasisztának bélyegezni és egy kalap alá venni a nyilasokkal. Úgy állították be, hogy az ő huszonnégy éves uralma és Szálasi néhány hónapos terrorja között semmi különbség nem volt. Nos, Horthy nem volt fasiszta, sem náci. Lehet, hogy követett el hibákat, talán túl sokáig hezitált, hogy kiugorjon a háborúból, de becsületes ember volt, és mindent elkövetett, hogy megőrizze országunk függetlenségét. Így – ahogy történt – 1944. március 19-éig, amikor a nácik megszállták az országot, egy zsidót sem deportáltak Magyarországról. Sőt, addig sok üldözött menekült ide a környező országokból. De nem volt képes megállítani a vidéki zsidóság deportálását a megszállás után. Ám Budapestről százezrek elhurcolását akadályozta meg. Utasítására Koszorús Ferenc ezredes páncéloshadosztálya elzárta a budapesti gettóhoz vezető utcákat, és ezzel meggátolta a pesti zsidóság elpusztítását.

– Angol és zsidó barátaik segítették Horthyt és családját a száműzetésben élete végéig. Soha nem volt svájci bankbetétje, és nem hagyott vagyont maga után.

– Mit tehetett volna másként, hogy történelmünk jobb irányba térjen? – kérdezte egy hetedikes.

– A legnagyobb hibát talán ott követte el, hogy nem mondatta le Bárdossy miniszterelnököt, aki 1941-ben meghatalmazás nélkül hadat üzent a Szovjetuniónak. Az odaküldött 200 ezer rosszul felszerelt katonának és 50 ezer munkaszolgálatosnak több mint a fele halt meg az első évben. További 100 ezer ember megfagyott vagy hadifogságban pusztult el. Nem volt még nemzet, amelyik ilyen sokat vesztett ilyen rövid idő alatt. A tetejébe, hogy Hitler kedvébe járjunk, még Amerikának is hadat üzentünk.

– De tegyük fel, hogy Horthy semlegességet hirdet, és nem avatkozunk be a háborúba Hitler oldalán – vetette fel egy másik.

– Akkor valószínű, hogy Hitler már 1941-ben megszállta volna az országot. Egy nácibarát magyar bábkormány gátlás nélkül küldte volna a magyar csapatokat a vágóhídra, és az összes magyar zsidó elpusztult volna. Két sátáni nagyhatalom vetélkedése között nehéz tisztességesen veszíteni.

Tibor az inflációról tartott előadást. A kormánynak nincs jövedelme, és pénzt kell nyomtatnia, hogy fizetni tudja a béreket, közös költségeket, jóvátételt, mert vesztes ország vagyunk, így a pengő egyre inkább veszített az értékéből. A kereskedelem megbénult, mert senki sem akarta elfogadni az elértéktelenedő pénzt. Nincs megállás, az ország a csőd felé rohan. Hacsak meg nem szorítjuk a derékszíjat, és nem költünk többet, mint amennyit megkeresünk. Így van ez az egyénnel és az országgal is. A baj az, hogy ha ez nem áll meg, az első világháború utáni Németország sorsára jutunk, ahol az infláció teljes káoszhoz vezetett. Aminek az lett a következménye, hogy a szélsőséges pártok – mint a nemzetiszocialisták – kerültek uralomra. Kicsiben mi is ezt láttuk tavaly, az úgynevezett „feketekereskedőkkel" kapcsolatban.

Geyza tartotta a legérdekesebb előadást, Churchill beszédéről, amit a Missouir állambeli Fultonban mondott ez év márciusában. Truman elnök maga kísérte oda vonaton. Negyvenezer ember ment el meghallgatni Churchillt a kis hétezer lakosú városba, ahol tiszteletbeli doktorátusát is átvehette a Westminster kollégiumtól. A tömeg nem csalódott benne. Először méltatta Sztálin és az orosz nép hozzájárulását a győzelemhez, aztán dicsérte Amerikát, ahogyan a demokráciát és a szabadság eszméjét ünnepélyes magaslatokra emelte, ami egyszersmind azzal a kötelezettséggel is jár, hogy megvédje a világ népeit a martalócoktól, a zsarnokságtól.

– Majd pedig hosszú, Churchill-féle értekezésbe kezdett a világ mai helyzetéről. A szovjetek – kihasználva a győzelmet – erőszakosan terjesztik a bolsevizmust, elsősorban Közép és Kelet-Európában, ahol ma a Vörös Hadsereg az uralkodó, kizsákmányoló hatalom. Történelmi jelentőségű beszédének üzenete kimagaslott az eddig hallottak közül. Ezért is hívja a világ ezt „vasfüggöny-beszédnek".

„A Balti-tenger melletti Stettintől az Adriai-tenger partján fekvő Triesztig vasfüggöny ereszkedik le a kontinensre" – mondta. Az üzenet bejárta az egész világot. Úgy fejezte be, ezekben az aggodalmas időkben arra kell törekednünk, hogy amit olyan sok szenvedéssel és áldozattal értünk el, ne vesszen kárba a jövő dicsősége és az emberiség biztonsága számára.

Sokan emelték fel kezüket, hogy hozzászóljanak és kérdéseket tegyenek fel, vajon mennyire válhatnak valósággá ezek a prófétai jóslatok. Többnyire úgy láttuk, hogy mély szakadék alakult ki Nyugat és Kelet között. Demokrácia, szabadság az egyik oldalon, diktatúra és terror a másikon.

Megpuhulhat az vas a függönyben? Lehet az majd bársonyból is egyszer? Meg tud-e a két oldal egyezni egy boldogabb jövőért? Vagy elhidegülnek egymástól két ellenséges táborba, mígnem egy atomháború megolvasztja őket? Mindez idő kérdése. Mi azonban ismét a rossz oldalon vagyunk.

Az előadások végén Szatyi, osztályunk házi poétája olvasta fel legújabb verseit. Melegszívű egyéniség volt, ennek megfelelően a természetről és a lányokról szóló költészete tele volt érzelmességgel. Utolsó verse váratlan, szomorú fordulattal végződött. Álmaiban elszállt a rónák végtelenjébe, aranysárga búzamezőkről, útszéli vörös pipacsról regélve. Vihar jött hirtelen, megrázva a virágszirmot, vércseppekké váltak azok, meggyalázott magyar lányok vére folyt ott. Majd égszakadás mosta el az álmot, s vége lett a képnek.

Könnyes szemmel öleltük meg, amikor elhagytuk a termet. Bár öleltem volna tovább, és bújtattam volna el az erdőben őt, a mi Walesi bárdunkat, mert még aznap éjjel elhurcolták és véresre verték az álmai miatt. A kommunista terror itt van nálunk, a kertünk alatt.

Néhány nappal később, amikor véraláfutásos szemmel visszamerészkedett az iskolába, elmondta mi történt vele.

– Késő éjjel, amikor már rég aludtunk, vadul elkezdték rázni az ajtót, kopogtak az ablakon. Durván félrelökték a szüleimet, amikor megkérdezték, hogy mit akarnak a rendőr urak. Kirángattak az ágyamból, ki az utcára, majd belöktek egy nagy autóba. Jó néhány ütést mértek a fejemre, aztán már nem emlékeztem semmire. Egy sötét pincében tértem magamhoz, hideg vizet öntöttek a nyakamba, rugdaltak és rám tapostak a sáros csizmájukkal. „Na, ez jár neked a vörös pipacsért, meg a véres búzamezőért!", ordították.

Hát így állunk! Remegtem az utálattól, a félelemtől. Hol tiltakozhatnánk, hová mehetünk panaszra? Hol van a törvény, a szólásszabadság? Őt nem vádolta senki, nem volt tárgyalása, nem ítélték el! Ez hát a népítélet? Így még a nácik se viselkedtek. Valami történt a mi kis városunkban aznap este. Egy sötét korszak eljövetelét éreztük.

Sokat kell még imádkoznunk! Csak Isten állíthatja meg az ördögi tervet. Ha akarja.

De vajon akarja-e?

Érettségiztem. Átmentem mindenből. Lehetett volna jobb is, de elég jók az eredményeim ahhoz, hogy bejussak az orvosegyetemre. Talán.

Júniusban, egy gyönyörű délután volt a ballagás az iskolánkban. Fehér zakóban, kék búzavirággal a hajtókánkon, karonfogva vonultunk a folyosón, osztálytermeken át. Énekeltük régi diáknótáinkat és az újakat, amelyeket mi kreáltunk latin versekből, amerikai katonai indulók dallamára. És könnyeztünk. Miért olyan nehéz mindezt elhagyni, amikor már alig vártuk, hogy vége legyen?

A szülők, tanáraink, a többi diák és persze a lányok, mind ott sorakoztak a fal mellett, virággal a kezükben, nevetve vagy sírva, ki hogy érzett abban a pillanatban. Amikor kiléptünk az utcára, rendkívüli kép fogadott. Egy parasztszekér állt a bejárat előtt felvirágozva, befogott lovakkal, s a kocsin egy zongora állt. Azt már előre elterveztük, hogy énekelve megyünk körbe a város főutcáin, tudtára adva mindenkinek hogy „Ballag már a vén diák, tovább, tovább...". De az nem volt benne, hogy egy zongora is lesz a szürke lovak mögött. De hát így történt. A szülők ötlete volt, mert tudták, hogy szeretjük az élő zenét és a cirkuszi hangulatot.

László nem sokat teketóriázott, felugrott a zongora mögé, és a pedált nyomva elkezdte játszani fortissimóban: „Arma virumque cano, Troiae qui primus ab oris..."

És megindult a parádé a város főutcáin. Elöl ment a lovas kocsi a zongorával, mi, fiúk utána, aztán a fiatalabb osztályok, és mindenki más, akik már alig várták, hogy túladjanak rajtunk. Emberek integettek az ablakokból, teraszról, ahogy vonultunk körbe vidám énekszóval, pezsgőt szopogatva. Amikor az orosz parancsnokság elé értünk, új zongorista vette át a széket, s ez valahogy megszakította a zenét, csendben mentünk egy darabig. Aztán újrakezdtük zajos vidámsággal.

Az érettségi táncmulatságot a gyönyörű szép Tisza Szálló kerthelyiségében rendeztük. Ki volt világítva színes lampionokkal, és igazi dzsesszzenekar játszott, hogy a mi zenészeink is tudjanak mulatni. Hivatalos volt minden lány az osztályunkból és még a város legszebbjei is. Jöttek persze, hogyne jöttek volna. Szabad volt a választás, mindenkivel lehetett táncolni, még hölgyválasz is volt. Így történt, hogy egyszer Ika jött oda hozzám mosolyogva.

– Táncolnál most velem, te érett fiú?

Boldogan öleltem és vittem őt a táncba.

– Már attól féltem, nem fogsz felkérni – mondtam.

Beolvadtunk a tömegbe a fényes táncparketten, a kert közepén, a slow-fox romantikus ritmusára, amit a legjobban kedveltem, kedvenceimmel a karomban. És Ika az volt, nagyon tetszett nekem. De nem akartam, hogy tudja, mindig megjátszottam a közömböst. Ez eddig bevált, mivel láttam, hogy bosszantja. Mert valahogy mindig arra vágyunk, ami nem a miénk, sose elég az, ami van. Ám most úgy éreztem, nem játszhatok tovább, az út végéhez értünk. Nemsokára elmegy az egyetemre, és ki tudja, mi lesz az én sorsom. Most van itt az ideje, hogy megmutassam, mit érzek, és választ is kapjak rá.

– Van egy javaslatom Ika. Menjünk át a házunkhoz, a szomszédba. A szüleim elmentek vendégségbe, a zenét hallgathatjuk fent, a teraszon is. Ott táncolhatunk kettesben, a tömeg nélkül, és a kilátás onnan még sokkal szebb a folyóra.

– Mire várunk? Gyere, menjünk!

A legközelebbi szünetnél, kisétáltunk friss levegőt szívni, majd át a parkon, az utcánkon, be a hátsó kapun és kézen fogva fel, az emeleti szobán át a teraszra, ahol a számtanóráink voltak nem is olyan régen. De ez most jobb. Végre kettesben vagyunk, és a hold is mosolyog ránk. A banda elkezdett játszani odaát, eljött hát az ideje, hogy feltegyem a kérdést.

– Kedves hölgyem, táncolnál velem?

Lassan simult a karomba, lépésről lépésre közeledett hozzám. Valahogy a zene is úgy hozta, hogy fejét a vállamra hajtsa. Éreztem a szíve dobbanását – vagy talán az enyém volt, ami oly gyorsan vert. Rám nézett huncut szemével, és akkor végre megcsókoltam.

A következő hetekben a Budapesti Orvostudományi Egyetem felvételi jelentkezésén dolgoztam, és interjút kértem professzoroktól, akiknek az ajánlására szükségem volt, merthogy én nem az úgynevezett munkásosztályból származom. Ráadásul választási ténykedésem miatt még reakciós elemként is nyilvántartanak.

Egy nap, amikor találkoztam Ikával és a felvételi esélyeimről beszélgettünk, azt javasolta, hogy menjek el az angol kisasszonyok templomába, a Váci utcába.

– Talán emlékszel, Gyuri, én oda jártam iskolába a háború előtt, és úgy gondolom, hogy ott találsz valakit, aki a segítségedre lehet. Közbenjárt értem, és imádságos kéréseim többször meghallgatást nyertek.

– Csupa fül vagyok. Egy pillanatig se habozzál elárulni a csodaszemély kilétét! Elfogadok bármi segítséget.

– Ne gúnyolódj! Az én védőszentem Casciai Szent Rita, a reménytelen helyzetek szentje, aki még akkor is tud segíteni, ha senki más nem. Akik a közbenjárását kérik, sokszor hihetetlen kegyelemben részesülnek, meghallgatásra találnak. A tizenötödik században élt, és már fiatal lány korában apáca szeretett volna lenni, hogy Krisztust és a szegényeket szolgálja. Más lett a sorsa. Kényszerítették, hogy egy gazdag, de hitetlen és szívtelen ember felesége legyen, aki kihasználta, kegyetlenül bánt vele. De ő nem szaladt el, nem vált el tőle, kitartott a házasság szentsége mellett, csendesen tűrte a szenvedést, és sokat imádkozott férje megtéréséért. Ahogy múltak az évek, imádsága meghallgatást nyert, férje visszanyerte hitét és jó hitvestársa lett. Később, miután férje és fiai véres összetűzések áldozatai lettek, arra szentelte életét, hogy békét teremtsen Umbria ellenségeskedő családjai között. Végül csatlakozhatott az Ágoston-rendi szerzetesekhez, ahol folytatta csodatevő tevékenységét. Azóta is imádkoznak hozzá a világ minden részén, és amikor már nincs semmi remény, ő még mindig képes segíteni.

– Úgy látszik soha nem adta fel, hogy a férjét megtérítse, hogy békét teremtsen, és hogy Istent szolgálhassa.

– Csak azt tudom mondani neked, hogy sokszor megsegített engem és a barátaimat. Menj el a kis kápolnába, térdelj le az oltárképe előtt, és imádkozz hozzá alázatosan! Nála jobb szövetségesed soha nem lesz.

Szüleim jókívánsága és imádsága kísért, amikor elérkezett az interjúk napja. Anyám ismét rajzolt egy keresztet a homlokomra, ahogy már oly sokszor tette, hogy emlékeztessen, mi a legfontosabb.

– Ne felejtsd el, Paula vár ebédre a kis új eszpresszójában, amit nemrég nyitott meg a Váci utcában!

– A Váci utcában?

– Igen. Nem emlékszel? Mondtam neked néhány nappal ez-előtt, megadtam a címet és az időpontot. Olyan boldogok voltak, hogy újra láthatnak. Ne okozz csalódást nekik!

– Nem szabad?

– Na, ne játszd meg magad, mintha nem örülnél a lehetőség-nek, megint láthatod a lányokat, Lilit!

Erre már nem volt mit válaszolni. Anyám mindig tudta, mi az érzékeny pontom.

A kora reggeli vonattal mentem, hogy legyen időm elmenni a Szent Rita-kápolnához. Egyáltalán nem voltam biztos benne, hogy segíteni fog, mivel a saját kérésemet vittem hozzá, nem a másét. Viszont nem vagyonért, földi javakért, hatalomért me-gyek. Na, majd meglátjuk.

A templom még szinte üres volt. Így hát kettesben lehettem vele, békében. Megtaláltam, rögtön a bejárattól balra. Ott volt a mély seb a homlokán, amitől évekig szenvedett.

„Ha én orvos lennék, meg tudnám gyógyítani a sebedet és még sok mindenki másét. Tudnál egy jó szót szólni az érdekem-ben, hogy a vágyam teljesüljön?"

Csend.

„A professzorok mind komoly érdeklődést mutattak, próbál-ták megtudni, miért akarok orvos lenni. Lesz-e elég erőm, ki-tartásom a hosszú tanulóévek alatt? Hogy milyen orvos lennék, hasznára lennék-e a társadalomnak? Mindent elkövettem, hogy ne egy sápadt, remegő, kisdiákot lássanak bennem, hanem va-lakit, akiből akár egy második Semmelweis is lehet. Egyáltalán nem voltam biztos, hogy meggyőztem őket. Sőt."

Ahogy mentem a belváros felé, ahol Paula eszpresszója volt, egy új, életteli Budapestet láttam. Éttermeket, kávézókat, min-denféle elegáns üzlet amerikai cigarettával, nejlonharisnyával, divatos ruhákkal, cipővel és még Hawaii-kendőt is egy viaszbaba nyakán. A Madison Avenue elbújhat a Kossuth Lajos utca mögött. Amerikai katonák feltűnősködtek a dzsipjükben, ami most minden vágya a feketekereskedőknek. De a pengőmért nem tudtam vásárolni semmit. A boltok csak amerikai dollárért árusítottak. Kíváncsi voltam, mit szólnának, ha orosz rubellel szeretnék fizetni. Megkérdeztem az egyik boltost:

– Szeretném megvenni azt a virágos nyakkendőt a kirakatban, de csak rubelem van.

Nagyon diplomatikus választ kaptam.

– Az még nem a hivatalos magyar valuta – mondta savanyú arccal –, és gyorsan becsukta az ajtót mögöttem.

Leírhatatlan volt a találkozás öröme Paulával, Lilivel és Susieval. Nevetve, sírva, véget nem érően öleltük egymást. Mintha egy második családom lenne. Paula éppolyan volt, mint régen, vidám, energiától fűtve. Susie megnőtt, olyan lett, mint a nővére volt azon a télen. Lili mosolygó kék szemével próbált felnőttként viselkedni az iskolai egyenruhájában. El kellett mesélnem mindent a családunkról, az érettségiről, az orvosegyetem lehetőségéről.

– Paula, csuda szép a presszód – mondtam –, ragyogó, és olyan modern, mintha egy olasz film alapján tervezték volna. Hogy tettél erre szert?

– Én csak dolgozom itt. A fő tulajdonos egy üzlettársam.

– Yeah. Üzlettárs – vágott közbe Susie, furcsán grimaszolva.

– Oké lányok, fiúk, kezdjük az ebédet, az asztal már terítve, és én éhezem – mondta Lili.

– Hát ez nem újság – jegyezte meg a kishúga.

– Nem látok sok változást köztetek, ti, szeretős lányok.

Ebéd után javasoltam, menjünk, sétáljunk egyet. Csak ámulok, ahogy újjáépül a város. Mennyi változás, mennyi új fejlemény!

– Láttam a parkban, csirkét sétáltattak pórázon. Ti nem csináltok ilyesmit lányok?

– Bár csinálnának, akkor lenne sok tojásunk!

– Igen sokat változtak a dolgok, és nem mindig jó irányba –

mondta Paula. – Tüntetések, élethalálharc a demokraták és a kommunisták között. Sztálin és Rákosi képe mindenütt, nincs elég ennivaló, és a dicsőséges szovjet hadsereg itt ül a nyakunkon, az amerikaiak meg hamarosan elmennek. De ti csak menjetek sétálni, nekem még dolgom van!

– Nekem is – mondta Susie.

„Milyen kegyes – gondoltam. – Ez a lány mégis javult egy kicsit."

Így csak mi ketten maradtunk.

– Lili, gyere velem, mutatok valamit a múzeumkert mellett!

– Előbb megmutatom neked az iskolámat. Itt van, néhány lépésre.

Nem akartam hinni a szememnek: az emeletes, impozáns iskola, a templom folytatása volt, ahol ma reggel imádkoztam Szent Ritához.

– Ide járok. Az angol kisasszonyok vezetik az iskolát. Itt kezdem a nyolcadik osztályt ősszel. Ma délelőtt próbáltuk fel az új iskolai uniformisunkat. Azért látsz ebben a ruhában.

– Szereted a vallási iskolát? Mentek templomba mindennap?

– Ez talán a legjobb lányiskola a városban. A barátnőim mind ide járnak, és nem kell menni misére mindennap, de én megyek. Van még valami kérdésed?

– Itt voltam ma reggel. Kértem Szent Rita közbenjárását, hogy felvegyenek az orvosegyetemre. Tulajdonképpen ámulatba ejt, hogy egyszerre mennyi jel mutat ugyanabba az irányba.

– És hogy tudjad, anyám üzlettársának a lányai is ide járnak. Innét van az ismeretség.

Lassan mentünk a belváros szűk utcáin, és arra gondoltam, hogy most először sétálunk így együtt, amikor kék az ég és a lángoló házak helyett a nap melegít, amikor zöldek az élettel teli fák és a bombák robbanása helyett gyerekkacajt hallunk. Nincs félelem bennünk, nem éhezünk. Megszorítottam a kezét, tudtam, ő is erre gondol. De mi is az, amire emlékszem? Egy félénk kis kamasz lányra, aki nemrég vesztette el az apját, és sóvárgott a szeretetre? Én menekülni akartam a szörnyű valóságtól, és hogy a szívdobogását jobb volt hallani, mint az ágyúlövéseket? Mi lett volna, ha békében találkozunk, táncos helyeken?

Majd idővel elválik. Most csak örülni kell, hogy együtt vagyunk, és hogy megtaláltam az én kis szentemet.

– Ott van a múzeumkert és balra tőle az orvosegyetem fizika-kémia intézete, ahová járni szeretnék, ha… Azt akartam, hogy lásd, és ha legközelebb bemész a kápolnába, mondanál egy kis imát Szent Ritához az érdekemben?

MEDIKUS VAGYOK

Az anatómiai intézet nagy bonctermében történt, a második hét gyakorlata közben. Az orvostanhallgatók ott foglalatoskodtak a boncasztalokra kitett, merev, barnára ázott végtagok körül, amelyek nemrég még élő, gondolkodó emberi lények testrészei voltak. Mi, tapasztalatlan elsőéves medikusok boncoltuk a formalinban áztatott lábat vagy kart, ki milyen csoportba volt beosztva.

Fehér laboratóriumi kabátot viseltünk. Gumikesztyűs kezünkben idegesen fogtuk a kést és csipeszt, de nem viseltünk maszkot, ami védett volna az orrfacsaró szagtól. Itt-ott még most is előfordult, hogy valaki sietve elhagyja a termet – hogy ne ott hányja el magát. Ám lassan kezdtünk hozzászokni a fizikai és lelki feszültséghez, amit akkor éreztünk, amikor megérintettük őket és belevágtunk a még néhány héttel ezelőtt aktív izmokba. Amikor az első nap beléptem ide és megláttam a személyzetet, amint a végtagokat kivették a formalinos kádból, lemosták a vízcsap alatt és a boncasztalra tették, ájulásszerű bágyadtság vett erőt rajtam. Szégyenszemre ki kellett mennem a friss levegőre. Azt sem bántam, ha nevetnek rajtam. Ahogy ültem a kerti padon, a gesztenyefa alatt, mélyeket sóhajtva, átfutott az agyamon, igazán akarom-e én ezt folytatni.

A mi csoportunk a karizmokat tanulmányozta. Egy könyvtartóra helyezett anatómiai atlasz utasításait követve elkülönítettük a különféle izomcsoportokat, és ahogy az ink a csontokra tapadnak. Ismernünk kellett minden izmot és annak rendeltetését. Gyakornokok fontoskodtak körülöttünk tanácsokkal, magyarázattal. Legtöbbjük mindentudó, nagyképű fickó volt, néhány évvel felettünk jártak, nagyon élvezték, hogy megjátszhatják magukat az elsőéves medikusok és főleg a medikák előtt. Néha odajöttek az asztalhoz, csipesszel kihúztak valamit a mélyből, majd megkérdezték, mit gondolunk, mi az. Ha rossz feleletet kaptak, kioktattak bennünket és nagy büszkén továbbálltak.

Egy délután tovább maradtam ott, s miután elpakoltam a műszereimet, megláttam a terem végében egy lepedővel letakart holttestet. Valami odavonzott, felemeltem a lepedő sarkát a halott fejéről, és emlékezni kezdtem. Visszaemlékeztem a tábornok arckifejezésére az elpusztult lépcsőházban, az ostrom alatt. Milyen más volt ez az arc. Valahogy ismerősnek tűnt. Ki lehet? Vajon hogy hívták? Mi volt a foglalkozása? Hogy került erre a szörnyű helyre? Hol lehet a lelke?

Idősebb férfi volt, jó kiállású lehetett valamikor, most is, holtan is jól kivehetőek voltak nemes arcvonásai. Még mindig izmos tagjai hosszan elnyúltak a kemény asztalon, ami bizonyára fájna neki, ha még élne. Most már nem számít az sem. Szerettem volna többet tudni róla, de későre járt. Így csak búcsút intettem, és mentem.

Még sok dolgom maradt aznapra, főleg átnézni mindazt, amit tanultunk. Gondoltam, ott maradok az intézet békés kertjében. Kényelembe helyeztem magam a vadgesztenyefa alatti padon, és belemélyedtem Gray anatómia könyvébe. De valahogy nem igazán kötött le a láb és kar anatómiája, az aggyal kapcsolatos fejezet jobban vonzott. Behunytam a szememet, és próbáltam magam elé idézni az idős ember agyát ott fenn a teremben. Hogy tudna az én agyam kapcsolatba lépni vele?

– Ki vagy te?

– *Nem mindegy?*

– Hogy hívnak?

– *Nincs nevem. Halott embereknek nincs nevük. Azt csak az életben, a földön használják.*

– Tudom, a lelked elhagyta a földet. Volt lelked?

– *Gondolom, hisz minden embernek van lelke. A kérdés az, hogy hogyan élnek vele. Halálunk után Isten dönt, hogy hová kerül a lélek.*

– Te hogy éltél? Sokkal jobban érezném magam, ha tudnám, olyannal beszélek, akinek a lelke a mennyországban van.

– Sajnálom, barátom. Csak Isten tudja erre a választ.

– Tehát még azt sem tudod, hogy a lelked az égben van-e vagy a pokolban?

– Gondold meg. Te egy halottal beszélsz. Mielőtt ide jutottam, a lelkem már elszállt. Attól a pillanattól kezdve az Isten kezében volt. Hogy tudhatnám, hogy mi történt vele?

– Oké. Nincs neved, és nem tudod, hol van a lelked. Mégis tudsz beszélni hozzám. Szeretném megismerni az életedet! Mik voltak számodra a boldog órák és mik a szomorúak? Mit értél el életedben s mit bánsz a legjobban? De adok neked egy nevet. Nem szeretek beszélgetni egy ismeretlennel, egy lélektelen halottal, akinek még neve sincs. Ádámnak foglak hívni.

– Ez nagyon megható. Ő volt az első ember a földön.

– Igen. És persze az első halott is. De mondd, hogy kerültél ide? Erre a helyre.

– Felajánlottam a holttestemet orvosi kutatásra.

– Hát így. Értem. Beszélj az életedről, családodról! Amire még emlékszel.

– Ez egy hosszú történet.

– Van időm, hogy belelássak az agyadba.

– Bolondos vagy. De hiszen ez úgyis csak egy illúzió, a te álmod... Remek életem volt. Orvosként sok embernek gondját viseltem. Mindent fölülmúlt, hogy enyhíteni tudtam a fájdalmukat, könnyíteni a félelmükön, hogy segíthettem őket, amiért hálásan nyújtották a kezüket. Egyszer találkoztam valakivel, akinek a varázsa alá kerültem. Ő lett a feleségem egy életre. Sok-sok szeretet, aranyos gyerekeim kacagása töltötte be gyönyörű otthonunkat. Aztán egy nap minden elveszett. Nem akartam senki terhére lenni, kicsit egyedül maradtam.

– Megbántál valamit? Ha újrakezdhetnéd, másképp csinálnád?

– Sok hibát követtem el, sok mindent megbántam. Veled is így lesz. Ám a szeretet mindig ott volt a szívemben. Ha elfogadsz tőlem egy tanácsot, azt mondom, legyen a szeretet az életed központja. És még vala-

mit. Ha egyszer találkozol azzal, akit a Jóisten neked teremtett, küzdjél érte, tarts ki mellette, és soha ne engedd el a kezét!

Esőcseppek hullottak a gesztenyefa leveléről, amikor kábultan ébredtem zavaros álmomból. Ideje volt hazamenni.

A hetedik mennyországban voltam amióta megtudtam, hogy felvettek a Pázmány Péter Tudományegyetem orvosi karára. Sírtunk anyámmal, amikor átadta a levelet a jó hírrel, aztán nevettünk, majd ismét sírtunk, nem tudtuk elhinni.

Találtunk a Kossuth Lajos utcában egy szobát, amit a szüleim barátai adtak bérbe. Gondolták, kipróbálják velünk egy évre, nem többre, és azt is csak próbaidőre. A „velünk" azt jelenti, hogy a bátyámnak még volt egy éve hátra egyetemi tanulmányai befejezéséig. Mindenki úgy gondolta, jobb, ha nem egyedül kezdem a pesti életet. Nem tudom már, mi volt a bajuk velem. A lakás kitűnő helyen volt, a ferencesek templomával szemben, közel a Duna-parthoz, de még az egyetemhez is, ahol fizikán, kémián kell okosodnom legalább két évig. Oda tartottam most is, kicsit késve, ami csak azért történt, mert a bátyám sokáig tisztálkodott a fürdőszobában. Különben be kellett látnom, könnyebb volt vele, mint reméltem. Én elfogadtam, hogy neki szenior jogai vannak, ő meg eltűrte az én akaratosságomat.

Fizikaóra után az egyetem kertjébe mentünk Vilivel, új barátommal. Jópofa piarista fiú volt, aki több diáktársával összeismertetett, no meg egy csomó lánnyal is. Így az élet kezdett izgalmassá válni. A kertben egy csapat fiatal s még néhány nem is olyan fiatal orvos röplabdázott. Nagyon rámenősen játszottak, nagy küzdelem folyt minden labdáért.

– Kálmán, üsd már erősebben, Erik, figyelj oda, Albert, ne lustálkodj! – hangzottak a buzdító szavak, de ez mit sem segített, mert Albert otthagyta őket.

– Mennem kell, telefont várok Amerikából – mondta, és odaszólt nekem –, eredj kölyök, vedd át a helyemet, hogy ne sírjanak!

– Nem vagyok túl jó játékos.

– Ő sem az, gyere, nem lehetünk kevesebben, mint a másik csapat!

– Hallottad őket, csak menj, mert ha megharagszanak rád, nem mégy át a vizsgájukon – mondta Albert, ahogy elment.

Nem volt más választásom, beálltam közéjük, és igyekeztem olyan keményen játszani, mint még soha. Itt most nem éghetek le. Végül a mi csapatunk nyerte meg a meccset. Épphogy. Amikor lejöttünk a pályáról, láttam, mindannyian orvosi köpenyt vesznek fel, gondoltam, ezekkel nem árt jóba lenni. Az egyik odaszólt hozzám:

– Tudod kinek a helyét vetted át?

– Nem.

– Szent-Györgyi Albert professzorét, aki a Nobel-díjat kapta.

– Ne mondd!

– De mondom. Majd elmeséljük neki, milyen jól játszottál. Gyere el holnap megint!

Vili, aki elment cigarettát venni, most ért vissza, és indultunk a kémiaórára. Meséltem neki, mit mulasztott a hülye cigarettája miatt, Szent-Györgyit meg a többi tanársegédet, de egy szót sem hitt el belőle. „Majd legközelebb azt meséled, hogy Einsteinnel fociztál" – mondta. Tudtam már, milyen erőszakos pesti srác Vili, mindig győzni akar. Így hát ráhagytam a dolgot.

Akkoriban volt Elly néném és Frank esküvője. Elly, anyám unokatestvére az amerikai követségen dolgozott. Apja valamikor régen fontos személy volt Horthy kabinetirodájában. Elly – mulatságos, ahogy a dolgok egybecsengenek – az angol kisasszonyoknál nevelkedett, Angliában. Nem a Váci utcában. Így kitűnően beszélt angolul, ezért alkalmazták a követségen. Frank hivatásos amerikai diplomata volt, akit nemrég helyeztek Budapestre. Megtanult magyarul – legalábbis elég jól ahhoz, hogy Elly megértse házassági ajánlatát.

Az esküvőt a ferencesek templomában tartották. Iván bácsi volt a vőfély, aki, remélem, nem küld majd számlát az ifjú párnak. Az esküvő utáni ebédet az öreg Kárpátia étteremben tartották. Később a követség is rendezett egy fogadást a tiszteletükre. Az ő romantikus történetük vidám kis intermezzo volt a rohamosan romló politikai helyzetben. A kommunista belügyminisztérium a szovjet megszállók utasítására megszervezte az államvédelmi osztályt, a félelmetes ÁVO-t. Ez a minden törvényen fölül és kívül álló politikai rendőrség nem titkosan, hanem nyíltan terrorizált, letartóztatott vagy egyszerűen eltüntetett bárkit, akit a nép ellenségének tartott. Az 1946. VII. törvénycikkre hivatkozva csaknem mindenkit meg lehetett vádolni demokráciaellenes, ellenforradalmi tevékenységgel, és a megkínzott, agyongyötört gyanúsítottak sokszor aláírták, hogy beismerik azokat a vétkeket is, amiket el sem követettek. Ezt a módszert alkalmazták nemcsak a volt Horthy-rendszer tagjaival szemben, de a kisgazdapárt, a szociáldemokrata és a polgári pártok szabadon választott képviselői ellen is. Sajnos a Szövetséges Ellenőrző Bizottság angol és amerikai képviselői nem tiltakoztak elég hatásosan ez ellen a demokráciát sárba tipró, szovjet stílusú terror ellen. Ezt párszor szóba hoztam Frank társaságában is. Azt hiszem egyetértett velem, de nyíltan nem mondhatta ki.

1947. február 10-én aláírták Párizsban a békeszerződést a győztes szövetséges államok és a Hitler vezette tengelyhatalmak úgynevezett csatlósai között. Magyarország sorsa megpecsételődött. Nemcsak hogy ismét elveszítettük azokat a magyarlakta területeket, amelyeket a mostani háború alatt részben visszakaptunk, s amelyeket az első világháború után, az igazságtalan trianoni szerződéssel elvettek tőlünk, de óriási jóvátételi összegeket is fizetnie kellett az országnak, ami lelassította a gazdasági újjászületést. És még ennél is rosszabb volt az a döntés, hogy a szovjet csapatok Magyarországon maradhatnak, amíg Ausztriával a békeszerződést meg nem kötik. Eddig abban a hitben éltünk, hogy a megszálló csapatok kivonulnak az országból kilencven nappal a békeszerződés aláírása után. Akkor az ország visszanyeri függetlenségét, s a szabadon választott, demokratikus parlamenti többség tényleges hatalomhoz jut, és a kommunistáknak nincs semmi esélyük. Most ez az álom is meghiúsult. A szovjet hadsereg a nyakunkon fog ülni, ki tudja, meddig. Ez pedig majdnem leküzdhetetlen akadálya lesz a demokratikus megújulásnak. A vasfüggöny valóban bezárult mögöttünk. A helyzet most még rosszabb volt, mint Trianon után. Akkor a megcsonkított ország legalább visszakapta a szabadságát, most a bolsevik szörnyeteg uralkodik majd rajtunk. Az amerikaiak és az angolok hamarosan elhagyják az országot, de az oroszok maradnak. Sztálin Moszkvában képzett magyar kiszolgálói véget vethetnek minden demokratikus kísérletnek.

Szomorú magyar sors! Amitől féltünk, bekövetkezett. Alig szabadultunk meg a náci terrortól, ki tudja, meddig kell majd élnünk a könyörtelen szovjet diktatúra alatt.

Többek között erről is szó esett Iván bátyám lakásán, ahová Etta, a felesége hívott meg vacsorára.

– Gyuri, gyere már el hozzánk! Iván eléggé beteges, és még jobban deprimált. Te talán fel tudod vidítani.

Ez valahogy nem tetszett nekem. Nem az, hogy beteg, hanem, hogy deprimált. Ő nem az a típus, aki könnyen kedélybeteg lesz. Na, majd meglátjuk, ha elmegyek hozzájuk.

Az aranyos, ezüsthajú, mindig mosolygós Etta könnyes szemmel nyitott ajtót.

– De jó, hogy jöttél, Gyuri! Gyere be a szobájába, mielőtt üdvözölnéd a többieket az ebédlőben.

Ivánt a karosszékébe roskadva találtam, botjára dőlve. Dagadt arca tele volt sötét, lilás véraláfutással, a szemét alig bírta nyitva tartani. Halántékán, ahol a haja már erősen ritkult, még több zúzódást lehetett látni.

– Szentisten! Mi történt veled? – kérdeztem, miközben gyengéden megöleltem.

– Bevittek az Andrássy út 60.-ba. Az ávósok két napon át egyfolytában vallattak. A pribékek gyakran váltották egymást, de engem még leülni se hagytak. A háború előtti kommunistaellenes működésemről akartak tudni. Hogy miket írtam a könyvemben tíz évvel ezelőtt, ami azt vitatta, hogy Prága Moszkva markában van, és csendben terjeszti a kommunista manifesztumot. Aztán, amikor nem jutottak velem semmire, elkezdtek ütni, rugdalni, amíg össze nem estem. Inni se adtak egész idő alatt, csak rám öntötték a jeges vizet, hogy ébren tartsanak.

Megdöbbenve hallgattam. De most erősnek kell maradnom. Éreztem, hogy biztatnom kell, szellemi és lelki támaszt adnom. Emlékeztettem hadifogságom napjaira, a megerőszakolt nők fájdalmára, hogy ki lehet és ki is kell bírni az ilyen szenvedést, mert ha kitartunk, nem roskadunk össze, erősebbé válunk. És ha lehet? Ha meg tudod tenni? Bocsáss meg nekik, bízd Istenre a többit.

Fanyar fintort vágott, de elfogadta segítségemet, hogy az ebédlőbe menjünk. Pál atya, a család régi barátja és egy másik „öreg szivar", Károly, a nyugdíjas bíró már a vermutjukat szopogatták. Megkönnyebbültek, amikor látták Ivánt betotyogni velem.

– Na, öreg huszár, jó lesz, ha csatlakozol hozzánk – mondta a bíró, és reszkető kézzel nyújtotta Ivánnak a teli poharat. Én meg az üveg után nyúltam, nem vártam biztatást. Ettának és Ivánnak nem volt gyerekük. Barátaik többnyire a nyugdíjkorhoz közeledtek. Szerették hát, ha néha megjelenek, vicceket és medikus pletykákat mesélek, felfrissítem az áporodott hangulatot, fiatalságot hozva a házba. Hát mentem, mert Etta volt a legjobb szakácsnő a belvárosban. Gundel már régóta feni rá a fogát, de ő nem hagyná magára Ivánkáját semmiért. Minden anyai ösztönét a főzésben éli ki. A vacsora ma is remek volt.

De vacsora után rátértek a politikára. Főleg arról volt szó, hogy két héttel a békeszerződés aláírása után Kovács Bélát a kisgazdapárt egyik legkiválóbb vezetőjét a szovjet hatóságok elhurcolták.

– A kommunisták először mindenféle demokráciaellenes, felforgató tevékenységgel vádolták meg, de országgyűlési képviselői mentelmi joga miatt nem tudták letartóztatni – mondta

Károly a bíró, mert ő már csak tudja –, így hát az oroszok egyszerűen eltüntették.

– Így félemlítik meg az országot – jegyezte meg Pál atya. Ha megtehetik ezt az ország egyik vezető egyéniségével, akkor senki sem lehet biztonságban. Most meg Nagy Ferenc miniszterelnököt vádolják, aki külföldön van hivatalos ügyben.

– Ezek példátlan politikai atrocitások egy úgynevezett demokráciában.

– Hah, demokrácia, alkotmányos jogok, törvény… Hol van az már?!

– Egyenként felszámolják a megválasztott vezetőségét, és ez olyan félelmet kelt a népben, hogy nem marad más hátra, mint a passzív ellenállás.

– Meg az imádság – tette hozzá Pál atya.

Iván kezdett visszaszottyanni, ideje volt mennünk. Nem tudom sikerült-e könnyíteni levert hangulatán, de legalább ki tudtam fejezni együttérzésemet.

Csodaszép tavaszi éj szállt le a Dunára. Csillagfény ragyogott az égen, és a telihold próbált lépést tartani a parlament kivilágított dómjával. A kirándulóhajó, tele egyetemi hallgatóval és végzős középiskolásokkal, békésen haladt a víz sodrával. A báli szezon nyitására készült ez a látszólag gondtalan ismerkedési mulatság a Dunán, hogy a flörtölés időben kezdődhessen. Belevaló dzsesszzenekar játszott, főleg amerikai számokat. Semmi jele sem volt az orosz vagy kommunista befolyás eredményességének. Dekadens társaság volt, ahogy ők mondták volna.

Új egyetemi barátaim, Vili, Ákos, Imre és a többiek mind ott voltak. Nono, a műegyetemről, aki mellesleg a feketepiac mestere is volt, meg a legtöbb lány az angol kisasszonyok nyolcadik osztályából. Lili csinos volt halványkék ruhájában, vidáman mosolygó szemével. Bemutatott egy sereg barátnőjének, némelyik attraktív volt, mind táncra készen. Én is. El szeretném felejteni az elmúlt hetek szomorúságát. Legalább egy éjszakára. Ahogy a híres édeskés dal mondja:

„Csak egy nap a világ, csak egyetlenegy csók az életünk,
Ki tudja mi vár ránk, ki tudja, holnap mire ébredünk."

A banda megállás nélkül játszott, és közben kipróbáltunk egy új amerikai kevert italt, amit gin fizznek hívtak. Hű de jó volt! A fizz alaposan feldobta a hangulatot, és mintha a hajó is jobban imbolygott volna. Új barátaim, akik mindig az orrom alá dörzsölték származásomat, hogy hol nőttem fel, és "vidékinek" csúfoltak, most majd meglátják, hogy táncolnak ott lenn, a Tisza mentén. Hát beindultam. Még Fred Astaire is elbújhatott volna mellettem. Lilivel is sokat táncoltam, helyes volt, örömmel teli. De valami hiányzott a háborús romantikából, valami megváltozott. Többször volt alkalmam, hogy megcsókoljam a sötét folyosón, de nem történt semmi. Ez bosszantott egy ideig. Aztán a zenekar elkezdte játszani:

„Ezer lány van körülöttem, mért várnék csak egyre?"

Nem is vártam, de bizony várnom kéne. Hol van az, akit az Isten nekem teremtett?

„Ne légy türelmetlen, ha meglátod, érezni fogod a varázsát, nem fog nyugton hagyni, nem lesz könnyű, de megéri, mert Őt szántam neked" – súgta valami.

Táncoltunk volna egész éjjel, de a hajó kikötött a mólónál; szerintem túl hamar. Egyedül mentem haza, de több lány neve, címe volt zsebemben. Azok a szerencsések! Még várniuk kell rám egy ideig!

Eljött a komoly tanulás ideje. A nagy összefoglaló szóbeli vizsgák kémiából és fizikából nyilvánosak voltak. Bárki beülhetett, hogy megfigyelje, mi történik, milyen kérdéseket tesz fel a professzor, így akár hozzá is szokhattunk a feszültséghez és ahhoz, hogy nagy tömeg előtt is higgadtan és értelmesen válaszoljunk a kérdésekre. Én is többször elmentem. Örültem, hogy

Vili és Ákos, több más barátommal együtt, simán átmentek. De rájöttem arra is, hogy ez nehezebb, mint gondoltam, és jó lesz, ha összeszedem magam.

Az egyetlen dolog, ami még várt rám, meglátogatni Ellyt és Franket, mielőtt elutaznak külföldre. Franket áthelyezték Nassauba, Amerika bahamai követségére. Mit nem adtam volna, hogy velük mehessek!

– Azt hallottam, hogy örökbe fogadtatok –, mondtam nevetve, amikor beléptem a lakásukba.

– Igen jó lett volna, de most már késő, mert az útleveleink elkészültek, és a repülőjegyeken nincs feltüntetve, hogy egy óriás bébit viszünk magunkkal – vágott vissza Frank.

– Mit szeretnél inni? Kávét? Teát? Kólát?

– Valahogy rászoktam mostanában a gin fizzre, ha már kérdezed.

– Mi a fene? Kezdesz elamerikaiasodni?

– Oké, Gyuri, összerázok neked egyet – mondta. – De meséld el, hogy van Iván? Nagy vitáink voltak a múltkor, amiért az angolok és amerikaiak, olyan sokat engedtek Sztálinnak Jaltában és Potsdamban. Úgy érzi, hogy a nagyhatalmak győzelmi mámorukban elhagyták Közép- és Kelet-Európát, engedték, hogy a Szovjetunió uralkodjon ezekben az országokban, beleértve természetesen Magyarországot is. Neked mi a véleményed erről?

– Mi persze nem tudhatjuk mi történt ott, a zárt ajtók mögött. De azt tudjuk, hogy ti most elhagyjátok az országot, és Vorosilov ittmarad a hordáival. Sztálin megkártyázta, hogy Ausztriában maradhasson, és ezzel elérte, hogy ittmaradjanak Magyarországon is. Ebben az új helyzetben nektek is stratégiát kellett volna változtatnotok: ha ők nem mennek ki innét, ti is maradtok. Ez csak egyszerű lett volna nem? Hát mért nem teszitek ezt?

Elly jött vissza az italokkal, láttam, mondani akar valamit.

– Angliai tanulmányaim alatt az volt a tapasztalatom, hogy az angolszász világban az európai történelem- és földrajztanítás nagyon alacsony fokon áll. A legtöbb középiskolát végzett amerikai nem tudná megnevezni az európai államok fővárosát vagy az államok egymáshoz való földrajzi viszonyát. Csehszlovákia, Lengyelország és Magyarország mindig Kelet-Európához van beskatulyázva. Márpedig ez téves. Nyugat-Európához Franciaország és a Benelux államok tartoznak. Talán Angliát is ide lehet sorolni. Kelet-Európát Oroszország uralja és odatartoznak a balti államok és Ukrajna. A kettő között fekszik Közép-Európa, hasonló vallási, kulturális és művelődési hagyományokkal. Közép-Európa nyugati részén főleg német nyelvű népek élnek, mint a németek, svájciak, osztrákok. Közép-Európa keleti részéhez Lengyelország, Csehszlovákia és Magyarország tartozik. A mi városaink, templomaink és palotáink, a bajor és osztrák építkezés stílusához hasonlóak, nem az oroszéhoz.

Ezeréves történelmünkben, ami sokkal messzebbre nyúlik vissza, mint az amerikaiaké, mi sokszor védtük meg Európát a tatár és török hordáktól, mi voltunk a kereszténység védőbástyái. Senki ne írja át a történelmet, és ne változtasson a földrajzi egységeken!

– Jó megmondtad te kis okos közép-európai feleség – nyögte ki Frank hamiskás mosollyal. Ravasz missouribeli róka volt ő, minek vitatkozzon egy magyar nővel.

– Elly történelmi leckét adhatna diplomata barátaidnak – mondtam Franknek –, és nem ártana, ha az elnökötök is részt venne ezen a fejtágítón.

Aztán elbúcsúztam tőlük, mondván:

– Frank, te vagy a legkedvesebb amerikai, akivel valaha találkoztam. Vigyázz a feleségedre és ne felejtsetek el minket a vasfüggöny mögött.

Nem tudhatta, hogy ő volt az egyetlen amerikai, akit ismertem.

Életem sötét napja volt, amikor megbuktam a szóbeli kémiavizsgámon. Megszégyenülten botorkáltam ki a teremből.

Hallani véltem némi kuncogást mögöttem. Barátaim, medikustársaim, akik biztatni jöttek, majd vizsga után ünnepelni, most nem tudták, mit mondjanak, hogy vigasztaljanak. Hiába tettek volna bármit is, vigasztalhatatlan voltam napokig. Nem akartam elfogadni, ami történt, ahogy lezajlott. De mi is történt?

Úgy gondoltam, keményen tanultam, a próbakérdésekre is megfeleltem. Ám a vizsga előtt nem aludtam jól, szemem előtt fehérjeláncok, kémiai formulák táncoltak sokáig. Fejfájással ébredtem, étvágyam sem volt, nem is reggeliztem. Sokkal korábban értem az intézethez, mint terveztem, így több időm maradt idegeskedni. Mikor végre rám került a sor, nem tudtam koncentrálni, küszködtem minden kérdéssel, alig bírtam kifejezni magam tisztán és értelmesen. Agyonolvasott, gyűrött könyvem legjobban ismert fejezetei is ködös feledésbe merültek, valahogy megbénult az agyam. Groh professzor nem sokáig bírta.

– Jöjjön vissza ősszel ismételni, talán akkor majd jobban megy – mondta.

A bátyám nem akarta elhinni.

– Többet tanultál erre a kémiára, mint én valaha az enyémre. Mi történt? Pánikoltál? Azért ne aggódj túlságosan! Nobel is sokszor csalódott, mert nem akart robbanni a dinamitja, csak hevesen égett. Majd elmondom a szüleinknek és a barátoknak otthon, hogy nem azért történt, mert nem törekedtél, nem tanultál eleget. Utolérheted magad, és majd levizsgázol ősszel. Ha akarod, segítek neked! Ne aggódj már annyira! Leszel te még orvos! Remélem.

Biztatása jólesett, de azért nagyon bántott a dolog. Néhány nappal később átmentem a fizikán, épphogy. Ideje volt hazamenni. Nem vártam, hogy ünnepeljenek vagy hogy „hízott borjút vágjanak".

Meglepetésemre egyik kedvenc vacsorámat tálalták, rántott csirkét petrezselymes krumplival és fejes salátával, később epret. Éreztem az együttérzésüket. Főleg anyámét. Apám Ivánról akart hallani, meg Ellyről és az új amerikai férjről. Na, meg Budapest politikai hangulatáról. Nagyon hálás voltam, hogy nem faggattak rögtön orvosi tanulmányaim göröngyös fejezetéről. De mielőtt aludni mentem, apám félrehívott.

– Gondolom, te tudod, mi történt, és van rá terved, hogy kijavítsd a dolgot. Mindannyian átesünk ilyeneken. A kérdés az, hogy jössz ki a nehézségekből. Ne engedd, hogy legyőzzön, öszszetörjön! Tanulj belőle, és mutasd meg, hogy erősebb vagy nála! Ezt el kellett mondanom neked. Na, és még valamit. Tudd, hogy mi mind nagyon szeretünk.

– Köszönöm, hogy ezt mondtad, nagyon jólesik. Bízzál bennem, meg tudom csinálni!

Néhány napi lógás után felállítottam magamnak egy szigorú beosztást az elkövetkezendő két hónapra, hogy előkészüljek az őszi pótvizsgára. Öt-hat órát tanulok minden délelőtt, kivéve a vasárnapot, a bátyám felajánlotta, hogy rendszeresen kikérdez. Miután ő már a gyógyszertani doktorátusára készült, gondoltam, ezt elfogadom. Lesz még időm délután kimenni fürödni, élvezni a strandot. Igaz hogy a fákat mind kivágták, az evezősházak sem állnak már, a versenycsónak is csak egy régi álom, de a folyó nem változott semmit, a partja éppoly iszapos, mint volt. Remélem, a lányok még mindig napoznak ott, feljebb, a homokos lejtőn és most már bikinit viselnek, mint az új hollywoodi filmeken.

Esténként meghívtuk barátainkat a házhoz klasszikus zenét hallgatni. A bátyámnak, aki nagyon muzikális volt, sőt zeneszerzést is tanult, gyönyörű lemezei voltak. Schubert és Csajkovszkij, Beethoven és Brahms szimfóniái zengtek-zúgtak maximális hangerővel, mert úgy jó hallgatni – mondta. Csajkovszkij első, B-moll zongoraversenye volt a kedvencem. Ha az Allegro non troppo mennydörgő akkordjai nem borzongatják meg a hátat, hát nem tudom, mi fogja. Tibor, Péter, Miska mind ott voltak, és persze a lányok is, Ilona és Ika, meg néhányan a bátyám udvartartásából. Szomszédaink nyári vendégei, Gábor és kishúga Alexa, egy új ismeretség, sok pesti humort hoztak a megszokott vidéki hétköznapokba. Úgy éreztem, a velük kötött barátság megmarad.

Teljes erővel tombolt a nyár, a pince volt az egyetlen hűvös hely a házban. Ott rendeztem be magán-kémiakönyvtáramat, az összes tudnivalóval. Fotelt is vittem le, meg egy jégszekrényt, hogy az is kéznél legyen. A bátyám néha lejött szekálni, hogy miről tanultam. Azt hiszem, nem vagyok igazságos vele, csak a javamat akarta, de most minden bosszant, mert a többiek a strandon mulatnak. Rém unalmas volt ott lent, de arra jó, hogy be tudjam szívni a kémiai elemek halmazállapotát, a szénláncokat és hidrogénatomokat. Ó, micsoda mulatság orvosnak tanulni!

Egy nap délben, lépéseket hallottam a lépcsőn.

– Gyuri, hol vagy? Hoztam neked fagylaltot, hogy frissebb legyen a kis agyad!

Ezt a hangot már hallottam valahol. Ika, mint a forgószél rontott be az ajtón, nyakamba ugrott, és fagylaltot kent az arcomra.

– Hát te mit keresel itt? És, hogy jutottál ide?

– Találkoztam a mamáddal a piacon. Azt javasolta, hogy jöjjek, látogassalak meg fagylalttal és vidám mosolyommal, mert nagyon le vagy hangolva itt a pincében, a sok kémiai vegyület alá temetve. Hát itt van a vidámító mosoly és egy kis csók neked, aztán kaphatsz még fagylaltot is, ha inkább ahhoz volna kedved!

Szelíden az ölembe húztam, ami megindított egy másféle biológiai reakciót, nem egészen olyanfélét, mint amiről éppen olvastam. Vékony szoknyáján át érezni lehetett, hogy fürdőruha van rajta, hiszen úton volt a strand felé. Ott maradt ülve, míg a fagylaltot majszoltuk, de hirtelen felugrott, mert valahogy érezte, valami készül ellene. Kacéran nézett rám…

– Különben is mit akarsz tőlem?

– Hát nem csak a fagylaltot, az biztos, de miféle kérdés ez, hisz te jöttél ide. Gyere el este megint, hallgatunk majd valami romantikus zenét.

– Talán jövök, talán nem. Várjál, majd megtudod!

– Azt szeretem benned, hogy mindenre van válaszod.

Azzal magamhoz húztam – majd inkább elengedtem, nehogy elbízza magát.

Gyorsan telt a nyár, de már nem bántam volna, ha visszamehetek az egyetemre. Elegem lett ebből az unalmas, sav–bázis-, nátrium–kálium-tudományból. Órákig savanyodtam a pincében, míg barátaim úsztak, napoztak, meg miegymást csináltak a strandon. Úgy éreztem, kész vagyok a vizsgára, csak már jönne el végre az a nap. Esti koncertjeink nagyon sikeresek voltak. Többen jöttek, mint reméltük. Gábor és Alexa mellett még néhány új arc is felbukkant a villában, ezek nagyon hangulatos esték voltak. Gáborral már megbeszéltük, hogy ősszel Pesten is fogunk murizni.

Egy nap, amikor vége volt az esténk, Miska félrehúzott.

– Ne nézz most oda, hogy ne legyen feltűnő, talán majd később, de ott szemben, a hotel felső emeletéről az ÁVO-sok figyelnek minket, valahányszor találkozunk itt nálatok.

– Mi a fenéről beszélsz Miska? Az ÁVO-sok? Miféle ablakból?

– Nyugodj le, Gyuri, és nehogy odanézz! Tudod, hogy azon a környéken, ahol mi lakunk, sok kommunista párttag él. Némelyik buzgó hívő, de a legtöbb csak karrierista. Az a véleményük a családodról, hogy reakciós elemek vagytok, nem a dolgozó osztály barátai. Figyelnek benneteket, hogy mikor tudnak valamit rátok bizonyítani. Mondhatnám, keresik az alkalmat, hogy rátok fogjanak valamit. De hát ők már csak ilyenek. Látják ezeket a találkozókat, amelyekre néha még pestiek is eljönnek. Talán valami összeesküvés készül itt a demokrácia ellen?

– Micsoda hülyeség! Néhány fiatal összejön zenét hallgatni a nyári vakáció alatt.

– Persze hogy hülyeség, de ilyen a rendszer. Tudod. Keresik, hogy mibe köthetnének bele. Az ő szabályaik szerint kell játszanunk. Ha nem, úgy járunk mint Szatyi.

Elmondtam apámnak, mit mesélt Miska. Egyáltalán nem volt meglepve.

– Igen, tudom, hogy feketelistán vagyunk. Jobb, ha nem hívjuk fel magunkra a figyelmet, és nem öntünk olajat a tűzre. Tartsatok még egy zeneestet, pár baráttal, ne gondolják, hogy figyelmeztetést kaptunk, aztán jó lesz, ha abbahagyjátok. Talán majd elfeledkeznek rólunk, ha nem látnak több összejövetelt.

Lassan vége lett a nyárnak. A gesztenyefa levelei már barnultak, amikor átnéztük bátyámmal a tananyagot. Kérdezett, kutatott, vajon rajtakap-e valamilyen helytelen válaszon? Nem sikerült neki.

– Úgy gondolom, azt hiszem, remélem, kész vagy a vizsgára. Legyen önbizalmad, kölyök! Ha most sem sikerül, állatorvos még mindig lehetsz.

Az utolsó délutánt Ikával töltöttem a strandon. A nap ragyogott a mélykék égből, ahogy körülölelte a kedves folyóparti tájat. Ika vidáman szórta rám a meleg homokot lábujjaival, nem tudott nyugodni. Gyengéden a lábára tettem a kezem, ha másért nem, hogy hagyja abba, mert egyszerűen élvezni akartam a nap melegét, hallgatni a fűzfalevelek susogását és nem gondolni a holnapra.

Másnap reggel ő vitt ki az állomásra egy taxival, mert sok volt a cuccom a következő évre. Nehéz szívvel búcsúztam el a szüleimtől, nehezen szabadultam ki apám, bátyám ölelő karjából. Anyám most se felejtett el keresztet rajzolni a homlokomra. Maris nem bírta megállni, hogy oda ne dörgölje:

– Ezúttal megcsináld ám!

Még visszaintettem az autóból, el kell mennem, vége a nyárnak.

– Elmész Szent Ritához a vizsgád előtt? – kérdezte Ika.

– Minden bizonnyal.

– A múltkor nem mentél el, ugye?

– Nem. Nem mentem el. Olyan fáradt és ideges voltam. Csak elfelejtettem. Soha nem fogom megbocsátani magamnak.

– Ó, ne bántson ez! A szentek nem várnak tőlünk semmit, de boldogok, ha segíthetnek, különösen akkor, ha megérdemeljük.

Megöleltem, búcsúcsókkal váltunk el.

– Köszönöm őt, neked. Imádkozni fogok érted is, ha ott leszek.

A következő két nap nehezen telt el. Reggel a szóbeli vizsgám előtt, térdre borultam Szent Rita kápolnájában.

– Ugye emlékszel rám? Segítettél nekem, hogy felvegyenek az orvosegyetemre.

– *Emlékszem rád*

– Néhány hónappal ezelőtt, nem tudtam idejönni, hogy imádkozzak hozzád, és akkor elbuktam az első vizsgámon.

– *Arra nem emlékszem, figyelmem csak az érdemeset követi, ám ajtóm nyitva van, ha kopognak rajta.*

– Hát most itt vagyok, és reszketve kopogok, kérlek, állj majd mögöttem! Ugye ott leszel? Orvosként olyan sok embernek tudnék segíteni!

Nem kaptam választ, míg ott térdeltem. Ám valahogy mégis biztatást éreztem onnan fentről. Imádkoztam, és visszanyertem az önbizalmamat.

Kémiavizsgám hibátlanul sikerült, a nap legjobb eredményét értem el.

„BÉCSI VÉR... BÉCSI VÉR..."

A romantikus Strauss-valczer bevezetőjét játszotta a zenekar, amikor bemutattam elragadó debütánsomat a Gellért Szálló elegáns márványtermében, az 1948. évi medikusbál nyitó táncán.

Nemrég ismertem meg ezt a rendkívüli teremtést. Ragyogó, smaragdzöld szeme huncutul csillogott, s rövid, göndör haj koronázta arcát. Gyönyörű volt aznap este. Boldogan keringőztünk a Bécsi vér dallamára. Ő csodaszép, fehér első bálozói ruhában, én kölcsönkért szmokingban.

Olyan varázslatosnak tűnt mindez. Néhány hónapja még nem is ismertük egymást, én nem sejtettem, hogy bálrendező leszek – és most itt táncolunk, egy bécsi keringő szerelmes dallamára. Nem tudtam biztosan, hogy melyikünk remegett jobban, ő vagy én. A nyitó táncnak sajnos hamar vége lett, de a bál csak most kezdődött. A stílus megváltozott. A zenekar rákezdett a kor egyik kedvelt táncdalára: „Gonna take a sentimental journey, Gonna set my heart at ease."

A lassú ritmus feloldotta az első feszültséget, erősebben a karomba tudtam zárni, bár ő a megfelelő távolságot most is tartotta.

„Na, ezen majd változtatunk" – mondtam magamnak.

– Szóltál valamit? Olyan csendes vagy.

– Elállt tőled a lélegzetem.

– Tőlem? Nem a keringő volt túl gyors?

– Strausst bármikor tudom követni. Te vagy a hibás.

Nevetett, amikor tovább táncolt valaki mással – mert lekérték tőlem. Bárki felkérhette a lányokat ezeken a bálokon, ha igent mondtak a kérésre. Az én debütáns párom hamar népszerű lett, a fiúk sorba álltak érte. Nem tehettem mást, én is párt váltottam. Némelyiküket ismertem a tavalyi hajókirándulásról.

Már régóta játszottam ezt a „nem vagyok könnyen kapható" játszmát, most is úgy tettem, mintha nem nagyon érdekelne, hogy ki mindenkivel táncol. De amikor láttam, hogy a többiekkel milyen jól mulat, kicsit fájt, hogy miért nincs mindig velem. Hiába próbáltam heccelni a többi lánnyal, most ő volt az, aki nem volt könnyen kapható. Amikor végre rászántam magam, hogy visszakérjem, mert nem bírtam tovább, mosolyogva simult ölelő karomba.

– Olyan jól mulattam, Gyuri, ezen az első és egyetlen, úgynevezett bécsi bálon. Kislánykorom óta ábrándoztam róla, de nem igazán hittem, hogy mindez meg is történhet. Te most valóra váltottad ezt az álmot. Hogyan köszönjem meg neked?

– Ó, lesz még arra lehetőséged.

Akkor még nem tudtam, hogy kusza útjainkat a Jóisten fonja, s hogy mi lesz ennek a vége.

A tanév elején – szerencsém volt – találtam egy jó szobát a Bertalan utcában, saját fürdőszobával és egy kis terasszal. Most már egyedül laktam, mert a bátyám befejezte egyetemi tanulmányait. A magam ura lettem. Hű, de jó érzés! Egy idős zongoratanárnőtől béreltem a lakást, aki egyedül élt, és örült nekem. Használhattam a telefonját, és megígérte, segít majd olcsó opera- és koncertjegyeket venni. Azt se bánta, ha vendégeket hívok, amíg csendben maradunk és nem zavarjuk a nyugalmát. Nagyszerű! Ennél jobb már nem is lehetne. A közeli Műegyetem teniszpályáit – Nono barátom révén, aki oda járt – bármikor használhattam. Villamossal az egyetemi intézetek sem voltak messze.

Az első hetek nagyon zavarosan teltek. Örökös rohanás a Múzeum körúti biológiai és biokémiai intézetek és az Üllői úton lévő anatómia, a szövettan és fejlődéstan előadótermei között. Ezek a római amfiteátrumok mintájára épültek, emeletes beosztással, hogy jobban lássuk a professzor előadását a bemutatott szervekről. Persze ez lehetővé tette azt is, hogy megfigyeljük, melyik női hallgatóra érdemes szemet vetni. Legtöbbször Vili barátommal ültem, aki éles szemű szépségvadász volt, egy nagyvárosi bonviván, akit mint nemkívánatos elemet tartottak számon a konzervatív budapesti lányos házaknál. De azért őszinte jó barát volt, lehetett rá számítani jóban- rosszban. Sokat mulattunk, tanultunk és teniszeztünk együtt. Főleg a műegyetemi pályákon. Nagy meglepetésemre találkoztam ott egy régi szolnoki, de már nemzetközileg ismert, híres futballista barátommal, Szűcs Sanyival, aki ott teniszezett egy sereg fiatal kölyökkel.

– Sanyi, el sem hiszem, hogy itt látlak? Mit csinálsz itt? Nem láttuk egymást, mióta elkerültél Szolnokról és a híres magyar válogatott csapat tagja lettél.

Átugrott a hálón, hogy megöleljen:

– Srácok, ez a fiatalember tanított meg teniszezni!

Aztán elmesélte, hogy futballtábort szervezett gyerekeknek, és délután teniszeznek, hogy egy kicsit kikapcsolódjanak az örökös driblizésből.

– Gyere, játsszunk pár gémet! Lássam, jobb vagy-e még nálam!

Hát nem voltam jobb, sőt, küszködnöm kellett, hogy pár labdát nyerjek.

– Ezt meg kell ismételnünk mielőbb – mondta. Én sokszor jövök ide a fiúkkal, amikor a futball-labdára már ránézni sem tudok, jót tesz egy kis változatosság.

Aztán elköszöntünk egymástól, azzal, hogy ismét találkozunk és meccseket játszunk.

– Honnan ismered te ilyen jól ezt a világhírű futballistát? – kérdezte Vili meglepve.

– Évekkel ezelőtt sokat teniszeztem a szolnoki MÁV pályáin. Még versenyeztem is. Sanyi akkor ott futballozott, és tréning után sokszor átjött teniszezni pihenésképpen, úgy vezette le a feszültséget. Tanítgattam, hogy fogja az ütőt, a szeme a labdán legyen, ne a másik játékoson. Hamar belejött. A háború után egy pesti csapathoz került, s – ezt már te is tudod – világszínvonalú futballista lett belőle.

– Hát ez szép. Ápolnod kell ezt a kapcsolatot – mondta izgatottan. Talán majd ad nekünk ingyenjegyeket a nemzetközi mecscsekre.

Vili már csak ilyen volt.

Ijesztő híreket kaptam otthonról. Apám hívott a háziasszonyom telefonján.

– Meg kell mondanom neked, nyilván állandó megfigyelés alatt akarnak tartani bennünket. A rendőrség rekvirálta azt a szobát, ami a hallból nyílik, ahonnan a lépcső vezet fel a te szobádba... Kérlek, ne vágj közbe! Egy utcai telefonfülkéből hívlak, nem akarok neveket mondani. Egy magas rangú politikai katonatiszt fog nálunk lakni bizonytalan ideig. Egyelőre nem akarom, hogy hazagyere, és ne is telefonálj! Valamelyikünk felmegy hozzád néhány napon belül, és akkor mindent elmondunk. Ne aggódj, jól vagyunk! És letette a telefont.

Reszketett a kezem, amikor letettem a kagylót, gyengeség fogott el. Ahogy visszamentem a szobámba letérdeltem a kis keresztem előtt.

– Édes Szent Rita, most segíts meg minket! Tudom, nem vagyok ott nálad, de te mindent látsz és hallasz, amit látni és hallani akarsz, neked semmi sem lehetetlen. Hát figyelj ide, kérlek! Te meg tudtad puhítani a férjed kemény szívét, visszaadtad a hitét, megtért, jó ember lett. Imádkozzál ezért az alakért is, kérlek! Mondd el neki, ki volt Jézus. És azt, hogy Ő szeret minket, őt is. Megtennéd? Kérlek!

Napokig nem hallottam semmit otthonról. Jártam az előadásokra, a könyveimben találtam menedéket. Főleg a teraszomon szerettem tanulni a vadgesztenyefák rám hajló ágai alatt, olyan volt ez nekem, mint egy aranybarna élő sátor, nekem akkor és ott a békét jelentette. Mindaddig, amíg a fa egyik szúrós termése nem esett az ölembe, aztán még több a nyitott könyvemre. De ez már nem a természet műve volt. Az utcáról jött az áldás. Természetesen Vili volt az, Ákos barátunkkal. Épp teniszezni mentek, de meg kellett állniuk, hogy bosszantsanak.

– Papa-mama jó kisfia tanul, nagyon szépen, szorgalmasan. Hahaha.

– Idióták, ti beszéltek? Éjjel nappal magoló, csupaegyes stréberek. Egye fene, gyertek fel, aztán megyek én is veletek! Majd én megmutatom nektek, hogy kell teniszezni!

– Tulajdonképpen egy érdekes lehetőségről akartunk beszélni veled – mondták. – Most tervezik a jövő évi medikusbált. Mi is tagjai vagyunk a báli bizottságnak, és azt akartuk kérdezni, volna-e kedved csatlakozni?

– Mit kéne csinálnom, és mibe kerül?

– No, nézzük csak! Nyitnod kell egy nyugati bankszámlát dollárban! Bérelned kell egy limuzint arra a napra, sofőrrel és Törley pezsgővel, aztán…

– Stop, stop, lassuljatok le, innen már nem is érdekel!

– Csak viccelünk, azt hiszed, nekünk volna rá pénzünk? El kell menni néhány professzorhoz, hogy vállalják el a bál védnöki tisztét. Némelyiknek a lánya elég csinos, a legtöbb viszont csúnyácska. Szóval, érted, nem állnak sorba értük a fiúk. Ez utóbbiak apukái örömmel vállalják a felkérést, de a szépségek papáit rá kell majd beszélnünk. Merthogy az ő kis angyalkájuk neve arannyal lesz írva a báli meghívón, és ami még ennél is több, akár még a bál hercegnője is lehet. Ez minden öreg tudóst megpuhít, úgyhogy nyert ügyünk van. Aztán, amikor gyakorlatot szereztél mindebben, mehetsz Rajk elvtárshoz, hogy megkérjed…

– Mit mondtál? Kihez?

– Rajkhoz, a kommunista belügyminiszterhez.

– Meg vagytok hülyülve? Mért kellene nekem Rajkhoz menni?

– Mert a bál vezetősége őt akarja felkérni tiszteletbeli fővédnöknek. Igaz, hogy egy vad kommunista, de támogat mindenféle ifjúsági mozgalmat, még a zenés mulatságokat is, és ha ő ezt elvállalja, akkor biztosan megkapjuk az engedélyt a bálra. De ne aggódj, nincsenek felnőtt lányai, csak kisgyerekei vannak. Nos, mit szólsz mindehhez te „vidéki"?

– Hát…

– És még valami. Hívhatsz egy személyes vendéget mint debütánst, akinek a neve ott lesz a meghívón arany betűkkel, és vele táncolhatod a bál nyitó táncát, a Strauss-keringőt.

– Benne vagyok, vállalom!

– Gondoltuk, hogy benne leszel. Itt van a lehetőség, hogy bemutasd keringőzési tudásodat, és hogy felhívd magadra az anatómiaprofesszor figyelmét, amikor táncba viszed a lányát. Akkor talán átmész majd a vizsgáján. A legközelebbi megbeszélés holnap délután lesz, a medikusok klubjában. Bemutatunk a vezetőségnek, és ha elfogadnak, nyitva áll előtted a bál.

Apámmal a Kárpátia étteremben találkoztunk. Már vártam nagyon, hallani akartam, mi történik otthon. Nekem is be kellett számolnom az egyetemről és minden egyébről, mert most már egyedül élek itt a nagyvárosban, szülők, testvér nélkül. Hát mondtam, amit gondoltam, hogy hallani szeretne.

– Meg tudok állni a lábamon egyedül. Ti hiányoztok, még Bécó is, de örülök, hogy a saját magam ura vagyok. Legtöbbször. De most mesélj te, mi a helyzet ezzel az alakkal, katona vagy rendőr? Mit akarnak tőlünk?

– Nem akarlak ijesztgetni, de azt hiszem, ezt az alakot azért rakták oda, hogy mindig szem előtt legyünk. Aztán van még valami, ami érdekli őket. Emlékszel gyerekkori barátomra, Ujszászy Istvánra, aki a hírszerző szolgálatnál volt magas rangú tiszt? Kállay miniszterelnök bizalmasa volt, és segítette abban, hogy felvegye a kapcsolatot a szövetséges hatalmakkal, egy külön békeszerződés lehetőségét keresve. István mindig náciellenes volt, és amikor a németek és az oroszok megtámadták Lengyelországot, több lengyel tábornokot segített kimeneküteni Angliába. Később pedig az Ausztriában fogva tartott angol és amerikai pilóták szökését szervezte meg Tito partizáncsoport-jaihoz.

– Persze, emlékszem rá, amikor egyszer nálunk vacsorázott és örömmel mesélte, hogy eljegyezték egymást Karády Katalinnal, a híres színésznővel.

– Hogyne emlékeznénk arra a gyönyörű, búgóhangú énekes-nőre. Híres szerelmi történet volt ez kettejük között. Karádyt el-vitte a Gestapo, Istvánnak bujkálnia kellett, de még a földalatti szervezkedésekben is részt vett. Az utolsó nyáron többször rej-tettük el mi is pesti lakásunkban. Aztán egyszerre eltűnt. Soha többé nem hallottam róla. És ez az a pont, ahol ez a kommunista nyomozó bejön a képbe.

– Miféle alak ez? Mondj el mindent róla!

– Fanatikus híve a sztálini elképzelésnek, miszerint a szovjet típusú kommunizmus előbb-utóbb legyőzi a kapitalizmust. Az eddig uralkodó burzsuj osztályt, az értelmiséget és a magántu-lajdon fertőző betegségét pedig ki kell irtani. A terror nemcsak megengedett, de szükséges is, hogy ez megvalósuljon. Csak azoknak az ipari és földmunkásoknak van jövőjük ebben az or-welli rendszerben, akik feltétel nélkül elfogadják Sztálin szemé-lyi, Istenéhez mérhető mindenhatóságát és a kommunista párt uralmát. Egyébként egy sima modorú, Moszkvában idomított hideg kígyó, akinek a keze egyáltalán nem hasonlít egy vasmun-kás kérges tenyeréhez, olyan sima, mint a borbélyomé.

– Látom, kedveled. Tudom, nem vicces. És ez az ember fürdik a mi kádunkban, és a horkolását fogom hallgatni álmatlan éjsza-káimon?

– Nagyon vigyáznod kell vele! Legyél udvarias, de nem túl barátságos. Ne keveredj vele politikai vitába! Maradj mindig nyugodt, tarts kellő távolságot, és ne beszélgess vele túl sokat! És főleg ne legyél haragos, ne gurulj dühbe, ha provokálni talál! Mindent meg fog tenni, hogy felbosszantson, és akkor netán el-szólod magad. Többször érdeklődött nálam Ujszászy felől: mió-ta és mennyire jól ismerem? Miféle ember volt, és mikor láttam utoljára? Ezeket a kérdéseket naponta többször is megismételte. Hátha valamilyen hazugságon ér. Ha az érzésem nem csal, ez is oka lehet annak, hogy hozzánk költözött. Ha még nem találták meg, én esetleg majd nyomra vezetem őket, ha meg már elfogták szegényt, talán megtudnak valamit a háború alatti munkájáról.

– Ezek után, alig várom, hogy élvezzem vendégünk társaságát!

– Isten hozzon a karácsonyi ünnepekre, édes fiam! – mondta apám fanyar kedvességgel.

Többször találkoztam Gáborral nyár óta. Jó barátok lettünk. Moziba mentünk, olcsó diákjegyes koncertekre, vagy csak mászkáltunk a Duna-parti korzón, amit majdnem úgy szerettem, mint a Tisza-partot. Egy nap felhívott, hogy hétvégén meglátogatna. Nálam szeretne találkozni egyik gyerekkori barátjával – lánnyal persze. Ez a kis hölgypajtás, bár úgy vélem, ő is felnőtt azóta, vidékről jön a tantiját látogatni, de volna ideje néhány órát vele tölteni.

– Úgy gondoltam, nem bánnád, ha nálad találkoznánk, ahelyett hogy az utcán kóborolnánk. A te kuckód kiválóan megfelelne rá. Nem maradunk sokáig. Különben nagyon helyes lány, kedvelni fogod.

– Természetesen, Gábor, értelek. Hogyne tenném meg. Vendéglátó házigazda leszek a kis találkozón, aztán magatokra hagylak benneteket, hogy felmelegítsétek a múltat.

– Egyáltalán nem arról van szó, amire gondolsz. Mi, gyerekek, egymás közelében nőttünk fel Somogyban, ahol több nyarat töltöttünk együtt. A háború után elvesztették az otthonukat, és most egy kis faluban élnek. Liának hívják, egy sokgyermekes család tagja. Nem vették fel az egyetemre, sőt még álláshoz sem tud jutni, mert a történelmi Széchényi családból származik. És tudod, hogy néznek azokra manapság. Gyerekkori barátok vagyunk, se több, se kevesebb. Úgyhogy ne engedd szabadjára a képzeletedet!

– El kell fogadnom, amit mondasz, bár kétlem. Boldog leszek, ha kis fészkemet megoszthatom veletek, csak jelöld meg a napot, órát, és vár rátok a szobám. Hahaha.

– Nagyon köszi. Tudtam, hogy számíthatok rád. Már meg is írtam neki, szombaton háromkor jó lesz.

Vettem Oreo kekszet, kedvenc új amerikai mániámat, ami ugyan meg sem közelíti a Ruszwurm krémesét, de az óceán túlsó feléről importálják, s ezért felülmúl minden honi finomságot. Na meg narancslét, mert az alma mégse járja – hogy jó benyomást tegyek a kis somogyi lányra. Még ki is söpörtem a házam táját, mert hát a pókhálók nem a vendégszeretet jelei. Gábor már ott volt, amikor kevéssel három óra után megszólalt a csengő. Nem volt erős, határozott csengetés, inkább szelíden szólt, akadozva. Gábor engem tolt előre, hogy ajtót nyissak.

– Lia vagyok, Gábor barátja. Remélem, nem késtem sokat. Maga a...

A pillanat varázsát nem lehet feledni. Mintha égi sugár tört volna át az ajtón, ahol állt, bekeretezte mosolygó arcát. Szólni sem tudtam. Kezet fogtunk. Az övé meleg, tele határozottsággal, jó szorítással.

– Igen, igen, a Gábor barátja vagyok. („Legalábbis eddig az voltam" – gondoltam.) De jöjjön be! Már vártuk.

Figyeltem őket, a találkozást. Mint régi barátok, üdvözölték, arcon csókolták, megölelték egymást. Talán útban voltam, lehet, másképp történt volna nélkülem. Hoztam a kekszet meg a narancslét. Zavaromban mi mást is tehettem? Nem tudom, hogy az éhség vagy a feszültség tette, de rövid idő alatt minden elfogyott. Ennek azért örültem. De mi a fenétől van bennem ez a furcsa elektromos töltés? Azt vártam, hogy egy jelentéktelen kis vidéki lány érkezik, ódivatú, unalmas ruhában, ám kifinomult német hanglejtéssel. Ehelyett találkoztam egy rendkívül bájos párizsi leányzóval, akinek rövid, göndör haja, csillogó, smaragdzöld szeme, tüneményes alakja, csodaszép lába van, és amellett zamatos somogyi tájszólásban beszél. Mindez napfényt hozott magányos szobámba, amire még Gábor jelenléte sem tudott árnyékot vetni.

Élénk társalgás folyt, miután magamhoz tértem az első kábulatból, amit, azt reméltem, senki nem vett észre. Nohát, hogy is vették volna észre, hiszen egymással voltak elfoglalva. Aztán elmentek. Nem tudom, hogy a képzeletem űzött-e gúnyt velem, de mintha tovább tartott volna a kézfogásunk, mint jövetelekor.

Néhány héttel később megint találkoztak nálam. Akkor Gábor azt ajánlotta, hogy menjünk el együtt, együnk valamit. Ő is helyeselte, én sem tiltakoztam. Még mindig nem tudtam, mi van köztük, de azt gondoltam, így talán majd rájövök. Volt a közelben egy kisvendéglő, magyaros koszttal és néha cigányzenével. Kiváló hely, majd odafigyelek, hogyan viselik egymás közelségét a bor hatása alatt. Kadarkát rendeltünk a paprikás csirkéhez, nokedlihez meg cika káposztához, amit Lia is nagyon élvezett. Sőt, még énekelt is halkan a cigányzenéhez. Ismerte a szövegét minden dalnak, még annak is, amit a cigány sem tudott. Tele volt élettel, egyszerű természetességgel uralta a helyzetet. Ízes somogyi tájszólása volt a lelke mindennek. Gábor kissé többet ivott a kelleténél, és hátrabotorkált a másik szobába, hogy kinyújtózzon egy padon.

Van Isten az égben, és kifürkészhetetlenek az útjai. Ahogy megrendezte ezt a helyzetet... Végre tudok beszélni vele, így talán jobban megismerem.

– Szeretnék többet tudni magáról, hogy mi érdekli? Mi a célja az életben? Szeretném jobban megismerni!

– Hát, nagy a családom. Három leány- és három fiútestvérem van. Mind együtt élünk a szüleimmel és a nagymamánkkal egy dunántúli faluban... Jaj, Gyuri, beszéljünk már valami másról!

– Nem, nem! Kérem, folytassa, engem érdekel!

– Somogyban volt az otthonunk, ott nőttem fel. Aztán a háború után elvették tőlünk, elmentünk abba a kis faluba. Nem vettek fel egyetemre, állást sem kapok. De igazán, nem akarok panaszkodni, sok barátunknak még ennyi sincs, másokat deportáltak, elhurcoltak. Ki tudja, mi lett velük? Nekem megvan a családom, és a Jóisten velem van. Mi más kéne. De inkább énekeljünk magyar nótát, „húzd rá cigány a fene bánja"! Jöjjön Gyuri, vigadjunk! Ugye így hívják magát, téged, ha meg nem sértelek, mert valahogy utállak magázni. És megittuk a pertut, ahogy az már szokás...

– Hívjál, aminek akarsz, és legyél vidám, mert az még jobban megszépít. Szeretném, ha nagyon boldog lennél. És még valamit. Akármit is csinálsz, kérlek, soha ne veszítsd el a somogyi tájszólásodat, mert ez a legszebb magyar zene, amit valaha halottam.

Sok mindent elmondtunk egymásnak – bár soha ne lett volna vége! De Gábor végül is visszadülöngélt valahogy. Zöld volt szegény pára, taxin kellett hazavinnünk, persze hozzám, aztán Liát is hazavittem Ilus nénjéhez a budai hegyekbe.

Amellett, hogy az orvosi egyetemre jártam, bálrendező is lettem. Védnököket, üzleti pártfogókat, háziasszonyokat toboroztam. A legfőbb oka, hogy ezt a nem kedvelt szerepet elvállaltam, hogy valamilyen közösségi tevékenységet kellett végeznem ahelyett, hogy kommunista dialektikus előadásokra járjak. Inkább a bál legyen sikeres, mint a népi demokrácia paradicsoma. Nagy meglepetésre Rajk, a vadkommunista miniszter elfogadta a bál fővédnökségét. Szegény, nem tudta még mi vár rá! Úgy állt a dolog, hogy minden szovjet propaganda ellenére mégiscsak lesz bécsi bálunk. Vannak még csodák, ugye, ti hitetlenek! Az egyetlen, ami még hátravolt, hogy egy debütánst kellett találnom. Na, talán majd az egyik professzorom ígéretes lánya lesz a párom. Ki tudja, mi vár rám...

Egy nap Lia hívott: – Hétvégén Pesten leszek, és azt tervezzük a barátaimmal, hogy elmegyünk kirándulni a Normafához.

Én még sohasem voltam ott, és meg akarják mutatni nekem a hegyeket. Volna kedved velünk jönni?

– Gábor nem mondott nekem erről semmit.

– Gábor elment a családjához, ő nem jön velünk.

– Szívesen mennék, de nem akarok semmibe se gabalyodni a háta mögött.

– Gyuri, mi nem teszünk semmit senkinek a háta mögött. Tudom, hogy jó barátja vagy Gábornak, de megnyugtatlak, nincs köztünk más, mint barátság. Tízéves korunk óta, ami a homokozóban kezdődött, folytatódott a vízi háborúkban, a halas tóban, és megosztottuk uzsonnáinkat, de sohasem gondoltunk romantikára. Legalábbis én nem. Capisco?

– De...

– De hát akkor hidd el, hogy nem szeged meg a baráti esküdet, és én majd elmesélem neki ezt a kirándulást, amint alkalmam lesz rá.

– Oké. Rábeszéltél. Mit hozzak magammal?

– Hozzál egy üveg bort és poharat. Nem iszom üvegből, hacsak nem az utolsó csepp. Gyere a fogaskerekűhöz délben! Viszlát.

És letette a kagylót.

Mindig próbáltam öt perccel korábban érkezni a megbeszélt időpontnál – ahogy azt már megtanultam régen –, de most tíz is lehetett. Ám a többiek már ott voltak. Egy csomó hangoskodó egyetemista vette körül a vidékről érkezett „barátot", aki engem odahívott. Remekül nézett ki barna virágos szoknyában, magas nyakú ingben, széles bőrövvel karcsú derekán. Fonott kosár volt a kezében, karján esőkabát. Gyors bemutatkozás után már ugrottunk is a fogaskerekűre, meghódítani a hegyeket.

A végállomáson szálltunk ki, amiről megtudtam, hogy ez a Széchenyi-hegy. (Furcsa véletlen...) Tisztásokon, erdős részeken vonult a vidám csoport, szép kilátás minden oldalon. Végül aztán megláttuk az öreg bükkfát, utunk célját. Ott letelepedtünk, előkerült a harapnivaló. Én kibontottam a kadarkámat, és pohárban kínáltam Liának meg a többinek. Remekül szórakoztunk, viccelődtünk, páran hangoskodtak.

– Kornélia, mesélj nekünk, milyen az élet vidéken? Lehet ott szerelembe esni? – kérdezte az egyik.

Most tudtam meg, hogy a Lia név miből származik. Soha nem gondolkodtam el ezen, de most, hogy tudom, kedvelem. És úgy örültem, hogy elpirult a kérdés hallatán. Ez igazán megnyugtató. Akiben ezt a reakciót váltja ki az ilyen „ízléstelen" kérdés, az még biztosan ártatlan.

– Szeretnéd tudni, ugye? Semmi közöd hozzá, de annyit mondhatok, hogy veled nem tudnék lépést tartani – mondta kicsit bosszankodva, de még mindig kedves, somogyias módon.

Miután a kosarak és borosüvegek kiürültek, sétálni mentünk a hegyekbe, élveztük a friss levegőt, a szép kilátást, a város panorámáját és azt, hogy fiatalok vagyunk. Lia vidáman ugrált fel a sziklákra, hogy jobban lelásson a völgybe, bár lehet, hogy csak pózolt, ki tudja.

– Kérlek, várj, maradj ott egy pillanatra! Ezt le kell fényképeznem, és ha jó lesz, az lesz majd a címe: Lia on the rock. Akkor, mint egy villámcsapás, ütött belém. Hát persze, ő lesz a debütánsom a bálon! Hogyhogy ez eddig nem jutott eszembe? De vajon mit szól majd az ajánlathoz? Érdekli ez egyáltalán? Ezt most, azonnal meg kell tudnom, még ma, mielőtt meggondolom magam, hogy inkább politikailag korrekt legyek, és egy professzor lányát válasszam. Nem, azt nem tehetem. Remélem, Gábor sem bánja majd. Hogy is bánhatná. És ha bánja? Akármi lesz, meg kell tennem!

Elhatároztuk Liával, hogy lesétálunk a hegyről, ahelyett, hogy a fogaskerekűvel mennénk. Elköszöntünk hát a többiektől. Ők kissé bosszankodtak, fintorogtak, de azért mi csak elindultunk a hosszú úton, a szép kilátás felé. Az egész város ott ragyogott előttünk millió szikrázó lámpafényével. „Itt az alkalom", gondoltam.

– Volna kedved velem jönni egy bécsi bálra mint debütáns?

– Hát persze, bármikor, hogyne! De mi a vicces terved? Egész életemben erről álmodoztam. Szüleim meséltek nekünk, lányoknak, a híres bécsi bálokról. Mindig mondták, hogy egy szép nap a háború után majd elvisznek minket. Most, úgy látszik, ezzel még várnunk kell.

– Nem kell várnod, mert lesz egy bécsi bál néhány hónap múlva, valcerrel és debütánsokkal, hosszú fehér ruhában, hát nem éppen Bécsben, de itt Pesten, a Gellért Szállodában – várjál, várjál, még nem fejeztem be! Részt veszek a medikusbál rendezésében, és meghívhatok egy debütánst, hogy formálisan megnyissuk a bált egy bécsi valcerrel. Gondoltam, lehetnél a párom, a legszebb lány Somogyból, aki beragyogja a Gellért márványtermét.

– Gyuri, nem tudok szóhoz jutni. Mit is mondjak? Olyan szédítően váratlan ez nekem. Én egy kitaszított, megvetett osztályból származom, akinek nincs otthona, tanulási lehetősége, jövője. Mit keresnék én ott? És hosszú fehér ruhám sincs.

– Nem, nem és nem! Te leszel a legszebb lány a bálban. Neked éppúgy ott a helyed, mint bárki másnak, ragyogó jövő áll előtted, és megszerezzük azt a fehér ruhát, ha igazán akarod. Ne add fel ilyen könnyen!

– Rendben van. Igazad van, nem adom fel. Megbeszélem a szüleimmel és Ilus nénivel a ruhaügyet, és hadd álmodozzak egy kicsit erről az egészről, hisz ez álomnak is túl szép. De akármi történik is, köszönöm neked, és mindig emlékezni fogok rá, hogy te voltál az első, aki meghívtál egy bálba.

Két nappal később felhívott, hogy örömmel jönne, ha még áll a meghívás. Szülei, családja, mind mellette vannak, és Ilus néni megszerzi a ruhát. Még azt is hozzátette, két kisebbik lánytestvére is szívesen eljönne. Hahaha…

A hetedik mennyországban voltam.

ISTEN TERVEZ...

Szabadság, elvtárs!
— Jó napot! Hogy telt a napja?
Az őrnagy szobájából vezetett fel a lépcső az én kis emeleti lakosztályomba. Próbáltam nem sokat mászkálni arrafelé, hogy ne ütközzem folyton belé, de elkerülhetetlen volt, hogy néha ösz-sze ne találkozzunk és pár illendő szót váltsunk. Jól fésült, sima arcú, inkább hivatalnoktípus volt, semmint katona. Áradt róla az édeskés kölnivíz szaga, fokhagymás lehelettel vegyítve. Kicsit émelyítőnek találtam, de talán elfogult voltam. Elterpeszkedett anyám biedermeier foteljében, az örökös cigarettával a kezében. Mindig a betanult, hivatalos kommunista „Szabadság!" köszön-téssel üdvözölt, és elvtársnak titulált, amit én próbáltam nem észrevenni, bár savanyú pofámon láthatta, hogy nem örülök neki.

— Nem akarom megtéveszteni — mondtam —,én nem vagyok a kommunista párt tagja, így az elvtárs megszólítás nem illet meg.

— Nos, remélem egyszer az lesz, talán még mielőtt a nemzet-közi szocializmus végleg legyőzi a kapitalizmust, és a dolgozók uralják a világot. Ez a küzdelem eltart egy darabig, mert a ma-gántulajdonosok nem adják fel egykönnyen, erőszak nélkül. Ám végül, amikor állami tulajdonban lesz az ország, a munkáspara-dicsomot mindenki fogja élvezni. Legalábbis azok, akik túlélik a hosszú, küzdelmes éveket. Gondolom, szeretne köztük lenni.

Emlékeztem apám figyelmeztetésére, hogy ne kezdjek el vi-tatkozni evvel a fanatikus hívővel, hadd mondja a nagy semmit vég nélkül. Tudtam, hogy ha egyszer elkap a hév, nem tudom befogni a számat. Úgyhogy inkább hallgattam. De ő nem.

— Itt van például a maga családja. Küszködnek a megváltoztathatatlan ellen, hogy megvédjék a tulajdonukat, a vagyonukat és társadalmi előnyeiket. Megjátsszák, hogy demokratikusan gondolkodnak, de nem engednének egy tapodtat sem, hogy átadják a hatalmat a dolgozó népnek. Maguk az uralkodó osztályhoz tartoznak, de úgy tesznek, mintha az már nem is létezne. Mariska az egyetlen őszinte ember ebben a házban, aki a dolgozó nép soraiból származik.

– Maris nem a munkásosztályból származik. Ő egy grófnő.

– Mit mondott? Mi a Mariska?

– Mariska gróf F.-nek a lánya. Az anyja a gróf birtokán dolgozott mint a kastély egyik szobalánya. Gyönyörű szép teremtés volt, és a gróftól született egy lánya, Mariska. A gróf elismerte az apaságot, de nem akarta adoptálni a kislányt. Hazaküldte az anyját a falujába és anyagilag támogatta a gyermek felnevelését, de nem adta a nevét. Miután a gróf meghalt, a támogatás is megszűnt. Maris anyja később férjhez ment, és több lánya is született. Amikor Maris felnőtt, és megtudta, ki volt a vér szerinti apja, elment hazulról. Így került hozzánk, egy kapitalista családhoz, a munkásosztályból. Ő egy született grófnő, ha nem is papír szerint. Nos, mit gondol őrnagy úr, hová soroljuk őt, hogy megítélhessük? Ő paraszt vagy arisztokrata? Ragyogó jövő vár rá vagy a kitaszítottság?

Nem vártam meg a válaszát. Csendben felmentem a szobámba.

Néhány héttel a bécsi bál után egy kis eszpresszóban találkoztam Liával a Városliget közelében. Mivel nem volt telefonja, így én nem tudtam őt elérni, ezért megbeszéltük, hogy mindig ő hív. Most is ő választotta ezt a helyet.

– Soha nem fogom elfelejteni azt a gyönyörű estét. Egy reménytelen álmom valósult meg. A keringőzés a remek táncosokkal, a káprázatos márványterem, akárcsak a háború előtti mozikban. Gyuri, te is jól mulattál? Nem bántad meg, hogy engem kértél fel debütánsnak, a gazdag professzorlányok helyett?

Igazán tudta, hogy dörgölje az orrom alá azokat a „remek táncosokat" és a „gazdag lányokat". „Na, várjál csak, te csak várjál!"

– Yeah! Kitűnő mulatság volt azokkal a szép lányokkal, akik úgy táncoltak, mintha balett-táncosok lennének. Sorba álltak, hogy eleget tudjak tenni nekik.

– Eleget tettél? Ugye nem?

Erre elnevettük magunkat mind a ketten. Nem tudtam szabadulni természetes szépségének varázsa alól. Igaz, nem is nagyon akartam. Nem lehetett véletlen, ahogy hosszan egymás szemébe néztünk. Ő sütötte le előbb, nem én.

– Láttad Gábort azóta? – kérdeztem, amikor már nem nézett rám.

– Igen, láttam. Nem nagyon örült neki, de majd elfelejti, és mindig barátok maradunk.

– Engem nem hívott azóta, és nem javasolt újabb találkozót veled, mint azelőtt. Remélem, nem sértődött meg és nem kételkedik bennem.

– Na, hogy ezt kitárgyaltuk, gyere, menjünk a városligeti jégpályához! Akarok neked mutatni valamit. Azaz valakit. Valakit, aki nagyon különleges.

– Ez nagyon izgalmasnak hangzik. De remélem, nem akarsz korcsolyázni, azt én már régen abbahagytam, mert nagyon fájdalmas volt.

Ahogy közelebb értünk a tóhoz, az emlékek visszatértek. Amikor bujkáltunk az Angol Parkban Péterrel és Pállal, majd rohantunk, éppen erre, ahol most járunk.

– Nem, nem fogunk korcsolyázni, de mutatni akarok neked valakit, aki művésze ennek a sportnak. Egy kivételes tehetség. Ezért ajánlottam, hogy találkozzunk ezen a környéken. Remélem, itt lesz, ahogy ígérte!

A Vajdahunyad vára tornyosult előttünk a befagyott tó mögött, ahol a műkorcsolyázók gyakoroltak egy bekerített téren, zeneszóra. Ahogy közelebb értünk, egy kis korcsolyavilág nyílt ki előttünk, tucatnyi fiatal lánnyal és itt-ott egy-egy bátor kisfiúval köztük, akik vigyáztak, hogy el ne üssék őket. A szemem megakadt egy csinos szőke lányon, fekete tréningruhában volt, szinte repült a jégen, hihetetlen sebességgel, tornádó módjára forgott, majd felugorva körbefordult párszor a levegőben, mégis talpra esett, és folytatta mindenféle figurával. Egy balett-táncos mozdulatai sem lehetnének szebbek. Az emlékek megint beszélni kezdtek.

Lehet, hogy ez ugyanaz a lány, aki néhány évvel ezelőtt itt korcsolyázott, amikor a két fiúval a védőházhoz mentünk?

Közelebb értünk a korláthoz, és Lia integetett neki. Már majdnem megkértem, ne tegye, mert kezdett feltűnő lenni, amikor azt mondta:

– Hát ezért jöttünk ide. Be akarom neked mutatni Katit, a korcsolyabajnok unokahúgomat. Néhány nappal ezelőtt megígértem neki, hogy kijövök megnézni az új programját, amit a bajnokságon fog bemutatni. Gyönyörűen korcsolyázik, ugye?

– Nem tudom elhinni, hogy ez véletlen. Hány éves ez a lány? Megmernék esküdni rá, hogy röviddel 1944. karácsonya előtt éppen őt láttam itt korcsolyázni aranyszínű angyalruhában a Gloria in excelsis Deo dallamára. Persze, gyerek volt még akkor, de gyönyörűen korcsolyázott. Úgy emlékszem erre, mintha tegnap történt volna. Olyan volt az nekem akkor, mint egy égből jövő üzenet a jégkristályokon.

– Ezt el kell neki mondanod! Biztosan növelné az önbizalmát, hogy ilyen benyomást tett valakire már évekkel ezelőtt.

Végül a lány megpillantotta Liát. Nagy sebesen hozzánk korcsolyázott, és hirtelen fékezve a korcsolya élével megszórt minket jégkristályokkal.

– Szervusz, Lia! Eljöttél, hogy megnézzél? Ez nagyon kedves tőled.

Megölelték, megcsókolták egymást.

– Úgy gondolom, ez Gábor, vagy Johnny talán – mondta rám nézve, de közben Liára kacsintva.

Úgy volt, legalábbis úgy terveztem, ha idejön hozzánk, melegen üdvözlöm, és elmondom neki, hogy azon a félelmetes éjszakán, mint egy angyali üzenet, ő hozott békét a szívembe. De finom gúnyolódása megbénította a nyelvemet.

– Te kis haszontalan! Te pontosan tudod ki ő! Elmondtam neked mindent róla meg a bécsi bálról. Mit tetteted magad?

Kati erre hozzám fordult, és huncutkodva megölelt.

– Bocs, Gyuri! Persze tudom, hogy ki vagy, hisz mindent tudok rólad, többet, mint gondolnád – és azzal Liára sandított. – Csak meg akartalak tréfálni benneteket. De úgy örülök, hogy együtt jöttetek. És milyen csinos pár vagytok!

Gyorsan lehajolt, hogy elkerülje Lia hógolyóját, aztán még annyit mondott:

– Most bemutatom nektek az új programomat, amivel az ifjúsági bajnokságra készültem, ti lesztek az elsők, akik látni fogják. Azzal visszasiklott a kör közepére, hogy elkezdje a bemutatót Johann Strauss pezsgő Terefere-polkájára. A reflektorok mind ráirányultak, a többiek a korlátokhoz húzódtak, hogy helyt adjanak neki.

– Ó, ez olyan izgalmas! Nem gondolod? – kérdezte Lia.

Az „izgalmas" kifejezés nem adja vissza a teljes igazságot. Szenzációs volt! Káprázatos. Elbűvölő. Lélegzetelállító gyorsasággal száguldott a jégen, hihetetlen könnyedséggel forgott, ugrott, hajlította a derekát, mintha gumiból volna. Forgása volt talán a legszebb, a legmélyebb, a leggyorsabb, amilyet azóta sem láttam. Mindezt a fiatalság tündöklő bájával, „ide nézz rám, világ!" üzenetével sugározta a nézőközönség felé. Elbűvölt bennünket. A befejezés egy villámgyors, változatos forgás volt, aminek nem akart vége lenni – bár ne is lett volna, olyan szép volt. Aztán a zene utolsó taktusára mély meghajlással fogadta a körben állók tapsát. Liának könnyes volt a szeme, én sem voltam ettől messze.

Kati kicsit levegő után kapkodva odakorcsolyázott hozzánk.

– Tetszett? Jól láttatok mindent?

– Fantasztikus voltál, Katikám! Tele élettel, jó technikával, művészettel. Ha ezt meg tudod ismételni a jövő héten, biztosan bajnok leszel. Nekem már most is az vagy. Mit gondolsz, Gyuri?

– Hát, lehetett volna kicsit gyorsabb, a spirált is lehetne jobban nyújtani, a forgásaid elég jók, de vándorolnak és az ugrásnál nem fordultál körbe teljesen.

Kicsit megnyúlt Kati arca, ahogy meglepő véleményemet hallgatta, de, gondoltam, most már elég ebből, visszakapta az „ugye ez a Gábor, vagy talán a Johnny" tréfát. Hát megöleltem gyorsan, és mosolyogva mondtam:

– Csak vicceltem. Gyönyörűen korcsolyáztál. Sonja Henie, a háromszoros olimpiai bajnok meg sem tudja közelíteni. Remek voltál, sose felejtem el! Gratulálok. Bajnok vagy az én szememben is.

És elmondtam neki, amit `44 karácsonya előtt láttam, s hogy akkor ő egy égből jövő üzenet volt nekem, ami békét hozott a szívembe.

Felragyogott az arca, hogy így megváltozott a véleményem, még puszit is adott. Liát hosszan megölelte, aztán visszakorcsolyázott a barátaihoz, ahogy a reflektorok fényei lassan kialudtak.

A kommunista párt a megmámorosodott sztálini kultuszban és a szovjet hadsereg védelme alatt 1948 tavaszára az egész országot hatalmába kerítette. Az államvédelmi hatóság, az ÁVO lankadatlanul üldözött mindenkit, akit a nép ellenségének vélt. Leírhatatlan kegyetlenséggel kínoztak ártatlan embereket, hogy soha el nem követett bűntettekről tegyenek beismerő vallomást, hogy az úgynevezett koncepciós perekben a világ már úgy lássa őket, mint gonosztevőket, akik a demokráciát akarják aláásni. A beismerést legtöbbször halálbüntetés követte, vagy az áldozat egyszerűen eltűnt a szovjet gulagon. A kommunisták sátáni gonoszsága és a terror félelmet keltett. A polgári pártok és a szociáldemokrata párt vezetőit, akik nem tudtak időben elmenekülni az országból, egyenként tartóztatták le, tüntették el vagy deportálták. Addigra már több mint negyvenezer politikai bűnügyet tárgyaltak az országban. A vádlottak többségét halálra vagy súlyos börtönbüntetésre ítélték. Holott mindannyian ártatlanok voltak. Köztük volt Szatyi, a kis költő, az osztálytársam, akit összeesküvéssel vádoltak. A deportáló táborban írta meg legszebb verseit.

Hogy megmeneküljek ettől a politikai lidércnyomástól, a könyveimbe temetkeztem és sok esti órát töltöttem az anatómiai és szövettani laboratóriumokban. Egyetemi pártvezérek közölték velem, hogy ha nem mutatok fel egészen rendkívüli előrehaladást a tanulmányaimban, a napjaim meg vannak számlálva, orvos soha nem lesz belőlem. A jövő szocialista államrendszerének szüksége van orvosokra, de csak azokra, akik a nép jólétét akarják szolgálni és a népi demokráciát építik. Minthogy én nem akartam belépni a kommunista pártba és rossz káder voltam, csak úgy maradhattam az egyetemen, ha kiválóak az eredményeim.

Közben néha meglátogattam kis szentemet, Ritát az angol kisasszonyok templomában.

„Mondd, miért nem hív fel? Keressem én őt? Gábor is eltűnt a családjával. A lakásuk le van zárva."

„Meg vagy kavarodva ugye? Eddig minden olyan könnyen ment a lányokkal. Ez most kicsit más. De majd meglátod, mik az Isten tervei. Találkozol majd azzal, akit neked szánt, de nem úgy, ahogy azt te képzeled, hanem ahogyan Ő. Tudni és érezni fogod, amikor megtalálod azt a valakit."

„ Azt gondoltam, hogy ő az a valaki. Az első pillanattól kezdve éreztem valami megfoghatatlant, a varázsa alá kerültem."

Könnyeimen át úgy láttam, mintha mosolygott volna rám.

Az év végén az összes vizsgámat kitűnő eredménnyel tettem le. Így jobb hangulatban mentem haza a nyári vakációra.

Hál' istennek az őrnagy elvtárs szabadságra ment, úgy mondta nagy büszkén, valahová a Krím félsziget csodás partjaira. Remélem, ott vannak cápák is, nem csak pálmafák. (Ez csak kiszakadt belőlem, Istenem, bocsásd meg!) Így most szabadon közlekedhetek, vonulhatok fel és le, anélkül, hogy látnom kellene a sunyi pofáját.

Orvos tanácsadóim azt javasolták, hogy töltsem a nyarat egy klinikán vagy valami kórházban, esetleg asszisztáljak egy műtőben. Így bővülnének az ismereteim a direkt betegellátásról, és ez arra is jó, hogy lefoglaljam magam és távol tartson minden bajtól. Apám jó barátja volt a megyei kórház szülész főorvosa. Történetesen épp ott születtem húsz évvel ezelőtt. Úgy gondoltam, hogy sok gyerekszülést fogok látni, talán még asszisztálhatok is. Végre egy kis klinikai orvostudomány a sok akadémiai biflázás után.

Néhány napi Tisza-parti kikapcsolódást követően, megnéztem az első szülést életemben. Akkor nem tudtam, milyen sok ezret fogok még látni. Be kell vallanom, sokáig a hatása alatt voltam. Fiúcska volt, véres nyálkával és még valami zöldes-sárgás kenőccsel borítva. Amikor végre megszabadították duzzadt arcát ettől a kellemetlenségtől, mint egy fuldokló próbált lélegzetet venni, sikerült is neki. Aztán kivörösödött arccal elkezdett bömbölni. Volt, aki sírt, volt, aki nevetett, sokan tapsoltak, engem viszont az ájulás környékezett. De volt ebben az újszülöttsírásban valami csodálatos. Egy új kis ember jött a világra. A kórházban, ahol inkább csak betegséget, fájdalmat és szenvedést lehet látni, micsoda különbség tanúként megélni egy új élet kezdetét, abban segédkezni!

– Gyulai doktor, azt hiszem, egy jövendőbeli szülészt lát maga előtt – mondtam a főorvosnak.

– Akár már holnap kezdheted, én meg megyek horgászni – válaszolta mosolyogva.

Úgy történt, ahogy történt, a nyári szabadságok miatt szükségük volt segítségre. Én meg jóformán beköltöztem a kórházba. Asszisztáltam a szüléseknél, császármetszésnél, mindenféle nőgyógyászati műtétnél, még pár kisebb reparálást is végeztem, amikor késő éjjel a nővérek jónak látták, és nem akarták miatta az inspekciós orvost felébreszteni. Repült az idő, minden percét élveztem, már szinte orvosnak képzeltem magam.

Néha azért a délutáni órákban kimentem a strandra. Ott hamar el is szunyókáltam a napon, mert éjjel nem sokat aludtam. Egyszer Gábor ébresztett fel, homokot szórt a hasamra. Ám nem haragudtam érte, mert reménykedtem, hogy végre hírt kapok Liáról.

– Jól van. Nagyon jól. Különben, hogy tudjad, eljegyeztük egymást a múlt hónapban. Lejött velem, hogy megismerje a nagymamámat.

A többit nem is hallottam. Egy világ omlott össze bennem. Reszkettem. Mintha kiment volna belőlem az élet. Felkeltem lassan, odébb sétáltam szótlanul.

Néhány másodperc múlva Gábor elnevette magát.

– Gyere vissza, te zavarodott orvosnövendék! Így be lehet csapni téged? Nem volt nekünk eljegyzésünk, nem vagyunk mi szerelmesek, nem tudod, hogy csak barátok vagyunk? De most már tudom, ki az, aki szerelmes. Nem tudtad palástolni ugye, te nagy hős?

– Gábor, megöllek. Nem, ez egy csúnya szó. Inkább ráülök a fejedre és lassan fogsz megfulladni. Uhhrr!

Akkor már én is nevettem, megkönnyebbülve tértem magamhoz az iszonyú csalódásból.

– Oké, elkaptál. Hogy is hihettem én ezt el? Még hogy jegyben járjatok! De most, viccen kívül, meséld el, mit tudsz róla. Mit csinál? Hol él? Beszélj már, a fene egyen meg!

– Egy ruhagyárban dolgozik, a pesti külvárosban. Összeöltözött egy barátjával – nyugi, nyugi, mielőtt felrobbansz: egy lánnyal. Azt hiszem, örül, hogy egyáltalán valami állást kapott. Így segíteni tudja a családját. Különben küldött neked egy levelet. Ha akarod, máris olvashatod, íme, itt van. Esküszöm nem nyitottam ki!

Ezzel átnyújtott egy kis borítékot – de nem bontottam fel rögtön.

– Gyere át hozzánk ma este! Ez a szabadnapom. Különben mindig a kórházban vagyok.

Alig vártam, hogy hazaérjek, és elolvashassam, mit írt. Felrohantam a szobámba, becsuktam az ajtót, és felbontottam a borítékot. Egy gyöngybetűkkel írott vers volt benne, körülfestve világoskék nefelejcsvirággal. Elolvastam, ki tudja, hányszor, nem tudtam sírjak, vagy nevessek.

Könnyes lett a szemem – én már ilyen vagyok –, elmosta a kékjét a sok pici virágnak. Gondoltam, ahelyett hogy írnék neki, elküldöm én is a versemet, amit hozzá írtam, nem is olyan régen.

Nem tudok olyan szép nefelejcseket festeni, mint ő, de egy csomó piros szívet rajzoltam köréje. Odaadtam Gábornak, hogy vigye el neki.

– Kinyithatom? Látni szeretném a válaszodat!

– Ne merészeld megtenni! Nem gondoltad komolyan, ugye? Komolyan gondoltad? Ha megteszed, ne számíts kegyelemre!

Vége lett a nyárnak, ideje volt visszatérni Pestre. Ez az év már sokkal izgalmasabb lesz. Kórbonctant, gyógyszertant és mindenféle más orvostudományi előadást fogunk hallani, ami sokkal közelebb hoz a klinikai orvosi munkához, hogy megtanuljunk diagnosztizálni és kezelni a betegségeket. Jó volt újra látnom a barátaimat, megismerkednem az új hallgatókkal, de valami nagyon hiányzott. Egy hívás Liától. Nem láttam őt, amióta Mindszenty bíboros szentmiséjén voltunk együtt a sziklakápolnában, hónapokkal ezelőtt. Amikor a bíboros befejezte szentbeszédét, az ávósok megszakították a sok ezer egyetemista résztvevő könyörgő imáját, és brutálisan szétverték a tömeget. Kézen fogva rohantunk el a Gellért-hegy oldalában, hogy elkerüljük a letartóztatást.

Gábor is eltűnt, így nem tudtam a nyomára akadni. Végül is ősszel, amikor a levelek sárgulni kezdtek, és már-már feladtam a reményt, felhívott telefonon.

– Szeretnél velem feljönni a hegyre madárdalt hallgatni, vagy már elfelejtettél?

– Nem. Emlékszem még valakire, aki a múlt évben valami hasonlót javasolt, és indítványozta, hogy hozzak egy üveg bort, sőt még poharakat is. Aztán hívott még jó néhány lehetetlen alakot, akik zavaró körülménynek bizonyultak. Így lesz ez most is, vagy csak mi ketten élvezzük majd madaraink őszi búcsúdalát?

– Egy üveg elég lesz, de ne felejtsd a poharat! Csak kettő kell! Szombat délben várlak a fogaskerekűnél. Viszlát!

S azzal letette a kagylót.

Most próbáljam kitalálni mi is van a kis fejében. Hónapokig nem is törődött velem. Elküldi a kis „Nefelejcs – ne felejts!" versét, megríkat vele, aztán semmi jelét nem adja, hogy megkapta-e az én szerelmes válaszomat. Most meg hív, hogy menjünk fel a hegyre. Talán megvárnak bennünket a madarak mielőtt útra kelnek. „Várjál csak, kisasszony, várjál csak! Tőlem nem fogod hallani, hogy hiányoztál. Ezt a játszmát én is tudom játszani", gondoltam én.

Tíz perccel később értem oda, megszegve azon szokásomat, hogy mindig korábban érkezzek, de hiába mesterkedtem, ő még akkor sem volt ott.

– Szervusz, Gyuri! Sajnálom, hogy késtem, de követtek, és le kellett ráznom őket valahogy.

– Ki követett? A rendőrök? Az ávósok?

– Nem, nem. Hanem azok, akikre olyan kedves megjegyzést tettél a múltkor. Egyszer csak megjelentek ott, ahol lakom, és mindenáron velem akartak jönni. De túljártam az eszükön. Leráztam őket az áruháznál.

Persze örültem, hogy csak velem akart lenni, és mindig a jót keresem mindenben, különben bosszantott volna, hogy azok az alakok tudták, hol lakik, én viszont nem. Hm!

Ahogy sietve felugrottunk a fogaskerekűre, mert már indult volna, kicsit egymásba ütköztünk. Elpirult. Most már másodszor láttam ezt.

– Mesélj, mi van veled, hogy zajlik az életed, amióta nem láttalak?

– El vagyok foglalva az egyetemen, és a nyáron sok gyereket szültem.

– Mit csináltál?

– Vagyis tudod, nem én szültem, csak segítettem őket megszületni, néha kis műtéti segítséggel, tudod az úgy volt...

– Oké, oké! Ne részletezd, kérlek!

– Hát veled mi van? Hol élsz? Mit csinálsz? Gábor mesélt valamit a nyáron, de nem tudom, abból mit lehet elhinni.

– Pestre jöttem munkát keresni. Összeköltöztem egy barátommal, egy lánnyal, akit a ruhagyárban ismertem meg. Ott kaptam egy átmeneti, próbaidős kisegítő állást. Megváltoztattam a nevemet, kicseréltem a h-t egy s-el, a végén meg elhagytam az ipszilont. Így már nem olyan feltűnő. Egyelőre nem jöttek rá. Margit, a szobatársam, nagyon helyes lány. Az apja a magyar királyi folyamerők parancsnoka volt. Ne nevess! Volt olyan, hogy magyar folyamerő.

– Én tudom. Szolnokon mindig egy ladikban gyakorlatoztak a Tiszán.

– Csúnya vagy! Margit is orvostanhallgató volt, de kirúgták, amikor megtudták, ki volt az apja. A családom még mindig abban a kis dunántúli faluban él. A fiútestvéreim fát vágnak az erdőben, idősebb nővérem tanít egy óvodában, a többi kisebb meg csak bajt csinál és sokat eszik. Nem volt mit tennem ott abban az unalomban, hát most itt vagyok, neked. Örülsz?

– Majd kibújok a bőrömből! De komolyan. Hiányoztál. És aggódtam érted.

Aztán csak csendben ültünk egymás mellett a fogaskerekűn, ahogy kapaszkodott fel a hegyre. Ámultunk a falevelek őszi pompáján, a lángoló vörös és aranysárga csodák színjátékán a zöld fenyők között. Ahogy a vonat csikordulva kanyarodott, a nap rásütött, visszatükrözve gyönyörű arcát, göndör haját az ablaküvegen. Milyen szerencsés fickó is vagyok! Kettőt látok egyszerre belőle... Aztán nagyot zökkent az öreg vonat, megálltunk a tetőn, a Széchenyi-hegyen. A boldogság se lehet messze. Hisz ott futott előttem, karcsú bokája körül lebegő szoknyában, szebb már nem is lehetne.

– Gyere, Gyuri, keressünk egy napos tisztást, ahol magunkban lehetünk! Éhes vagyok, mint a farkas, de hoztam pár szendvicset.

– Én meg hoztam egy jó rizlinget meg két poharat, mert emlékszem, hogy nem szeretsz csapból inni.

Kiterítettük a skót kockás takarót egy füves téren, ahonnét gyönyörű kilátás nyílt a messzi hegyoldalra, le a völgyre, s azon túl már olyan mindegy, mert szebb nem is lehetne. Boldogok voltunk. Elnyújtóztunk az őszi nap melegében, fejünk fölött a tölgy sárga-vörös bíbora között átragyogott a kék ég, és azt kérdeztem:

– Boldog vagy?

– Igen. Most nagyon boldog vagyok.

– De hol vannak az éneklő madaraid?

Egy pillanatig csend volt. Aztán felkönyökölt mellém, és rám nézett szép, zöld, álmodozó szemével. – Szeretted a nefelejcskártyámat?

– Hogy szerettem-e? Megtartotta a hitemet a gondviselésben. Hogy Istennek terve van velem. Hisz már négyszer mentett meg, valami oka kellett, hogy legyen! Ugye hiszel Istenben? Hiszed, hogy terve van mindnyájunkkal?

– Igen. Hiszek Istenben, és hiszem, hogy minden tőle függ. De nem vagyok biztos benne, hogy a tervei boldoggá fognak tenni. Legalábbis nem itt a földön. Azt sem tudom, hogy lesz-e öröme bennem. De mi is az a boldogság? Mi tehet boldoggá? A saját jóléted? Hogy mindent megkapsz, amit akarsz, vagy az, hogy mindent odaadsz, hogy törődsz a másikkal, hogy tudsz szeretni? Az Istent és persze mindenkit, beleértve téged is.

– Szeretem, ahogy befejezted. Úgy gondolom a te hited erősebb, mint az enyém, ami nem jelent sokat, de ahhoz elég, hogy hozzá vezesse a lelkemet.

– Szeretsz filozofálni?

– Szeretem azt, hogy gondolkodni tanít. Nem szeretem a nyakatekert elmélkedést azokon a dolgokon, amik messze túl vannak az értelmünkön, amire nincs magyarázatunk, tudományos bizonyítékunk, és talán soha nem is lesz. Nem azért, mintha nem volna, csak a mi kis limitált agyunk nem fogja fel. Kutatni az igazságot jó és nemes dolog. A baj ott van, hogy mi ide vagyunk kötve, ehhez a sárgolyóhoz, és amit itt igazságnak tartunk, az talán nem is az a világegyetem vagy Isten szemében.

A nap búcsút intett, méltóságteljesen bukott le a hegygerinc mögé. Ideje volt visszatérni a valóságba.

MEGMONDTAM,
HOGY SZERETEM...

A nagy motorcsónak hasította a kék Duna vizét, fel, Esztergom irányába. Bár most inkább szürke volt, mint kék. Nono – új barátom a Műegyetemről – állt a kormánynál. A nap épp lement a pilisi hegyek mögé. Elég gyorsan haladtunk, hogy időben célhoz érjünk. Ám nekem fogalmam sem volt, hová megyünk és azt is csak sejtettem, hogy miért.

Elsőéves orvostanhallgató voltam, amikor megismertem Nonót. Aztán bemutattam Ikának, s jó barátok lettek, talán még több is. Sokat buliztunk akkoriban, mert jól ment neki a feketepiacon. Később azt is megtudtam, hogy a nyeresége nagy részét a szegényeknek, üldözötteknek és a katolikus karitásznak adományozza. Erről ő nemigen beszélt, ezt másoktól hallottam. Többször aludt nálam, mert a rendőrség gyakran zaklatta őket a szülei otthonában. Apja mérnök volt az Óbudai Hajógyárban, amit még Széchenyi István alapított. Amikor a róla elnevezett gőzhajót felavatták 1844. augusztus 10-én, akkor énekelték először nemzeti imádságunkat, a magyar himnuszt nyilvános ünnepségen. És ennek a családnak a tagjait üldözik ma olyan könyörtelenül.

Nono apja több versenycsónak tulajdonosa volt, így jutott a fia ahhoz is, amin most száguldunk a párás félhomályban.

Néhány nappal ezelőtt Nono megkért, hogy segítsek neki a következő útján, mert a társa eltűnt. Nem tudják, mi lett vele, de egy nap nem ment haza. Azóta is keresik a szülei. Mindez nem hangzott túl biztatónak, de nem akartam visszautasítani a kérését. Ezen a hétvégén úgy sincsenek előadások, és izgalmasnak hangzott egy szélvészgyors motorcsónakkal új kalandot keresni.

Pláne, amikor elmondta, hogy a kabinban egy hordó vörösbort is tartanak a matrózoknak, és pár lány is lesz majd velünk. No, akkor kaptam igazán kedvet a túrához. De azt nem mondta, hogy az egyik lány Ika, aki most már az ő kedvese, a másik meg...

– uramisten, nem akartam hinni a szememnek, Lia bújt elő a kabinból. Ez aztán a meglepetés a javából. De hogy kerül ő ide?

– Ika és Nono beszéltek rá, hogy tartsak velük, merthogy te is jössz – mondta Lia boldog mosollyal. Gondoltuk, örülni fogsz neki.

Hogy örültem-e? Boldog voltam. Most még inkább élveztem a sebességet, a gyönyörű tájat és a kadarkát. Nagy öröm volt találkozni Ikával is, aki felnőtt és bölcsebb lány lett az eltelt néhány év alatt.

– Ideje volt.

A folyó a szigetekkel a Tiszát juttatta eszembe, s most megtaláltam a párját. Amikor eljutottunk a Duna-kanyarhoz, ahol a hegyek markukba szorítják a folyót, a lélegzetem is elállt a fenséges képtől. A hold épp előbújt rejtekéből a felhők mögül, és kirajzolta Visegrád romjait a Pilis hegység előtt. Jobbról a Börzsöny felhőfoszlányos csúcsai magasodtak. Hogy mi mindent adott az Isten nekünk, magyaroknak! Köszönet érte.

– Nemsokára ott leszünk – mondta Nono. – Ahol az Ipoly a Dunába torkollik, lelassítom a motort és csendben a homokos parthoz sodródunk. Ott a csehországi határ. Valamikor ez majdnem az országunk közepe volt. Itt kell találkoznunk társainkkal a túloldalról, hogy átvegyük a szállítmányt.

Nem kellett sokáig várnunk, hamar meghallottuk a kis motorcsónak hangját, ahogy közeledett felénk a folyón. Kikötöttek. Két férfi magyarul üdvözölte Nonót. Kicseréltek pár borítékot, susmusoltak egy darabig, aztán ládákat, dobozokat kezdtek áthordani a mi hajónkra. Itt váltam én hasznos utassá, amiért is Nono meghívott az útra. A lányok segítettek mindent elrendezni a kabinban, ügyelve, hogy megmaradjon az egyensúly. Már mehettünk volna, de akkor kinyitották boros kulacsukat, áldomást kellett inni az útra. Én meg a kadarkás hordónkat gurítottam át nekik.

– Jóravaló emberek ezek a feketepiacos magyarok, még ha az Ipoly másik oldaláról jönnek is – súgtam oda Nonónak.

– Ez nem egészen úgy van, ahogy gondolod, Gyuri. Senkinek nincs haszna ebből, kivéve azokat, akik kapják: az árvák, a szegényház, az öregek. A pénz, amit a cigarettákért, nejlonharisnyákért kapunk, a nincstelen nővéreket és rendházakat segíti. Ez a nyugat-európai katolikus egyházi szervezetek adománya. Hát így néz ki ez a titokzatos csempészés – magyarázta Nono.

– Látod, Gyuri, Nono mégsem olyan sötét üzletelő, amilyennek látszik. Ezért veszünk mi is részt ebben a feketekereskedésben – mondták a lányok.

Könnyebb lett a szívem, csak most döbbentem rá, milyen nemes lelkű barátaim vannak.

A hatalmas motorcsónak csak úgy szelte a vizet a folyó sodrában. Baloldalt Vác fényei tűntek fel a sötét felhők között, amikor mintha a pokol szabadult volna el. Már egy ideje észrevettük, hogy egy motorcsónak követ minket tisztes távolságban, de most hirtelen vörös forgólámpa gyulladt ki rajta és reflektorok fénye vakított el bennünket.

– A folyami rendőrség! – kiáltotta Nono, és nagyobb sebességre kapcsolt. – Le kell ráznunk őket! Nincs más választásunk. Ha elkapnak, az Andrássy út 60.-ba visznek az ÁVO központjába, és az, tudjátok, mit jelent.

Mozgósította az összes lóerőt. Ijesztő sebességgel, szinte repültünk a Dunán, emeletes vízfüggönyt hagyva magunk után. Pánikban voltam. Úristen, most segíts meg! A reflektorok és a vörös lámpa fénye mintha halványodott volna, egyre távolabbinak tűntek. Úgy tűnt, lehagyjuk őket.

– Talán sikerült őket lerázni – nyögte Nono. – Aquincum Óbudánál csak 25 kilométerre van innen. Ott be tudnék menni a hajógyári mellékágba. Úgy ismerem, mint a tenyeremet. Talán ott meg tudunk bújni egy kis rakodóöbölben, és később találkozhatnánk azokkal, akik átveszik a szállítmányt. Gondoltam, hogy lehagyjuk őket az erősebb motorral, a kérdés csak az, hogy rádióznak-e a kollégáiknak, akik elébünk vághatnak. Hát rádióztak. Ott vártak villogó vörös lámpájukkal a folyó közepén.

– Kapaszkodjatok! Bújjatok le! – ordította Nono remegő hangon. – Most vagy soha! Ki kell játszani őket! Teljes gőzzel rohantunk feléjük, de az utolsó pillanatban hirtelen jobbra tért a csónakunk és beszáguldott a hajógyári csatornába. Mintha hallottam volna a géppisztolysorozat ismerős hangját a hullámok mögött, aztán már bent is voltunk a védett folyóágban. Még idejében lelassultunk, csak a szívem dobogott gyorsabban. Kerestünk egy biztos búvóhelyet a hajóroncsokkal teli stégek között. A motort leállítva csendben beeveztünk egy állványokkal körülvett öreg hajó mögé, és letakartuk a csónakunkat hullámlemezzel. Kifulladva, félelemmel telve nyúltunk el az alján.

A következő órákban többször is hallottuk a motorcsónak hangját a közelünkben. Ahogy feküdtem a hajóköteleken a hidegben, a budai ostrom szörnyű emléke kísértett, de most még Liáért is aggódnom kellett.

„Bízom benned Istenem, de mégis félek..."

Aztán lassan minden elcsendesült. Vártunk még néhány órát, majd átrakodtunk a rozsdás hajó egyik zugába, hogy ha véletlenül megállítanak minket, ne találjanak nálunk semmit. Lassan elindultunk Aquincum irányába, hogy találkozzunk a csomagok továbbítójával. A hely valahonnan ismerős volt. Nono felment egy házhoz és bekopogott.

– Szervusz, Péter! – mondta.

Nem, ez nem lehet véletlen. Ilyen véletlenek nincsenek. Ez nem lehet ugyanaz a Péter. Vagy mégis?

Nono átadta neki a vastag borítékot és elmondta, mi történt. Úgy döntöttek, csak később mennek oda, hogy felvegyék a küldeményt. Nono bemutatott bennünket egymásnak. Kezet szorítottunk. Emlékeim nem hagytak nyugodni. Esküdni mertem volna rá, hogy ez az ember segített minket át a jeges Dunán sok évvel ezelőtt. Meg is mondtam neki.

– Péter, emlékszel egy családra, akit átsegítettél innét Újpestre a befagyott vízen 1945 márciusában, és fizetség helyett csak egy pakli kártyát kaptál?

– Emlékszem bizony, és mondd meg az apádnak, az volt a szerencsenapom, mert ahányszor csak azzal a kártyával játszottam, mindig sok pénzt nyertem.

A jótettekért a jót néha különös módon kapjuk vissza. Megöleltük egymást, és Liával elköszöntünk tőlük még hajnalhasadás előtt.

Mindszenty bíborost – nyolcmillió katolikus lelkipásztorát – hazaárulásért és ellenforradalmári tevékenységéért tartóztatták le 1948. december 26-án. A több mint két hónapig tartó kihallgatások, kínzások, megszégyenítések után – a különféle drogoktól megbénított akaratú, összetört emberroncsot, ám a mi szemünkben egy élő szentet – életfogytiglani fegyházra ítélték. Ennek az ártatlan embernek a meghurcolása, a történelem talán legsötétebb terrorintézményének ördögi megnyilvánulása, megrázta az országot, a kereszténységet, valójában az egész világot. A tüntetések, tiltakozások nem segítettek semmit. Az ÁVO csírájában elfojtott mindent. Ezt követően több püspököt, sok száz papot és „összeesküvő" társaikat ítélték börtönbüntetésre.

A kommunisták tudták, hogy a magyar nép vallásos. A vallás az ateista marxizmus–leninizmus elfogadtatása és terjesztése útjában állt, a nép szemében tehát le kellett járatni és fokozatosan megszüntetni a vallásgyakorlás lehetőségét. Nemcsak a katolikus, hanem az összes protestáns felekezet is feketelistára került, a zsidó hívőkkel együtt, akiket cionista felforgatóknak tekintettek. A marxista dialektikus materializmus fogja helyettesíteni a bibliát és a „dicsőséges Sztálin apánk" kerül az oltárra Jézus Krisztus helyett. Jól ki volt ez agyalva, de nem minden ment úgy, ahogy remélték. Az emberek többsége soha nem fogadta szívébe a hamis prófétákat, passzív rezisztenciával szenvedett, a szebb jövő reményében.

Hogy ne kerüljek bajba, minden szabad időmet a kórtani, kórbonctani laboratóriumokban töltöttem, ahol megtanultam, hogy lehet diagnosztizálni a tüdőtágulást, májbajt vagy szívelégtelenséget, s hogy melyiket mi okozza.

A szív gyengesége érintett legjobban azon a napon, amikor Liával a Zeneakadémiára mentünk egy klasszikus koncertre. Szerettem az öreg, patinás hangversenytermet, mert fel, a kakasülőre majdhogynem ingyen lehetett diákjegyet kapni. De most egy jobb helyen fogunk ülni, először, vele.

Mostanában gyakrabban találkoztunk, legtöbbször hétvégén, amikor mindkettőnknek volt ideje. Képtárakat, múzeumokat, művészeti kiállításokat néztünk meg, persze mindet ingyen. Hosszú sétákat tettünk a Duna-parton, a Gellért-hegy oldalában, a ligeti sétányon. Feledhetetlen volt minden perc. Beszélgettünk művészetről, könyvekről, a természet szépségéről és a vallásunkról is.

– Úgy örülök, hogy katolikus vagy, és tudod, miről beszélek, ha azt mondom: oltáriszentség – mondta egyszer. – Nem kell, hogy magyarázzam, hogy az a kis ostya mit jelent nekem, miért térdelek le az oltár előtt, hogy nem imádok dísztárgyakat, ereklyéket, csak az Isten fiát, azt remélve, hogy a lelkem egyesül vele egy kifürkészhetetlen misztériumban. Boldog vagyok, hogy nem kell meggyőznöm téged az Isten jelenlétéről, amikor áldozunk.

– Ne légy ebben olyan biztos, de folytasd! Szeretem hallani a somogyi tájszólásodat. Olyan vicces, ahogy formálod a szavakat.

De ma este egy koncertre megyünk, először kettesben. Olyan elegáns volt galambszürke ruhájában! Mindig egyszerűen öltözködött, soha nem akart feltűnő lenni, diszkrét színű blúzt, sima szoknyát hordott, nyakában egy kis keresztet, egy Szűz Mária-éremmel. Ó, milyen örömteli volt karon fogva bemenni vele a terembe! A Beethoven-program a Leonóra-nyitánnyal kezdődött és a VII. szimfóniával végződött. Mindkettő energiával telített, fülbemászó melódiával gyönyörködtető, klasszikus Beethoven-alkotás, nem lehet őket eleget hallgatni. Ám amit igazán akartam, hogy megismerjen, az Max Bruch hegedűversenye volt, az egyik kedvencem. Úgy örültem, hogy az első koncertünkön most együtt hallgathatjuk a hegedű hangját, ahogy felsír a menynyekbe, kérve, követelőzve: Isten, hallgasd meg könyörgésemet! Az adagio melódiája most is könnyet csalt a szemembe, mint mindig. Nem mertem ránézni, nehogy észrevegye megindultságomat, inkább lenéztem gyönyörű kezére.

Mindig szerettem figyelni az emberek kezét. Tudom, nem egészen igazságos vagy pszichológiailag elfogadható érvelés, de nekem elárult valamit a jellemükről, erejükről, gyengeségükről, határozott vagy kétkedő egyéniségükről. Nem állhattam a langyos vagy csak az ujjakat nyújtó kézfogást. Meleg, határozott kellett hogy legyen, karaktert sugározva. Liában megtaláltam, amit kerestem. Most gyengéden a kezembe vettem a kezét és hagytam, hogy a zene mondjon el mindent, amit érzek. Egy pillanatra, mintha kis bizonytalanságot éreztem volna, ujjai talán megremegtek, aztán lassan belesimultak a tenyerembe.

Néhány héttel később felhívott, és elmondta, hogy húsvétra hazamegy a szüleihez, de előbb eljönne hozzám, hogy egy kis húsvéti ajándékot adjon. Na végre kettesben leszünk – gondoltam. Előkészültem az Oreo keksszel, narancslével, úgy, mint régen, még gyöngyvirágot is tettem egy pohárba, szóval nagy izgalommal vártam. Ám nem egyedül jött. Hozta Margitot, a szobatársát is. Mintha egy kis gúnyos mosolyt láttam volna Margit arcán. Lehet, hogy naiv voltam, de nem mutattam ki a csalódásomat. Sőt. Kitörő örömmel üdvözöltem Margitot.

– Úgy örülök, hogy maga is jött, már rég szerettem volna látni! Sajnálom, hogy Gábor nem lehet itt, de már volt egy randevúja, amit nem tudott lemondani. De jöjjön be, hadd mutassam meg az én kis fészkemet!

Lia követett minket. Úgy láttam, kissé meglepődött a fogadtatáson. De hogy ne játsszam túl a szerepemet, karon fogtam, hogy a szobámba kísérjem. Megmutattam Margitnak a teraszt, míg Lia a szobában maradt, hogy kikészítse a kekszet és a narancsitalt. Aztán föltettünk néhány lemezt, mai táncdalokat meg Ravel Boleróját. Nem a hegedűversenyt, az maradjon csak a kettőnk emléke.

Később, amikor elmentek, nefelejcsvirágokkal díszített borítékot találtam az egyik fiókomban, húsvéti jókívánsággal. Valami volt abban a borítékban. Egy incifinci, világosbarna kitömött nyuszi, laposan a hasán, kinyújtott lábakkal, piros szemmel és szalaggal a nyakán, amelyen egy kis cédula lógott: „Látlak ám!" Nem vagyok híve a kitömött állatoknak, már rég kinőttem ebből, de ez a kis húsvéti ajándék nagyon boldoggá tett. Persze, hiszen mondta, hogy ezért akar jönni. Biztos akkor dugta el, amikor én a teraszt mutattam Margitnak. Nem is gondoltam erre, annyira vártam, hogy együtt lehessünk. De ezt a kis „nyuszit" életem végéig megőrzöm.

Mindszenty bíboros bebörtönzése után a kommunista párt, Rákosi vezetésével, szinte teljesen átvette a hatalmat. A kirakatperek, a megkínzott vádlottak beismerő vallomásai, a deportálások félelemmel töltötték el a népet. Odáig mentek, hogy még a saját kommunista társaikat, mint Rajk László belügyminisztert is – bálunk fővédnökét – halálra ítélték hamis vádak alapján és kivégezték. Ezzel elérték, hogy senki ne érezhesse magát biztonságban, mindenki attól rettegjen, hogy rá is sor kerülhet. Ugyanakkor aláásták saját ideológiájukat, mert ez nem egyenlőség volt, meg mindent a népért, ez egy olyan, Sztálin vezette önkényuralom volt, amilyet még nem látott a világ. Néhányan vakon követték Marx, Engels, Lenin tanítását, de a legtöbben csak gazdasági előnyök miatt vagy félelemből álltak be a sorba. A nagy tömeg, a nép meg szenvedett. Az alkotmányt is újraírták szovjet mintára, és a Kossuth-címer helyett a vörös csillagos Rákosi-címer lett a népköztársaság szimbóluma.

Otthon, a szüleim házában sem volt sok öröm. Az őrnagy gyanakvó jelenléte pokollá tette az életet. Úgy érezték, hogy kártyás barátaikkal együtt állandó megfigyelés alatt állnak, és azt sem lehetett tudni, hogy van-e besúgó közöttük, mert bizony volt. Nyáron, amikor otthon voltam, többnyire a szülészeti osztályon dolgoztam, ott is aludtam, hogy ne kelljen hazamennem. Most már a klinikai orvostudomány kötötte le a képzeletemet. Asszisztáltam a műtéteknél, császármetszésnél és persze sok gyerekszületés csodájánál. Felügyelettel már kisebb sebészeti beavatkozásokat is végezhettem. Kezdtem úgy érezni magam, mintha már orvos lennék. Egy csodálatos új világ nyílt meg előttem, amikor negyedéves orvostanhallgatóként az egyetemi klinikákon és kórházakban már igazi betegekkel dolgozhattam. Felvehettem a kórlapjukat, megvizsgálhattam őket, elmondták, hogy mi a bajuk, diagnosztizáltam, aztán a professzor elmondta, hol tévedek, mit felejtettem ki, és hogy mi a véleménye, mit kellene tenni a gyógyulásért.

– Ó, édes Istenem, köszönöm, hogy megengedted ezt nekem! Hogy embereket gyógyíthatok, hogy még velük maradhasson a lélek...

A Margit híd korlátjára támaszkodva, egész közel egymáshoz, néztük, ahogy a habok a köveket mossák a víz szélén. A Duna ezüstös szalagja szelíden kanyarodott a Parlament és a Várhegy között, a háttérben a Gellért-hegy napsütötte ormával. Milyen szép vagy, Budapest! De még ennél is szebb, akivel megoszthatom ezt a képet, szorosan mellettem, a közelemben. A lágy esti szél felém hozta göndör haja finom illatát. Szívem dobogását mind jobban éreztem. Karomat a vállára tettem, gyengéden átöleltem, és megcsókoltam az arcát.

– Szeretlek – súgtam neki.

Felnézett rám elpirulva, aztán messze a távolba, de nem szólt semmit. Azt hiszem, meglepte hirtelen tett vallomásom, nem számított rá, és nem tudta, mit kezdjen vele. De nem húzódott el. Lassan sétáltunk a sziget felé, ami olyan szép volt nyáron a sok virággal, a fák szegélyezte sétányokkal, a szökőkúttal, friss levegővel, szerelemmel. Kézen fogva mentünk, most először.

– Tudod, Gyuri, ma, július 8-án van a szüleim házassági évfordulója. De most már van egy másik okom is, hogy soha ne felejtsem el ezt a napot. És, igen. Szerettem a versedet nagyon, ha igazán úgy érzel a szívedben, és nemcsak pillanatnyi fellángolás volt. Sokat jelentett nekem. Soha nem írt senki ilyen szépen a fogyatékosságaimról.

– Én is szerettem nagyon a te kis „Ne felejts!"-versedet azzal a sok kis nefelejccsel. A kis „nyuszi" mellett tartom, amit húsvétkor adtál nekem. Ezeket az emlékeket még te sem tudod elvenni tőlem.

– Csak a verset és a kis emléket akarod megtartani? Engem nem? A szívemet? A lelkemet?

– De igen! Mindent!

Egy reggel, 1950-ben, egy fekete teherautó állt meg a házunk előtt. Egy rendőr és egy civil ruhás hivatalnok csöngetett be, és átadott anyámnak egy gépírásos értesítést, amelyen az állt, hogy a Szolnok városi hatóság tulajdonba veszi a házunkat a népköztársaság nevében. Nyolc órán belül el kell hagynunk az otthonunkat. A teherautó a rendelkezésünkre áll addig, amíg el tudjuk vinni a holminkat Rákóczifalvára, ahol apám muszájból dolgozott, miután államosították – vagyis elrabolták tőle – a gyógyszertárát. Anyám kétségbeesetten telefonált a barátainknak, segítségüket kérve, hogy nincs-e itt valami tévedés. Nem lehetne-e valamit tenni. De minden hiába. Ez az új törvény, mondták, rajta vagyunk az országos listán. Többen is jöttek segíteni, pakolni a bútorokat, amit csak el lehetett vinni. De az őrnagy szobájából semmit sem vihettünk ki. Anyám próbált erős maradni, de könnyek folytak végig szomorú arcán. Most már csak az Istenben lehetett reménye. A bátyám is megérkezett segíteni, lelki támaszt nyújtani. Maris megállás nélkül pityergett. A rendőr, aki már régóta ismert minket, ott maradt az autóval. Látszott rajta, hogy nem örül ennek a piszkos munkának.

– Ne sírj, Mariskám! Visszajövünk mi még ide – mondta anyám.

Soha nem mentek vissza.

Azt hittem, megszakad a szívem, amikor a bátyám értesített néhány nappal később. Mert csak akkor találtak meg. Nem tudták, hol vagyok, hová tűntem el a nagy zűrzavarban.

Nono nálam aludt majdnem minden éjjel, mert félt hazamenni a szüleihez, akiknek a lakását az ÁVO megfigyelés alatt tartotta. Már több barátját is letartóztatták, akik hozzá hasonló törvényellenes tevékenységben vettek részt. De most úgy látszott, hogy a nyomok hozzám vezetnek. Észrevettem, hogy napok óta sötét kabátos alakok lófrálnak a házunk előtt. Látszott rajtuk, hogy nem postások vagy újságkihordók. A házmester régi barátja a háziasszonyomnak, és elmondta neki, hogy faggatták őt, tudni akarták, hogy kik az új lakói a háznak. Több se kellett nekem, innen el kell tűnnöm, mégpedig azonnal. De hová? Itt jön vissza a képbe Vili barátom, aki úgy ismerte a várost, mint a tenyerét – pláne azt a környéket, ahol szép lányok laktak. Ismert a belvárosban, a Régiposta utcában egy fiatal házaspárt, volt egy kiadó szobájuk. Ablaka a Dunára nézett, a Várhegyet is lehetett látni. Még aznap beköltöztem.

Mindig szerettem azt a környéket. A Váci utca zsongását, az eszpresszókat, a szendvicses talponállókat, a meghitt kis bárokat. Abban a kozmopolita környezetben az államhatalom jelenléte és az örökös kommunista mesterkedés valahogy nem volt annyira érezhető. A folyó friss levegője is emlékeztetett az otthonomra.

Amint lehetett, meglátogattam a szüleimet a kis, kopottas faluban, túl a szülővárosomon. Könnyeimmel küszködtem, ahogy közeledtem új lakhelyünkhöz a falusi patika mellett, a kicsi, kopott parasztházak között, a töredezett járda tócsáit kerülgetve.

De most nem lehetek gyenge és szomorú, nem láthatják rajtam, mit érzek, mert mindez nem is olyan fontos.

"Hiszen még élünk, velünk van az Isten. A szeretet soha el nem múlik, és a nap is kisüt majd holnap."

Erre gondoltam, és még sok minden másra. Hogy mit fogok majd mondani nekik, amikor megöleljük egymást, hogy biztassam őket, hogy minden rossz elmúlik egyszer.

Akkor megláttam apámat a patika ajtajában, fehér köpenyében, ahogy integetett felém, s elszállt minden optimizmusom. Füstbe ment a tervem, elfojtott könnyekkel borultam a nyakába, szótlan ölelésben. Anyám se várt sokáig, ennek ő is részese akart lenni. Mire bevezettek a kis szobába, visszatért a jobbik énem és még viccelődtem is.

– Mamikám, ez jobban néz ki, mint amit vártam, hol a döngölt föld, hol vannak a csirkék a hálószobában?

– Miféle hálószobáról beszélsz? Nincs itt olyan. Csak ez a szoba van, az ebédlőasztallal és két ággyal. De van itt még egy kamra, abban ágy is akad neked. Sajnos kicsi az ablaka, de legalább meleg, és az autók hangja sem ébreszt fel reggel. És villanyunk is van a múlt hét óta, mert tudták, hogy jössz és kifeszítették a drótokat a falu fölött. Szól a rádiónk, és Bécó is tudja hallgatni a lemezeit. Aztán nézd a szép konyhánkat a nagy tűzhellyel, Marisnak is van egy ágya a sarokban. Hát a csukott verandánk, szőlővenyigével az oldalán? Hogy tetszik neked?

És csak mondták, mesélték, mutatták új kis tanyájukat. A szívem szakadt meg közben.

Mariska jött be a kútról egy nagy lavórral, lecsapta a földre és a nyakamba ugrott. Talán most először életében, de bizony megkönnyeztem.

– Idenézz, Gyurikám, nézd a birodalmamat! Nemcsak konyha ám ez, hanem az én szobám is, no meg a fürdőszoba. Megfürdeni itt is lehet, ha nem is olyan, mint a gőzfürdő a Tisza Szállóban. És ha nem húzod le a vécét, nem foglak szidni érte.

– Miféle vécét? Hol van a WC?

Megmutatták azt is, a düledező bódét hátul a kertben, a bokrok mögött, időtálló deszkákkal fedve. Ez aztán egy szuperhigiénikus építészeti remekmű. Alig vártam, hogy kipróbálhassam.

– Vagy mehetsz a bokrok mögé is, ha senki sem látja – nevetett apám.

– De nem a rózsabokorba – jegyezte meg anyám, s ez megtörte a jeget, mindnyájan nevettünk.

Maris az egyszobás háló-ebédlő nagy asztalára tálalta kedvenc vacsorámat, a rántott csirkét sült krumplival, fejes salátával és a hagyományos diótortával. Miután apám kinyitotta legjobb vörösborát, hallani akarták, mi is történt velem az elmúlt időkben. A lakáscserét, és hogy mi késztetett rá. Továbbá az orvosi egyetem minden apró pletykáját, és hogy operáltam-e már, hogy kik a barátaim, hogy milyen a koncertterem? Vég nélkül kellett mesélnem.

– Úgy szeretnénk néha Pestre menni, látni téged – mondták –, de nem hagyhatjuk el a falut a helyi rendőrfőnök engedélye nélkül, és azt még nem akarjuk kérni.

Elég nehezen aludtam el a kis kamraszobában, békét kellett erőltetnem a szívemre. Ám nem tudtam imádkozni ellenségeinkért, akárhogy próbáltam is, ma nem ment.

A bátyám rugdalta az ágyam végét. Úgy ébresztett fel. A zsaluk mind bezárva, akár délig is aludhattam volna a nagy csendben.

– Ébredj fel, álomszuszék, Maris már készíti a fürdővizet!

– Miféle fürdővizet? Hát nincs is fürdőszobánk.

– Az igaz, hogy nincs fehér csempés luxuskádunk, gőzfürdőből jövő forrásvizünk, de már felhúzott jó néhány vödörrel a kerti kútból, forralja a tűzhelyen, és aztán beleülhetsz a bádogteknőbe. Még le is mossa a hátadat, ha szépen kéred.

– És te most azt gondolod, hogy ez mulatságos, ugye?

– Azt bizony. De mit keres ez a nyúl az éjjeliszekrényeden? Nem is tudtam, hogy kitömött játékállatokat gyűjtesz.

– Ez nem egy nyúl, és egyáltalán nem gyűjtök játékállatokat. Ez egy egészen különleges nyuszi. Egy barátomtól kaptam húsvétkor, imádom, és ne merészelj hozzányúlni!

– Remélem, a barátod a női nemhez tartozik. Mert különben most igazán aggódni kezdenék érted. De meséld el, akármi lesz, én megértem, úgyis megtudom előbb-utóbb, kár titkolóznod!

– Egészen rendkívüli teremtés. Emlékszel a lányra, aki a debütánsom volt a medikus bálon? Azóta sokat voltunk együtt. De ez titok. Senki nem tud róla. Még a legjobb barátaim sem. El akarunk kerülni minden pletykát, mendemondát. Nem szeretnénk, ha megtudnák, hogy például templomba is járunk, mert az veszélyes lenne. Megyünk koncertekre, néha az operába, múzeumokba, képtárba, mert oda úgyse jár senki a mi társaságunkból. Jaj, Bécó, ez olyan izgalmas!

– Szóval szerelmes vagy. A híres amorózó beleesett saját csapdájába. Na, most végre tudod, miért írják a millió szívhez szóló költeményt évezredek óta, s mitől forog a világ.

– Ha viccet csinálsz ebből, soha az életben nem mondok el neked semmit. Ez nekem nem vicc és neked se legyen az!

– Ne izgulj! Megőrzöm a titkodat. Ha továbbra is elmesélsz nekem mindent.

Hozzávágtam a párnámat, aztán kivonultam a „konyha,fürőszoba, Maris-tanya" részlegbe, hadd lám a középkori tisztálkodási lehetőséget, amire bizony nagy szükségem volt már. De előbb még kimerészkedtem a fabódéba, hátra a kertbe, hogy felmérjem az ottani lehetőségeket. Ám ott nem ért meglepetés, mert éppolyan undorító volt, mint ahogy vártam. Sajnálom azt a sok millió embert, akik soha nem láttak jobbat, de őket talán nem zavarja annyira, mert ők ehhez vannak szokva. Legalábbis ezzel vigasztaltam háborgó lelkemet. A legbosszantóbb a sok szemtelen légy volt, ahogy vissza-visszajöttek, nem törődve harcias türelmetlenségemmel.

Később, amikor panaszkodtam erről, Bécó megjegyezte:

– Délidőben menjél, akkor mind a konyhán vannak...

Ő IS SZERET ENGEM

Megdöbbenve néztük a sebészeti klinika ablakából, ahogy az ávósok a teherautókra hurcolták a kórház ferences rendi nővéreit. Ezek az apácák a legodaadóbb betegápolók voltak, akiket a világ valaha látott. Egész életüket Krisztusnak szentelték, a betegeket, az eleseteket szolgálták tiszta szívvel, szeretettel. Soha nem panaszkodtak, hogy fáradtak, hogy túl sok a munka, hogy mért nem kapnak szabadnapot, ám mindig ott voltak, hogy segítőkezet nyújtsanak, mosollyal az arcukon. A kórtermek angyalai, akik ott folytatták, ahol az orvostudomány már tanácstalanul állt. Ők a lelket is ápolták.

És most elviszik őket. Ki tudja, hová, s vajon miért engedi ezt a Jóisten?

– Én már hallottam, hogy egy új törvény megszünteti az összes egyházi rendet és a szerzeteseknek, apácáknak el kell hagyniuk a rendházukat, s azok mind állami tulajdonba kerülnek – mondta Vili, akinek jó információi voltak a piarista atyáktól. Aki pedig a legkisebb ellenállást is tanúsítja, azt bebörtönözik vagy deportálják.

– Uramisten, mi lesz a kis Teréz nővérrel? Ő csak egy novícia, nemrég csatlakozott a rendhez. Meg kell találnom! Lia mutatta be nekem kis unokahúgát, Tessát – ahogy a barátai hívták – még nem is olyan régen. Novíciaként a Teréz nevet választotta. Hamar a medikusok kedvence lett, Vilinek is, aki szerette elfelejteni, hogy számára ez a lány már elveszett, hiszen apáca akart lenni.

Ő és Szonja, egy másik évfolyamtársunk, aki mindenben benne volt, azonnal helyeseltek: igen, meg kell őt menteni!

Néhány ávós gyanakvó tekintetével mit sem törődve, fehér orvosi köpenyben mentünk le az alagsorba, a nővérek szállása felé.

Az egyik apáca sokatmondóan mutatta, merre van a kis kápolnájuk. Persze, ott térdelt a hátsó sarokban, Lisieux-i Szent Terézke oltáránál.

– Tessa, gyere gyorsan, nincs veszteni való időnk! Te most átmenetileg orvostanhallgató leszel. Vedd le gyorsan a fityuládat, a nővérruhádat, engedd le a hajadat, ne aggódj, mi, fiúk elfordulunk! Szonja fehér orvosi köpenyét fogod hordani, ő jó lesz utcai ruhában is, mert igazolványai vannak. Na, gyertek, menjünk, viselkedjetek természetesen, mintha a szokásos betegvizitre mennénk!

Vili próbálta túljátszani a természetességet és karon fogta Tessát, de leintettem. Ám megértettem rajongását, mert Tessa igazán jól nézett ki hosszú hajával, a fehér orvosi köpenyben.

Szonja ment elöl. Hangosan ismertette orvostársainak egy nem létező beteg kórtörténetét és a diagnózist, mindenféle orvosi terminológiát használva, mint akinek ez a hivatása. Ahogy mentünk a folyosón, egy kosarat láttam a sarokban, tele kereszttel, feszülettel, amiket a betegszobák faláról téptek le az ávósok. Nem bírtam megállni, hogy egyet zsebre ne csúsztassak. Aljas banda! Lesz mit imádkoznom ma este, hogy megtérjenek, mielőtt késő lenne.

Nagy kavarodás volt a főbejárat körül. Az ávósok kiabáltak, rohangáltak ki s be. A nagy teherautókon már ott ültek az apácák, kis cókmókjukkal, szemükben félelemmel, de nem sírtak. Mi meg csak vonultunk ki az ajtón, hangosan vitatva orvosi dolgokat, latin szavakkal keverve, hogy nagyon tudományos látszatot keltsünk. Akkor mégis Tessa vállára tettem a kezemet, biztos, ami biztos, lássák, hogy összetartozunk. Másik kezemben a keresztet szorítottam – és egyszer csak kint voltunk a kapun.

Egy darabig meg sem álltunk. Két utcával arrébb beálltunk egy kapualjba, és ahogy a feszültség feloldódott, olyan nevetés tört ki belőlünk, amit alig bírtunk abbahagyni. Átejtettük őket, a nagy gorillákat!

– Gyertek, tűnjünk el innét! – mondta Szonja. Ismerek egy kis eszpresszót, nem messze, a Kálvin téren, ott majd tervezgethetünk. Teréz nővérke sápadtan jött velünk, ijedtnek látszott. Azt hiszem, csak most döbbent rá, hogy elszökött az ávósok elől. Ha elcsípnék, az biztos börtönt jelentene, és még ki tudja, mi minden mást. Mi, akik segítői, sőt elindítói voltunk a törvényszegésnek, hasonló bánásmódra számíthatnánk. Mégis, valamennyien úgy éreztük, ezt meg kellett tennünk. De most mi lesz? Hová bújtassuk szegénykét?

– Tudjátok, hol lakik doktor Hoyos, a sebész – kérdezte Teréz nővér. – Ő mindig segítette a nővéreket, hogy otthont találjanak, sok üldözöttet bújtatott. Talán ő tudna ajánlani valamit.

– Doktor Hoyos János napokkal ezelőtt eltűnt – mondta Szonja. – Azt hallottam, hogy az ávósok elhurcolták és az Andrássy út 60.-ba vitték.

– Azt a kiváló fiatal sebészt, aki az elsők között kezdte meg a szívműtéteket az országban, s aki kész volt segíteni minden reménytelen esetben. Nem tudom mi lehetett a vétke, hacsak az nem, hogy grófnak született. Felháborító! – mondta Vili.

„El tudnám vinni Liához – gondoltam – de az lesz az első hely, ahol keresni fogják."

– Szonja egy csomó lánnyal él együtt, oda nem mehet – mondta Vili. – Tehát én viszem haza, a szüleim biztosan nem bánják.

– De én bánom, és veled nem fog menni, Vili, verd ki a fejedből! Ám van egy ötletem. Nem messze lakik a nagybátyám a feleségével és tudom, van egy vendégszobájuk. Ők szívesen látnák Teréz nővért néhány napra. Ismernek több papot is, azok biztosan segítenek eljuttatni őt egy egyházi otthonba. Terézke, ezt kell tennünk!

Ebbe ő is beleegyezett. Így elváltunk barátainktól. Isten áldja őket, amiért olyan gyorsan, habozás nélkül tették, amit tettek.

Iván és Etta nagyon kedvesen fogadtak, amikor elmondtuk, mi történt. Szívük és otthonuk nyitva volt Teréz nővér előtt. Értesíteni fogják Pál atyát és egy másik pap barátjukat, ők majd segítenek, hogy eljusson egy biztonságos helyre. Addig természetesen ott maradhat náluk.

– Ne aggódj, Tessa, minden rendbe jön! Megpróbálom elérni Liát, hogy értesítse a szüleidet, hogy jól vagy. Remélem, elérem, és akkor holnap eljövünk együtt.

Úgy gondoltam, hogy telefonálás helyett jobb, ha személyesen megyek el hozzá. Ez különben is egy jó ok arra, hogy lássam. Margit, a szobatársa nyitott ajtót. Kissé meglepődött, amikor meglátott.

– Nem akartam telefonálni nektek, sürgős ügyben kell beszélnem Liával.

– Lia nincs itthon, elment a barátaival.

– Elment?

Ez szíven ütött, de nem mutattam. Hová mehetett, és kivel? Igaz, Margit legalább többes számot használt. (*„Egy nádszálba is megkapaszkodom a gödör szélén."*)

– Kérlek, mondd meg neki, hogy beszélnem kell vele egy meglehetősen fontos ügyben! És ne is próbálj behívni, mert…

– Egyáltalán nem próbáltalak behívni – mondta Margit kissé bosszúsan, egy afféle „jó éjszakát és már mehetsz" hangnemben, és majdhogynem rám csapta az ajtót.

Elmentem, de nagyon bántott ez az egész dolog. Sőt, fájt. Miért bánt engem ez ennyire? Csak nem vagyok féltékeny? Még sose voltam az, legalábbis úgy, hogy fájjon. De mért is ne mehetne el bárhova a barátaival? Éjszaka? Igen, éjszaka! Kezdtem belelovalni magamat. *Mi történik velem?*

Egy lépésre a háztól, ahol laktam, volt egy kis éjjeli bár, a Pipacs. Néha, mielőtt hazamentem, megálltam ott egy italra, egy kis zenét hallgatni. A csapos, egy régi haver, teletöltötte a konyakos poharamat féláron, mert hát miért van a barátság, ha nem az ilyen apró szívességekért, s közben hallgattam a dizőz búgó hangját. Ma is ezt tettem bánatomban. A nap sok izgalma után jólesett a zongorista játékába feledkezni. Akkor egy ismerős arc tűnt fel a füstös homályban. Sanyi, a híres futballista ült a zongora közelében. Intett, hogy üljek át hozzá. Megöleltük egymást, de mielőtt még beszélgetni tudtunk volna, az énekesnő megkezdte esti programját. Fiatal, csinos művésznő a javából, egyik kedvencemet a La Vie en Rose-t énekelte lágyan és finoman.

Sanyi meg volt babonázva, nem tudta levenni róla a szemét, elvarázsolódott. Ő meg csak a fiúnak énekelt, mintha más ott sem lett volna. Nagy tapsot kapott – Sanyival az élen –, majd folytatta nagy sikert arató műsorát. Amikor vége volt, odajött hozzá, kedvesen megölelték egymást. Aztán Sanyi bemutatatott engem is, Lizának hívták. De nem sokáig maradtam, nem akartam zavarni a szerelmespárt. Különben is valami belül megint fájni kezdett. Ideje volt hazamenni, s az imádságban lelni vigasztalást.

Másnap késő délután, amikor hazaértem a klinikáról, a háziasszonyom azzal fogadott:

– Lia, a barátja hívta többször is a nap folyamán. Kérte, hogy hívja vissza, amint lehet.

Nagyon fontosnak tűnt, hát rögtön mentem a telefonhoz.

– Örülök, hogy hívtál – mondtam. Ott voltam nálad tegnap este, de nem voltál otthon, elmentél…

– Igen, régi gyerekkori barátaimmal mentem el, akiknek a szüleit kitelepítették, és az egyiknek Pestre kellett jönni orvosi kivizsgálásra. Elmentünk az esti misére, és utána a pásztor behívott minket egy kávéra. Az nevelte őket fiatal korukban. De Margit mondta, hogy valami fontos ügyben kerestél.

– Igen. El kell mondanom neked valamit, de nem telefonon. El tudnál jönni az angol kisasszonyok templomához a Váci utcába? Úgy tudom, nyitva vannak ma este. Találkozhatnánk ott egy fél óra múlva.

S most én tettem le a kagylót.

Előbb értem oda és a bejárat körül toporogtam, vártam. Amikor megérkezett, a tegnap esti aggodalmam úgy elszállt, mintha sose lett volna, minden ragyogni kezdett. Amikor megölelt és egy csókot nyomott az arcomra, már tudtam, hogy Ő az, nem engedem el a kezét soha.

– Gyere, menjünk! El kell mondanom, mi történt tegnap Tessával. Az ávósok elhurcolták az apácákat a klinikáról és letépték az összes keresztet...

Elmondtam neki mindent, a szöktetést, és hogy mi a jelenlegi helyzet.

– Iván és Etta itt laknak a közelben. Azért akartam itt találkozni veled a templomnál. Most elmegyünk hozzájuk, hogy megbeszéljük a teendőket.

Egymásba karolva siettünk a Királyi Pál utcai lakás felé. Etta nyitott ajtót, de amint Tessa meghallotta a hangunkat, már repült is Lia nyakába. Aztán engem is megölelt. Olyan mulatságosan nézett ki Etta régi, nyári ruhájában, ami egyébként nagyon jól állt neki. Miután bemutattam Liát, ők ketten eltűntek Tessa szobájában.

– Lia gyönyörű lány – mondta Etta. – Szerelmes vagy?

Nem jövök zavarba könnyen, de éreztem valami pirulásfélét, nem feleltem, inkább bementem Ivánhoz. Pál atya, öreg pálos rendi barátom is ott volt, vermutot szopogattak a cigarettafüstös szobában. Melegen üdvözöltük egymást.

– Beszéltem több paptársammal, hogy mit ajánljunk Teréz nővérnek, de várjuk meg, amíg bejön ő is.

A hölgyek nemsokára jöttek, kávét és süteményt hoztak. Pál atya nagyon melegen köszöntötte őket, külön kis áldást adott Liának és Teréznek. Iván csak meresztgette a szemét Liára, nem tudta titkolni elragadtatását.

– Azt a nem hivatalos felvilágosítást kaptam, hogy vannak olyan otthonok, ahol a nővérek biztonságban lehetnek, ha nem apácaként laknak ott, hanem a saját nevükön. Holnap délután kettő és négy között, a Szent István-bazilika hátsó kápolnája, ahol a Szent Jobbot őrzik, nyitva lesz. Teréz nővér menjen oda, keresse meg azt a papot, aki gyóntat, és mondja azt neki, hogy Pál atya küldte. Ő majd megmondja, mi a következő lépés. Én nem sokat tudok azokról, akik az apácákat befogadják, de gondolom, ez a lehető legjobb megoldás. Legalábbis egy időre. Itt nem maradhat sokáig, mert Iván is megfigyelés alatt áll, és előbb-utóbb megtalálnák. Amellett, úgy gondolom, jobb is volna Teréz nővérnek együtt lenni egy vallásos csoporttal – krákogott hozzá.

– Nagyon köszönöm, tisztelendő atyám. Igazán szeretnék együtt lenni apácatestvéreimmel, ha nem is egy rendházban, de legalább egy közösségben, együtt imádkozni velük, hogy meg tudjam tartani fogadalmaimat – mondta Terézke.

Így hát el volt döntve. Elhatároztuk Liával, hogy vele megyünk, elkísérjük, ne menjen egyedül. Etta adott szerény vacsorát mindnyájunknak, és utána fényképeket mutatott az unokahúgáról, akinek a családja az Egyesült Államokba ment, még a háború előtt. A lány küldött neki színes fényképeket Floridából, ahol a mézesheteit töltötte. A ragyogó tengerparti fürdőhely pálmafákkal, hófehér hotelekkel, napsugárral egy álomvilág nekünk itt, a vasfüggöny mögött, elhagyva, elfelejtve. Ahogy Lia szemébe néztem, egy pillanatra képzeletem messze szállt. Egy gondolat villant át rajtam: egyszer talán, egy szép napon, majd együtt leszünk egy ilyen helyen. Megszorítottam a kezét az asztal alatt s úgy éreztem, valami hasonlóra gondol ő is.

Másnap ebéd után elmentünk Tessáért. Felöltöztették Etta régi ruhájába, kitaposott cipőt viselt, meg lötyögő esőkabátot. Szürke, szitáló, nyirkos nap volt, mégis gyalog mentünk, nehogy igazoltassanak bennünket a villamoson. Próbáltunk nagyon természetesnek mutatkozni, olyannak, mint bármely más egyetemista. Emlékeim megint visszatértek, amikor néhány évvel ezelőtt zsidó fiúkat kísértem ilyen időkben. Akkor ők voltak veszélyben, most egy keresztény nővér élete forog kockán. Mikor jön már el az az idő, amikor nem kell félelemben élni?

Végre ott voltunk a bazilikánál. A főbejárat zárva, egy rendőr ácsorgott előtte, de a szárnyas mellékajtó nyitva állt. Megnyugodtam, amikor beléptünk e fenséges, szent helyre. Ahogy mentünk hátra a kápolna felé, újra megcsodáltam a gyönyörű oltárképet, amelyen Szent István felajánlja a koronát Máriának, Szűzanyánknak. Lia odasúgta: „Ismerem ezt a képet, ott volt anyám lánykorában a templomuk oltárán." Az ajtónálló beengedett a kápolnába, amikor mondtuk, hogy gyónni szeretnénk.

Ott volt, fenn, az emelvényen, egy üvegszekrényben, első keresztény királyunk, Szent István elbarnult jobb keze, ökölbe szorítva, áhítattal, koszorúkkal körülvéve, gyertyák fényében. Néhányan térdeltek előtte, mások a padban ülve imádkoztak. Ám a gyóntatószék üres volt. Egy idő múlva kis, öreg pap csoszogott elő a hátsó ajtóból. Mondtam neki, hogy gyónni szeretnék. Hümmögött egy darabig, majd intett, hogy menjek be a gyóntatószékbe.

– Atyám, sok bűnöm van, de most nincs időm mind elmondani. Pál atya tanácsára jöttünk ide, egy bujdosó apácával. Tudna segíteni rajta?

– Miféle Pál atya küldött benneteket ide? – kérdezte kicsit gyanakodva.

– A pálos atyák bölcs vezetője.

– Jó. Mondd meg az apácának, jöjjön ide gyónni! Beszélek vele, aztán majd meglátom, mit tehetek.

Tessa – Terézke apácajelölt – eltűnt a gyóntatószék függönye mögött, és mi Liával ostromoltuk az eget, segítséget kérve. Még Szent Ritámat is bevontam, ha ő meghallgat, talán reménykedhetünk. Kis idő múlva visszajött hozzánk, hogy elvégezze bűnbánó imádságát, aztán odasúgta nekem: „Azt mondta az atya, maradjunk itt záróráig, mi legyünk az utolsók, akik elmennek. Akkor térjek vissza a gyóntatószékbe, és maradjak ott, amíg bezárnak. Aztán ő majd intézkedik, mi legyen velem."

Így is történt. El sem tudtunk búcsúzni.

Néhány héttel később az ÁVO elhurcolta a pálos atyákat Gellért-hegyi monostorukból, összezúzták a sziklakápolnát, Pál atyát letartóztatták, börtönbe vetették. Később egy deportálótáborban halt meg.

Az utolsó orvostanhallgatói évemet cselédkönyvesként töltöttem el különféle szakorvosi ágakban, úgymint sebészet, belgyógyászat, szülészet, gyermekgyógyászat, és néhány hetet még a szűkebb körű ideggyógyászati és fül-orr-gége osztályon. Több hónapra feliratkoztam szülővárosom jó hírű kórházába, hogy elkerüljem az egyetem marxista–leninista követelményeit, a sok hazugságot és az örökös politikai nyomást. Többnyire bentlakó voltam a kórházi pavilonok spártai körülményei között. Lia és a barátaim nagyon hiányoztak, de ennek most így kellett lennie. Egy-egy hétvégét a bátyámmal töltöttem egyszobás lakásában, vagy kimentem falura a szüleimhez. Ez a körülmény egyre jobban deprimált, de nem adom fel, jönnek majd boldogabb idők. És ilyenkor, amikor már reménytelenebb nem is lehetne a helyzet, mindig jön valami váratlan segítség.

Nem lehet felsegíteni azt, aki a felhőkön áll, csak azt, aki lent van, a sárban.

Egy nap elmentem az öreg ferences templomba, ahol megkereszteltek, ahová Ágnest vittem, hogy megismerje azt a másik Ágnest, aki szintén sokat szenvedett. Az egyik mellékoltárnál egy fiatalember beszélt a ministránsokhoz meg néhány másik fiúhoz, akik a bérmálásra készültek. Leültem mögéjük, miért is ne, és mert örültem, hogy vannak még ilyenek a kommunista világban, ahol, ha nem is tilos, de hátrányos templomba járni. Szívet-lelket melengető volt, ahogy beszélt. Nem prédikált, csak elmondta a gondolatait.

– Próbáljátok keresni, érezni a Szentlelket, mert nemsokára egyesülni fogtok vele. Csukjátok be a szemeteket, dőljetek hátra, és ne álljatok ellen, hagyjátok, hadd jöjjön! Semmit sem kell csinálnotok, és jön, szeretetet hoz a szívetekbe, és egyesül a lelketekkel. Megvigasztal, ha szenvedtek, kedvességre, szelídségre ösztönöz, hogy azt mondjátok, „kérem", „köszönöm" a trágár szavak, a káromkodás helyett. Megvéd az alkoholtól, drogoktól és környezetünk sok durvaságától. Segít a jó úton maradni, azon, ami a teremtőnkhöz vezet.

Később megtudtam, hogy ő Sándor István, egy szalézi testvér, aki a szüleit jött meglátogatni Szolnokra. Miután a szerzetesrendeket feloszlatták, egy pesti gyárban dolgozott, más neve alatt, de folytatta evangelizációs munkáját a fiatal munkások körében. *„Nagyobb a hatása egy kicsi gyertyafénynek a sötét szobában, mint egy nagy csillárnak a bálteremben."*

A nőgyógyászati hónapokat Pesten töltöttem, az egyetemi klinikán. A műtőben jó hasznát vettem a szolnoki nyári hónapok gyakorlatának. Jobban tudtam asszisztálni, mint bárki más az évfolyamon. Legalábbis én azt gondoltam. Részt vettem a professzori viziteken és megbeszéléseken. Jó viszonyban voltam az egész osztállyal. Persze igyekeztem is. Ott szerettem volna elkezdeni szakorvosi képzésemet a doktorrá avatás után. Lehettek reményeim, mert egy nem mindennapi fejlemény folytán jól megismertem a professzort, illetve ő engem.

Szonjának volt egy barátnője az évfolyamon, Petra, csinos, vörös hajú csaj. Vilivel együtt sokat bridzseztünk négyesben üres időnkben a klinikán. Néha a bentlakó tanársegédek szobájában ment a kártyacsata. Időnként még a professzor is leült velünk játszani. Mert hát ő is szerette a bridzsestéket meg a csinos fiatal lányokat, főleg Petrát. Többször mentünk az autójával baráti meghívásokra. A középkorú, kommunista hírében álló, befolyásos ember, imponált a lányoknak. Legtöbbször Petra ült elöl, mellette, a többiek hátul. Később mi valahogy lemaradtunk, csak Petra maradt vele. De azért tartottuk a kapcsolatot, mert az segíthette pályafutásunkat. Egyszer mondtam neki, mennyire szeretnék a klinikájára kerülni. Megígérte, hogy segít, kérjem meg az Egészségügyi Minisztérium emberét, amikor álláskeresésre megyek, hogy lépjenek kapcsolatba vele. Hát ennek nagyon örültem, áldásom rájuk.

Egy padon ültünk a Margitszigeten, nem sokkal azután, hogy megkaptam az orvosi diplomámat. Nem volt ünnepély. Legalábbis én nem vettem részt rajta. A vörös csillag árnyékában nem tudok ünnepelni. De végre együtt voltunk, a telihold ezüstös fényében. Lágy szellő simogatott, hozta felém arca, haja csodás illatát. Mélyet lélegeztem, hogy ne felejtsem el, velem maradjon örökre. Szerelem és boldogság volt velünk, ismét egy másik július 8-án.

Fogtuk egymás kezét, s ahogy átöleltem, rám nézett szép zöld szemével, szeretetet sugárzó mosolyával, nem volt mit mondani. Tele volt a szívem olyan boldogsággal, amiben még soha nem volt részem. Akkor megcsókoltuk egymást, szoros ölelésben. Bár örökké tartana ez az álomvilág! Feledni nem lehet.

– Mióta tudod, hogy szeretsz, hogy igazán szeretsz? – kérdezte könnybe lábadt szemmel.

– Most, hogy visszagondolok, az első pillanattól kezdve. Amikor nyitottad az ajtómat, hogy valaki mással találkozzál. Már akkor éreztem: „Valami nem stimmel ezen a képen. Ez a lány hozzám tartozik, a Jóisten tervei tévútra mentek."

Te nem vetted észre, hogy felhőkön járok, hogy valami megállíthatatlant indítottál meg bennem. A bécsi bálon már biztos voltam, hogy ez nem egy hirtelen fellángolás, nem egy pillanatnyi szikra, sokkal több annál, sokkal több. És ahogy jobban megismertelek, egyre biztosabb voltam benne, hogy a Jóisten vezérelt az utamba, ez nem lehet tévedés, mert egy hang azt mondta: „Ő az, akit neked teremtettem. Vagy megérted az üzenetemet, vagy... de, gondolom, meg fogod érteni."

Hiszem, hogy egymásnak vagyunk teremtve, ez egy isteni elrendelés, és jobb lesz, ha elfogadjuk, megragadjuk egymást, mert nem lesz más lehetőségünk!

Megszorította a kezemet, rejtelmes mosollyal nézett valahová messze, aztán hirtelen felém hajolt, megcsókolt, és azt mondta:

– Én is úgy hiszem, én is szeretlek.

Itt volt az ideje, hogy bemenjek az Egészségügyi Minisztériumba, ahol eldöntik a jövőmet. Summa cum laude végeztem, amit Szent Ritának is köszönhettem, aki minden egyes vizsgám előtt meghallgatott, önbizalmat öntve a szívembe. Ma nem mentem el hozzá. Hogy nézne az ki, hogy arra kérem, beszéljen a kommunista hivatalnokokkal. Idegesen léptem be egy fogadószobába. Onnan Radó János elvtárshoz küldtek, aki az ügyemmel foglalkozik. Ez még idegesebbé tett, nem tudtam, hogy nem egy orvossal lesz ez a megbeszélés. De nem volt mit tenni, így hát kopogtam Radó elvtárs ajtaján.

– Jöjjön be! – szólt ki egy hűvös hang.

Lehangoló, sötét szoba volt, legalábbis nekem. Sztálin és Rákosi képe a falon, vörös csillag az ablak felett és néhány karosszék egy kerek asztal körül. Hátul, a sarokban, egy nagy íróasztal tornyosodó aktái mögül egy szürke ruhás magas férfi, olvasószemüveggel az orrán, indult felém. Valahogy ismerősnek tűnt. Valahol már láttam ezt az arcot. Öregebb, mint a kép, ami felvillant az emlékeimből, ráncok vannak az arcán, a haja is kihullott és az a szemüveg – de én ismerem ezt az embert...

Szent isten! Lehet, hogy ez...?

– Radó elvtárs? Radó János?...

János, aki katonaszökevény volt a náci időkben, akit bújtattam a pincénkben?

Megfogta a vállamat, közelebb húzott az ablakhoz, hitetlenkedve, kétkedve ölelt meg, aztán eltolt magától, aztán megint átölelt.

– Gyuri? Ez te vagy? Az a fiatal kölyök, aki zsidó lányokat és szökött katonákat bújtatott a náci időkben, és most itt állsz előttem mint diplomás orvos? Ezt nem lehet elhinni! Hogy kerestelek, amikor visszajöttem az orosz hadifogságból. A Hormon Kft. nem volt sehol, új házat építettek oda. Nem tudtam a családi nevedet, Ágnest sem találtam, Günther is eltűnt örökre. Lassan feladtam. És most itt vagy velem, egy fiatalember, egy orvos!

– Örülök, hogy így emlékszel minderre, én sem felejtettelek el soha. De most el kell mondanod, mi történt veled és Güntherrel, és hogy kerültél ide, ebbe a munkakörbe?

– Persze, természetesen. De gyere, menjünk ki az épületből! Van itt a közelben egy kis kávéház. Ott ehetünk, ihatunk valamit, ezt meg kell ünnepelni!

Teljesen meg voltam kavarodva. Örültem, hogy él, hogy találkoztunk és talán segíteni is fog nekem, de hogy lett ő pártvezér, ilyen magas állásban. Vajon mit tett, hogy ilyen hatalma van, hogy százak sorsáról dönt. De azért olyan meleg barátsággal viszonyul hozzám, semmi tanújelét nem adta annak, hogy vadkommunista lenne.

Találtunk egy sarokasztalt a meghitt kávéházban, távol a hatósági épületektől. Kértünk egy pohár bort, rendeltünk csirkét, krumpli salátával – azt mondta, ne aggódjak a számla miatt. A számla nem is aggasztott, csak az, hogy kommunista.

– Mondd el a történetedet, Gyuri, olyan kíváncsi vagyok! Aztán majd én is elmesélem az enyémet. És most koccintsunk Günther és Ágnes egészségére, bárhol vannak is!

– Nos, amikor hallottuk a hírét, hogy a Hormon épület beomlott, apámmal odamentünk, hogy megtudjuk, mi történt veletek. Láttuk a romokat, a széttört pinceajtót, a vérfoltokat a lépcsőn, de titeket sehol. Átrohantam az öreg könyvesbolthoz, hátha Ágnest megtalálom, de ott is minden összetörve-zúzva, Ágnesről sem tudott senki. A családom túlélte Buda ostromát egy összedőlt ház pincéjében, a szovjet katonák tobzódása ellenére. Engem, tizenhat éves fővel, elvittek hadifogságba, de sikerült megszöknöm. Visszamentünk Szolnokra, ott érettségiztem, felvettek az orvosegyetemre, és most itt vagyok. A szüleimtől mindent elvettek, és még mindig kitelepítettként élnek egy kis faluban. Nos, ez minden, így dióhéjban, de most tőled akarom hallani, hogy kerültél ebbe a pozícióba?

– Miután véresen, fuldokolva a füsttől, portól, kiástuk magunkat az összeomlott ház pincéjéből, összeestünk a kis tér piszkos hóbuckáján, de hát életben maradtunk. Günther karja eltört, én levegőt alig kaptam a mellkasi fájdalmam miatt. Lassan mégis elvánszorogtunk a kis könyvesbolthoz, remélve, hogy Ágnes befogad. Ott ájultan estem össze, és később arra ébredtem, hogy egy nyilas csürhe civil ruhában töri be az ajtót, ablakot, aztán kihurcoltak az utcára. Nemsokára kereszttűzbe keveredtünk, és én beugrottam egy kapualjba, ahol már oroszok voltak. Így lettem ismét szabad ember, majd orosz hadifogoly sok-sok évre. Günthert nem láttam azóta sem.

– Most viszont nagy pártember vagy, magas állásban. Hogy kerültél ide? Szeretném hallani ezt a fejezetet is.

– Sok ezer hadifogollyal és civillel együtt Ukrajna felé vittek bezárt marhavagonokban, szörnyű körülmények között. Éheztünk, vizet alig kaptunk, az ürüléknek már nem volt helye a sarokban, naponta haltak meg emberek.

– Tudjuk. Sokszázezer embert hurcoltak el az országból rabszolgamunkára, a fele soha nem jött haza. De erről nem szabad beszélni, azt is csak halkan. Na, folytasd!

– Évekig dolgoztam egy szénbányában, embertelen körülmények között. Néhány év múlva elkezdtek oktatni minket az új világrendről, hogy a proletárdiktatúra legyőzi a kapitalizmust meg az amerikai imperializmust. Azt mondták, hogy a délutánokat egy meleg teremben tölthetjük a szénbánya helyett, ha részt veszünk a marxista–leninista ideológiai előadásokon. Még extravacsorát is kapunk. Ezen nem lehetett sokat gondolkozni, ha túl akartad élni a gulagot. Engem mint tanítót befogadtak a kurzusra.

– Természetesen. Én is ezt tettem volna. De azért nem kell egyetérteni velük, nem kell elhinni a hazugságaikat.

– Nem volt mind hazugság. Néhány hónap múlva rájöttem, hogy az ideológiájukban van jó szándék is, álom a tökéletesség felé, ahol egy új, magasabb rendű fajnak emberfölötti tulajdonságai lesznek, a javakat az egyén képességei és szükségletei szerint osztják el. Egy igazi kommunista, egy magasabb rendű lény, nem használná ki a tömeget saját előnyére, nem harácsolna, hanem szétosztana mindent a társadalom javára. Én azt gondoltam, hogy ez lehetséges. Ez az új embertípus talán hasonló lehetne az őskeresztényekhez, akik Krisztus tanításait követték, majd kétezer évvel ezelőtt.

– János, állj meg egy pillanatra! Nem hallgathatom ezt az álomdumát anélkül, hogy ne mondjak valamit. Remélem, egy baráthoz, nem pedig egy hamis prófétához beszélek. Jézus üzenete a szeretet volt. Az Isten szeretete, és embertársaink szeretete. Ő nem tanított gyűlöletet, rémuralmat, hogy céljait elérje, nem ölt meg senkit, még csak meg sem ütött, és nem fenyegette azokat, akik nem követték a tanítását. Hogy lehet összehasonlítani az ő melegszívű jótékonyságát a marxizmus képmutató nagylelkűségével?

– Marxnak és követőinek alapvető tanítása, hogy a szocialista mozgalom nem győzheti le a kapitalizmust forradalom nélkül. A dolgozó osztályt kizsákmányoló uralkodó osztályt el kell pusztítani erőszakkal, terrorral, ha kell.

– Úgy hangzik, mint Robespierre, aki erényesnek tartotta a rémuralmát, ezreket fejeztetett le guillotine-nal. Hitler több mint tízmillió embert ölt meg a szuperfaj nevében, hogy elérje céljait, most Sztálin és a többi kommunista annál tízszer többet, hogy ördögi álmuk megvalósuljon.

Egy pillanatra csend lett. János elsápadt, kért még egy pohár bort. Én sem bántam volna egy másikat. Akkor azt mondta:

– Mit tudsz mondani az inkvizícióról, amikor ezreket égettek halálra, mert valamiben nem egyezett a véleményük a katolikus hierarchia tanításával?

– Lehet, hogy a katolikus egyházat képviselték azok, de nem voltak katolikusok, ateisták voltak, báránybőrbe bújtatott farkasok, hamis próféták. Isten igazhívője soha nem követne el gyilkosságot. De jó, hogy felhoztad ezt, remélem tanulság lesz, hogy a kommunisták ne kövessenek el hasonló bűnöket.

Lassan mentünk vissza a minisztérium felé, de előbb elváltunk, én nem mentem be vele.

– Átnézem az aktádat még egyszer, de úgy rémlik, nem nagyon biztató. Beszélek a professzorral is, akit említettél. Gyere vissza két nap múlva, meglátom, mit tudok tenni.

Kezet fogtunk, elváltunk, mindketten csalódottan. Az örömteli találkozásunk szomorúan végződött.

Két nap múlva visszamentem, ugyanabba a fogadószobába. Előtte mégis elmentem imádkozni Szent Ritához. Most főleg arra kértem, segítsen Jánosnak megtérni, hogy felébredjen, rájöjjön, hogy félrevezették, mert a kommunisták nem szuperegyének, és nem a nép jólétéért fáradoznak, hanem saját önző érdekeikért.

– Nemsokára bemehet Solti elvtárshoz a szomszéd szobába – mondta a titkárnő.

– Radó János úrral volt megbeszélve...

– Már nem Radó elvtárs kezeli a maga ügyét, Solti elvtárs a felelős személy.

A hideg verejték öntött el, lábaim elgyengültek. Minden elveszett. János jobbnak látta, hogy elmeneküljön a süllyedő hajóról. Egy másik, kisebb, de éppoly lehangoló szobába küldtek, ahol egy gyűrött arcú pasas ült az íróasztal mögött. Fel sem állt, hogy üdvözöljön.

– Üljön le, doktor elvtárs! Mától kezdve én foglalkozom az ügyével. Mostantól kezdve csak rajtam keresztül kereshet kapcsolatot a minisztériummal.

– Radó elvtárs már nem...

– Nem, neki már semmi köze nincs a maga aktájához. Na, most már meg kell hogy mondjam, hogy a maga múltja és politikai állásfoglalása miatt, nem találjuk alkalmasnak arra, hogy Budapest dolgozó osztályának egészségügyét szolgálja. Ha a tanulmányi eredményei nem volnának olyan kiválóak, a büntetőtáborokba küldenénk, hogy ott orvoskodjon, ahol a nemzet söpredéke, a kapitalisták, arisztokraták, és nagybirtokosok maradványai me-

lóznak. De mivel úgy látjuk, hogy lehetne magából egy jó szak-
orvos, adunk egy lehetőséget arra, hogy alkalmazkodjon a mar-
xista–leninista manifesztumhoz és végül hasznos építője legyen
a szocialista társadalomnak. Ezért úgy határoztunk, hogy a nyír-
egyházi közkórház szülészeti-nőgyógyászati osztályára nevez-
zük ki segédorvosnak.

– Nyíregyházára, oda, az ország végére, az isten háta mögé?
Mi a helyzet az egyetem szülészeti-nőgyógyászati klinikájával?
Beszéltek önök a professzorral? Nem mondta, hogy ott volna
hely számomra?

– Igen, beszéltem vele. Akarja hallani, mit mondott? Nem, azt
hiszem, azt mégse mondom el.

– Persze hogy akarom hallani, azt ígérte támogatni fog!

– Azt mondta: „Nehogy ideküldjétek azt a fasisztát!"

A VADÁSZHÁZBAN

Még érezni lehetett a nap melegét a fehér nyírfák táncoló, aranysárga levelei között, amikor ott ültünk a vadászház verandáján, a pilisi hegyekben. Fenyveserdő övezte a hegyek alját, mögötte bükkerdővel. Tökéletes csend volt, amit csak néha tört meg egy-egy távoli madár éneke vagy a közeli fán kopogó harkály. Békés órák voltak ezek, az elmúlt hetek idegőrlő bizonytalansága és szívfájdító eseményei után. Rövid időre egy kis mennyország nyílt ki nekünk itt a földön, mintha a gondviselés is törődne velünk, hogy erőt adjon a ránk váró nehéz időkre.

– Nézd, Gyuri, őzek jönnek az erdőből, néhány gida is követi őket! A bika se lehet messze, mert náluk ez így szokás, legalábbis mifelénk, Somogyországban. Legyünk csendben, ne ijesszük el őket!

– Akkor hallgass el, mert én egy szót sem szóltam, csak élvezem a természetet, téged is beleértve.

Erre csak mosolygott, hol rám nézve, hol az őzre. Reméltem, elmennek hamar. Egy idő múlva meguntam a természet állatkertjét, és megköszörültem a torkomat. A remélt eredmény nem maradt el, azonnal ugrottak vissza az erdőbe. Nem haragudott, elnevette magát.

– Tudod, milyen nap van ma? – kérdeztem.

– Igen, persze hogy tudom. Gondoltam, azért is tervezted el ezt a kirándulást erre a gyönyörű helyre.

– Néhány nappal ezelőtt, amikor meglátogattam Ivánékat, hogy elmondjam, mi vár rám, azt ajánlották, menjek el Nyíregyházára, mert így legalább meg tudom kezdeni szakorvosi képzésemet, és mindenképp hasznos lesz, ha kikerülök a politikai nyomás sűrűjéből. Különben is jót fog tenni nekem a nyírségi levegő. Amikor elmondtam nekik, hogy ebben az esetben te is hazamész a szüleidhez, kedvesen felajánlották, hogy töltsük a hétvégét a kis vadászházukban. Gondolkodás nélkül vágtam zsebre a kulcsot, mert egyedül szerettem volna lenni veled ezen a napon, a mi napunkon, július 8-án, hogy elmondjam... hogy megkérdezzem: „Akarsz a feleségem lenni?"

Kezét fogva gyöngéden megöleltem, s gyönyörű szemébe néztem, könnyek ragyogtak benne. Egy pillanatra néma csend lett. Aztán könnyek között, sírva-nevetve mondta:

– Ez a legszebb kérés, amit valaha hallottam. Mindenki csak ágyba akart vinni engem, te vagy az első, aki feleségnek akar. Igen, a feleséged akarok lenni! Szeretlek! Mindig is szeretni foglak. De most még várnunk kell, Gyurikám! Neked el kell menned arra a fene messze, isten tudja, milyen nevű helyre, az én szüleimnek viszont szükségük van rám. Apám a pannonhalmi apátság könyvtárában dolgozik, két fiútestvérem is ott tanul. Anyám három kistestvérem és nagyanyám gondját viseli, nem mondták, nem kérték, de úgy érzem, ott a helyem. Tudod, hogy Margittal együtt kirúgtak a gyárból, engem a nevem miatt, őt azért, mert a családját kitelepítették. De ez majd mind elmúlik egyszer. Akkor a feleséged leszek, ha még mindig akarod a kis somogyi lányt, aki miatt úgy érezted, mintha a paradicsomban lennél.

Az öreg közkórház szürke folyosóit jártam a hosszú út végén az ismeretlenben, nem messze a szovjet határtól. A szülész-nőgyógyász főorvost kerestem. Úgy hallottam, hogy egy jól képzett, fiatal kora ellenére jó hírnevű egyetemi tanársegéd, aki nemrég került oda. A kórház kérte a minisztériumot, hogy küldjenek mellé pár segédorvost, mert nagy hiány van szakorvosokból. Így kerültem oda. Nagyon kedvesen fogadott, rögtön elvitt, hogy bemutasson a kommunista igazgatónak, akiről később megtudtam, nem is olyan nagy kommunista, csak sodródott az árral. Aztán a főnővér – persze nem egy apáca, hol vannak már azok! – megmutatta a szülészet közelében lévő orvosi szobámat, ami az otthonom lesz, talán évekig.

Szent isten, hogy fogom én ezt kibírni. Ám nem sok időm volt az önsajnálatra, annyi munka várt rám. Több mint ezer szülést vezettem le, sok-sok császármetszést és különféle nőgyógyászati műtétet hajtottam végre a következő két évben. Beleadtam minden energiámat, hogy minél többet tanuljak, minél hamarabb. A célom az volt, hogy, amilyen gyorsan lehet, haladjak előre a szakorvosi képzésben, hogy reményem lehessen visszakerülni imádott Pestemre és Lia közelébe. Ezt megkönnyítette, hogy alig volt más tennivaló abban a kis, unalmas városban.

Sok barátra tettem szert a kórházban. Legtöbbjük ott lakott, csinos kis lakásban, mintha ez egy sziget lett volna a nagy idegenben. A két másik alorvos az osztályon örült, hogy átvettem tőlük a kulimunkát. Ők és a fül-orr-gége osztály vezetője, akihez ajánlást kaptam Szonjától, na meg a csinos fiatal felesége, sokat segítettek, hogy beleszokjak, beletörődjek új életembe. A felső emeleten néhány kezdő sebész lakott és több műtősnő, akik életet hoztak ebbe a szürke ispotályba.

Minden jól ment, már önállóan dolgoztam, operáltam, amikor szörnyű tragédia történt a szülészeten, ami talán orvosi pályafutásom végét is jelenthette volna. Legalábbis én úgy éreztem, olyan volt a súlya. Egy fiatal anya a kezeim között halt meg. Egy másik kisvárosi szülőotthonból küldték át hozzánk, ahol csak sima, komplikációmentes szüléseket vezettek le. Negyedik gyerekét várta. A többi szülés mind normálisan folyt le. De most nem így történt. A szülés órák óta nem haladt előre, az asszony teljesen kimerült volt. Akkor a mentők áthozták hozzánk.

A vizsgálatnál úgy találtam, hogy a szülés azért nem haladt előre, mert a nagy magzat feje nem tud áthaladni a szülőcsatornán, és a magzat szívhangjai azt mutatták, hogy életveszélyben van. Az asszony sápadt volt, nyugtalan, és már nem bírt erősen nyomni. Riasztottam a műtőt, hogy készüljenek fel császármetszésre, és behívtam az egyik kollégámat segíteni. A várakozás perceiben elhatároztam, hogy megkísérelek egy fogós szülést, mert a magzat állapota nagyon aggasztott. Nem volt könnyű beavatkozás, de végeztem már hasonlót korábban is. A meglehetősen nagy fiúgyerek néhány perces aktív újraélesztés után felsírt és jó állapotban volt. Amikor megvizsgáltam az asszonyt, láttam, hogy erősen vérzik. Minden erőmmel azon voltam, hogy megállítsam a vérzést, de ez eredménytelen volt. Gondoltam, méhrepedés lehet az oka. Próbáltuk felvinni a műtőbe és vérátömlesztést adni neki, de már késő volt. Mire odaértünk, hogy operálni tudjunk, megállt a szíve. Kétségbeesett újraélesztési kísérleteink sikertelenek maradtak.

Mindez egy fél óra alatt játszódott le. Nem tudom elmondani, mit éreztem akkor. Így meg kell álljak egy percre.

A következő napokban, hetekben nem tudtam másra gondolni, mint erre a tragédiára. Közben folyt a hivatalos vizsgálat az osztály, a kórház és egy független megyei bizottság részéről, hogy kiderítsék, mi is történt, kit terhel a felelősség, volt-e orvosi műhiba. Nem találtak semmi erre utaló jelet. Megállapították, hogy a méh megrepedt, mielőtt az asszony a kórházunkba érkezett, és a hasüregi bevérzés már jelentős volt, mielőtt a fogós szülést végrehajtottam. Ezt a beteg vérképe is bizonyította, súlyos vérveszteséget mutatott már a felvételen. Továbbá, ha a fogós szülés nem történik meg időben, a gyerek is meghalt volna. Így legalább a gyerek életben maradt. Ezzel a vizsgálatot le is zárták. De a lelkiismeretem nem hagyott nyugodni.

Néhány nap múlva elmentem gyónni.

– Atyám, nagy bűnöm van – tört ki belőlem a fojtogató sírás. – Megöltem valakit. Egy fiatal, egészséges asszonyt. Négy gyereke és a férje soha többé nem látja őt otthon.

– Na, csak lassan, fiam, hallgatlak, hallgat a Jóisten.

Elmondtam József atyának, hogy mi történt. Hogy ha azonnal megoperálom, ott, a szülőszobán, elkötöm a vérző ereket, lenyomom az aortát, talán akkor életben maradtak volna mindketten. És ezt nem tudom elfelejteni, megbocsátani magamnak.

– Visszatekintve mi olyan bölcsek tudunk lenni – mondta. – De ha a Jóisten úgy látta, hogy amit tettél, jóhiszeműen tetted és a legjobb tudásod szerint, akkor ne vádold magad! Kérd, hogy bocsássa meg a többi bűnödet! Akkor majd megbékül a lelked, és nem fog fájni olyasmiért, ami nem is a te bűnöd. Maradj itt a templomban egy darabig, várj türelmesen, csendben, hogy a Szentlélek eljöjjön hozzád, s ez majd meghozza szívedbe a Jóisten kegyelmét!

Néhány héttel később visszamentem József atyához, mert valakihez el kellett mennem, hogy elmondjam, olyan ez, mintha megbénultam volna. Nem tudok cselekedni. Nem tudok megtenni a szükségeset, mert hátha rosszul ítélem meg a helyzetet, és kárt okozok, megszegem hippokratészi eskümet. Talán nem is vagyok orvosnak való? Lehet, hogy nem is ez a hivatásom?

– Fiam, neked ez a hivatásod – mondta József atya. – Ha nem lenne az, akkor most nem volnál itt. Ne felejtsd el, a Jóisten adta neked ezt a lehetőséget! Nem te választottad, ő választott téged. Most csak próbára tesz, de le fogod győzni ezt a félelmet, ami most az értelmedet uralja, az értelmedet, de nem a lelkedet. Kérd az Istent, hogy adjon kurázsit és türelmet!

Lassan, nagyon lassan sikerült legyőznöm a kételyeimet. Főleg a kórház könyvtárát bújtam, ha nem operáltunk vagy nem a szülőszobán voltam elfoglalva. Sokat tanultam, lassan visszanyertem az önbizalmamat, és már örülni is tudtam annak, hogy orvos lehetek. Már közel egy éve voltam ott, a messzi idegenben, ideje szabadságra mennem. Szüleim hiányoztak nagyon, de hogy Liát nem láttam, attól szenvedtem. A kis „nyuszi" ott ült most is az éjjeliszekrényen, puszit adtam neki minden este. Nicole, a fülészorvos felesége, aki néha lejött hozzám édességgel meg a ház pletykáival, persze észrevette, mert a nők már csak ilyenek. Elkezdte simogatni, hogy milyen helyes, de nem gondolta volna, hogy engem az ilyesmi érdekel.

Mondtam neki, hogy ez egy kis női nyuszi, és hogy szeretem a társaságát.

– Ó, azt én is meg tudnám tenni – kacsintott rám flörtölős mosollyal, ahogy kipenderült a szobámból, mielőtt még válaszolni tudtam volna.

Először a szüleimet látogattam meg a sáros kis faluban, ahol vízvezeték ugyan nem volt, de rendőri megfigyelés annál inkább. Mintha apám kissé megőszült volna, és anyám arcán néhány ráncot véltem felfedezni, de még most is olyan szép volt, amilyenek csak az édesanyák tudnak lenni. Legalábbis én őt mindig olyannak láttam. A bátyám is megérkezett. Így egy rövid időre együtt lehetett a kis család. Apám elmondta, hogy az ávós ügynökök minden héten jönnek, kérdeznek, nyomoznak, érdeklődnek, hogy milyen a hangulat a faluban, miről beszél az intelligencia: az orvos, az ügyvéd, no meg a pap. Aztán körbejárják a többieket is, mindenkitől ugyanazt kérdezik, arra kíváncsiak, kit lehet rajtakapni valamilyen hazugságon. Ezzel a módszerrel keresnek maguknak besúgókat, így próbálnak meg félelmet kelteni egymás iránt.

A bátyám hozott rosszabb híreket is. Szatyit, volt gimnazista társamat megint elítélték, most tizenkét év börtönre, népellenes összeesküvés miatt. De a legszörnyűbb hír, amiről az emberek csak titokban beszéltek, még hátravolt.

– Az a szóbeszéd – mondta, hogy a barátodat, Szűcs Sanyit, a világhírű futballistát, régi teniszpartneredet kivégezték hazaárulás miatt.

– Micsoda? Mit beszélsz?

– Erről persze nincs hivatalos tudósítás, de hónapok óta nem futballozik, nem látta senki, és ha kérdezik a csapattársait, azok csak legyintenek és borús arccal továbbállnak.

– Nem is olyan régen láttam a Pipacs bárban Budapesten, ahol egy szép énekesnőről ábrándozott szerelmesen.

– Azt beszélik, az volt a baj, pont azzal kezdődött. Mivel a rendőrség csapatában játszott, így hivatalosan rendőrtiszt is volt. Amikor kiderült, hogy már van felesége, a fölöttesei nem örültek új, romantikus kapcsolatának, és azt akarták, hogy szakítson a lánnyal. Ám ő erre nem volt hajlandó. A kommunista vezetőség egyébként nagyon aggódott, hogy a világhírű futballisták disz-szidálni akarnak, amikor külföldön játszanak, és meg akarták fé-lemlíteni őket. Egy ávós ügynök beugratta Sanyit, hogy szökjön külföldre a lánnyal, ő majd megszervezi nekik az utat.

– Bécó, ezt nem lehet elhinni, ez nem lehet igaz!

De ő folytatta.

– Amikor már közel volt az autójuk a határhoz, néhány ávós-autó megelőzte őket, és letartóztatták Sanyit és a lányt. Akkor de-rült ki, hogy az ügynök elárulta őket. Az pecsételte meg a sorsát, hogy mivel rendőrtiszt volt, a szolgálati pisztolyát is magánál tartotta. Ezért a budapesti katonai törvényszék hazaárulásért ha-lálra ítélte és futballistatársai könyörgése ellenére felakasztották.

Rosszullét környékezett, felfordult a gyomrom. Ki kellett men-nem a kertbe, hogy levegőt kapjak. Nem bírom már ezt a sok szenvedést, igazságtalanságot, ezt a gyűlölködést látni a honfi-társaim között. Nem a nácik, nem az oroszok, hanem magyarok, testvér testvér ellen. Káin Ábel ellen.

– Istenem, de próbára teszel engem!

Most ő nyitott ajtót nekem. Karjaimba repült, nagy puszikkal üdvözölt. Lángolt az arca, szíve versenyt futott az enyém-mel. Ó, Istenem, mégis szép az élet! Csak néztük egymást, re-megtünk, nagyon vártuk ezt a találkozást. Aztán mégiscsak be kellett mennünk a nappali szobába, ahol Iván és Etta vártak, hogy ők is tanúi lehessenek egy fiatal szerelem virágzásának.

– Etta, Iván, nagyon szépen köszönjük nektek, hogy nálatok találkozhattunk, és köszönjük, hogy meghívtatok megint a kis vadászházba.

– Örülünk, hogy odamentek – mondta Etta huncut mosollyal –, de mi nem tartunk veletek. Ivánnak sok a dolga, nekem meg főznöm kell rá.

Próbáltam palástolni az örömömet, Liára rá se mertem nézni. De az élet percről percre szebbnek tűnt nekem.

– Hozunk nektek őzpecsenyét, és ígérem, hogy tisztán hagyjuk a házat.

– A kandallót is – kacsintott Iván. Etta csak somolygott a bajusza alatt. Lia zavarban volt.

Nem maradtunk sokáig, alig vártuk, hogy mehessünk abba a kis paradicsomba, Lia még megkérdezte:

– Biztos, hogy nem akartok jönni?

De én már húztam ki magammal, le a lépcsőn:

– Gyere, menjünk!

Az úton sonkát, tojást, friss kenyeret vásároltunk, meg krumplisalátát. Lia fehérbort akart, én vöröset – megegyeztünk rozéban. Ilyen kis dolgokon sohasem vitáztunk.

Gyönyörű volt ott, fenn, a hegyekben. Nagy erdei sétára mentünk, és Lia, mint aki jól ismeri az ilyen mohás, korhadt leveles sűrűségek alját, egy csomó gombát szedett.

– Ez nagyszerű, Gyuri! Micsoda pompás gombás rántottát fogok sütni ma este. Az első vacsorát neked.

– Remélem, tudod, mit csinálsz, mert én nem vagyok gombaszakértő. Csak azt tudom, hogy a kis piros, kalapos fehér petytyesek mindig beteggé tették a kutyámat.

Ahogy visszatértünk a házhoz, lepihentünk kedvenc teraszunkon, hátha megint látjuk az őzcsaládot. Élveztük a csendet, azt, hogy együtt vagyunk. Jó volt a kezét fogni, álmodozni a jövőről.

– Vidéken szeretnék élni – mondta –, egy kicsi, fehér házban, piros rózsákkal körülvéve és egy nagy sárgával, ami felkúszik az ablakunk alá, hogy láthassuk minden kis bimbóját kivirulni, ahogy a gyerekeink nőnek. Mert az is lesz, több is. Kergetőznek majd a fűben a békés nyári napokon, olyanon, mint ez. Hát nem volna csodálatos?

– De igen, csodálatos lenne. Mit mondtál, hány gyerek szaladgálna körbe?

– Ó, Gyuri, hogy kérdezhetsz ilyet? Amennyit a Jóisten ad. Remélem, nem kell őket előre tervezni.

– Csak viccelek. Gyere, menjünk vacsorát főzni, mielőtt a gomba elsárgul és a bor megsavanyodik.

Kitűnő sonkás-gombás omlettet készített, míg én gyertyát gyújtottam a verandán és asztalt terítettem. Romantikus estének ígérkezett, ahogy a nap belesimult a pompás szürkületbe.

Másnap hegyet másztunk, mókust kergettünk az erdőben és menekültünk a darazsaktól, de a gombaszedés, hál' istennek, elmaradt. Vittük az üveg bort, de poharat most nem. Vettünk kemencés kenyeret meg juhsajtot egy majorban a hegy alján, és életünk legszebb piknikjét élveztük a fenyőkkel övezett réten.

Később kinyújtóztunk, fejét a vállamra tette.

– Boldog vagy? – kérdeztem. – Mert csak egy vágyam van. Hogy boldoggá tegyelek. Ha a szívembe látnál, tudnád, mit érzek.

– Soha nem gondoltam, hogy ilyen boldogság létezik – válaszolta. – Most már én is tudom, hogy ez a Jóisten terve volt velünk.

Ahogy néztük az égen úszó kis vattafelhőket, azt gondoltam, „ha van mennyország, ilyen kell hogy legyen".

És akkor az a bizonyos belső hang azt mondta: „Várj, ez még semmi."

– Te hiszel, igazán hiszel a mennyországban? – kérdeztem.

– Hát persze, hogy hiszek. És kislánykorom óta azért imádkozom, hogy amikor a Jóisten elhív oda engem, megint együtt lehessek majd a szüleimmel, férjemmel, gyerekeimmel és testvéreimmel.

– Remélem, ebben én is benne vagyok! De hogy lehetsz ebben ennyire biztos?

– Mert Krisztus azt mondta, hogy van. Emlékszel, amikor ott volt a keresztfán, a két bűnöző között? Az egyik, aki megbánta bűneit arra kérte. „Uram, emlékezz rám, amikor bemész az országodba." És ő azt felelte: „Bizony mondom neked, még ma velem leszel a paradicsomban." Azt mondta, hogy még ma. Nem holnap, a jövő héten vagy hónapban, nem a világ végén, hanem ma. És ha ezt nem hiszed el, és nem hiszel a feltámadásban, akkor semmi értelme nincs annak, hogy keresztény legyél.

Az utolsó estét a kandalló mellett töltöttük. Itt, a hegyekben hűvös volt naplemente után, és mi melegít jobban, mint a nyitott tűzhely romantikus lángja. No meg a forralt bor. El tudtuk volna nézni órákig az égő gallyak táncoló lángját, s közben felfedezni mindazt, ami összeköt bennünket. Ahogy jobban megismerkedtünk, sokat nevettünk azon, hogy szinte egymás szavába vágva helyeseltünk vagy vetettünk el dolgokat, véleményeket és sok minden egyebet. Az étel az más kérdés. Ő szerette a belsőségeket, a májat, zúzát, vesét. Én rá se tudtam nézni, annyit láttam belőle a kórbonctani szobákban. Én a csirkehúst kedveltem. Ő mindig salátát kért, én az édességre szavaztam. De ezt majd megoldjuk valahogy, lehet két konyhát is vezetni.

– Egyébként megmondanád, honnan szerezted a vörösbort meg a fűszereket a glühweinhez? – kérdezte.

– Megtaláltam Iván titkos rejtekhelyét. Ne izgulj, visszahozom, amikor legközelebb jövünk! Mert, ugye, visszajövünk? Ugye?

A szemébe néztem hosszan, ilyenkor mindig elpirult, most sem tudta állni sokáig.

– Gyuri, ne nézz már rám így, tudod, zavarba jövök, és lángol az arcom.

– Aki el tud pirulni, az rossz ember nem lehet, a szíve érzékeny, és legtöbbször romantikus lélek. Ezt szeretem benned. Hogy is tudnám levenni rólad a szememet, amikor olyan szép vagy ebben a narancsvirágos blúzban. Ezt a képet örökre megőrzöm.

Vállamra hajtotta a fejét, amikor a kandallóban már az utolsó lángok is kihunyóban voltak.

– Akarom, hogy tudjad – mondtam neki –, bármi történik is, akármi is adódik, mindig szeretni foglak. Várom, hogy a feleségem legyél, mert tudom, hogy egymásnak lettünk teremtve, és úgy érzem, nem tudnék nélküled élni.

Könnyekkel a szemében odafordult hozzám.

– Teljes szívemből szeretlek, a feleséged akarok lenni! Ölelj meg, úgy kellesz nekem!

A TISZTÍTÓTŰZ

Az ávós az asztalt csapkodta a gumibotjával.
– Kik táncoltak fent a műtőben tegnap este, amikor kitudódott Sztálin atyánk halála? Mit tud az elvtárs erről?

Nem is tudta, milyen igaza volt. Az sokkal több volt a táncnál. Diadalordítással ünnepeltünk. Épp egy műtétet fejeztem be, amikor az egyik nővér berohant, hangosan lelkendezve, hogy bemondta a rádió, a nagy Sztálin örökre elhagyott bennünket.

Háromnapos nemzeti gyászt hirdettek. Nemcsak a Szovjetunió, de az egész bolsevista világ magába roskadt, mert végre ütött az óra, hogy ez a tömeggyilkos az Úristen ítélőszéke elé álljon. És mi bizony mulattunk, mert úgy éreztük, hogy ez egy lépés lehet a jó irányba, hogy a koporsójába vert szögek talán léket ütnek a diktatúra hajójába. Persze megtudták, mi történt, mert valahogy mindig megtudnak mindent, és most folyik a vizsgálódás.

– Nem tudok semmit, és nem is tudom, miről van szó. – mondtam. – Lehet, hogy valakinek rossz álmai voltak és Sztálin halála úgy felizgatta, hogy rémképeket látott, afféle táncos bolondokat, de én nem láttam ilyesmit, mert aludni mentem. Holtfáradt voltam a sok műtét után.

Ám a vallatóm nem hagyta annyiban, nem lelkesítette fel a válaszom, tovább faggatott, aztán megfenyegetett:

– Egy ideje már figyeljük magát, elvtárs. Maga soha nem vesz részt a marxista–leninista előadásokon, sem az orosz nyelvórán, amit a kórház ingyen nyújt a dolgozóknak, továbbá távol tartja magát a szocialista ünnepségektől. Nem akaródzik beolvadni, ugyebár?

Ingerülten lóbálta előttem a gumibotját, hogy hangsúlyt adjon a szavainak. Dühös volt, de elengedett.

Attól kezdve, nemhogy enyhült volna a helyzet, de még inkább éreztük, hogy megfigyelés alatt állunk. Az ávósok néha a kórházi váróterembe is beültek. Egy másik aggasztó probléma is jelentkezett, a művi vetélések elterjedése. Ilyesmi csak akkor volt megengedhető, ha komoly orvosi indítékai voltak. Ebben az egyben igazat kellett adnom a kommunista törvényeknek. Szakképzésem második évében egyre gyakoribb lett, hogy egyes betegek a terhességük megszakítását kérték. Tudomásomra jutott, hogy némelyik már a kollégámnál is próbálkozott. Én a magam részéről megtagadtam minden ilyen kérést, nemcsak a törvények, hanem hitbéli és erkölcsi felfogásom miatt is.

Az egyik nap egy fiatal nő jött kivizsgálásra, megállapítottam, hogy terhes. Gratuláltam neki, ahogy mindig is tettem hasonló helyzetben, de ő nem örült, sírva ment el. A nővér figyelmeztetett, hogy legyek nagyon óvatos vele, mert az apja egy vad, befolyásos kommunista a városban. Abban az időben sok vetélést láttunk az osztályunkon. Jelentős részük nem spontán történt, hanem külső beavatkozással. Nem a szakorvosok idézték elő, hanem lelkiismeretlen szülésznők vagy orvosok, akik sokszor nem megfelelő vagy nem fertőtlenített műszereket használtak. Miután ezek a betegek a magzatelhalás tüneteivel kórházba kerültek, nekünk nem volt más választásunk, mint gondjukat viselni. Némelyik már lázas volt, a fertőzés jeleivel, sőt vérmérgezést is láttunk nem egyet. Az ÁVO számon tartotta ezeket az eseteket, és részletes jelentést követelt minden gyanús körülményről.

A nagy kommunista lánya néhány nap múlva visszajött, hogy beszéljen velem. Szerettem volna, ha egy nővér is jelen van, de neki mint betegnek joga volt azt kérni, hogy négyszemközt beszéljünk.

– Meg kell kérnem, hogy segítsen nekem – kezdte. – Én nem tudom és nem is akarom kihordani ezt a terhességet. Nem vagyok házas, és apám megöl, ha megtudja, hogy gyereket várok.

– Sajnálom – vágtam közbe –, de semmit sem tehetek. Ismeri a törvényt, és én különben is hiszek az emberi élet szentségében a fogantatástól a természetes halálig, és ha törvényes lenne is, akkor sem tenném meg. Tudnia kell, hogy az ávósok figyelnek minket, sőt magát is. Ha ezt megtenném, az apja már másnap megtudná, engem letartóztatnának, és magát...

Rettentő dühös lett.

– Maga mindig ezt hangoztatja – vágott közbe. – Hallottam a barátnőimtől, az egész város tudja – kiabálta, és elszaladt.

Elmondtam a nővérnek, hogy mi történt.

– Attól félek, hogy a dolog ezzel nem ért véget – jegyezte meg.

És bizony igaza volt.

Egy héttel később mentők hozták vissza a lányt egy befejezetlen vetélés tüneteivel, súlyos vérzéssel. Akkor már nem volt más választásunk, ahhoz, hogy a vérzést megállítsuk ki kellett ürítenünk a méhet. Hál' istennek, egy kollégám volt az inspekciós, ő végezte el a műtétet. Másnap még láttam a beteget az általános kórházi viziten. Kárörvendő arccal nézett rám.

Még aznap délután letartóztattak törvénytelen abortusz miatt.

– V. M. azt állítja, hogy ön megvizsgálta őt néhány nappal ezelőtt, a járóbeteg-ellátáson, ahová hasi érzékenység miatt ment kivizsgálásra – mondta a rendőrtiszt, aki kihallgatott. – Ön akkor egy nagyon fájdalmas belső vizsgálatot végzett rajta, ami után elkezdett vérezni. A leletek azt bizonyítják, hogy a beteg terhes volt, és bizonyítékunk van rá, hogy ön a terhességet megszakította. A törvény ezt szigorú börtönnel bünteti. Nos, mit mond erre – szögezte nekem a kérdést.

– Meg vagyok döbbenve, és tagadom az állítások minden egyes szavát. Ha nem kötne az orvosi titoktartás fogadalma, elmondanám, mi történt. Így csak egy nővér tanúskodhat mellettem.

– Mondhat, amit akar, nekünk bizonyítékaink vannak, és a beteg szavai ön ellen szólnak. Nincsenek kétségeim afelől, hogy kinek hisz majd a bíróság.

Ezek után házi őrizet alatt tartottak a kórházban, nem hagyhattam el engedély nélkül. Orvostársaim, a nővérek és a barátaim mind felháborodtak, megígérték, hogy tanúskodni fognak mellettem. De még valami várt rám. Másnap üzentek, hogy menjek le a röntgenosztályra a félévi mellkasvizsgálatra. Sipos doktor, a röntgenosztály főorvosa végezte el a rutin mellkas-átvilágítást. Mélyeket kellett lélegeznem, azt mondta, köhögjek, és forgatott mindkét oldalra. Mintha a szokásosnál tovább tartott volna mindez.

– Látok egy kis árnyékot a jobb felső lebenyben – mondta. – Hat hónappal ezelőtt ez nem volt ott. Készítünk néhány felvételt, meg egy tomogramot, hogy tisztábban lássunk.

Furcsán éreztem magamat. Mintha a térdem is elgyengült volna. Ez már sok volt egy kicsit. Tegnap letartóztattak törvénytelen abortusz miatt, most kiderül, hogy a tüdőmmel valami baj van. De hát várjuk csak meg azokat a felvételeket, talán nem lesz ott semmi, vagy majdnem semmi. Reméltem.

„Istenkém, hol vagy? Haragszol rám? Tudom, tettem néha olyat, amit nem helyeseltél. Sajnálom. Kérlek, bocsáss meg érte! De ezt talán mégse érdemlem."

De valahogy most nem hallottam a választ.

Pár óra múlva hívott doktor Sipos.

– Sajnálom, György – mondta –, de van egy kerek beszűrődés a jobb tüdő felső lebenyében, aminek utána kellene nézni. Hat hónappal ezelőtt, ezt nem láttam ott.

– Nem lehetne ezt csak figyelni néhány hónapig? Volt egy erős vírusos meghűlésem, hetekig köhögtem, talán még tüdőgyulladás is lehetett és ez annak a maradványa.

– Lehet, de az is lehet, hogy ez egy kezdődő daganat, tuberkulózis vagy valamilyen más granulóma. Nem gondolom, hogy sokáig kellene várni vele. Tudnunk kellene a pontos diagnózist.

Doktor Péter és fiatal felesége, Nicole hívtak meg vacsorára aznap este. Olyanok voltak, mint a második családom, önzetlenül törődtek velem. Nem volt gyerekük és az ajtajuk mindig nyitva állt a fiatal orvosok előtt. Tudtak persze az abortuszügyről, és most ez a história a tüdőmmel őket is aggasztotta.

– Aludjunk erre egyet, mondta doktor Péter. Holnap reggel

majd beszélek Sipossal, régi jó barátom. Aztán majd meglátjuk mit kéne, illetve mit lehet tenni.

Az elmúlt hat hónap alatt ma volt a harmadik merevcsöves bronchoszkópiám. Ettől a szörnyű tüdővizsgálati módszertől mindnyájan rettegtünk. Egy negyven centiméter hosszú fémcsövet vezetnek le az ember torkán keresztül a légcsőbe helyi érzéstelenítéssel, nyugtatók segítségével, hogy lássák, mi folyik ott. Biopsziát, bakteriológiai és citológiai vizsgálatot végeznek. Közben lélegeznem kellett. Néha fuldokló, görcsös köhögés jött rám, amit a kezelőorvos próbált lenyugtatni. Mi mást tehetett volna. A teljes kiszolgáltatottság, a fuldoklás érzése, kifeszítve, szinte felnyársalva egy vasrúdon, mindez együtt sokkal roszszabb volt a fájdalomnál. Legalábbis nekem. De azt mondták, nincs jobb mód rá, hogy kiderítsék, mi a baj.

Ahogy lassan magamhoz tértem a nyugtatók okozta kábulatból, emlékezetembe villantak az elmúlt idők képei. A betegszoba fehér mennyezetén túl, a homályban, könnyes szemmel láttam, ahogy doktor Sipos és doktor Péter tanakodnak a sorsom felől. Sipos, aki mellesleg a kórház igazgatója is volt, beszélt telefonon a rendőrfőnökkel, aki közölte vele, elég bizonyítékuk van rá, hogy azonnal őrizetbe vegyenek és elindítsák ellenem a büntetőeljárást. Akkor rögtön érintkezésbe lépett a tüdőgyógyászprofesszorral Budapesten, az pedig fölajánlotta, hogy felvesz a klinikára.

Mindkét orvos azt tanácsolta, menjek azonnal. „Ha nem tűnsz el most – mondták –, bebörtönöznek. Ez csak órák kérdése. Vagy a klinika, vagy egy koncentrációs táborba zárnak évekre, ahol reményed se lehet, hogy a tüdőd kivizsgálásra kerül, s elveszett ember vagy. Igen, talán felesleges a klinikára menned, de most arról van szó, hogy innét el kell tűnnöd! A gondviselés ad egy lehetőséget, van hová menned. Menj az első vonattal!"

Pár óra múlva a budapesti vonaton ültem. Nem búcsúztam el

senkitől, mert hát titokban történt mindez, menekülnöm kellett. A kis nyuszit vittem a kézitáskámban, meg a legszükségesebbeket. Szomorú volt ez az út vissza Pestre, sokkal szomorúbb, mint idejönni. Egyedül voltam Istennel.

„Na, most tudsz szólítani, mert bajban vagy. Múltkor, amikor tévelyegtél, nem akartad, hogy a tanúd legyek. Ám ott voltam akkor is. Mindig ott vagyok. A jóban és a rosszban is. Nem tudsz bujkálni előlem. Látom a sebeidet, amelyekről azt hiszed, hogy trófeák, és a büszkeségedet is, amikor szenvedsz. Ne félj, adok neked erőt, hogy el tudd ezt viselni!"

Nehéz volt belépnem a szürke kórházi pavilon ajtaján. A kék köpenyébe burkolt, busa szemöldökű professzor barátságosan hunyorgott rám tanársegédei körében. Aztán bevezettek egy hideg, fehér szobába, a négy ágy közül rámutattak egyre a sarokban, az lesz az én helyem. Ott fekszem most is fájó szívvel, égő torokkal, háborgok, de nem adom fel a küzdelmet. Akkor se!

A kezelőorvosom, doktor Lányi végezte a bronchoszkópos vizsgálatot.

– Nem találtam semmi abnormálisat – mondta. – Nincs értelme, hogy biopsziát csináljak. Vettem egy csomó kenetet a mukózáról citológiai és bakteriológiai vizsgálatra, de nem várok sok eredményt tőlük. Folytatjuk a kezelést, mintha tuberkulózis volna, aztán, ha néhány hónap múlva még mindig ott van az a granulóma, akkor megfontoljuk majd a sebészeti beavatkozást.

– Torakotómiára, lobektómiára gondolsz?

– Igen.

Azt mondta, hogy néhány hónap. Akkor még van időm. Az a kis vacak csomó a tüdőmben nem fog tönkretenni. Egyszer a segítségemre volt, de most már nincs rá szükségem. Elég volt ebből a komédiából! Ki kell kerülnöm innen! Találkoznom kell Liával! Vajon mi van vele? Gondol-e rám? Szeret-e még? Amikor felvettek a klinikára, írtam neki egy levelet, hogy ne találkozzunk, amíg ez a dolog nem rendeződik, amíg nem leszek teljesen rendben. Próbáltam egy nem keserű, nem szívfájdalommal teli búcsúlevelet írni, úgy gondoltam, jobb lesz, ha egy darabig nem látjuk egymást. Különben is, az ÁVO figyelhet, és nem szeretnék ártani neki azzal, hogy kapcsolatban áll egy szökevénnyel. A kórházamban pár baráton kívül senki nem tudta, hol vagyok. Csak találgatták, börtönben vagy koncentrációs táborban, talán a leprások menedékhelyén, senki nem mert nyíltan beszélni róla. Majd ha ott fenn azt gondolják, elég volt a szenvedésből, és kisüt a nap, tudom, megint megtalálom szívem boldogságát, életem nagy szerelmét.

„Lehet, hogy ez már a tisztítótűz, itt, a földön?"

Egy nap, amikor visszamentem a szobámba, láttam, hogy egy új beteg fekszik a másik ágyon. Amikor oldalára fordult és félig felült, valahogy ismerősnek tűnt. Azt hittem káprázik a szemem. Úristen, ez lehetetlen, ez tényleg ő volna? Régi, nemes lelkű csempész barátom, akivel évekkel ezelőtt a Dunán száguldottunk, az ávósok elől menekülve.

Nono!

De hogy megváltozott. Most sápadt, sovány, beesett volt az arca, megtört a szeme, és mintha meg is öregedett volna. Ez volna a hajdanán daliás szőke dunai hajós? Amikor fel akart kelni az ágyból, hogy üdvözöljön, rájött egy köhögési roham, és visszahanyatlott. Úgy kellett gyengéden felsegítenem. Elhalmoztam kérdésekkel. Nagyon lassan beszélt, fáradt volt a hangja. Hová lett a bőbeszédű, életteli, vidám fickó!

– Az ÁVO végül engem is utolért. 1950-ben letartóztattak, bevittek az Andrássy út 60.-ba. Több hónapon át tartott a kihallgatás. Kínoztak, hogy olyan bűnöket valljak be, amiket sohasem követtem el. Minden éjjel a falhoz állítottak étlen-szomjan, és amikor ájultan összeestem, jeges vízzel térítettek magamhoz, ütöttek, rugdostak. Aztán hátrakötötték a kezemet, és bedobtak egy ürüléktől mocskos pincébe, hogy magamba szálljak. Naponta egyszer vizet, száraz kenyeret és levest adtak, ami inkább moslékra emlékeztetett. Egy hét múlva aláírtam mindent. A hazaárulást, a valutacsempészést, hogy amerikai kém vagyok és hogy meg akarom dönteni a népi demokráciát. Akkor közölték velem, hogy ezzel aláírtam a saját halálos ítéletemet, rövidesen ki fognak végezni. Már azt sem bántam volna, csak hogy vége legyen mindennek. Egy ablaktalan magánzárkában tartottak hetekig, vártam a halált. Nem mintha meg akartam volna halni. Élni szerettem volna, látni akartam még egyszer fiatal feleségemet. Ez adott erőt.

– Nem is tudtam, hogy megházasodtál. Szégyelld magad, hogy meg se hívtál az esküvődre! És ki volt az a szerencsétlen teremtés? – kérdeztem.

– Az én volnék– hallok egy ismerős hangot az ajtóból. Ika volt.

– Szóhoz se tudok jutni, ez nem lehet igaz! Te és az én gimnazista barátnőm, aki valamikor az ideálom volt, ti összeházasodtatok a hátam mögött? Tudtam, hogy jártatok együtt, hogy jóban voltatok meg miegymás, de ez komoly dolog, hogy jutottatok el ilyen messzire?

Megöleltem mindkettőjüket.

– Együtt jártunk egyetemre, és folytattuk az úgynevezett csempészést a Dunán. Aztán csak megtörtént. Megszerettük egymást, de nagyon. Tudod, hogy szokott az lenni. Nonót kereste az ÁVO. Gondoltuk, ha megesküszünk, ő mint mérnök és házasember talán megússza. Mint ahogy hallottad, nem így történt.

Figyeltem, ahogy Nono szeme életre kelt, miközben hallgatta fiatal felesége beszámolóját. Milyen gyöngéden ölelték át egymást a fehér kórházi ágyon! A szívem szakadt meg, valami nagyon fájt belül, mélyen. Hát az én kis mátkám hol van, hogy megöleljem, hogy megmondjam neki, szeretem?

– De ez évekkel ezelőtt volt, mi történt azóta?

– Az Andrássy út 60. pincéjében vártam a kivégzésemre. Egy nap több más fogolytársammal együtt elszállítottak a recski büntetőtáborba. Közel három évet töltöttem ott a legembertelenebb körülmények között. Az ávós őrök ütöttek, rugdostak minden ok nélkül, és válogatott kegyetlenkedésekkel megszégyenítettek. Egyszer beteg lettem, magas lázam volt, vért köhögtem. Akkor betettek egy úgynevezett tábori kórházba, ami épp olyan volt, mint a barakk, csak rothadt szénával a földön. De ott legalább volt egy orvos, doktor Hoyos, akit láncra verve hoztak Recskre. Orvos a javából. Egy humanista, aki megpróbálta menteni még a reménytelen helyzetben lévőket is, sokszor orvosság és műszerek nélkül. És mégis volt humorérzéke. Egyszer kitett egy táblát a bejárat fölé, Dante Infernóját idézve: „Lasciate ogni speranza, voi ch'entrate." Vagyis: „Ki itt belépsz, hagyj fel minden reménynyel!." Másnap elvitték, ugyanúgy láncra verve, ahogyan hozták. Többé nem láttuk.

Amikor Sztálin halála után Recsket bezárták és a foglyokat elengedték, megtudtuk, hogy előrehaladott tüdőbajom van. Végül ide küldtek, hogy felerősítsenek, előkészítsenek a sebészeti beavatkozásra. Hát ez a történetem, Gyuri. De te hogy kerülsz ide? Mert egyáltalán nem nézel ki betegnek.

– Én sem hiszem, hogy az lennék, de még mindig jobb itt, mint a börtönben vagy a koncentrációs táborban.

Akkor elmeséltem nekik az abortusz- és a tüdőleletügyet, ami egyelőre megmentett a börtöntől.

M eghalt…! Gyuri! Nono meghalt!
     Ika leroskadt férje ágyára, zokogva mondta, hogy már csak a holmijáért jött.

– Nem! Nem! Ez nem lehet! Ezt nem tudom elhinni. Mi történt? Azt hallottuk, a műtét jól sikerült. Már fent járkált, készen arra, hogy visszahozzák ide.

– Nem tudjuk. Sétált a folyosón, és egyszer csak összeesett. Megállt a szíve, nem tudták feléleszteni. Azt gondolják, tüdőembólia lehetett, ami előfordul egy ilyen nagy mellkas-operáció után. Talán szívinfarktus? Még nem tudják, majd a kórbonctani vizsgálat megmondja. Annyit szenvedett szegény. Ez a műtét volt az utolsó reményünk, és most vége, vége mindennek!

Szívfájdító volt. Hihetetlen. Ennek a jó embernek, amikor végre visszajött abból a pokolból, amikor új életet kezdhetett volna a feleségével, így kellett elmennie. És ez a kétségbeesett asszony, aki Szent Ritát hozta imáimba, aki évekig várt meggyötört férjére, hűségesen megtartotta hitvesi fogadalmát, most egyedül van megint.

– Uram, mért teszed ezt velünk? – sírt fel Ika. – Már nem tudom, hogy miben higgyek, hol van a te gondviselésed?

– Ika, nem szabad kételkedni benne, nem kérhetünk magyarázatot mindenre. Hol van a mi értelmünk attól, hogy fel tudjuk fogni végtelen bölcsességét, hogy meg tudjuk érteni, hogy ő hogyan szeret minket, hogy mi a szerepünk, miért teremtett minket, és miért dönt úgy, hogy most már elég volt, menjünk hozzá haza. Ne felejtsd el, hogy mi részei vagyunk az örökkévalóságnak, ha nem is értjük meg mindig. Te és Nono részei vagytok az ő kifürkészhetetlen terveinek.

– Talán Nietzschének mégis igaza volt, hogy mi teremtettük Istent saját képmásunkra, nem pedig fordítva, ahogy a Biblia hirdeti. Istenség csak a mi földi képzeletünkben lebeg a rózsaszín felhők fölött, hogy elterelje figyelmünket a rideg valóságról, rövid földi nyomorúságunkról és arról, ahogyan végződik, a halálról.

Hát persze, hogy mi festettünk képet róla, limitált földi képzeletünkkel, ahogy egy fehér szakállú, öreg király ül az aranytrónján, egy hatalmas óriás, fenn, a magasban, a felhők között. De mi köze van ennek a Teremtő mindenható lelki lényéhez? Mi angyalokat is festünk fehér ruhában, szárnyakkal és vörös ördögöt szarvakkal. A föld lapos volt mint a világegyetem központja még nem is olyan régen. Nagyon keveset tudunk a valóságról, ám képzeletünk végtelen a természetfelettiben. Hogy érthetnénk meg mi, kis porszemek a mindenható mester terveit? Ám hinni kell, hogy terve van az emberiséggel, mert szeret minket, és mi vagyunk az egyetlen élőlény, amelyik szeretni tud.

– Ika, én hiszem, hogy a Jóisten szeret téged, és szereti a férjedet is. Veled lesz mindig jóban és szomorúságodban egyaránt,

hisz mondta: „Veletek vagyok mindennap a világ végezetéig."
Egyszer megtanítottad nekem, hogy higgyek a szentekben. For-
dulj hát most te is hozzá, Szent Ritához! Meg fog segíteni.

Néhány héttel később doktor Lányi közölte velem, hogy át-
küldenek egy másik szanatóriumba. Úgy mondta, hogy ez
egy jó hír.

– Engedélyt kaptunk az Egészségügyi Minisztériumból, hogy
felküldjünk néhány hónapra a híres Széchenyi-hegyi szanatóri-
umba. Ott kapod majd a további kezelést.

– Az Egészségügyi Minisztériumból? Hogy lehet az. Hiszen
azok ki nem állhatnak engem.

– Nem tudom a részleteket, Gyuri, de örülj, hogy kikerülsz
innen!

A SZÉCHENYI-HEGYEN

A fogaskerekű lassan kapaszkodott fel a Széchenyi-hegyre egy kora téli reggelen. A sarokba húzódva reszkettem a hidegtől, ahogy a zúzmarás fenyők pompáját csodáltam a jégvirágos ablakon át. Messze a távolban friss hó födte a hegycsúcsokat. Még aludt a természet.

Liára gondoltam, amikor itt ült mellettem egyszer, boldog mosolyával várakozással teli, gyönyörű arcán. Röpke hajfürtjeit még szinte látom, ahogy a nap sütötte az ablakon át. De az akkor volt, régen, egy meleg nyári napon – most rideg tél van, csak emlékeimben él, és álmodozom, hogy kisüt még a nap, és akkor megtalálom. Egyszer megígértük egymásnak, hogy várunk, akármeddig is. És én azt komolyan hittem, mert Isten vezette őt hozzám, amikor a paradicsomot kerestem.

„De miért nem válaszolt a leveledre? Mért nem keresett, hogy megtaláljon?" – kérdezte egy hang belül, árnyat vetve az álmaimra.

A nyikorgó vonat megérkezett a jégbe fagyott csodakertbe fenn, a hegytetőn, ahol vastag hó takarta a fenyőfákat, amelyek a szanatórium oszlopos kapuját övezték. Olyan furcsának, idegennek tűnt ez ebben a csendben, távol a várostól. Mintha egy temető bejárata lenne sírok nélkül, ahol reménykedni azért még lehet. De hát úgyis csak látogatóba jöttem ide, nem sokáig lesz ez az otthonom, nem adom fel, szabad leszek megint.

A kastélyszerű épület legfelső emeletén jelölték ki a szobámat. A teraszról csodálatos kilátás nyílt a havas domboldalra és a városra, amely már napfényben úszott. Mégis inkább egy aranykalitkának tűnt nekem, ahonnan a szabadság még nagyon messze van. Aztán át kellett esnem a felvételen, elmondták a napirendet, az összes házszabályt, és lebonyolították a röntgenvizsgálatot is. Megmutatták az ebédlőt, a társalgókat, mert az is volt, könyvtárral, kártyaszobával és házimozival. Üvegtetős loggia nyílt az épületből, fekvőszékekkel, fotelekkel. Fenemód előkelően volt berendezve. Mintha nem is egy kórház, hanem egy svájci hotel lenne. Hát így betegeskednek a kiváltságos kommunisták? De mit keresek itt én, a demokrácia ellensége? Már-már lelkifurdalásom volt. Vagy valami tervük van velem? Kit kell majd megfigyelnem, beárulnom? Merthogy nem véletlenül kerültem ide, az biztos. És jóakaróim sincsenek.

„Szent Rita, te tudod, téged nem kértelek erre. Még gondolkodnom kell, hogy mondjak-e köszönetet ezért, mert hisz ára van mindennek. Remélem, nem kísértesz!"

Egy idősebb úr köszöntött, amikor ebéd után visszatértem a szobámba a délutáni pihenőre. Bemutatkoztam neki, hogy én lennék az új szobatársa. Botjára támaszkodva bicegett felém, majd barátságosan kezet nyújtott.

– Doktor Pécsi vagyok, szintén nőgyógyász – mondta –, habár most már nyugdíjba kényszerültem. Nem dohányzom, nincs fertőző tüdőbajom, csak csípőtuberkulózissal kínlódóm. Örülök, hogy egy fiatal nőgyógyász lesz itt velem, mert már nem bírtam hallgatni előző betegtársam horkolását. Ugye te nem horkolsz? – kérdezte biztatást várva.

Hagytam reménykedni.

– Hát akkor isten hozott ebben a hegyi száműzetésben, remélem, el tudjuk viselni egymást.

Ahogy később megtudtam, jól ismert ráksebész volt, viharos múlttal, ám feddhetetlen reputációval, aki mindig új utakat keresett. Tulajdonképpen örültem, hogy vele kerültem össze, lesz miről beszélni, vitatkozni. De ahogy elszunyókált a pihenő idején, horkolni kezdett. Na, mit kap tőlem, ha felébred!

Másnap vacsora után körülvitt a társalgóban, hogy bemutasson sorstársainak, akik, nekem úgy tűntek, az értelmiségi rétegből valók, nem gyárakból kerültek ide.

– Üdvözöljétek új hálótársamat, Györgyöt, aki ezt az unalmas varázshegyet választotta ahelyett, hogy megengedett volna egy sebészeti kísérletet az oldalbordáján! Ez valószínűleg jó döntés lett volna, ha most nem kellene eszmecserét folytatnia veletek. De hadd mutassam be őket neked! Ez itt Kristóf, a kommunista filozófus, egy önámító bölcs. Mellette ül András, a hívő keresztény álruhájában, mert csak akkor mondja meg a véleményét, amikor az nem veszélyes. Aztán Tamás, a zsidó újságíró, aki még mindig azt hiszi, hogy üldözik, és ha valaki nem ért egyet az ő cionista nézeteivel, az antiszemita...

– És persze légy óvatos, György, – gúnyolódott Kristóf –, hogy a „hálótársad" ne tudja rád erőltetni túláradó egyéniségét, tarts tőle tisztes távolságot!

– Uraim, én mindennek felette állok – nyilvánította ki Pécsi professzor –, mert nekem a világ két legjobbja jutott. Anyám hívő katolikus volt, apám egy mindentudó zsidó. Katolikus iskolába jártam, hétvégén meg a zsinagógába.

– Hát akkor te biztos megtanultad, hogy a keresztény Biblia a legjobb reklám a zsidóságnak – szólt közbe András. – Ugyanis az Ószövetség leírja a zsidó nép több ezer éves történelmét Ábrahámtól kezdve, és azt milliók olvassák. Nincs még egy másik nép a világon, amelynek ilyen hírvivője lenne. A görögök és rómaiak óriási hatással voltak a civilizáció és a kultúra fejlődésére, de ki hallott vagy olvasott a vizigótok, a kelták vagy a szlávok sok ezer éves történelméről?

– Igen ám, de Jézus megjelent a színen, ahogy azt a próféták megjövendölték – okoskodott Kristóf –, és a zsidók megölték, ami új fejezetet nyitott a Bibliában. Majd Saul megtérése után, amikor a gojok is részesei lettek a megváltásnak megszületett az Újszövetség, ami még jobban elkülönítette a zsidóságot a világ többi részétől, és...

– Hé, hé! – vágtam közbe –, lassabban, Kristóf! Nem a zsidók ölték meg Krisztust, hanem a hatalmukat féltő, istentelen demagógok. Egy igazhitű zsidó, Mózes tízparancsolatának követője soha nem követne el gyilkosságot. Akárcsak Robespierre, a nácik vagy az inkvizitorok, akik az álerény elhivatottsága nevében gyilkoltak, mind ateisták voltak, mint ahogy ma is azok követik el a tömeggyilkosságokat világszerte.

Csengettek, hogy vége van az esti társalgásnak, ideje, hogy visszatérjünk a szobáinkba. Úgy sejlett, ez érdekes tél lesz.

Pécsi figyelmeztetett, hogy vigyázzak a nyelvemre: – Meg kell gondolnod, hogy miket mondasz. Körül vagyunk véve fanatikus kommunistákkal, és nem akarom, hogy bajba kerülj, amikor enyhül a politikai helyzet és nyíltabban lehet beszélni.

– Hogy érted azt, hogy lehet nyíltabban beszélni? Lehet vitatkozni velük? Meg lehet mondani az igazságot?

– Nem, ott még nem tartunk, de Sztálin halála óta a hírügynökségek több nyugati információhoz jutnak, az újságok közlik őket, és vitatkozni lehet rajtuk.

– Mint például?

– Mint például, hogy háborús bűnöket csak a vesztes fél követett el. A győztesek mind hófehér lovagok, a tisztesség bajnokai, akik a tömeggyilkosságokat jogosan követték el a végső győzelem érdekében.

– Ez kezd érdekes lenni, folytasd!

– Például, hogy a német tábornokokat háborús bűnösként ítélték el, mert Angliát bombázták és civileket öltek meg. Az angol–amerikai légierő pedig hétszázezer gyújtóbombát dobott le Drezdára. Az a város akkor tele volt menekültekkel, és a keleti front már csak száz kilométerre volt tőlük. Több mint százezer asszony, gyerek, idős ember égett halálra néhány óra alatt. Egy amerikai hadifogoly, aki túlélte a mészárlást és visszatért a hazájába, nemrég megosztotta észrevételeit a nyilvánossággal. Ami ott történt, azt ő „vágóhídnak" nevezte. Sok más német várost ért hasonló pusztítás a háború utolsó hónapjaiban, ahol több százezer civil halt meg, és a bombázásnak már semmi más célja nem lehetett, mint megbüntetni a német népet. Ám semmiféle nemzetközi bíróság nem kérte számon ezeket a háborús bűntetteket.

Ribbentropot felakasztották, többek között azért is, mert felelőssé tették azért, mert Lengyelországot lerohanták. De Sztálint, aki ugyanazt követte el a másik oldalról, majd később elrendelte a lengyel tisztek kivégzését Katynnál, és még közel 40 millió ember halálát okozta, mint a Szovjetunió hősét dicsőítik egy üveggel fedett piedesztálon, a moszkvai Vörös tér mauzóleumában.

– Gondolom, mindezt mint a nyugati imperializmus és Sztálin önkényuralmának építő jellegű kritikusa mondod el, ami elfogadható az új szovjet vezetőségnek és magyar csatlósainak. Nemde?

– Persze, persze, de vigyázz, hogy mit mondasz Kristóf és Tamás előtt.

A következő hetekben, amikor ebéd után kivettem a kabátomat a ruhatárból, hogy sétáljak egyet a parkban, néha apró papírfecniket találtam a zsebében kis üzenetekkel, például „Keressél a kertben!", „Szeretnéd tudni, ki küldi ezt?" és hasonlók. A legfurcsább az utolsó volt. Csak ennyi „Ne felejts!" Ez volt mostanában a legizgalmasabb esemény az életemben, és a fene majd meg evett, hogy elcsípjem a titokzatos rajongót. Sápadt arccal, ábrándos mosollyal kerestem a csinos valakit, vajon ki lehet az? Mert aki ilyet tesz, csak szép lehet, más eszembe sem jutott volna. Ám senki sem hívta fel magára a figyelmemet.

Egy park vette körül az épületet, behavazott fákkal, fenyőkkel, kilátással a környező hegyekre és messze lenn, a dombok alján a ködbe bújt városra. Sokat jártam sétányain, mert járnom kellett, hogy nyugtalanságomat valahogy levezessem. Több pavilont fedeztem fel megbújva a fák között. Főleg nők és súlyosabb betegek laktak benne. Rövidesen rendszeres látogatójuk lettem, télen bent, a klubszobákban, tavasszal kint, a teraszon. Volt köztük egy kedves, szelíd lélek, Netti, gyerekkora óta ismerte Liát. Fiatal lányokként sok időt töltöttek együtt.

– Nagy álmokat szőttünk mindig, le akartuk győzni az ellenséget, a gonoszt, de már nem is tudom, mi volt a célunk, biztosan valami szent ügy. Lia volt a vezér, szép volt és erős, csodáltam határozott egyéniségét, követtem mindenben. Aztán elváltak útjaink, régóta nem láttam.

Nehezen mondta el mindezt, elfáradt, köhögni kezdett. Barátnője, betegtársa, Zsuskó, párnát tett a feje alá. Ideje volt, hogy menjek. Ám a két fiatal lány emlékezése felkavarta a képzeletemet. Ó, hogy vágytam viszontlátni, megölelni szívem egyetlen vágyálmát!

A tél hónapjai repültek, a röntgenleletem javulást mutatott, s mire a fák kirügyeztek, s az új tavasz beragyogta a hegyet, egyre nyugtalanabb lettem. Elég volt ebből, ki kell kerülnöm innét, ki az életbe, és meg kell találnom Liát! De még volt idő megvédeni a magyar név tisztességét, becsületét.

Esténként összejöttünk a teraszunkon Andrással, Kristóffal és Tamással. Doktor Pécsi volt a házigazdánk, jó francia konyakkal és a legújabb hírekkel hívta őket oda, mert szeretett vitatkozni. Örült, ha meg tudott győzni valakit, de azon sem bosszankodott, ha nem. Néha felforrósodott a hangulat, de tettlegességre soha nem került sor. Egy nap Tamás felháborodottan beszélt „szeretett Rákosi atyánk", a kommunista nagyvezér bukásáról.

– Ez megint egy tipikus antiszemita megnyilvánulás. Elmozdították, mert zsidó.

– Na, itt van megint az üldözési mániád – vágott közbe Kristóf. Akármi történik egy zsidóval, az csakis antiszemita ténykedés lehet. Ennek a politikai szerepváltásnak semmi köze nincs ahhoz, hogy Rákosi zsidó származású. A Kreml csupán jónak látta, hogy leváltsák, mert autokrata volt, és olyan személyi kultuszt épített ki maga körül, ami már nem egyezett Hruscsov új, desztalinizációs politikájával. Amellett Rákosit Gerő váltotta fel, aki szintén zsidó. Így hát, amit mondasz, nem állja meg a helyét, ez egy nagy hülyeség.

– Azt is tagadjátok, hogy ma antiszemitizmus van Magyarországon és hogy ti, keresztények vesztünkre hagytatok bennünket, együttműködtetek a nácikkal a deportálásban, és engedtétek, hogy megöljenek hatszázezer zsidót a háború utolsó hónapjaiban?

Erre mindannyian egymás szavába vágva „robbantunk fel", de aztán engedtük Pécsit, hogy ő legyen az első hozzászóló.

– Elsősorban kategorikusan tagadom, hogy ma antiszemitizmus van az országban. Vannak antiszemita egyének, mint ahogy vannak antiamerikai, antiorosz, anticigány vagy antikatolikus emberek, és így tovább, de nincs zsidógyűlölet a népben. Kérlek, egyszer és mindenkorra hagyj fel az üldözési mániáddal, húzd ki magad, és legyél büszke zsidó! Igen, sokan voltak a rendőrség és a csendőrség soraiban, akik együttműködtek a nácikkal, szégyen és gyalázat rájuk, de voltak Koszorús Ferencek és sokan mások, akik ellenálltak a náciknak és ezreket mentettek meg.

– Azt mondtad az előbb, hogy a deportálás a háború utolsó hónapjaiban zajlott le – folytatta András. – Addig a magyar kormány, Horthy, meg például Kállay, sikeresen kivédték Hitler erőszakos utasításait. A náci megszállás alatt lévő legtöbb európai államban az már sokkal hamarabb megtörtént. Tehát mi el tudtuk odázni, amíg csak lehetett.

– De amikor Auschwitzba vittek minket, a magyarok ünnepeltek, nevettek rajtunk...

Erre elöntött a méreg.

– Hadd mondjam el neked Tamás, hogyan emlékszem én erre. Tizenhat éves voltam 1944-ben, és szüleimmel együtt sok zsidó barátunk volt. Miután Hitler náci katonái megszállták Magyarországot márciusban, a zsidóknak sárga csillagot kellett viselniük az utcán. Egy nap a mi osztályunk elhatározta, hogy mi is sárga csillagot varrunk a kabátunkra, úgy megyünk az iskolába és ki az utcára. Az egész osztály. Kivétel nélkül. Mindezt a katolikus hittanárunk javaslatára és a gimnáziumi igazgatónk tudtával tettük. Az órák végén félve, de büszkén vonultunk ki a főutcára. És ne felejtsd el, hogy a német megszállásig egy magyar zsidót sem deportáltak. Amikor zsidó barátainkat elvitték, mi mind úgy tudtuk, hogy Ausztriába viszik őket hadianyaggyárakba dolgozni. Fogalmunk sem volt tömeggyilkosságról, gázkamrákról. Miután a családunk az oroszok elől Budapestre menekült, mi is segítettük, bújtattuk zsidó barátainkat. Ne beszélj nekem ünneplésről azon, hogy ti szenvedtetek.

– Azt azért ne felejtsük el – mondta András –, hogy nemcsak a zsidóság szenvedett. Több százezer munkás, vagy paraszti származású magyar katona halt meg az orosz fronton, nem a hazáért, hanem mert Hitler háborút indított a Szovjetunió ellen, és azokat a szerencsétleneket ebbe belekényszerítették. És ki tudja, még hány százezren vesztették életüket a szovjet gulagon, amiről eddig nem lehetett beszélni, de most lassan kitudódnak a szörnyűségek.

– Akkor beszéljünk már az amerikai–angol légierő és a szövetséges hatalmak vezetőinek szerepéről is – hozta fel Kristóf. – 1944 nyarán, amikor Auschwitzról kiderült az igazság, a nemzetközi zsidó bizottság vezetősége kérelmezte Londonban, hogy a szövetséges légierők bombázzák le az oda vezető vasútvonalakat, és ezáltal gátolják meg, hogy a halálvagonok eljussanak céljukhoz, a gázkamrákhoz. Az auschwitzi krematóriumok képei akkor már rajta voltak a felderítők légi felvételein is. Tehát tudniuk kellett róluk. Ez annál is könnyebb lett volna, mert a gépek útban voltak, hogy bombázzák az olajfinomító telepeket, és ezt néhány tucat bombával könnyen megtehették volna. De nem tették. Nem fért bele a stratégiai tervükbe, ezért megtagadták a kérelmet. Pedig ezzel ezreket menthettek volna meg. Ám őket senki sem vádolja antiszemitizmussal.

Doktor Pécsi felhozott egy tanulságos, ám tragikus példát a történelemírás kettős mércéjéről.

– Röviddel a háború kitörése előtt, 1939-ben a St. Louis óceánjáró hajó elhagyta Hamburgot csaknem ezer zsidóval a fedélzetén, hogy menekülhessenek a náci üldözés elől. Előre kifizetett engedélyük volt, hogy partra szálljanak Kubában, de a kormányzat Havannában megtagadta, és nem engedte be őket a kikötőbe. Akkor Amerika felé vették az útjukat, és Miami közelében cirkáltak. Kétségbeesetten kérték az amerikai kormányt és Roosevelt elnököt, hogy menedéket kapjanak. A kérelmet megtagadták, és az amerikai parti őrség erőszakos fellépésétől kísérve kénytelenek voltak visszatérni Európába. Hollandia, Belgium és a franciák befogadták a menekülteket, de a német megszállás után legtöbbjüket utolérte a végzet.

A fogaskerekű lefelé kanyargott a Széchenyi-hegyről egy kora nyári napon. Otthagytam pár új barátot és néhány rossz emléket. Csak a jót viszem magammal és a reményt, amit sose adtam fel. Valamint viszem az új álmokat, amelyeket a virágzó hársfák bódító illata varázsol elő. Új életet, szeretetet, románcot ígérve, feltámadást a hosszú magányosság után.

Egészségem visszatért, még papíron is, röntgenleleteim is bizonyítják. Ami nagyon fontos, viszem magammal a hivatalos megbízatást, amelyben kineveznek egy új budapesti belvárosi kórház sebészeti osztályára. Ez minden vágyamat felülmúlta. Általános sebészet mellett radikális rákműtétekre fogok specializálódni a világ egyik legjobb professzora, doktor Laki mellett. Ki gondolta volna tizenkét évvel ezelőtt, amikor a Szent Ferenc Kórházban találkoztunk, hogy a sors így összehoz bennünket. Nem tudtam, kinek köszönhetném meg ezt a kinevezést. Lehet, hogy ugyanannak, aki bejuttatott a szanatóriumba?

„Istenem, tudom, te küldesz mentőangyalokat kétségbeejtő helyzetekben."

Így tudatja velünk, hogy nem hagy el.

Egy kis cédulát is találtam a zsebemben.

„Ugye tudod, ki küldte azokat a kis jeleket, hogy 'Keressél a kertben!' 'El ne felejts!' Mert bizony hallottuk a szellők szárnyán, vagy talán a fecskék üzenték: 'Valaki vár rád, ne add fel, van még remény!' Úgy gondoltuk, ezt neked tudnod kell. Aláírás: Netti és Zsuskó."

A FORRADALOM,
1956. OKTÓBER

Laki professzor, a sebész főorvos szívélyesen fogadott.
– El sem tudom hinni, hogy a hajdani vöröskeresztes fiút látom! Uramisten! György, felnőttél, orvos lettél, beteljesült, amiről álmodoztál!

– Nagyon örülök, hogy újra találkozunk, hogy csatlakozhatok a professzor úrhoz. Nehéz időkön mentem át, remélem, hasznos tagja leszek a sebészeti osztálynak.

– Tudom, min mentél át, és gondolom, te is tudod, hogy velem mi történt – mondta doktor Laki. – Mindkettőnknek kijutott a keresztből, de Isten segítségével áthidaljuk a nehézségeket, és folytatni tudjuk gyógyító hivatásunkat, amit annyira szeretünk.

Hamar berendezkedtem a kórház legfelső emeletén a szállásomon, és nekiláttam a munkának a híres sebész oldalán. Néhány évvel korábban politikai okokból mozdították el a klinika éléről, és csak mostanában – hogy a helyzet valamelyest javult – nevezték ki az új kórház sebészeti osztályának vezetőjévé. Ez az új fővárosi kórház nemrég nyílt meg, egy valamikor nagyon híres magánszanatórium helyén. A legújabb műszerekkel és vizsgálóeszközökkel szerelték fel, az ott dolgozó orvosok és nővérek pedig a legjobb hírnévnek örvendtek. Nem is értettem, hogy kerültem én oda.

Milyen öröm volt csatangolni a jól ismert pesti utcákon, találkozni régi barátaimmal, szabadnak, egészségesnek lenni. Egyik első utam Szent Ritához vezetett.

„Tudod, ugye, hogy még mindig te vagy a kedvenc szentem? Annak ellenére, hogy úgy éreztem, nem törődsz velem. Nem biztattál, amikor le akartak tartóztatni, amikor a poklok kínjait álltam ki abban a hideg kórházban, a vaságyon. De, látod, mégis itt vagyok, és persze megint kérek valamit."

Nem hiszem, hogy nagyon meghatottam, csend vett körül. Vagy talán csak nem hallott meg? De még nem adom fel. Tovább nyaggatom.

„Nagy a kérésem most. Sokkal nagyobb, mint átmenni a vizsgákon. Meg kell találnom Liát! Tudod, mennyire szeretem. Nem tudok élni nélküle. A Jóisten adta őt nekem, egymásnak teremtett bennünket. Legalábbis azt hiszem. És ha még mindig szeret engem, akkor… Kell hogy segíts nekem! Ugye megteszed?"

Még mindig úgy tett, mintha nem hallana, de valami mégis azt súgta, sikerült szövetségest találnom benne. Már aznap megtudtam Gábor telefonszámát, és nemsokára találkoztunk is a Múzeum kávéházban. Könnyes szemmel öleltük meg egymást, hisz nem láttam évek óta, azt sem tudtam, él-e, hal-e. Mivel ő is osztályidegen családból származott és reakciós népellenségnek volt elkönyvelve, katonaság helyett munkaszolgálatra osztották be. Az ő csoportját Nyíregyháza közelébe vezényelték, évekig nehéz fizikai munkát végzettek velük. Utat építettek, árkot ástak, nyomorúságos körülmények között. Hétvégén a barátaival többször eljött hozzám a kórházba fürdeni, zuhanyozni, na meg egy jót enni. Próbáltuk ezt titokban tartani, amennyire lehetett, mert a vezetőség nem nézte jó szemmel.

– De jó, hogy élve látlak, Gyuri! Mikor szabadultál ki a börtönből?

– Miféle börtönből? Mi a fenét beszélsz?

– Ezt mondták a kórházban, amikor mentünk volna fürdeni hozzád. Nem engedtek be, és nem is nagyon akartak velünk szóba állni. Annyit azért megtudtunk, hogy egy éjszaka az ÁVO letartóztatott. Később, amikor Liával találkoztam, elmondta, hogy neki is ezt mondták, amikor odautazott, hogy megtudja, mi van veled.

– Nem mondtak igazat…

Aztán elmeséltem Gábornak az egész történetet. Az abortuszügyet, a letartóztatást, a szökést, a tüdőlelet adta lehetőséget, a majd kétéves kínlódást a kórházakban, s hogy most végre sebész lehetek az új belvárosi kórházban.

– Hát Lia? Mit tudsz róla? Hol van? Mit csinál? Gábor, meg kell találnom! Kérlek, segíts!

– Ne izgulj annyira! Meg fogod találni. De most tényleg nem tudom, hol van. Azt hallottam, hogy röntgentechnikus lett, és valamelyik kórházban dolgozik. Azt beszélik, hogy jegyben jár.

Elhűlt bennem a vér. Mintha a szívem is megállt volna. Hiszen akkor minden elveszett.

Azt hiszem, Gábor látta rajtam, mennyire megrendített a hír. Azt se tudta, hogy magyarázza ki magát.

– No, nem vagyok biztos az egészben, de úgy mondják, sok időt tölt egy röntgenorvossal, aki valamivel idősebb nálunk. Az a hír járja, hogy házasság lesz belőle.

A nap többi része elmosódott előttem. Kábultan róttam a pesti utcákat, a Duna-partot, a múzeum környékét s a többi édes-szomorú emlék helyszínét. A Margitszigetre nem mentem. Oda nélküle többé nem megyek. „Ó, Istenem, miért nem hagytál elveszni? Mennyivel könnyebb volna most mindenkinek!"

Adj szabadságot vagy halált – hirdette az Amerika hangja rádióműsor a július 4-i függetlenségi emlékünnepély alkalmából, Patrick Henry híres beszédét idézve, amelyben fölszólítja az amerikai államok lakosait, hogy készüljenek fel önkéntes katonai szolgálatra az angol gyarmatosítók ellen. Ezzel elkezdődött az amerikai szabadságharc.

A Szabad Európa Rádió nem titkolta, hogy a nyugati hatalmak megsegítenék a diktatúrában sínylődő nemzetek felkelését. Ám a kommunista államvédelmi szervezet kegyetlenül elfojtotta a júniusi lengyel tüntetéseket. Mégis a Nyugat egyre biztatott: „Ne adjátok fel a küzdelmet, mi segítünk!"

Amikor meglátogattam Ivánt és Ettát, élénk vita folyt erről.

Beszéltünk az elmúlt évek nehézségeiről, és ebben valamennyien egyetértettünk. Ám amikor valaki azon reményének adott hangot, hogy a szovjet vezetőség majd enyhíti a kommunista diktatúra szigorát, azt lehurrogták.

– Azért imádkoztunk, hogy a szovjet hadsereg elhagyja Magyarországot az ausztriai békeszerződés aláírása után – mondta Iván. – Akkor előrukkoltak a varsói paktummal, és nekünk csatlakoznunk kellett. Ez persze azt jelenti, hogy a szovjetek itt fognak ülni a nyakunkon, míg világ a világ.

– Úgy örülök, hogy itt vagy megint, egészségesen – ölelt meg Etta. – Most, hogy Budapesten sebészkedsz, remélem, gyakrabban látunk. Persze Liával együtt. De mondd, ő hogy van, és hogy van a családja? Tudod, volt itt párszor, amikor eltűntél a nyíregyházi kórházból, érdeklődött, tudunk-e rólad valamit. De mi sem tudtunk semmit. Majd egyszer elmeséled, mi is történt veled.

– Majd egyszer. De most ne beszéljünk erről! Jó? Egyébként mi van ebédre?

Erre elkezdtek nevetni. Emlékeztek rá, hogy mindig ez volt az első kérdésem, amikor medikuskoromban odajártam egy-egy jó falatra.

A remek töltött paprika után jólesett az egri bikavért kortyolgatni. Aztán Iván hozta a legfrissebb újságokat, amelyek szabadabb sajtót követeltek, hogy megírhassák a véleményüket. Amióta nyilvánosságra került Hruscsov februári, a Kremlben elmondott titkos beszéde, amelyben bírálta és elítélte Sztálin személyi kultuszát, a politikai terrort, mintha valami friss szél fújná el a kommunista diktatúra sötét felhőit. Legalábbis nekünk úgy tűnt.

Egy nagyon komplikált tüdőműtétet végeztünk, és doktor Laki látni akarta a legújabb röntgenképeket. El voltam foglalva a vérző erek lekötésével, amikor a röntgentechnikus behozta a filmeket.

– Kérlek, tedd fel az utolsó filmet, Lia! – mondta, ahogy odalépett a képernyőhöz.

Mintha villámcsapás ért volna, úgy megdobbant a szívem. Ahogy hátrafordultam, azonnal megismertem. Műtéti maszk és köpeny volt rajta, de a sapka alól pár kis fürt előbújt, és gyönyörű szeme, arca finom körvonala elárulta, nem kétséges, ő az, életem elvesztett és most megtalált szerelme.

– Köszönöm, Lia, ez egyelőre elég lesz. Különben, bemutatom neked az új sebészünket.

A többit már alig hallottam, csak néztem őt, ő pedig mintha elpirult volna. Azt hiszem, nem tudta, mit mondjon. Aztán csak kiment. De a nap besütött a homályos ablakon át, bevilágította a műtőt, és felragyogott körülöttem minden. Hát rátaláltam? Itt dolgozik, épp itt, ebben a kórházban, ahol most én vagyok? Ilyen véletlenek nincsenek, ezt kitervelték! Istenem, te nagy rendező, hogy köszönjem ezt meg neked?

Amikor befejeztük az operációt, visszajött a filmekért. Ott álltunk egymással szemben, gyönyörű zöld szeme könnyben úszott, az enyém is elhomályosult. Pár lépést tettünk szótlanul, aztán megöleltük egymást, remegve az örömtől. Leírhatatlan, amit éreztem... És most, hogy megtaláltam, nem engedem el többé!

A következő hónapok olyanok voltak, mint egy varázslatos álomvilág. Minden szabad percünket együtt töltöttük a Duna-parton, a parkokban, hegyet mászva és, igen, lent a Margitszigeten is. Esténként koncert vagy opera. Nem volt olyan, ami ne tetszett volna. Együtt mentünk mindenhová, kézen fogva, egymásba karolva, ahogy a szerelmesek szokták. És a nap végén összebújtunk kis kórházi szobámban, amelyet ő oly sok szeretettel szépített, varázsolt otthonossá. Klasszikus zenét hallgattunk, néha táncoltunk egyet Ravel Bolerójára, ami hol a hátamat borzongatta, hol a szívemet lobbantotta lángra. Néha, hétvégén, újra ellátogattunk a kis vadászházba, és örömmel üdvözöltük a régi meg az új őznemzedéket.

Leheveredtünk kedvenc tisztásunkon a csodaszép kék ég alatt, a ragyogó nyári délutánban. Egy darabig csend volt, csak a méhek zümmögtek körülöttünk, keresték a legszebb mezei virágot.

Akkor megfogtam a kezét, a szívemhez húzva mondtam, hogy mennyire hiányzott, hogy milyen üres volt az élet nélküle.

– Miért nem válaszoltál a leveleimre? Miért nem próbáltál megtalálni?

– Sohasem kaptam tőled levelet, és igenis próbáltalak megtalálni. Amikor már sokáig nem hallottam felőled, odautaztam a kórházhoz. Nem nagyon tudták, hogy mi történt veled, de az volt az érzésem, hogy inkább csak nem akarnak beszélni róla. Végül a barátod, Nicole annyit mondott, hogy vagy elszöktél, vagy az ÁVO letartóztatott, mert összeesküvést szerveztetek a munkaszolgálatosokkal. Szörnyen kétségbeestem, elhagyatott voltam. Sokáig imádkoztam, hogy hírt kapjak felőled, hogy élsz-e, hogy nem kínoznak-e, hogy szeretsz-e még? De te csak hallgattál. Hadd kérdezzem, miért? Miért nem írtál nekem, amikor a kórházban voltál? Hogy hagyhattad, hogy szenvedjek a bizonytalanságban? Vagy azt gondoltad, hogy nekem mindegy?

– Nem akartalak lekötni egy kétes egészségű emberhez, aki az ÁVO listáján van, és csak bajt hozhat rád. Reméltem, hogy ha ez mind elmúlik, és ha még mindig szeretsz, akkor találkozni fogunk. De inkább te mesélj az eljegyzésedről!

– Sosem voltam eljegyezve. Amikor végül is bekerültem egy röntgentechnikusi tanfolyamra, ott egy nyájas orvos a szárnya alá vett. Biztatott, mellettem állt, hogy elérjem a célomat és le tudjam tenni a röntgentechnikusi szakvizsgát. Csak így lehetett reményem, hogy állást kapjak valamelyik kórházban. Néha meghívott vacsorára jobb éttermekbe, és én elmentem, mert egyedül voltam és mindig éhes. Ezen most nevethetsz, bár nem nevetséges. Később egyre gyakrabban hívott, virágot küldött, meg finom csokoládét. Aztán szerelmet vallott és feleségül kért. Akkor megmondtam neki, hogy bár kedvelem, és hálás vagyok a segítségéért, mindenért, amit értem tett, de a felesége csak annak leszek, akit igazán, teljes szívvel szeretek. Nagyon megbántódott, és nem adta fel könnyen. Időbe tellett, hogy elfogadja a válaszomat. Hát ez az igazság az eljegyzésemről.

Most, mintha még az ég is kékebb lett volna, a bárányfelhők is eliszkoltak.

– Rólad álmodoztam azon a hideg kórházi ágyon. A poklok kínjait álltam ki, úgy hiányoztál. Mindig úgy éltél bennem, mint a mátkám. Nem szűntem meg imádkozni, soha nem adtam fel a reményt, hogy megtaláljalak, hogy megfogjam a kezedet, és elmondhassam, mennyire szeretlek.

Puskalövések, géppisztolysorozatok hangját hallottuk egész éjszaka október 23-án, miközben operáltuk a sebesülteket, diákokat, munkásfiúkat és -lányokat, akiket egyre csak hordtak be az utcákról. Többen közülük súlyosan sérültek voltak. A masszív mellkaslövéssel vagy tátongó koponyával beszállítottakat már nem tudtuk megmenteni. Három asztalon folyt az életmentő beavatkozás. Mintha újra láttam volna a borzalmas képeket Budapest ostromáról. Csak akkor rémült gyerekként néztem a haldoklókat, most nekem kellett mentenem őket. „Uram, adj erőt, hogy ne valljak szégyent!" A folyosók tele voltak sebesültekkel, némelyik hordágyon feküdt, mások a földön ültek. A többi osztály orvosai is mind részt vettek az elsősegélynyújtásban és irányították a betegforgalmat, sürgősség szerint. Újraélesztés, életmentő vérzéscsillapítás volt az elsődleges feladat. Azután sorra kerültek az enyhébb esetek, csonttörések, puskagolyó okozta felületi sérülések, zúzódások ellátása. Két fiatal egyetemistán, akiket szívlövéssel és aortarepedéssel hoztak be, már nem lehetett segíteni.

Irtózatos volt látni mindezt a szörnyűséget. Mindenféle híreket kaptunk az áldozatoktól, hogy mi is történt, hogy kezdődött a véres összetűzés a diákok, a munkásfiatalság és az ávósok között a rádió Bródy Sándor utcai épületénél.

– Békésen mentünk a rádió épületéhez, csak egy ugrásra innét, hogy kérelmezzük, majd követeljük kiáltványunk felolvasását, amelyben egy demokratikusabb kormányt és több szabadságot akarunk – mondta remegő hangon egy fiatal munkáslány, vért köhögve. Amikor a küldöttségünket letartóztatták, a tömeg megrohanta az épületet, és akkor az ávós őrök tüzet nyitottak. Közben katonákkal megrakott teherautók érkeztek, de ők mellettünk álltak, sőt fegyvert osztottak ki a nép között. Ez a váratlan szolidaritás a diákokkal és munkásfiatalsággal döntő fordulatot hozott, és most már nem volt megállás. Kitört az utcai harc, és a nép megostromolta az épületet. Sok tüntető és ávós halt meg, vér folyt mindenütt.

Kint az utcán a lövöldözés lassan alábbhagyott, sőt mintha énekszót hallottunk volna. Úgy látszott, hogy a győzedelmes diák- és munkásforradalmárok ünnepelnek. Mi pedig folytattuk a műtéteket sürgősség szerint kivilágos-kivirradtig. Nem kérdeztük, ki a forradalmár, ki az ávós, mi a politikai nézete, van-e betegbiztosítása, csak próbáltunk ellátni sorra mindenkit, ahogy jöttek vagy hozták őket. Doktor Laki mint egy hadvezér irányított mindent, miközben ő maga operálta a legsúlyosabb eseteket. A következő nap végén, amikor már túl voltunk a nehezén, holtfáradtan nyúltam el az ágyamon. Csak ekkor fogtam fel igazán, mi is történt itt valójában. Hogy egy csodálatos, új fejezet nyílt meg a magyar történelemben. De hová fog ez vezetni?

Lia jött be hozzám. Fehér kórházi ruhája, most nem volt olyan fehér. Kimerülten, de mosollyal az arcán ült le mellém.

– Gyuri, el tudod ezt hinni? Tizenkét év zsarnokság után a szabadság eszméi megnyitják a vasfüggönyt? Lehetnének demokratikus változások? Talán a Nyugat kihasználja ezt a lehetőséget, hogy megsegítse a leigázott nemzeteket. Ahogy azt mindig is ígérték.

– Igen, angyalkám. Remélem, igazad van! Gyere, most hajtsd a vállamra a fejed, hogy átöleljelek, és talán majd az álmaink is valóra válnak!

Megtudtuk, hogy Sztálin óriás vasszobrát ledöntötték. A következő napokban a diákok, a munkások és a nép folytatta a tüntetéseket. Ám a hatalom nem adta fel könnyen. Több száz békésen felvonuló férfit és nőt mészároltak le az ávósok a Parlament előtt. Ekkor a nép haragja vulkanikus erővel robbantotta fel a kommunista államhatalmat. A nemzet forradalmát nem lehetett többé megállítani. Legalábbis egyelőre nem. Az odarendelt szovjet tankok tehetetlenek voltak a városi hadviselés „üss és fuss" taktikájával szemben. A Molotov-koktél hatékonyabb volt a ruszki páncélosnál. Tizenévesek dobálták le az ablakokból vagy a tank mögé futva hajították rájuk. Úgy nézett ki, hogy ezek a fiatal szabadságharcosok, több hozzájuk pártolt magyar katonai egység segítségével, megnyerik az első csatát. A szovjet tankok nagy többségét visszavezényelték Budapestről. A Kreml vezetősége tanácstalan volt, hogy mit tegyen ebben a példátlan, addig elképzelhetetlen helyzetben. A magyar kommunista hierarchia nem tudta, melyik oldalra álljon, hogy a bele tartozók mentsék a bőrüket.

A többnapos harc után a város romokban hevert. Az utcák kövezete felszakítva, törmelékkel tele, kilőtt tankok, kiégett villamos- és autóroncsok mindenütt. Sok épület a belövések nyomait viselte, az ablakok betörve, lőporfüst szaga terjengett a levegőben. Mintha megismétlődne Budapest ostroma. De volt egy nagy különbség. Akkor nem lengtek nemzetiszín zászlók sehol. Most meg a piros-fehér-zöld zászló, lyukkal a közepén – merthogy a Rákosi-féle címert kivágták onnan – ott lobogott a kapuk felett. A győzelemittas ifjú szabadságharcosok géppisztollyal az oldalukon, zászlóval a kezükben masíroztak a körúton, a Rákóczi úton, mindenfelé. Mámoros érzés volt szabadnak lenni újra. Könnyes szemmel, mosolygó emberek jöttek elő a házakból, öregek, asszonyok. Ételt és italt hoztak a fiataloknak, megköszönve hősies tettüket a feltámadásért. Mert ami történt, az maga volt a feltámadás. Feltámadt a nemzet a rabszolgaságból, lerázta a láncait. Milyen dicső történelmi pillanat. Diákok, munkások, egyszerű emberek, férfiak és nők, tizenévesek verték ki a hatalmas szovjet birodalom zsoldosait a városból. A lelkes tömegben ott volt Lia is a kórház orvosaival, nővéreivel együtt, hogy kifejezzék együttérzésüket.

„Ruszkik, haza!" – kiáltotta kórusban a tömeg. „Le az ÁVOval!" – hangzott mindenfelé. A forradalom áldozatokkal járt mindkét oldalon, ahogy az már lenni szokott. Mégis ez volt a legtisztább forradalom az emberiség történelmében. Nem volt fosztogatás az utcákon, a magántulajdon sértetlen maradt. A kirakatok törött ablakán át senki nem nyúlt az árukhoz, és a fűszeres egy cédulát talált boltja szétlőtt ajtaján: „Elvittem három almát, majd holnap kifizetem." Az utcákon szabadon és önként, nyitott bőröndökben gyűjtötték a pénzt az elesett hősök családjainak – és senkinek nem jutott eszébe megdézsmálni. A magyar nép küzdelme a szabadságért, demokráciáért és függetlenségért kivívta a világ elismerését és csodálatát.

Október 28-án úgy látszott, hogy a forradalmi erők győzedelmeskedtek, elérték legfőbb céljaikat.

A déli harangszót megint lehetett hallani a rádióban.

Tessa is előkerült valahonnan, vidéki menedékhelyéről, ahol évek óta bujkált. Nagy volt az öröm Liával a kórházban. Sírtak, nevettek, potyogott a könnyük a boldogságtól, hogy újra láthatják egymást, élve.

– Hallom, hogy eljegyeztek, megtaláltad életed párját – mondta huncutul Tessa. – De ki az a szerencsés fickó, aki elrabolta a somogyi hercegnő szívét?

Akkor meglátott engem a háttérben, odalépett hozzám, megölelt, és odasúgta: „Köszönöm, hogy megmentettél."

– De mondd, Lia, most azonnal mondd meg, ki az? Az az idősebb röntgenes pasi, akiről hallottam, vagy van valaki újabb a listádon?

– Ne légy csacsi! – felelte Lia, azzal odasimult hozzám, megölelt, és egy nagy puszit adott az arcomra.

Erre mindketten lelkendeztek, nevettek, ünnepeltek.

– Tudtam. Rögtön tudtam, amikor megláttam Gyurit melletted. Amikor ti ketten odavittetek a bazilikához, már akkor tudtam, hogy a Jóisten is egymásnak teremtett benneteket, hogy együtt szeressétek őt és egymást. Olyan boldog vagyok, hogy így történt! Különben, tudjatok róla, holnap visszajövök a család egy régi barátjával, doktor Hoyos Jánossal, aki doktor Laki mellett dolgozott, amikor az ávósok elhurcolták évekkel ezelőtt. Most szabadult ki a börtönből, és látni akar mindnyájatokat.

Másnap Laki professzor és a többi orvos, aki ismerte Hoyos Jánost, nagy örömmel fogadta. Tessa rögtön ment, hogy megkeresi Liát, mert a két család ismerte egymást. Hoyos emlékezett rám a medikuséveimből. Amikor Lia és Tessa csatlakoztak hozzánk, nagy volt az öröm. Nem igazán akart beszélni a szörnyű, brutális bánásmódról a recski büntetőtáborban és a váci fegyházban, inkább örült, hogy szabad ember lett újra. Elmondtam neki Nono történetét, hogy megtudja, mennyi hálával gondoltak rá a jótetteiért, amíg börtönorvos volt Recsken. Aztán ünnepeltük a szabadság hajnalhasadását, a fiatal hősöket, akik kiharcolták a szebb jövő reményét.

Közben Tessa elterjesztette a hírt, hogy Lia meg én eljegyeztük egymást, ha nem is hivatalosan, gyűrűvel, mint szokás, mert arra még nem volt idő a forradalmi lázban, de lélekben, szívben mindenképp. Mégis ez a fontos, nem a ceremónia, és ő áldását adja a fiatal párra. Lia piruló arccal, én inkább zavart boldogsággal nyugtáztam, hogy így nyilvánosságra került eddigi titkos kapcsolatunk.

Október 31-én Lia futott hozzám a jó hírrel, hogy Mindszenty bíborost kiszabadították a felsőpetényi Almássy-kastélyból, ahol házi őrizetben tartották. Jól ismerte a házat, mert a nagybátyja otthona volt, mielőtt a kommunisták elvették. Egy csoport magyar katona szabadította ki, Pálinkás-Pallavicini őrnagy vezetésével. Nagy örömmel üdvözölték a bíborost mindenütt. Virággal árasztották el az őt szállító autót, és Budán, az Úri utcai érseki palota előtt hatalmas tömeg várta. Az emberek a magyar és a pápai himnuszt énekelték. Megvalósulnak álmaink? Talán. Szabad lesz újra Magyarország?

Mindeközben a rádió nyugtalanító híreket közölt. Izrael, Anglia és a franciák megtámadták Egyiptomot, hogy megvédjék a Szuezi-csatorna biztonságát. Bombázták Kairót és több más, stratégiailag fontos bázist. Úgy tűnt – legalább is nekünk –, hogy az ENSZ bizottságainak most sokkal fontosabb ezzel a krízissel törődni, mint a Szovjetunió magyarországi inváziójával. Olyan vélemények is elhangzottak, hogy a francia–angol agresszziót azért indították meg éppen akkor, mert úgy számoltak, hogy a Kreml figyelmét a magyarországi események teljesen lekötik. Így Egyiptom most nem számíthat a szovjet szövetségesek segítségére. Valóban, ez lenne a Machiavelli-féle reálpolitika legjobb modern példája?

Október utolsó hetében egyre-másra hozták kórházunkba a forradalom sebesültjeit. Nemcsak a szabadságharcosokat, hanem a rendőröket, sőt még az ávósokat is. Senkitől nem kérdeztük, hová tartozik, ki lőtt rá, hogy sebesült meg. Nekünk, orvosoknak az a kötelességünk, hogy a lehető legjobb egészségügyi ellátást nyújtsuk mindenkinek. Ám lassan kifogytunk a kötszerekből, gyógyszerekből, antibiotikumból. Az egészségügyi intézmények a Nemzetközi Vöröskereszthez fordultak segítségért.

November elsején Laki professzor, aki a Magyar Vöröskereszt elnöke is volt, hívott az irodájába, hogy találkozzak két látogatójával. Az egyik Radó János volt, az újjászervezett Egészségügyi Minisztériumból, a másik a Nemzetközi Vöröskereszt küldötte Ausztriából. Nem örültem neki. Mi dolgom lenne Radóval, aki beárult az elvtársainak? Ám a professzor nagy mosollyal nyitott ajtót, és Radó János barátságosan ölelt meg.

– Hadd mutassalak be az újonnan kinevezett egészségügyi miniszternek. Bár, úgy tudom, már ismeritek egymást. Aztán itt van egy másik úr Ausztriából, a Nemzetközi Vöröskereszt képviseletében, Günther Hahn, aki azért jött el Jánossal, hogy találkozzon veled.

Álmodom? Vagy ez valóság? Egy régi ismerős szelleme jön felém? A halottnak vélt német katonaszökevény, akit elbújtattam a Hormon Kft. pincéjében tizenkét évvel ezelőtt? Most visszajött, hogy segítséget hozzon a szabadságra vágyó népnek, mert emlékezett, hogy egyszer megfogták az ő kezét is a szakadék szélén.

De hát ő az, semmi kétség, hisz könnyes volt a szeme, amikor átölelt. Csak nézett rám ámuldozva.

– Ó, istenem te lennél? A kisdiák, aki segítette az üldözöttet, kinyitotta az ajtaját, amikor bebocsátást kértünk? Felnőttél, orvos lettél, és a világ egyik legjobb sebészével dolgozol. Olyan boldoggá tesz, hogy mindkettőtöket élve látlak. Tegnap véletlenül találkoztam Jánossal, amint ment kórháztól kórházig, látogatta az áldozatokat, biztatta a betegeket, reményt adva, hogy a szabadság már nincs messze, a Nyugat küld majd segítséget, gyógyszereket és most itt látom a kis hősömet, aki megmentette az életemet. Milyen csodálatos! És mindez néhány nap alatt történt.

Kimentünk hárman egy kisvendéglőbe a múzeum mellett, hogy megünnepeljük a találkozásunkat és ami azt lehetővé tette. A romos bejárat felett egy tábla lógott: „Nyitva vagyunk levessel meg borral, éljen a szabadság!"

– Nagy tévedés volt, amikor idealista kommunista lettem. Azt gondoltam, hogy testvériséget, egyenlőséget, szabadságot, egy új, emberfölötti tulajdonsággal bíró társadalmat fognak létrehozni a hirdetői. Az egész egy nagy hazugság volt. Egy hatalomra éhes, kegyetlen banda eltorzította az eredeti tervet. Nem igazságot hoztak a világnak, hanem terrort. Lehetőséget adtak a csőceléknek, a volt nácibarátoknak, a köpönyegforgatóknak, hogy kihasználják a népet, úgy, ahogy azt a legvadabb kapitalizmus sem tudta megtenni. A deportálások, Recsk, a sok ezer ártatlan meghurcolása, az akasztások, mintha szörnyű álom lenne, amiből fel kellett ébrednem. És lassan kinyílt a szemem. Gyűlölet nem válthatja meg a világot, csak a szeretet. Amikor megtudtam, hogy Szűcs Sanyit, a futballistát felakasztották koholt vádak alapján, hogy Sándor István szalézi testvért kivégezték, mert hittant tanított a fiatal munkásoknak, akkor elhatároztam, hogy ezt nem nézhetem tovább tétlenül, segítenem kell az üldözötteken.

– Úgy örülök, hogy ezt hallom tőled. Imádkoztam érted a minisztériumi találkozásunk után. Mást nem tehettem. Na, de most halljuk Günthert, a barátságos osztrákot, aki szereti a pesti lányokat és a magyar bort – ő hogy került ide?

– Miután az oroszok foglyul ejtettek, nem láttam többé Jánost. Tegnap találkoztunk először. Három évig voltam hadifogságban. Szénbányában dolgoztam, rettenetes körülmények között. Mivel osztrák voltam, nem náci német, hamarabb elengedtek. Iskoláim után politikai pályára léptem, és nemrég megválasztottak egy kis burgenlandi város polgármesterének. Szorongva néztük, mi történik Magyarországon, remélve, hogy sikerül megszabadulnotok a kommunista diktatúra és a szovjeturalom alól. Mivel a Nemzetközi Vöröskereszt önkéntese is vagyok, úgy gondoltuk, hogy a legjobb lenne gyógyszereket, antibiotikumot, tejtermékeket hozni, hogy kimutassuk együttérzésünket, hogy nem vagytok egyedül. Mert tudnotok kell, hogy az egész világ figyeli, csodálja a küzdelmeteket a szovjet imperializmussal szemben.

– Úgy gondolom, hogy az Egyesült Nemzetek Szervezete és a Nyugat tehetne többet értünk – mondtam. – Nem remélhetjük, hogy a NATO beavatkozik, de az ENSZ küldhetne megfigyelőket, ami esetleg megelőzhetné a szovjet inváziót.

– Igen ám, de ők el vannak foglalva a szuezi krízissel – jegyezte meg János. Magyarország csak egy gyalog a sakktáblán.

De van egy érdekes hírem számotokra. Emlékeztek Ágnesre, a kis hős zsidó lányra, aki segített bennünket a pincében, majd menedéket adott az antikváriumban? Évekig kerestem, próbáltam megtalálni, de nem tudtam a vezetéknevét, és a régi épületet, ahol lakott, lebontották. Nemrég azonban találkoztam egy hölggyel, akitől megtudtam, hogy neki is van egy Ágnes nevű lánya, aki évekkel ezelőtt kivándorolt Izraelbe, majd áttért a katolikus vallásra, és most karmelita szerzetesnő. Mutatott több fényképet is róla, és én felismertem. Kétségkívül a mi kis Ágnesünk volt, akinek olyan sokat köszönhetünk.

Szótlanul, megdöbbenve emlékeztem vissza, ahogy Ágnes törékeny alakja feltűnt iskolánk ajtajában. A szülővárosomban együtt töltött napokra, ahogy próbáltam Krisztus segítségével visszahozni őt az életbe.

– A hölgy, Ágnes anyja tudott rólad mindent, Gyuri. Úgy mondta, te voltál Ágnes mentőangyala.

– Adok nektek egy burgenlandi térképet, mondta Günther. Ott van rajta a város, ahol lakom, és a környéke is az osztrák–magyar határ közelében. Segítségetekre lehet, ha az oroszok visszajönnek, és ha úgy gondoljátok, hogy elegetek van a kommunista elnyomásból vagy valami oknál fogva menekülnötök kell. Ha Sopronba vesztek vonatjegyet, szálljatok le még Sopron előtt, Kapuvárnál, mert ott még nem hemzsegnek úgy az orosz határőrök. A határ csak15 kilométerre van onnét északra. Ismerek ott egy földművescsaládot, Budakesziről telepítették oda. Ők segítettek engem civil ruhához, amikor megszöktem a katonaságtól. Itt van a nevük a térképre írva. Ismerik a határzónát, mint a tenyerüket, minden fát, árkot, sőt az aknamezőket is. Ha kell, segítenek, hogy átjussatok a határon.

– Köszönöm Günther, de én soha nem hagyom el ezt az országot, mondta János.

Halottak napján millió kis gyertyafény gyulladt ki az ablakokban, temetőkben a forradalom áldozatainak emlékére. November 2-án reggel aggasztó hírek terjedtek el a városban. Állítólag több orosz páncéloshadosztály vonult be az országba. Szovjet tankok vettek körül több nagyvárost az ország keleti részén, és megszállták a repülőtereket. Nagy Imre miniszterelnök kihirdette, hogy az ország kilép a Varsói Szövetségből, semleges lesz. Ám az ENSZ semmi jelét nem mutatta, hogy tudomást venne erről. A Nyugat a szuezi válsággal volt elfoglalva – kivéve a riportereket, akik a világ minden részéről jöttek. Mert nagy újság volt ám a budapesti vérfürdő, a szétlőtt tankok, a kiégett harckocsik, és a rommá lőtt épületek a felszálló törmelékpor homályában. A szenzációhajhász magazinok színes képriportokban számoltak be a magyar tragédiáról.

Doktor Laki izgatottan mutatta nekem az egyik színes képet, tüntetőkkel és géppisztolyos szabadságharcosokkal, egy teljes oldalon jelent meg. A lobogókon most már a Kossuth-címer hirdette a szabadságot, öröm volt az arcokon.

– Nézd, Gyuri, Lia is ott van a képen, a nővérek és egyetemisták között!

– Igen, ez valóban ő. De egyáltalán nem örültem, hogy egy ilyen híres magazin címlapján látom a képmását.

– Valami mást is el kell mondanom neked, folytatta a professzor. – Radó János volt az, aki elintézte, hogy a sok meghurcoltatás után kinevezzenek engem ebben a kórházban a sebészeti osztály élére. Azt is ő intézte el, hogy felküldjenek téged a Széchenyi-hegyi szanatóriumba, és azt is, hogy ide kerülj hozzám, a sebészetre. Bár megkért, hogy ne mondjam el neked, mégis megteszem, mert segített akkor is, amikor az veszélyes volt, és megérdemli a nagyrabecsülésünket.

Nehezen tudtam palástolni meghatottságomat, könnyes szemmel köszöntem meg a Jóistennek, hogy megsegítette Jánost és új szívet, lelket adott neki.

November 3-án Mindszenty bíboros fennkölt beszédet mondott a rádióban a magyarság ezeréves küzdelméről, arról, ahogyan védtük a nyugati világot az ázsiai hordáktól. Kijelentette, hogy a magyar nép békeszerető nép, de független akar lenni és szabadságban akar élni. Barátságban akar lenni a szomszédaival, valamint Oroszországgal és az Egyesült Államokkal is.

Liával együtt hallgattuk és könnyeztük meg a szavait. Olyan szomorúan hangzott. Aztán megfogta a kezemet, és még mindig könnyes szemmel azt mondta:

– Gyurikám, úgy érzem, haza kell mennem, hogy megnézzem a családomat. Már rég nem hallottam az enyéim felől, és aggódom, hogy élték át ezeket a nehéz időket. Nem jó nekem magadra hagynom téged Budapesten, és remélem, visszajövök nemsokára.

– De hogy jutsz el hozzájuk? Nem hiszem, hogy biztonságos egyedül odamenned. Veled tartok.

– Úgy tudom, a vonatok mennek Győrbe. Pannonhalma onnét csak egy fél óra autóval. Vannak ismerőseim Győrben, akik biztosan elvisznek. Ne aggódj, nem lesz semmi bajom. Neked itt kell maradnod a betegeiddel. Azoknak nagyobb szükségük van rád.

– Most, hogy végre megtaláltuk egymást, a szívem szakad meg, hogy elváljunk akár egy napra is, és, igen, nagyon aggódom érted.

Szorosan megölelt, kis meleg csókot adott, hogy elhallgattasson, és ment csomagolni. Egy órával később útban voltunk a Déli pályaudvar felé. Mindenütt a szörnyű pusztítás nyomait láttuk. Szétlőtt házakat, kiégett páncélosokat. Emlékképek tértek vissza Budapest ostromából. De álltak a hidak! Mi lesz veled, drága város, a Duna legszebb gyöngye? Mikor fognak már élni hagyni?

Kedvenc melódiánkat, a Gyere, ülj, kedves, mellém, mielőtt még elmennél, hogy még egyszer a szemembe nézz… kezdetű dalt dúdoltuk, miközben vártuk a vonat indulását. Nem beszéltünk, mert csak jobban fájt volna. Szorongva fogtam remegő kezét az utolsó pillanatig, a vonat már indult, még nem engedtem el, egy darabig futottam mellette… Aztán elment.

November 4-én az a hír járta, hogy Maléter Pált, a forradalmi magyar kormány katonai parancsnokát a szovjet hadvezetőség tőrbe csalta béketárgyalás ürügyével, és letartóztatta. Több száz orosz tank vonult be az országba, hogy elfoglalják a stratégiailag legfontosabb pontokat. A szovjet invázió megindult Budapest ellen Az utcai harcok újult erővel törtek ki több helyen is a városban. Nagy Imre miniszterelnök drámai felhívása a magyar néphez, amelyben bejelentette a harcokat, és a nyugati világhoz fordult szolidaritást remélve, válasz nélkül kongott a mindenségben.

A kórházban megdöbbenve figyeltük az eseményeket, nehéz volt mindezt elhinni. Vége a tíznapos álomszabadságnak? Laki professzor összehívta az osztályt egy megbeszélésre.

– Mindnyájan tudjátok, hogy mi történik – kezdte. – A Szovjetunió megtámadta az országot. Szabadságharcunk veszélyben van. A nyugati hatalmaktól nem várhatunk segítséget. Azt mondják, nem akarnak nukleáris háborút kirobbantani Magyarország miatt. Érdekes, hogy Hruscsov nem fél ettől. Az angoloknak és franciáknak fontosabb, hogy folyjon az olaj a Szuezi-csatornán, mint hogy a magyar vér ne folyjon Budapest utcáin. Nehéz időknek nézünk elébe, és mindazok, akik tettek valamit a szent célért, üldözöttek lesznek.

Minket itt, a sebészeti osztályon, egy külön veszély is fenyeget. Ma reggel több volt ávós tiszt jelent meg a kórházban. Keresték az elvtársaikat, akiket mi operáltunk, kezeltünk az elmúlt napokban. Néhányan könnyű sérülésekkel kerültek hozzánk, mások súlyos műtéten estek át, néhányukat nem tudtunk megmenteni. Ezeknek az ávósoknak a tudomására jutott, hogy a szabadságharcosok többeket elhurcoltak innét, főleg éjszaka, kihallgatásra, vagy ki tudja, mire. Néhányuk eltűnt, nyomuk veszett. Bennünket akarnak felelősségre vonni, ha ezeknek az elvtársaknak bármi bajuk történt, mert nekünk nem lett volna szabad megengedni, hogy elvigyék őket. Ezek nagyon komoly vádak. A betegek nagy része a ti osztályotokon volt, Pali és György. Mit tudtok ti erről?

– Semmit, most hallom ezt először – felelt Pali, az alorvos. – Abban a felfordulásban nem követtük a szokásos felvételi és elbocsátási szabályokat. Miután elsősegélyt kaptak, sokan elmentek a saját szakállukra, mások, miután hajnalban magukhoz tértek, csak szépen kisétáltak. Sok operáltnak, akit eszméletlenül hoztak be, még a nevét sem tudtuk, némelyek nem voltak hajlandóak megadni a személyi adataikat. Volt, aki hamis nevet használt nem létező címmel. Nem értem, miről beszélnek. Mi nem engedtünk volna bántani senkit sem az osztályon, és nincs tudomásom semmiféle elhurcolásról.

– Felháborító – mondtam –, és sértésnek veszem, hogy ilyet feltételeznek rólunk. Nem állhattunk egész éjjel az ágyuk mellett, hogy minden mozdulatukat figyeljük, mert a házi őrizet nem a mi feladatunk, de biztosan nem engedtem volna, hogy bárkit elvigyenek – barátot vagy ellenséget – akarata ellenére.

Akkor még nem tudtam, hogy ezek a vádak hová fognak vezetni.

A következő napokban gondterhelten bolyongtam, a depresszió határán. Egyedül voltam Lia nélkül. A hazám elveszíti nemrég elnyert szabadságát és ezek a gazemberek még igazságtalanul meg is vádolnak. Gyűlölöm őket, gyűlölöm az egész világot, amiért elhagyott. Nem akarok többé diktatúrában élni! Nem! Kimegyek az utcára, és foggal, körömmel fogok harcolni a tíznapos szabadságunk folytatásáért. Kétségbe voltam esve.

Petőfi inkább halt volna meg a harc mezején, mint ágyban, párnák közt. A sok ezer ifjú hős, aki az életét adta a szabadságért a pesti utcákon, megmutatta a világnak, hogy nem akarunk többé rabszolgák lenni. Ha Jézus Krisztus visszahúzódott volna Jeruzsálemből az utolsó vacsora után, és öregemberként halt volna meg, mint Ábrahám, vagy Mózes, ma nem lenne kereszténység. Szenvedés nélkül nincs feltámadás.

Kínomban, haragomban az alagsorba mentem, ahol a szabadságharcosok rejtették el a fegyvereiket, és kivettem egy puskát. Kiléptem az utcára, ahol még lehetett hallani a távoli fegyverropogást. Nyirkos, ködös hideg ült a kopasz fákon. Néha egy-egy árnyék osont a falhoz lapulva; aztán egyedül maradtam. A Nagykörút felé tartottam, ahonnét tankok lánctalpának csikorgása törte meg a csendet. Váratlanul egy nagy harckocsi fordult be a sarkon, nem messze onnét, ahol álltam. Dübörgő hanggal lassan közeledett felém. Egy szétlőtt bejáratnál húzódtam meg, a romok mögött, reszkető kezem a puskát markolta, mindenre elszántan. Ekkor hirtelen megállt a tank, nem lehetett messzebb ötven méternél. Félelmetes volt most a csend. Vártam, mi lesz. Izzadság verte ki a hátamat.

Nem kellett sokáig várnom. A tank tornya nyikorogva nyílt meg, és egy orosz feje tűnt elő. Fehér volt az arca, nagyon fiatalos.

Biztos találat, gondoltam, de amikor lövésre emeltem a puskámat, megszólalt bennem egy hang valahonnét nagyon mélyről:
„Ne ölj!"
– De igen! Meg kell tennem! Ő az ellenségem, elveszi a szabadságomat. Önvédelemből teszem. Nem én támadtam. Gyűlölöm!
„A gyűlölet nem vezet sehová, a szeretet útját keresd!"
Hogy tudnám én ezt szeretni. Ám lehet, hogy az igazi ellenség nem ez a fiatal kölyök, hanem a hidegvérű diktátorok, akik ideküldték. Miért adja ő az életét azért a söpredékért, amely terrorizál bennünket. És megvédené a szabadságot, ha kiontanám a vérét? Talán egy fiatal apa, akit a gyerekei várnak otthon, vagy lehetne az egyetlen gyermeke öregedő anyjának, akinek a hátsó szobájában még mindig kereszt van a falon és térden állva imádkozik valakihez a messzi múltból, hogy adja vissza a fiát.

Nehéz lett a puska, remegett a kezem. Lassan leengedtem, jó érzéssel, megkönnyebbülten. A szemet szemért égő vágy elszállt belőlem, mert a szeretet erősebb a gyűlöletnél, és meg kell bocsátanom az ellenségemnek, hogy a béke visszatérjen a szívembe. Eldobtam a fegyveremet, kiléptem az árnyékból, vissza se néztem, csak elmentem. Megkönnyebbülve.

Nagy felfordulás volt a kórházban, amikor visszatértem. A nővérek izgatottan újságolták, hogy az ávósok megint itt jártak. A betegek névsorát akarták tudni, firtatták hogy melyik volt köztük forradalmár, hol vannak a fegyvereik, és hogy mit tudunk az eltűnt elvtársaikról. Többeket a rokonaik is kerestek. Fenyegetőztek, hogy ha valami bajuk történt, minket vonnak felelősségre. Rohantam megkeresni Palit.

– Ez nem jól fest, a főnök nagyon aggódik és velünk akar beszélni.

Mindnyájan összegyűltünk a szobájában.

– Mint tudjátok, az ávósok kutatják, ki a felelős a kórházból azért, hogy a szabadságharcosok elvittek néhány társukat innét.

Alighanem valaki a letűnt igazgató irodájából a sebészeti osztályt tette felelőssé és bevádolt minket. Félek a retorziótól. Ez mindnyájunkra veszélyes lehet. És ne ámítsuk magunkat, ha visszaveszik a hatalmat, a bosszúállás kegyetlen lesz. A Nyugattól nem várhatunk segítséget. Azt tanácsolom mindnyájatoknak, hogy aki azt hiszi, emiatt bajba kerülhet, meneküljön el az országból. Az út Ausztria felé még nyitva van. Mint a Magyar Vöröskereszt új elnöke adok nektek hivatalos papírokat, amelyben kirendellek benneteket a győri és soproni kórházba azok helyére, akik már elmenekültek onnét. Így, ha útban Ausztria felé igazoltatnának, bizonyítani tudjátok, hogy hová és miért mentek.

Megrendítő volt ez a pillanat. Én, aki soha nem gondoltam volna, hogy elhagyjam a hazámat, most ilyen válaszút előtt állok. És mi lesz Liával? A szüleimmel? A testvéremmel?

„Uram, Istenem,most adj tanácsot, most vezess a helyes útra!"

Elrohantam Ivánhoz, Ettához tanácsot kérni. „Azonnal menjél!" – mondták, és ne menj le a szüleidhez elbúcsúzni, mert megpróbálnak lebeszélni, és különben is, az ellenkező irányban laknak. A menekülés mindennap nehezebb lesz. Az oroszok özönlenek be az országba.

– Lia Pannonhalmára ment a szüleihez több mint egy hete. Meg kell találnom, mert nélküle nem megyek sehová. Egy kis kerülő lesz, de ezen ne múljon.

A szokásos jó vacsora után könnyes szemmel búcsúztam el tőlük. Megígérték, hogy értesítik a szüleimet, és elmondják nekik, mi történt. Pali már várt a kórházban.

– Én elhatároztam, hogy holnap reggel indulok – mondta. Lementünk, hogy köszönetet és búcsút mondjunk szeretett tanítónknak, a nagyrabecsült professzornak. Odaadta nekünk a kinevezést a győri és soproni kórházba, és könnyes szemmel tolt ki minket az ajtaján.

Akkor láttam utoljára.

A MENEKÜLÉS

Másnap kora reggel kiléptem a kórház ajtaján megviselt vihar-
kabátomban, egy orvosi táskával a kezemben, hogy szám-
űzetésbe vonuljak. Többórás várakozás után, végre elindult a vo-
nat a Déli pályaudvarról. Sokkal nehezebb volt jegyet kapni most,
mint amikor Liával jöttem ki. A rendőrök mindenkit igazoltattak.
A biztonság kedvéért feltettük a vöröskeresztes karszalagot. A vo-
naton behúzódtunk Palival az egyik hideg fülke sarkába, családok-
kal, gyerekekkel körülvéve. Valahogy a mosolyuk, a nevetésük éle-
tet hozott a komor hangulatba. Liára gondoltam. Így utazhatott ő
is, vajon most hol lehet? Hogy mennyire hiányzik! Nem is ér az éle-
tem semmit nélküle. Ott van-e még Pannonhalmán, a családjával,
biztonságban van-e? Nem kaptam hírt felőle, se telefont, se levelet.
„Ó, Istenem, segíts oda hozzá!"
Végre megérkeztünk Győrbe. Több szovjet tank állt a pálya-
udvar körül, és az úton is sok haladt a város irányába. Gyalog
mentünk a kórházhoz, nagyon megörültek nekünk, mert a leg-
több orvosuk már elmenekült Ausztria felé. Bemutattuk a meg-
bízólevelet az igazgatónak, rögtön a szobáinkba vezetett és gon-
doskodott az ellátásunkról. Későre járt, az utcák üresek voltak,
kivéve néhány teherautót, vastag bőrkabátos alakokkal, ávósok
lehettek. Sötétedés után már kijárási tilalom volt.
Kaptunk valamit enni a konyhán, és sikerült találnom egy al-
kalmazottat, aki hajlandó volt elvinni reggel a kórház teherau-
tóján Pannonhalmára. Nem sokat aludtam az éjjel, alig vártam,
hogy elinduljunk. Nem volt nagy forgalom, ám az útkeresztező-
déseknél mindenütt orosz tankokat láttunk. Viseltem a vöröske-
resztes karszalagot. A sofőr mellett ültem idegesen, tele aggoda-
lommal. Végre feltűnt egy messzi domb tetején a bencés apátság

magasztos épülete. Ez hát Pannonhalma? A szívem egyre gyorsabban dobogott, amikor beértünk a kis faluba a dombok között, hogy megtaláljuk Lia családjának otthonát. Egy kis fehér házhoz irányítottak minket. Bekopogtam az ajtón.

Egy kicsi lány nyitotta ki, de szégyenlősen visszafutott a folyosón.

– Papi, mami! – kiáltotta –, a vöröskereszttől van itt valaki!

Barátságos középkorú férfi jött elő. Csodálkozva nézett rám meleg, kék szemével, de miután bemutatkoztam, kis tétovázás után barátságosan nyújtotta a kezét.

– Örülök, hogy végre találkoztunk, György – mondta. – Már olyan sokat hallottam rólad a lányomtól. Gyere be, gyere csak! Ismerd meg a feleségemet és a család többi tagját is. Mária, gyerekek! Nézzétek, ki van itt nálunk!

Erre mindnyájan kijöttek a verandára. Mária, Lia édesanyja, három kisgyerek, két szőke lány meg egy fiú, utánuk egy ősz hajú, méltóságos mosolyú idősebb hölgy, a nagymama, akiről Lia már olyan sokat mesélt.

– Lia vőlegénye, Gyuri jött el hozzánk.

Mária mama rögtön megölelt, szeretettel nézett rám a nagymama is, a kezét is megcsókoltam. A gyerekek félig nevetve, félig szégyenlősen kezet nyújtottak, nem egészen tudták, hová tegyenek. A legkisebbik lány, aki ajtót nyitott nekem, félénken felnézett a mamájára, és azt kérdezte:

– Adhatok neki egy puszit?

Mária mami kedvesen bólintott, hogy igen, lehajoltam hozzá, hogy el tudjon érni. Erre a többiekből kitört a nevetés, a hangulat feloldódott. A szülők bevezettek a nappali szobába, oda csak mi hárman mentünk be. Nem tudtam tovább várni, valaki nagyon hiányzott a képből, rossz érzésem támadt.

– Lia hol van? – kérdeztem aggódva.

– Lia két nappal ezelőtt elment, Gyuri – felelt a mama. – A nagybátyja, akinek jó összeköttetései voltak az amerikai követségnél, nos, ő jött érte, hogy kivigye az országból.

Uramisten, ez a szörnyű szívszorító érzés, ez az üresség, hogy minden elveszett. De azt hiszem, látták, mi megy végbe bennem, mert rögtön elkezdték magyarázni.

– Olyan gyorsan történt minden, nem volt idő, hogy értesítsünk, azonnal döntenünk kellett – mondta Lia édesapja. – A testvérem meglátta a képét a magazinban. De nemcsak ő, hanem a falu kommunistái is felismerték, hogy ott tüntet az úgynevezett fasiszta ellenforradalmárok között. A testvérem készen állt, hogy elhagyja az országot egy amerikai diplomáciai autón, és úgy gondolta, hogy az a kép veszélybe sodorhatja nemcsak Liát, hanem az egész családot is. Akkor egy kerülővel idejött, és felajánlotta, hogy magával viszi. Lia először hallani sem akart róla, mondván, hogy nélküled nem megy sehová, és felmegy érted Pestre, hogy együtt meneküljetek. „Mi ez a rettenetes sietség?" – azt kérdezte. Nem akart csak úgy itthagyni téged. Ám egy ismerősünk feljött a faluból figyelmeztetni bennünket, hogy a helybeli ávósoknak valaki jelentette, látták a képét a forradalmárokkal, és nehogy itt maradjon, mert keresni fogják. Akkor, vonakodva, beadta a derekát. Nem lehetett tovább vesztegetni az időt. Nagyon szomorú szívvel engedtük el, gondolhatod. Nehéz volt búcsút venni a mi kislányunktól, de a biztonsága fontosabb volt mindennél. Önző döntés lett volna részünkről itthon tartani, s elszalasztani ezt a lehetőséget.

Csend ült a szobára. Könnyeimmel küszködtem. Elvesztettem megint? De azóta talán már biztonságban van Ausztriában. Persze, persze, el kellett mennie, egy ilyen lehetőséget nem szalaszthatott el, de mégis…

Lia mamája odajött hozzám, és átölelt.

– Gyuri, menj utána! Még mindig át tudsz jutni a határon. Nagyon szeret téged. Én ezt jobban tudom bárki másnál. Olyan boldogan ragyogott az arca, amikor rólad beszélt. Ilyen átszellemültnek még sohasem láttam.

– Köszönöm, nagyon köszönöm, hogy megmondta ezt nekem, Mária mama. Igen. Azt hiszem, megyek. Tudom, érzem, hogy a

Jóisten egymásnak teremtett bennünket, és nincs más számomra ezen a földön. Soha nem fogok lemondani róla!

A nagymama is bejött egy percre.

– Kedves Gyuri, imádkozni fogok magukért, hogy találkozzanak, és kérem a Jóisten áldását a választásukra – mondta. – Adok magának két egymáshoz hasonló családi gyűrűt, zafírral a középen, kis gyémánttal mindkét oldalán. Miután megtalálta Liát, és az eljegyzést hivatalosan is megünneplik, húzza az ujjára az egyiket, és kérje meg, hogy a másikat meg ő húzza a maga ujjára. Ő e gyűrűkből tudni fogja, hogy áldásomat adom a frigyükre.

Kézcsókkal, öleléssel köszöntem meg szerető bizalmát, soha nem felejtem el szívderítő mosolyát. Eljött az ideje, hogy búcsút mondjak ennek a melegszívű családnak, amely oly sok szeretettel, kedvességgel fogadott magához.

Olyannal, amit csak azoktól kaphattam, akik a jövendőbeli mátkámat nevelték.

Másnap kora reggel elhagytuk a kórházat, hogy elkapjunk egy Sopron felé induló vonatot. Már zsúfolásig megtelt pestiekkel, sok gyerekes családdal, nyilvánvalóan hozzám hasonló szándékkal utaztak. Menekültek az országból Ausztria felé, és nem a nagypapát akarták meglátogatni a Lővérekben. Minél hamarabb át akartam jutni a határon, ám megijesztett, hogy a nagy tömeg majd felkelti a rendőrök figyelmét. Biztosra vettem, hogy az oroszok lezárják a határt, amilyen gyorsan csak lehet, ha másért nem, hát azért, hogy megelőzzék az esetleges nyugati beavatkozást. Bár én ettől nem félnék Hruscsov helyében. Az ENSZ még arra sem volt hajlandó, hogy a magyar kormány kérésére megfigyelőket küldjön az országba. Most már semmi nem állíthatja meg a szovjeteket a hatalomátvételben.

A vonat végre megérkezett úti célunkhoz, Kapuvárra. Örömmel láttam, hogy kevesen szálltak le. A tömeg nagy része folytatta útját Sopron felé. Így talán reménykedhetünk, hogy nem leszünk olyan feltűnőek a helyi rendőrség szemében. Günther térképe az útmutatással a Penteker-tanyához nagyon hasznosnak bizonyult. Vajon tényleg tudnak ott segíteni, hogy átjussunk a határon? Egy helybeli mutatta meg az utat, hogy merre menjünk. Néhány kilométerre az állomástól északra találjuk meg – mondta. A hold és a csillagok elbújtak a felhők mögé. Jobbnak látták talán, hogy sötétben botorkáljunk. Ám messze, mintha villámlana. Vagy talán ágyúk fénye az, ami azt üzeni, hogy arra jobb nem menni? Már a késő esti vaksötétben láttuk meg a tanyaházat, pislákoló fénnyel az ablakában, megbújva a nagy fák között. A szél erősebben kezdett fújni és ágyúszó hangját hozta felénk. Vagy csak mennydörgött? Egy fehér komondor szaladt oda hozzánk a bejárat felől, az utat mutatva. Bekopogtunk. Magas, szőke fiatalember nyitott ajtót.

– Penteker urat keressük. Az ausztriai Hahn Günther barátai vagyunk – mondtam. – Remélem, jó helyen járunk!

– A legjobb helyen, amit csak találhatnak a határ innenső oldalán. Penteker Tóni vagyok. Jöjjenek be! Günther barátai az én barátaim is.

Miután bemutatkoztunk, bevezetett a konyhába, ahol jó páran melegedtek már a kályha körül. Hű, de nagy családja van ennek, gondoltam. Ám rögtön láttam, hogy itt vendégek is vannak, afféle családon kívüliek. Sőt, ha nem csalódom, többségük a miénkhez hasonló tervvel. Tóni valamiért ismerősnek tűnt nekem. Valahol már láttam ezt az arcot – de hol? A kezünkbe nyomott egy bögre forralt bort, hogy melegedjünk fel, aztán beszélni kezdett.

– Mindannyian tudjuk, ki miért van itt, és én mindent megteszek, hogy a határhoz vezessem magukat, ahogy ezt teszem immár hetek óta. De tudniuk kell, hogy ez veszélyes vállalkozás. A határőrök elfoghatnak, sőt lőhetnek is, figyelmeztetés nélkül. Már volt rá példa, hogy megöltek menekülőket. Aztán ott vannak az aknamezők. Nem tudom garantálni a biztonságukat, és amikor a határ közelében leszünk, az utolsó néhány száz métert nélkülem kell megtenniük. Nem szeretném, ha rám ismernének a határőrök. A „idegenvezető" szolgálatom ingyenes, de elfogadom a hozzájárulásukat ezen előőrs tanya fenntartásához. Egy órán belül indulunk. Jó iramban kell mennünk, árkon-bokron át, erdőben, szántóföldön, sárban és mocsárban. Hideg lesz, erős szél fúj egész éjszaka. Csendben kell lennünk, és szorosan kell követniük engem, illetve egymást, nehogy aknára lépjenek. Ha egyszer elindultunk, nincs megállás. Ha valaki mégis meggondolná magát, itt a lehetőség. Visszamehetnek a vasútállomáshoz, onnan pedig haza. Ha még van hová menni.

Síri csend követte a szavait. Csak a szikrák pattogtak a kályhában. Egy gyerek felnyögött. „Hallgass el azonnal!" – volt a reakció.

Hirtelen beugrott egy régi kép. Tóni az az ember, aki befogadott Budakeszin tizenkét évvel ezelőtt, amikor megszöktem az orosz fogságból. Uramisten, a sváb család, amelyikről Günther beszélt, és amelyik nekem menedéket adott, egy és ugyanaz lehet? Elmondtam neki, mit gondolok, de nem emlékezett rá. Mi van velem, már csak képzelődöm?

Éjfélkor kiment a ház elé körülnézni. Minden nyugodt volt. Kiadta a jelszót: „Induljunk!" A komondor is jött volna velünk, de visszazavarta.

Palival közvetlenül mögötte mentünk, szorosan a nyomában. Nem akartuk elveszíteni a sötétben. Ijesztően csendes volt minden, kivéve a csípős szelet, amely hideg párát fújt az arcunkba. Ez is olyan volt, mint az a késő esti masírozás '45-ben, a szökés előtt. Mintha újraélném mindazt. Északról egy-egy rakéta fénye figyelmeztetett a veszélyre.

– Ne aggódjanak emiatt! – morogta Tóni. – A határőrök csak szórakoznak, mielőtt aludni térnének. Legalábbis tegnap még ez volt a helyzet.

A következő órák fizikai és lelkierőnket, de a bátorságunkat is próbára tették. A sár minden lépésnél lejjebb húzta a cipőmet, a viharkabát még az esőtől sem védett meg, nemhogy melegen tartott volna. Reszkettem. Félelem is volt bennem. „Olyan mindegy most már" – gondoltam. De aztán összeszedtem magamat. „Nem! Mégsem mindegy, nem adom fel soha!" Időnként megálltunk egy rövid pihenőre, fák tövében, liget alján, ittunk egy korty vizet, biztattuk egymást, hogy nem lehetünk már messze a határtól. Az egyik család kisebbik gyermekét felváltva vittük, mert az apjuk nem bírta mind a kettőt, a mama pedig várandós volt a harmadikkal. A kicsi álmosan piszkálta rég nem nyírt hajamat, de ahogy cipeltem, valahogy mégis erőt adott. Olyat, amit csak egy gyermek adhat. Ahogy közeledtünk utunk legveszélyesebb pontjához, a határhoz, a szorongás minden kilométerrel csak erősödött bennem. Mintha tisztulna az ég, a szél is elállt, a hajnalhasadás már nem lehet messze. „Ó, Istenem, mi a terved? Hogy végződik mindez? Szabadság, vagy a kudarc napja vár rám?"

Tóni megállt egy pillanatra, csendet parancsolt. Messziről motorzúgást hallottunk s a már nagyon is jól ismert lánctalpak csikorgását az út felől. Mintha egy sötét árnyék vonult volna a láthatáron. „Orosz tankok – suttogta Tóni. Teljes csöndet kérek!" Lehúzódtunk egy árokba. „Nem merik ám elhagyni a tankot, nem is fognak lőni ránk, hacsak nem tartanak valamilyen veszélytől – mondta. – De jobb, ha nem kockáztatunk semmit."

Hajnalodott. A felhők elvonultak. Talán egy kilométerre innét, fenn, a domboldalon szénakazlakat láttunk a pirkadó ég alján. Fenséges kép a szürkületben. Mintha Monet világába kerültünk volna, amit oly sokszor megcsodáltunk Liával a képtárban. Talán még a színek is változni fognak. Most itt mindez megelevenedett.

– Nézzenek arra észak felé. Látják az őrtornyokat? – kérdezte Tóni. Ott van a határ, az Einser-csatorna mellett. Innét csak kis csoportokban mehetnek tovább. Legfeljebb ketten vagy hárman. Maradjanak ezen a gyalogösvényen, hogy ne lépjenek aknára. Ha meglátják a magyar határőröket, integessenek nekik barátságosan, és adják oda maradék pénzüket, amit odaát már úgysem tudnak használni. Hacsak nincs nagy változás tegnap óta, tovább fogják magukat engedni, bántódás nélkül. De ezt soha nem lehet tudni. Ezt most meg kell kockáztatni! Ha orosz tankot látnak, bújjanak a fák vagy egy szénakazal mögé, esetleg árokba, hogy ne vegyék észre magukat. A ruszkik végül is nem tudhatják, hogy ki a békés menekülő vagy ki a nyugati ellenség. Jobb nem próbára tenni őket. Az én feladatom itt végződik. Jó szerencsét mindenkinek, és kérem, tartsanak meg imáikban.

Kezet fogtunk, megöleltük, megköszöntük a segítségét és nekiadtuk pénzünk nagy részét. Ki tudja, hány menekülőnek fog még segíteni. A nap épp felkúszott az őrtornyokra, amikor eltűnt a szemünk elől. Először egy pár indult el, aztán a nők és a kis család, mind tisztes távolságot tartva; majd a férfiak. Remegett a lábam, amikor Palival elindultunk.

– Biztos vagy benne, hogy ezt akarjuk csinálni? – kérdezte. Most még visszafordulhatunk.

– Biztos nem vagyok, de engem vár valaki odakint. Így hát megyek.

Ez az utolsó pár száz méter hosszabbnak tűnt, mint az egész éjszakai út. Megint hallottuk egy tank motorját, a lánctalpak dübörgő zaját. Uramisten, ezek már nem tudnak nyugodni? Gyorsan bemásztunk az utolsó szénakazal mögé. Ám az orosz nem hagyta el a kijárt utat, nem mutatott semmi érdeklődést az impresszionista színvilág iránt. Pedig az már aranysárgán tündökölt a napfényben. A legközelebbi őrtorony talán csak kétszáz méterre lehetett. Már nem láttuk az előttünk lévő csoportot. Mennünk kell! Most vagy soha! A szívem már rohant… Indulunk…

Néhány magyar géppisztolyos határőrt láttunk meg a csatorna mellett. Beszélgettek az előttünk lévő csoporttal. Barátságosan szóltak hozzánk. Kérdezték, honnan jövünk, mit jelent a karunkon a vöröskeresztes szalag. Majd megmutatták a kis fahídhoz vezető utat, ahol átmehetünk a csatornán. Odaadtuk nekik a maradék pénzünket, az összes cigarettánkat, és sietve indultunk el a híd felé, mert a tankok hangja arra késztetett – és különben is.

Reszketett a lábam, ahogy a víz felett mentem. Jaj, csak bele ne essek! A tank egyre közelebb dübörgött, és akkor... akkor... átértem a csatorna fölött. Felmásztam az oldalán és ott egy rúdon, ott volt, bizony ott lobogott a piros-fehér-piros osztrák zászló. Szabad vagyok végre!

Térdre borulva öleltem magamhoz, csókoltam egy darab földet, mert hát magyar föld volt az is, nem is olyan régen, még Trianon előtt, majdnem ezer évig. Tele volt a szívem hálával... „Istenem, köszönöm, hogy megmentettél még egyszer."

Másnap délelőtt kinyílt a Mercedes luxusautó ajtaja a pamhageni iskola előtt, ahol a szabadság első éjszakáját töltöttem. Günther ugrott ki belőle, rohant felém, kitörő örömmel öleltük meg egymást.

– Rögtön jöttem, amikor kaptam a telefonhívást, hogy valaki keres a Magyar Vöröskereszttől. Tudtam, hogy ez csak te lehetsz. Éreztem. János nem jött veled? Amikor utoljára láttam, puskával a vállán masírozott a körúton. Remélem, kijön ő is. De mondd, mi történt veled, hogy jutottál el idáig?

Elmondtam neki, hogy mi történt a kórháznál, és menekülésemet a barátja, Tóni segítségével.

– De most azonnal Bécsbe kell mennem, hogy megkeressem Liát. Segítesz nekem, hogy odakerüljek minél hamarabb? Egy fillérem, de még egy schillingem sincs.

– Persze, hogy elviszlek. Különben is rövidesen zsebpénzt kapsz az osztrák kormánytól, tőlem pedig kölcsönt, magas kamatra. Tudod, csak viccelek, segítek neked mindenben.

– Szeretem a vicceidet és elfogadom az ajánlatot. Csak add a pénzt, és én a dupláját adom vissza, ha amerikai milliomos leszek. Hahaha.

Nemsokára útban voltunk Bécs felé, ahol a Nemzetközi Vöröskereszt képviselőivel kellett találkoznom. Laki professzor, a Magyar Vöröskereszt forradalmi elnöke segélykérő levelét kellett átadnom. Günther elintézte azt is, hogy néhány napig egy barátjánál lakjak a belvárosban, a Szent István-dóm mellett. A következő napokban a kivilágított bécsi utcákon kószáltam, főleg a Kartnerstrasse és Graben környékén. A hihetetlen, karácsonyt váró pompával díszített üzletek, paloták, földi paradicsomnak tűntek Budapest romjai után. Az utcák, Ratskellerek, büfék és eszpresszók tele voltak magyar menekültekkel. Mindenki kereste a rokonát, barátját, próbált hírt kapni hazulról, szeretteiről. Százezrek menekültek el az országból. Mi lesz velünk? Hová menjünk? Itt túl veszélyes maradni. Ki tudja, mit merészelnek meg a Kreml banditái. Ha látják a sikerüket és a Nyugat tétlenségét, talán nem állnak meg Bécsig, amit olyan nehezen adtak fel, nem is olyan régen. Vagy lehet, hogy egy józanabb irányzat enyhülést hoz otthon, és akkor haza lehet menni?

– Ne álmodozzatok! – mondták többen is. – El innét Nyugatra, vagy még messzebbre, Ausztráliába! Kanada is vár, no meg Amerika.

Ott van a lehetőség, mondták sokan. Megnyílt a világ, mert rossz a lelkiismeretük. Könnyebb kétszázezer menekültet szétosztani, mint megmenteni tízmilliót. A hirdetőoszlopok tele voltak ismerősök, barátok címével, kit, hol lehet megtalálni, hol lehet szállást kapni pár napra, vagy meleg vacsorát, netán egy ebédet. Szeretetet, meleg otthont adott sok templom meg zárda, ott kerestem én is a szívem párját. Ott reméltem megtalálni, ahová olyan sokat szokott járni.

Sok régi baráttal találkoztam. Péter, Tibor, Miska meg Vili, mind ott voltak. Aztán Lili, a mosolygós kék szemével, és Susie, az új férjével, aki röntgenorvos volt, és olyan furcsán nézett rám, amikor megtudta, ki vagyok. Vajon miért? Úgy mondták, hogy az amerikai követségen dolgozik, a szűrővizsgálatokat végzi a bevándorlási kérelmezőkön. Mellkas-röntgenfelvételt készítettek mindenkiről, aki amerikai vízumért folyamodott.

Jó volt Lilivel átbeszélni az elmúlt évek családi eseményeit, feleleveníteni a régi barátságot. Ők is Amerikába készültek, ahol rokonaik éltek. Tibor Kanadát választotta, mert az ottani követségnél nem volt olyan hosszú sor, mint az amerikainál, ahol napokig kellett várni, amíg az ember bejutott, hogy meghallgassák. Mindig dilis volt egy kicsit.

De semmi biztosat nem tudtam meg Liáról.

Néhányan hallottak róla, látták a képét a magazinban, de senki nem látta Bécsben. Itt volt az ideje többet imádkoznom. Mert ha bajban vagyunk mindig könnyebb letérdelni. A Hofburg közelében levő Ágoston-rendi templomba mentem vasárnapi nagymisére, ahol a fiatal Ferenc József esküdött feleségével, a szép Sissyvel, száz évvel ezelőtt. A mai szentmisén fenséges orgona, zenekar és kórus adta elő Mozart koronázási miséjét. Micsoda élmény volt ez a sok szomorúság után. Imáimba foglaltam a szeretteimet, élőket és holtakat egyaránt. Persze még egyszer Szent Ritához fordultam kérésemmel.

„Kérlek, segíts, hogy megtaláljam! Te meg tudod tenni. Ugye segítesz?"

A szentbeszéd gyönyörűen összefoglalta Jézus tanításait.

Amikor az egyik farizeus megkérdezte Jézust: „Mester melyik a legfőbb parancs a törvényben?", Jézus így válaszolt: „Szeresd az Urat, a te Istenedet teljes szíveddel, teljes lelkeddel és egész értelmeddel. Ez az első és legfőbb parancsolat. A második hasonló ehhez: Szeresd felebarátodat, mint saját magadat."

A tízparancsolat, hogy mit tegyünk, és mit ne, magasztos tartalommal telt meg és új értelmet nyert ezzel. Mert ha szeretjük egymást, már nem lesz olyan nehéz azt követni. Jótékonynak, könyörületesnek lenni az éhezővel, szomjazóval, a beteggel és a hontalannal, megbocsátani az ellenségnek, vigasztalni a szomorkodót, imádkozni azokért, akik fájdalmat okoznak, és, igen, bizony, befogadni a szívünkbe, otthonunkba olyanokat, akik elvesztették a hazájukat, és a szabadságot nálunk keresik. A kereszténység valódi lényege és lelke ez.

Mert Krisztus azt is mondta: „Boldogok az irgalmasok, mert majd nekik is irgalmaznak."

Miután a pap megáldotta a híveket, az orgona és a zenekar még egy utolsó crescendóval hirdette Isten dicsőségét. Emelt hangulatban, békével a szívemben jöttem ki a templomból. Akkor egyszer csak megláttam Gábort és vívótársait a templom előtt. Nagy volt a találkozás öröme, amit egy közeli sörözőben meg is ünnepeltünk maradék schillingjeinken.

– Hallottál valamit Liáról? – kérdeztem. – Ha átjutottak a határon a nagybátyjával, ide kellett jönniük Bécsbe. Elmeséltem Gábornak, hogy mi történt velünk az elmúlt hetekben, és hogy jártam Lia családjánál.

– Igen, hallottam a barátaimtól, hogy itt volt Bécsben, de én nem találkoztam vele. Gondolom, hogy a nagybátyja, Széchényi Károly révén biztosan kap beutazási vízumot az amerikaiaktól. Különben úgy tudom, hogy az amerikai kongresszus megszavazta, hogy befogadnak harmincezer magyar menekültet. Így, azt hiszem, nekünk is van esélyünk a kijutásra.

– Bizony van, és meg is próbáljuk – tette hozzá Gyula, Gábor egyik kardvívó barátja. – Rossz a lelkiismeretük, hogy nem segítettek meg bennünket. Most így akarják jóvátenni. Nagyon hosszú sor áll a követség épülete előtt. Azt mondják, legalább három napig tart, amíg az ember sorra kerül. Azonkívül nagyon szigorúan veszik a kérvényezők egészségügyi állapotát és politikai beállítottságát.

– Na, akkor neked semmi esélyed nincs Gyuri – mondta Gábor.

– Csak viccelek – tette hozzá gyorsan. Különben nekem is és

Gyulának is van egy nagybácsink New Yorkban. Mi már elhatároztuk, hogy oda megyünk. Gyere velünk, kezdjük el a sorbaállást holnap reggel.

Ezekben a napokban már a bécsi női klinikán volt egy szobám, ott dolgoztam vendégorvosként. Naponta néhány órát asszisztáltam a műtőben, és ezért kedvesen meghívtak, hogy lakjam és étkezzem ott, amíg határozok a jövőm felől. Délutánonként szabad voltam, így bőven volt időm felfedezni a várost, a karácsonyt váró kivilágított parkokat, középületeket, gyönyörű kirakatokat. Micsoda ragyogó, vidám látvány, a háború sújtotta, szürke, romos Budapest után. Szinte szégyelltem, hogy itt vagyok. Micsoda ellentét az itteni Szent István-dóm kivilágított, karácsonyfákkal díszített betlehemi jászla, a mi Szent István-bazilikánk kopottsága mellett. A kis Jézust itt szeretet veszi körül, ott még a kapuk sincsenek nyitva, hogy bejusson az ember.

Fagyos esőben álltunk be a sorba a barátaimmal, három utcával az amerikai követség mögött, hogy megtegyük az első lépést az új világ felé. A követség alkalmazottai forró kávét osztottak ki a várakozók között. Ez azért barátságos gesztus a részükről – gondoltuk. Mindenki kapott egy számot, arra az esetre, ha néha el kellett hagynunk a helyünket evés, ivás, vagy valami más miatt. Az enyém 19 007 volt. Ha nem kerültünk volna sorra záróráig, akkor a szám alapján megkaptuk a helyünket a következő reggel. Szerettem ezt az amerikai rendszert, mert utáltam a tolakodást. Ez így ment három teljes napon át. De mi csaknem adtuk fel. Kolumbusznak sokkal tovább tartott felfedezni Amerikát. Ki kellett tölteni mindenféle kérdőívet és le kellett írnunk néhány sorban, hogy miért akarunk kivándorolni az Amerikai Egyesült Államokba. „Mit fog ön tenni Amerikáért, az új hazáért?" – így szólt az egyik kérdés.

– Na, ez könnyű, mondta az egyik türelmetlen várakozó. Szidni fogom őket, amiért nem segítették meg Magyarországot.

– Te hülye, csak nem gondolod, hogy akkor beengednek? – vágta oda a barátja.

– Igen, de mi nem kivándorlók vagyunk, hanem politikai menekültek. Megmondhatjuk a véleményünket.

Aznap este kitöltöttem a kérdőívet egy cigarettafüstös kávéházban, miközben az ablakon át néztem a vidám karácsonyi vásárlókat színes ajándékcsomagjaikkal, no meg a kopott kabátos, batyujukat cipelő kis öregeket. Ki tudja, milyen ünnepük lesz nekik?

Hogy mit jelent nekem Amerika?

„Az Amerikai Egyesült Államok népe nagylelkű. A lakosság többet adományoz jótékony célra, mint a világ összes más országa együttvéve. Ez nagyon dicséretes. Amerika a lehetőségek országa, ahol mindenkinek joga van előrehaladni, hogy jobb életet biztosítson a családjának. Ám a jobb élet nem garantált, csak a lehetőség van hozzá megadva. Ha az egyén ezt nem használja ki, és nem igyekszik, nem számíthat a kormány népjóléti támogatására. Az amerikai alkotmány nem nyújt lakást, tanítást, állást és betegbiztosítást mindenkinek, de olyan körülményeket teremt, amelyek lehetővé teszik, hogy szorgalmával mindenki szert tegyen rá. Amerika a kapitalizmus bástyája. A nemzet gazdasága és életszínvonala óriási léptekkel haladt előre az elmúlt században, megcáfolva Marx jövendölését, miszerint a kapitalizmus halála elkerülhetetlen. Bár vigyázniuk kell, hogy a szabadpiac egészséges irányba fejlődjön tovább, ahol a kapitalista vállalkozás sikerét nemcsak a tulajdonosok jövedelmének növekedésével mérik, hanem az alkalmazottak és a fogyasztóközönség elégedettségével is.

John D. Rockefeller, az utolérhetetlen milliomos kapitalista egyszer azt mondta: 'Minden jog felelősséggel jár, minden lehetőség egy kötelezettséggel, és minden tulajdon egy kötelességgel.'

Amerikának meg kell őriznie egyéniségét, hogy igenis jutalmazza a képességet, a szorgalmat, ahelyett, hogy átengedné a hatalmat a bankok és a kormányzat plutokratikus érdekeltségének, ami megfojtja az egyéni szabadságot, és mindent szabályozni akar a közösség érdekében – ahogy mondják. Amerikának soha nem szabad elfelejtenie, hogy a zsidó-keresztény hagyományokra épült, hogy a függetlenségi nyilatkozat volt a születési bizonyítványa és hogy csak úgy tudja megőrizni a demokráciát, ha hű marad az alkotmányához."

Három nappal később ott volt a nevem a listán. Megkaptam az állandó bevándorlási vízumot az Egyesült Államokba.

Késő este indult el Bécsből a magyar menekültekkel teli vonat München felé, ahonnét az amerikai légierő repülőgépeivel szállítanak majd tovább bennünket. Így mondták. Örültem, hogy nem hajón visznek, ami sokkal tovább tartana, és ha valaki, én biztos tengeribeteg lennék rajta. Éjfélkor érkeztünk meg Salzburgba. Ez a város volt a kedvencem, amióta egyszer erre utaztunk azzal az útlevéllel, amelyben a téves születési évem szerepelt. A vonatból jó lehetett látni a kivilágított, hófödte hegyektől körülölelt Hohensalzburgot.

Hogy élveztem azt a háború előtti utat a családommal! Órákig mászkáltunk a hangulatos Getreidegassén, ahol Mozart szülőháza állt, és a Judengassén a sok ajándékbolttal, és virágos ablakokkal. Hát még a tormás virsli a sörkertben a Salzach folyó partján és a Hotel Elefánt, ahol a portás aggódva figyelte, ahogy játszottunk a kis kétszemélyes lifttel le és fel. Alig várták, hogy elmenjünk. Megannyi gyönyörű gyerekkori emlék. Milyen messze van már mindez. Vajon, hogy vannak a szüleim? Mit csinál a bátyám? Mariska? Remélem nem aggódnak értem nagyon! Remélem, örülnek, hogy el tudtam menekülni, hogy szabad lehetek!

A hegyeket már elárasztotta az alpesi fény, amikor hajnalban elhagytuk Salzburgot, és nemsokára Németországba ért a vonat. Milyen fenséges látvány volt, a Watzman égbe nyúló, havas csúcsát látni. Ez volt a bátyám kedvenc hegye, amit oly sokszor csodáltunk, miközben csónakáztunk a kristálytiszta Königsee vizén. De jó volna, ha most itt lehetne velem, együtt csodálni az ő varázshegyét!

Münchenből nem sokat láttunk. Nagy autóbuszok szállítottak minket a városon át az amerikai katonai repülőtérre.

– Az amerikaiaknál minden olyan nagy – jegyezte meg Gábor, amikor sorbaálltunk az óriási katonai étkezőben, ahol az első amerikai reggelinket kaptuk. – Nézzétek a buszaikat, meg ezeket a hatalmas repülőgépeket, no meg ezt a reggelit. Széles tálcára pakolták rá a vattaszerű, fehér kenyérszeleteket, egy tányérra gumiszáraz rántottát édes kolbászokkal és egy pattogatott kukoricára emlékeztető, édes-ropogós morzsát, amit cereal-nek hívtak. Adták, akár kérted, akár nem. Óriási adagok voltak.

– Én nem bánom a nagy adagokat, sőt komálom, hogy ilyen nagylelkűek – mondta Gyula, aki mindig panaszkodott, hogy éhes. Aztán csak vártunk és vártunk egész nap. Néztük az amerikai magazinokat, tele magyarországi képekkel. Az is nagy volt. A magazin is meg a színes képek is. A sorszámok szerint százas csoportokban vitték ki az embereket a hatalmas, négymotoros katonai szállító repülőgépekhez. Örültünk, hogy a mi számaink egymás után következtek, így remélhettük, hogy ugyanarra a gépre kerülünk. Vacsora után végre ránk került a sor. Remegő lábakkal másztam fel a lépcsőn a géphez.

Csak most fogtam fel, hogy mi történik. Életemben először fogok repülni. Méghozzá Amerikába. Csípjen meg valaki, hogy mindez igaz!

Az ülések kemények voltak, de elég helyet biztosítottak még a nagyra nőtt amerikai katonáknak is. Szerencsém volt, hogy Gábor és Gyula között ültem, közel a mosdóhoz. Ami fontos volt, mert soha nem bírtam a hullámvasutazást. Már a forgóhintán is rosszullét kerülgetett. De hagyjuk a részleteket. Halvány gőzünk se volt, merre fogunk repülni. Csak annyit mondtak, hogy útban az Egyesült Államokba egyszer le kell szállnunk, tankolni. Pánik tört rám, amikor a motorok felbőgtek, és a négy nagy propeller forogni kezdett egyre hangosabban, egyre gyorsabban. De mielőtt még felkiálthattam volna, hogy, stop, álljanak meg, én kiszállok, már a levegőben voltunk.

Isten veled, öreg Európa, isten veled régi világ! Az is segített ám, hogy indulás előtt jól bekortyoltam Gyula barátom Stroh rumjából.

Lia várt rám egy nagy csokorral, amikor leszálltam a hófehér repülőgépről és mentem felé a vörös futószőnyegen. Még szédülten a repüléstől, elcsúsztam és bevertem a fejem a korlátba. Valaki felrázott a kábultságból...

– Csatold be az övedet! – rázott vadul Gábor. Nagyon táncol a gép és majdnem kiestél az ülésből. – Beverted a fejedet ugye?

– Mondd már! De te felébresztettél a legszebb álmomból.

– Lia volt?

– Na, és ha ő volt? Semmi közöd hozzá! – mondtam bosszankodva. – Egyébként mit gondolsz, mi ég ott a gép bal oldali szárnyán?

– Hogyhogy mi ég ott, miről beszélsz?

– Azt hiszem az egyik motor – mondta Gyula bizonytalan hangon... Urak! Uraim! Stewardok! Valaki! – kiabált, hogy felhívja rá a figyelmet.

– Take it easy, boy! Nyugodj le fiú! Már leállították azt a motort, és amikor az utolsó csepp benzin is kiég belőle, akkor majd nem lángol tovább. Különben is nem sokára leszállunk Keflavikban, hogy gépet cseréljünk.

– Keflavik? Az hol van? – kérdezte Gyula

– A Karib-tengeren, valahol az Atlanti-óceánon, viccelt Gábor.

– Fogalmatok sincs. Keflavik Izlandon van, ahol az amerikai tengeri erőknek van egy bázisuk, oktattam ki őket, miután belenéztem a légitérképbe, amit az ülésem alól halásztam elő.

Borzasztó hideg volt Keflavikban. Jég és hó borított mindent, amerre csak a szem ellátott. A katonai épületeket, raktárakat és a nagy felfújt eszkimó dómot is vastag hótakaró fedte. Egy óriási, felfújható sátorban volt a kantin. Az éjféli vacsora menüje hasonlított a münchenihez, kivéve, hogy a pattogatott kukorica helyett fahéjas pudingot kaptunk. Vacsora után egy vadnyugati témájú filmet vetítettek, amelyben John Wayne lóháton üldözi a banditákat. És persze győz. Gáborból kitört a nevetés.

– Mi olyan mulatságos? – kérdeztem.

– Itt ülök veletek Izlandon, egy óriási eszkimó igluban karácsonyeste ,és egy vadnyugati filmet nézünk, Coca-Colát iszunk, útban Amerika felé. Ha ez nem vicces, akkor nem tudom, mi az.

Késő éjjel volt, amikor folytattuk utunkat, hál' istennek, egy másik repülőgépen. Most, hogy már tapasztalt repülősnek éreztem magam, a kimerültségtől holtfáradtan elaludtam. Néhány órával később Gábor ébresztett fel.

– Nézd, Gyuri, azt a sok tündöklő lámpát odalent! Ezernyi csillag, ragyogó kis ékszerdobozok mindenütt a tengerparton. Az ott Amerika. Közeledünk.

A hajnalhasadás utolért minket. Percről percre egyre izgalmasabbá vált a dolog. Vár rám az új otthonom.

– Meg fogom találni Liát?

– Igen, meg fogod találni. Mert igazán szereted, és soha nem adod fel a reményt.

Valahol New Jerseyben szálltunk le karácsony reggel.

Magyarországról… Szeretettel.

Epilógus

Gyuri és Lia találkoztak Washington, D. C.-ben 1957 februárjában. Július 8-án megtartották az eljegyzést, és december 28-án örök hűséget esküdtek egymásnak a Szent Lőrinc-bazilikában, Asheville, North Carolina. A Jóisten megáldotta őket öt gyermekkel és tizenhárom unokával. Mély szeretetben éltek, és a halál sem tudta elválasztani őket egymástól.

Amikor Mindszenty bíboros 1974-ben Washingtonba látogatott, ő bérmálta két gyereküket, Corneliát és Ferencet és ő nyújtotta az elsőáldozás szentségét legkisebb fiuknak, Györgynek. Az egész család – mind a heten – letérdeltek elé a szentmise utáni fogadáson, hogy az áldását kérjék. Beatrix és Mónika, idősebb lányaik megköszönték a bíborosnak, hogy eljött hozzájuk. Gyuri pedig azt mondta:

– Bíboros úr, szentatyánk, szeretnénk, hogy tudja, áldozata nem volt hiábavaló.

Ő meleg mosollyal az arcán megáldotta őket, és így válaszolt:

– Amikor egy ilyen szép magyar családot látok, akkor én is azt hiszem.

Kártyavárként omlott össze a kommunizmus Európában. Ám most másféle sátán kísérti az embereket: a féktelen kapzsiság, az anyagi javak hajszolása. Marx tévedett, amikor azt mondta, a vallás a nép kábítószere. Valójában a pénz az. Az államkormányok és a bankok közös, kettős hatalma uralja a világot. Amerikában ma vagyonosnak kell lennie vagy a gazdagok támogatását kell élveznie annak, aki egy választási küzdelemben győzni akar.

Világszerte milliók éheznek, élnek nyomorúságban, és a tátongó szakadék a szupergazdagok és a szegények között egyre csak mélyül. A középosztály nem tud feljebb kapaszkodni, mert nincs rá lehetősége. A misszió és józan párbeszéd helyett egyfelől a vallási hagyományok elvetése, másfelől az esztelen fanatizmus árnyékolja be az emberiség jövőjét. A népvándorlás soha nem látott méreteket ölt napjainkban, és a Nyugat „bölcs" vezetői ezt még elő is segítik, veszélyeztetve ezzel a demokratikus civilizációt.

Sok száz ezer magyar halt meg a második világháborúban és a több mint negyvenéves kommunista uralom alatt. Sokukról talán nem is tudunk. Senkit nem vontak igazán felelősségre azok közül, akik bebörtönözték, kínozták, felakasztották az ártatlanokat a terror idején.

Levéltári kutatások és becslések alapján 80-100 millió embert öltek meg Lenin, Sztálin, Mao Ce-tung és a többi tébolyodott kommunista uralma alatt, de a kommunizmus áldozatainak nem sok emlékművet emeltek e világon.

Istent kitaszították az iskolákból, az állami épületekből, és az anyagisság mindenhatóságát emelték a helyére. A „szeretet" szó ma inkább vágyat fejez ki egy autó, egy új ruha vagy akár egy hamburger után, mintsem spirituális vonzódást Istenhez és embertársainkhoz.

Quo vadis, nagyvilág? Quo vadis, kis Magyarország?

És még sincs veszve minden!

Sándor István szalézi testvért felakasztották 1953-ban, mert a vád szerint összeesküvést szőtt a népi demokrácia ellen. A kommunizmus bukása után azonban rehabilitálták, 2013-ban pedig boldoggá avatták a Szent István-bazilika előtti téren. Ma ő a világítótornya a hit, remény és szeretet erényeinek.

Az ország jó irányba halad, ma már nem kell titkolnunk, hogy szeretjük az Istent, és hogy ahhoz is van erőnk, hogy adakozzunk.

Isten nem adja fel a reményt az emberiségben, és remélhetőleg egyre többen és többen ismerik fel, hogy szeretet, türelem és megértés nélkül a Föld csak egy üres porszem lehet a világmindenségben.

A SZERZŐRŐL

A szerző tizenhat évesen, diákként élte át a második világháború borzalmait, a légitámadásokat, szülővárosának bombázását és Budapest ostromát. Hosszú heteket töltött családjával együtt egy összeomlott bérház pincéjében, éhezve, nélkülözve. Amikor a szovjet katonák fogságba ejtették, csodával határos módon menekült meg. A háború utáni kommunista diktatúra éveiben is megtartotta Istenbe vetett hitét, és soha nem adta fel a szabadságért folytatott küzdelmet.

1956-ban, a magyar szabadságharc brutális vérbe fojtása után menekülni kényszerült. Amerikában találta meg új otthonát. Egy Washington, D. C. környéki kórháznak volt az aneszteziológus- és intenzív-szakorvos vezetője, közel harminc éven át. Miután a kommunista rendszer összeomlott, 1990-ben egy több millió dolláros USAID-adományból egy amerikai–magyar kardiológiai partneri kapcsolatot épített ki két amerikai kórház és a budapesti Szent Ferenc Kórház között.

Miután nyugalomba vonult az aktív orvosi praxisból, visszatért szülővárosába, Szolnokra, hogy megírja ezt a történetet úgy, ahogyan azt egy fiatal magyar fiú élte át.

Ez a történelmi regény először angolul jelent meg, az Egyesült Államokban, 2015 tavaszán, From Hungary With Love címmel, és igen nagy elismerést váltott ki olvasóiból.

A szerző most újraírta regényét magyar nyelven *Egy Széchényi varázsa* címmel. S reméli, hogy ebben egy olyan képet tud felmutatni a magyar lélekről, amelyben a szeretet Isten és embertársaink iránt nem csak palástolt erény, az igaz hazaszeretetet nem csúfítja sovinizmus, s jobban boldogít adni, mint kapni – hogy végre jó szándékai révén ítéltessék meg ez a nép, s ne a hibái alapján.

E regény tanulsága, hogy soha ne adjuk fel a hitet s a reményt, hogy elérjük céljainkat!

www.szelegyorgy.com
www.georgeszele.com